U0608615

Barry Lyndon

巴里·林登

(美)萨克雷 ● 著　　李晓燕 ● 译　　何亮 ● 丛书主编

首都师范大学出版社
CAPITAL NORMAL UNIVERSITY PRESS

图书在版编目(CIP)数据

巴里·林登/(英)萨克雷著；李晓燕译.—北京：首都师范大学出版社，2014.11（2019.7重印）

（奥斯卡经典文库）

ISBN 978-7-5656-2188-8

Ⅰ.①巴… Ⅱ.①萨… ②李… Ⅲ.①长篇小说－英国－现代 Ⅳ.①I561.45

中国版本图书馆 CIP 数据核字(2014)第 271837 号

BALI LINDENG

巴里·林登

(英)萨克雷 著　李晓燕 译

责任编辑　刘志勇

首都师范大学出版社出版发行

地　址　北京西三环北路 105 号
邮　编　100048
电　话　68418523(总编室)　68982468(发行部)
网　址　www.cnupn.com.cn
印　刷　龙口市新华林文化发展有限公司
经　销　全国新华书店发行
版　次　2015 年 1 月第 1 版
印　次　2019 年 7 月第 2 次印刷
开　本　880mm×1230mm　1/32
印　张　11.75
字　数　257 千
定　价　32.00 元

总序： 电影的文学性决定其艺术性

　　不是每个人都拥有将文字转换成影像的能力，曾有人将剧作者分成两类：一种是"通过他的文字，读剧本的人看到戏在演。"还有一种是"自己写时头脑里不演，别人读时也看不到戏——那样的剧本实是字冢。"为什么会这样，有一类人在忙于经营文字的表面，而另一类人深谙禅宗里的一句偈"指月亮的手不是月亮"。他们尽量在通过文字（指月亮的手），让你看到戏（月亮）。

　　小说对文字的经营，更多的是让你在阅读时，内视里不断地上演着你想象中的那故事的场景和人物，并不断地唤起你对故事情节进程的判断，这种想象着的判断被印证或被否定是小说吸引你的一个重要原因，也是作者能够邀你进入到他的文字中与你博弈的门径。当读者的判断踩空了时，他会期待着你有什么高明的华彩乐段来说服他，打动他，让他兴奋，赞美。现实主义的小说是这样，先锋的小说也是这样，准确的新鲜感，什么时候都是迷人的。

　　有一种说法是天下的故事已经讲完了，现代人要做的是改变讲故事的方式，而方式是常换常新的。我曾经在北欧的某个剧场看过一版把国家变成公司，穿着现代西服演的《哈姆莱特》，也看过骑摩托车版的电影《罗密欧与朱丽叶》，当然还有变成《狮子王》的动画片。总之，除了不断地改变方式外，文学经典的另一个特征，是它像一个肥沃的营养基地一样，永远在滋养着戏剧，影视，舞蹈，甚至是音乐。

我没有做过统计，是不是20世纪以传世的文学作品改编成电影的比例比当下要多，如果这样的比较不好得出有意义的结论的话，我想换一种说法——是不是更具文学性的影片会穿越时间，走得更远，占领的时间更长。你可能会反问，真是电影的文学性决定了它的经典性吗？我认为是这样。当商业片越来越与这个炫彩的时代相契合时，"剧场效果"这个词对电影来说，变得至关重要。曾有一段时期认为所谓的剧场效果就是"声光电"的科技组合，其实你看看更多的卖座影片，就会发现没那么简单。我们发现了如果两百个人在剧场同时大笑时，也是剧场效果（他一个人在家看时可能不会那么被感染）；精彩的表演和台词也是剧场效果；最终"剧场效果"一定会归到"文学性"上来，因为最终你会发现最大的剧场效果是人心，是那种心心相印，然而这却是那些失去"文学性"的电影无法达到的境界。

《奥斯卡经典文库》将改编成电影的原著，如此大量地集中展示给读者，同时请一些业内人士做有效的解读，这不仅是一个大工程，也是一件有意义的事。从文字到影像；从借助个人想象的阅读，到具体化的明确的立体呈现；从繁复的枝蔓的叙说，到"滴水映太阳"的以小见大；各种各样的改编方式，在进行一些细致的分析后，不仅会得到改编写作的收益，对剧本原创也是极有帮助的，是件好事。

——资深编剧　邹静之

主编的话： 跟随文学人物走进各种
各样的命运险境

能参与《奥斯卡经典文库》丛书的编辑工作，我感到特别的荣幸和高兴。说实话，这套丛书的编辑过程不仅给我，也给我们整个编辑团队带来了莫大的兴奋感。

兴奋之一：这是国内首次以大型丛书的形式出版经典电影的文学原著，这无疑是奉献给广大读者的一场阅读盛宴，我们相信无论何种口味的读者，都会从这套丛书里找到自己的最爱，甚至找到陪伴自己一生的精神伴侣。

兴奋之二：我们选择的书目全部是奥斯卡奖得奖或者提名的电影原著。奥斯卡本身就是全球最值得大众信赖的品牌之一，在奥斯卡异常严格的选拔标准下，这一批电影原著小说的艺术质量，还有部分原著是第一次出中文版本，我们之前也并未读过，但读过之后，深为震撼——世界一流的小说确实能带给人直击心灵而又妙不可言的独特感受。

兴奋之三：这套丛书让我们重新认识了文学原著和电影作品之间的互动关系。有的作品我们只看过小说，没有看过电影；而有的作品我们只看过电影，没有看过小说（后一种情况更多一些）。于是在编辑的过程中，我们重新补课，将同一故事的两种艺术形式尽量都补看完整。补完课才发现，文学与电影之间的关系真是太有趣了——电影或者因为时长所限、或者因为视听特性的发扬、或者因为求新求变，通常都要对原来的文学作品做出取舍和改动，电影编剧和导演如何取舍如何改动，背后其实都隐藏着电影创作者的深入思考。而很多文学名著又被不同的电影创作者多次改编，这些不同的电影版本所体现出来的电影创作者的不同趣味、不同表达以及独特个性，每每让我们生发出一种"又发现了一片新大陆"的感觉。我们作为读者和观众，往往会为哪一个电影版本改得更好而争论得面红耳赤——而对于那些两种艺术形式都没看过的朋友来说，我个人的建议，最好先读小说，充分展开自己的想象世界之后，再去看电影，收获绝对不一样。

兴奋之四：比起编剧和导演对文学作品的改编，演员、明星们对文学人物的演绎无疑更能引起大家的好奇和关注，在看完小说之后，带着悠闲而挑剔的眼光，再去评论、比较电影里的明星的表现，甚至去评论、比较不同版本的明星的表现，这给我们带来了数不清的快乐时光。

因为部分原著小说和电影也是我们第一次接触，以上所呈现的，都是我们在编辑过程中非常真实的感受。我们也非常期望我们的工作能带给广大读者同样的兴奋和快乐。《奥斯卡经典文库》为您精心挑选的这些非常优秀的原著小说，完全值得您腾出一点业余时间，全身心投入其中，跟随着那些精彩的文学人物走进各种各样的命运险境，去迎接那些意想不到的感动和震撼。

——北影老师 何亮

导读： 勇毅豪杰还是无耻小人？

《巴里·林登》是威廉·梅克比斯·萨克雷（William Makepeace Thackeray，1811～1863）在《名利场》之前完成的一部绝佳作品，最初以连载形式发表在杂志上。后来《名利场》的发表使萨克雷跻身到一流作家的行列，而前者却一直被掩盖在《名利场》和作者其他作品的光环之下。

《巴里·林登》以第一人称讲述，描写了巴里·林登在少年时期为争夺表姐的芳心，而与一名上尉决斗，以为自己杀死了上尉而离开家乡躲避风头。后来他被骗到身无分文而被迫参军，成为英国士兵。在一场战争后，他冒用一名军官的身份企图逃回英格兰，但被普鲁士征兵者识破，并被抓进普鲁士军队。在普鲁士军队里，巴里·林登受尽欺凌，但他勇猛刚毅，同时也学会了溜须拍马，进而获得一名高级军官的赏识。之后他被派去监视一名外国高官，却发现这名外国高官正是他的叔叔。在叔叔的帮助下，他脱离普鲁士军队并开始了辉煌的赌徒生涯。在赌桌上，巴里·林登了解到一名赌伴的妻子林登夫人拥有巨额财产，他费尽心机娶了林登夫人。之后，他肆意挥霍林登夫人的财产，无耻地与无数女人偷情，还对林登夫人百般虐待。最后，林登夫人同他人设计逃出巴里·林登的控制，并和他离婚，巴里·林登被投入监狱，直到终老。整部作品跌宕起伏，构思精巧，充满了传奇色彩。要了解这部作品，我们也应该了解一下作者本人。

一代文豪萨克雷于 1811 年 7 月 11 日在印度加尔各答出生，生父为东印度公司的职员，生父死后母亲改嫁。1816 年，萨克雷随继父回到英国进入学校，在学校里常常被同学欺辱。1829 年，萨克雷进入剑桥大学三一学院读书，这时他已经开始进行诗歌创造和撰文，同时热衷于赌博等玩乐，广交好友。在一年多后，他中途退学。之后，萨克雷带着父亲留下的遗产游走于欧洲大陆，生活自由恣意，并结识了包括约翰·沃尔夫冈·冯·歌德（Johann Wolfgang von Goethe）在内的许多著名文人。他尝试过多种投资，还试图走画家的道路，但均告失败，到 1834 年，他父亲留下的遗产被消耗一空。期间，萨克雷一直没有放弃写作。1836 年，他同爱尔兰的伊莎贝拉·肖（Isabella Gethin Shawe）结婚，共生育 3 个女儿，其中二女儿出生不久后夭折。1840 年之后，他的大多数重要作品开始被发表并获得认同，直到《名利场》的发表真正使他与大作家查尔斯·狄更斯（Charles Dickens）齐名。1863 年 12 月 24 日，萨克雷在写《丹尼斯·杜瓦尔》时死去，享年 52 岁，葬于伦敦肯萨尔园公墓。

《巴里·林登》对人物的性格刻画细腻精彩，情节设置引人入胜，是一部值得细细品读的佳作。主人公巴里·林登不是 18 世纪小说（和我们如今的小说）中人们通常见到的英雄或者坏蛋。他自尊心强，性格刚毅，敢打敢拼，因此在战场上成了一名骁勇善战的士兵，还杀死一名敌军的高级将领。但同时他吹嘘自负，阿谀奉承，为达目的不择手段，为了脱离普鲁士军队，二十岁出头的他曾想与一个老寡妇结婚。他的勇毅、胆量和他的无耻、邪恶一样令人惊异。巴里·林登的沉浮与是非，只有在读者读完全书后才能得到答案。

1975 年，美国电影导演斯坦利·库布里克（Stanley Kubrick）执导了由小说改编的同名电影《巴里·林登》，电影在情节处理和视觉上更加艺术化，而在情节设置上与原著只有一些微小差异，比如，原著在结尾并没有布林登与巴里·林登决斗的情节，只讲述布林登遇到巴里·林登后将他狠揍一顿。电影《巴里·林登》被誉为史诗作品，也被一些影迷认为是库布里克最杰出的作品之一。《巴里·林登》上映后广获好评，获得了1975年第48届奥斯卡最佳影片、最佳剧本改编等6项提名，最后获得最佳摄影、最佳美工、最佳服装、最佳音乐4个奖项，以及1975年英国电影学院的最佳导演奖和最佳摄影奖。

萨克雷和《名利场》对我国读者来说并不陌生，但其包括《巴里·林登》在内的其他杰作却并不广为人知。本书作为《巴里·林登》第一版中文版，为读者们了解这位文学奇才提供了更多选择。《巴里·林登》涉及的社会题材广泛，篇幅宏大，初译本难免有不足之处，望读者见谅，也恳请读者指正。

目 录

关于这本书的故事

    《巴里·林登》绝不是萨克雷最出名的作品，但一些评论家却声称，这是作者所有作品中的巅峰之作。在萨克雷写出《名利场》的几年前，《巴里·林登》并没有以书的形式独立出版，而是由杂志连载。直到《名利场》、《班德尼斯》、《亨利·艾斯蒙德》和《纽卡姆一家》①的出版让萨克雷成为那个时代所有文人中的翘首，《巴里·林登》才能以书的形式重见天日。一百多年后，我们忍不住惊奇，为何这个故事没有以书的形式出版，因为故事中对巴里·林登的性格描写与《名利场》一样精彩绝伦。至于故事里的爱尔兰历史色彩，也许我该说，《巴里·林登》绝对是《亨利·艾斯蒙德》的前身。

---

    ①　四本书的英文原名分别为：*Vanitty Fair*、*Pendennis*、*The History of Henry Esmond* 和 *The Newcomes*. ——译者注

　　1844 年 1 月，《弗雷泽杂志》① 刊发了《上世纪的浪漫故事：绅士巴里·林登沉浮录》，作者为菲茨布德尔。除了十月刊外，这份杂志每月都连载这个故事，直到当年年底。结尾部分的签名是"G. S. 菲茨布德尔"。值得一提的是，就在此前的一两年里，这份杂志上经常出现一个作者名为"菲茨布德尔的自白"，所以这一笔名为《费雷泽杂志》的读者所熟知。

　　据作者本人所言，他是在"极其无趣、很不情愿"的情况下写了《巴里·林登》，而且写这个故事"极为劳神耗力"，同时很明显是应连载的要求所作。在八月份，萨克雷写道："整个早上都在俱乐部读书，为《巴里·林登》寻找灵感"；四天后，他写道："巴里·林登像噩梦一样潜伏在我脑海里"。那趟东方之旅，萨克雷写下了《旅行游记：从康希尔到大开罗》②，而在写这本书前，《巴里·林登》还没有写完。因为在马耳他时，作者在十一月前三天的手记里写道："继续写了《巴里·林登》，但速度很慢，无从下笔"，"写了《巴里·林登》，但和昨天一样毫无进展"，"无比痛苦，深夜终于完成《巴里·林登》"。

　　《弗雷泽杂志》在十二月刊发了结尾。十二年后，也就是1856 年，这个故事作为第一部分被编进共三卷的《萨克雷文集》，并被名为《巴里·林登回忆录》，题目后加注"作者为本人"。自此以后，这个故事总和其他故事一同发行，好像它

---

　　① 弗雷泽杂志，英文为 *Fraser's Magazine*，是一份大众文学杂志，于伦敦 1830 年创刊，1840 年时曾用名奥利弗·约克，1882 年停止发行。——译者注

　　② 书的原名为 *Notes of a Journey from Cornhill to Grand Cairo*.——译者注

自身不足以单独成卷一样；或者说，好像一个作品的重要性主要由故事的页数来衡量，页数足够多才能作为单本发行。幸运的是，现在的书籍发行规则足以让我们将那个冒险者的回忆录装订成书，以纪念其伟大。

为了更完整地了解故事中主人公的性格，我们得先了解一些与主人公相似的角色。我认为有三个性格相异的历史人物构成了巴里·林登的某些部分，其中最出名的非冒险家卡萨诺瓦·塞恩格尔亲王①莫属。18世纪下半叶，在欧洲各国的首府，他都是成功冒险家的代表。二十五岁之前，他曾"做过神父，为主教阿瓜维瓦做秘书，曾在罗马、君士坦丁堡、科弗等地任职，又是个小提琴家，而在他的出生地威尼斯，他还治好了一个参议员的中风病"。描述称他的自传《自书回忆录》（共十二卷）"作为一个卑鄙恶棍的自我揭露，这本书举世无双"。

有人认为巴里的另一个原型是外交家和讽刺诗人查尔斯·汉布里·威廉②，约翰逊博士③曾称他"是个放浪荒诞的浪子，但富有情调且优雅绝伦"。虽然我认为相似度没有之前那位高，但接下来这位被称为巴里的原型则毋庸置疑。他的名字叫安德鲁·鲁滨孙·斯托尼（Andrew Robinson Stoney），后来又加了一个姓鲍斯（Bowes）。

---

① 卡萨诺瓦·塞恩格尔，意大利名为 Giacomo Girolamo Casanova de Seingalt（1725～1798），意大利冒险家，是18世界享誉欧洲的情圣才子，曾著书详细地描述各种艳遇。——译者注

② 查尔斯·汉布里·威廉，英文名为 Sir Charles Hanbury Williams（1708～1759），威尔士外交官、作家和讽刺诗人。——译者注

③ 约翰逊，英文名为 Samual Johnson（1709～1784），通常被称为约翰逊博士，他一生致力于为英国文学做贡献，是诗人、散文家、道德家、文学评论家、传记作者、编辑和词典编纂家。——译者注

林登伯爵夫人的原型为玛丽·埃莉诺·鲍斯（Mary El-eanor Bowes），她在斯特拉斯摩尔继承了亡夫的爵位，同时还是豪门杜勒姆家族的继承人。这位夫人追求者众多。但在1777年，破了产且薪金微薄的上尉斯托尼为了她与别人决斗，从而赢得了这位女伯爵的芳心。女伯爵嫁给了他，而斯托尼则在名字中加上她的姓氏。斯托尼成了国会议员，如同巴里·林登一样，终日挥霍无度，且对待妻子残忍粗暴。女伯爵逃离他之后，他又想方设法将她诱拐回来。最终，在离婚之后，他被投进债主的监狱。

后来的读者们无法忽视这两者间的相似之处。萨克雷的女儿里奇（Ritchie）夫人说过，她父亲在巴黎时曾有个朋友，"他姓鲍斯，他最先告诉父亲这些故事的细节简直不可思议，描写像是引用了当时的记录一样。"萨克雷这位朋友的名字是个可疑的巧合，除了一种极为可能的情况——萨克雷与斯托尼结婚的那个家族有关联。1810年，斯托尼去世，整个不幸的故事被记录成书，书名叫《斯特拉斯摩尔女伯爵与安德鲁·鲁滨孙·斯托尼的生活》，"作者是医生杰西·福特（Jesse Foot），书中所述全部来源于三十三年的亲身经历，和真实可靠的信件及文书"①。有可能萨克雷已经读过这本书，在这本书里，我们可以发现多处相似情节。鲍斯砍掉他妻子庄园里所有的树木，但是"邻居们没人愿意买"。巴里·林登曾戏弄过他儿子的教师，而斯托尼也做过类似的事让牧师难堪。在《英国传记大字典》注解女伯爵一生的文字中，有关

---

① 书名为 *The Lives of Andrew Robinson Bowes esq.*, and *The Countess of Strathmore*. 封皮上同时写道：Written from thirty-three years' Professional Attendance, from letters and other well authenticated Documents by Jesse Foot, Surgeon. ——译者注

于斯托尼及他的婚姻的简单介绍。

至于第十章中的小故事，巴里·林登在 X 亲王的领地停留时发生了一些浪漫插曲，这些灵感由何而来，萨克雷自己的记录簿上给出了确凿的证明（由里奇夫人引述）："1844 年 1 月 4 日，在一本叫《帝国》的小册子里读了一个好故事，威腾堡王国第一任国王弗里德里克·威廉，生于 1734 年（?）①，于 1780 年与布伦威克—沃尔芬比特尔的卡洛琳公主②联姻，但后者因通奸被丈夫所杀，死于 1788 年 9 月 27 日。其余故事请参看《帝国：拿破仑统治十年》卷 I，220 页，作者张伯伦；1836 年巴黎阿拉丁出版社出版"。而与巴里同行到都柏林的"弗莱尼上尉"（见第三章）实则是个臭名昭著的强盗，萨克雷在《爱尔兰人素描》的第十五章里对他的所作所为进行了夸张描写。

尽管写这个故事耗时甚久，又由于疏忽或怠慢，这个故事再没被重印过，但《巴里·林登》被众多著名的评论家们称为萨克雷最优秀的作品。但作者本人似乎对这本书并没有强烈的感情，他的女儿记录道："在我还是个小女孩时，父亲告诉我：'用不着看《巴里·林登》，你不会喜欢的'。的确如此，这本书并不是让人喜欢，它完美的力量以及掌控力只能

---

① 弗里德里克国王，原型应为 Frederick William 二世（1744～1797），生于柏林，属于霍亨索伦王族。1786 年成为普鲁士国王，1797 年卒。——译者注

② 布伦威克的卡洛琳公主，原型为 Caroline Amelia Elizabeth of Brunswick-Wolfenbüttel（1768～1821），被称为不伦威克的卡洛琳，她是威尔士公主，1795 年嫁给国王乔治五世成为英国王后，1820 年因被查出通奸证据而被废黜。——译者注

让人赞美和惊叹。"另一位小说家，安东尼·特罗洛普①则评论《巴里·林登》称："在想象力、语言、结构和总体文学能力方面，萨克雷没有任何作品能出其右。"评论家莱斯利·斯蒂芬爵士②则称："后来的评论家都认为这本书是萨克雷的登峰造极之作。他没有任何作品能在直述性和语言的气势及力度方面超越《巴里·林登》。"

——沃尔特·杰罗德

---

① 安东尼·特罗洛普，英文名为 Anthony Trollope（1815～1882），是维多利亚时代最杰出的多产作家之一。他最广受喜爱的小说都围绕想象的巴塞特郡展开，并被收录进《巴塞特郡纪事》。此外他还写过很多写实小说，涉及政治、社会、性别和其他热点话题。——译者注

② 莱斯利·斯蒂芬爵士，英文名为 Sir Leslie Stephen（1832～1904），是一位英国作家、评论家和登山健将。他的两个女儿分别是弗吉尼亚·伍尔夫和瓦娜莎·贝尔。——译者注

第一章 我的血统与家族——经历初期
变故和爱情

　　自亚当时代起，这世上极少的祸根不是由女人所种。自从我们家族建立（那时肯定与亚当的时代相近，众所周知，巴里家族是如此古老高贵，声名显赫），女人就在我们家族的命运中起到举足轻重的作用。

　　我认为欧洲不可能有绅士没听说过爱尔兰王国巴里尤格的巴里家族（Barry of Barryogue），即使翻遍格维林和多兹埃①为王族编写的书卷，也找不出比巴里更有名望的姓氏。

---

　　① 格维林，此处应指摩尔·格维林，英文为 Moore Gwillim（死于1611年），是一名政治家，他曾代表蒙茅斯郡于1584年和1586年在英国国会任国会议员。多兹埃，全名为皮埃尔·多兹埃，法文为 Pierre d'Hozier（1592～1660），是一位法国贵族系谱学家。出生于马赛，属于德·可黑科元帅的家眷，并受元帅的资助编写王室贵族的族谱及相关历史，出版多部王国内各大家族的族谱。1641年他被法国指任为纹章院长。——译者注

作为一个见惯场面的人，我打心底里鄙视那些号称自己出身高贵的冒牌货，这种人比给我舔靴子的马屁精还可恶。而我有很多同胞，自夸有爱尔兰王族血统，把自己比猪圈大不了多少的领地吹嘘成广袤的侯国。尽管我对这些人只有鄙夷冷笑，但事实让我必须坚称，我的家族是爱尔兰岛、甚至全世界最高贵的家族。在爱尔兰比如今繁荣百倍时，我们家族的财产数额惊人，领地占据许多郡县。但由于坚守古老信念和忠君意识、先辈的奢侈挥霍、时间的流逝、家族内部的钩心斗角以及战争，我们的财产如今变得微不足道。又因为许多愚蠢的冒牌货声称拥有巴里家族的血统，将巴里这个名字变得如此平凡。否则，我敢肯定爱尔兰的王冠就是我们家族徽章的图案。

谁知道呢？如果不是因为一个女人的错误，现在我已经戴上那盾徽。如果你开始怀疑我的故事，我只能说，怀疑是正确的。如果我们的领袖没有向国王理查德二世①下跪又朝他拔刀，而是个英勇忠诚的人，我们的人民也许已经成为自由人；如果当时能有位刚毅的领袖对抗奥利弗·克伦威尔②这个粗暴恶棍，我们应该早已摆脱英国人这个称号。但巴里家族没有一个人站出来对抗篡位者，恰恰相反，我的先祖西

① 理查德二世，英文为 King Richard II（1377～1399），英格兰国王，黑太子爱德华之子。1377 年继承祖父爱德华三世的王位。因年幼，由其叔父冈特的约翰执掌朝政。后来他的不宽容最终导致了全体贵族的反叛，1399 年让位给博林布鲁克。——译者注

② 奥利弗·库伦威尔，英文为 Oliver Cromwell（1599～1658），曾逼迫英国君主退位，遣散国会，并将英国变为资产阶级共和国，建立英吉利共和国，出任护国公，并成为英国实际的元首。——译者注

蒙·德·巴里（Simon de Bary），与当时的国王芒斯特①相熟并达成和解，进而迎娶了他的女儿做妻子。而正是这个国王，在战场上无情地杀死了自己的几个儿子。

及至奥利弗时代，巴里家族已经无力扛起大旗对抗这个凶残的阴谋家。我们再也不是这片土地上的亲王，而由于极为可耻的背叛，我们家族在一个世纪前就失去了所有财产。我知道这些都是事实，因为我母亲以前常给我讲这些故事。此外，我还在一张家谱上读到过我辉煌的先祖们，而那张家谱就挂在我们巴里维尔的"黄色大厅"里。

现在林登家族在爱尔兰拥有的庄园正是巴里家族曾经的财产。巴里尤格的罗瑞·巴里（Rory Barry）在伊丽莎白女王统治时期和芒斯特时代的一半时期拥有这些庄园。在这期间，巴里家族和欧·马霍尼（O'Mahonys）家族一直有世仇。有一次，欧·马霍尼家族入侵巴里家族的地盘，大肆掠夺巴里家族的牛羊畜群。刚好在这一天，一位英国上校带着一团骑兵路过巴里家族的领地。

这个年轻的英国男子叫罗杰·林登（Roger Lyndon），林顿或者林丹尼。巴里刚好看到他带着骑兵英勇攻入欧·马霍尼家族的领地，将欧·马霍尼家族彻底打败，并夺回了巴里家族的所有财产。据史书记载，加上夺回的财产，巴里家族的财产总数是欧·马霍尼家族的两倍。而罗杰·林登受到了巴里家族最热情的接待。

由于事情发生在冬季，巴里家族极力挽留罗杰·林登住

① 芒斯特，英文为 Munster，是爱尔兰自 970 年建立的古代王国，占据爱尔兰南部大部分国土。如今为爱尔兰最大的省，爱尔兰南部面积最大的省区，包括克莱尔、凯里、蒂珀雷里、科克、利默里克和沃特福德等六郡。——译者注

在巴里尤格的庄园，于是他在那里住了数月。而他的骑兵队和巴里家族的护卫队被安排在同一处。每一个骑兵都在附近分一座小房子。他们恶劣的习性逐渐暴露，并在爱尔兰人面前不可一世，连续的斗殴和谋杀也随之而来。当地的人们发誓要消灭他们。

巴里的儿子（我这一支的先祖）和他领地上的所有人一样，对英国人充满仇恨。但由于卫军没有命令就无法出动，他和他的朋友共同商议，决定杀光这群英国人，片甲不留。

但他们让一个女人也参与到谋划之中，这个女人就是巴里的女儿。因为当时与林登相爱，她把整个秘密都告诉了他。这个卑鄙的英国人躲过了一劫，并反过来对爱尔兰人进行屠杀。我的先祖弗奥德里格·巴里（Phaudrig Barry）被杀，他手下数百勇士也随他而去。卡里格纳第希欧（Carrignadihio-ul）附近的巴里十字路口（Barrycross）就是这场令人发指的屠戮的见证地。

林登娶了罗德里克·巴里（Roderick Barry）的女儿，并将他留下的庄园纳入自己名下。尽管弗奥德里格的后代依然活着，我的家人就是证明①在英国法庭的听证会上，庄园被判给了那个英国人，而这也成为英国人和爱尔兰人永远的仇结之一。

就这样，如果不是因为一个女人的错误，我会在出生之时就拥有那些庄园，并继续我们家族的荣耀和历史。后来，这些庄园还是因为我的功劳而重归我名下。这些故事，接下

---

① 我们一直无法找到我的先祖弗奥德里格同他妻子结婚的证明，毫无疑问，我认为林登毁掉了婚书，并谋杀了婚礼的牧师和所有见证者。——原作者注

来你会听到。

我父亲罗英·哈利·巴里①为爱尔兰王国最上流的社交圈所熟知。和所有优裕家庭一样，他被送去学法律，并受任为都柏林萨克维尔街②一位受人敬仰的大法官工作。由于他才华卓越天资聪颖，毫无疑问，他一定能成为一位出类拔萃的大法官。而他善于社交的品质、对骑射运动的热爱以及极为出众的礼仪，使他在更高的社交界崭露头角。当还只是法官属下的职员时，他就养了七匹赛马，并经常在凯尔德尔和维克洛骑马狩猎。他骑着灰色的恩迪弥翁③同上尉庞特（Captain Punter）进行了那场著名的比赛，这一役至今还为赛马爱好者们津津乐道。后来，我耗巨资请画师画了一幅反映当时盛大场面的巨作，就挂在林登堡用餐大厅的壁炉之上。在比赛胜利一年之后，在新玛克特④他又骑着恩迪弥翁在国王乔治二世⑤面前大出风头，在赢得奖牌的同时，也赢得了这位威严君主的注意。

虽然我父亲在家族排行第二，但他顺利地继承了巴里庄

---

① 罗英·哈利·巴里，英文为 Roaring Harry Barry Roaring，有咆哮的、兴旺的之意。——译者注

② 萨克维尔街，英文为 Sackville Street，是都柏林的重要街道，现为奥康奈尔街。——译者注

③ 恩迪弥翁，原文为 Endymion，神话中的人物，传说为埃特里俄斯儿子，长相俊美，被月亮女神塞勒涅所钟爱。——译者注

④ 新玛克特，英文为 New-market，英国英格兰东南部城镇，是著名的赛马中心。——译者注

⑤ 乔治二世，英文为 King George II（1683～1760），大不列颠及爱尔兰的国王，汉诺威公爵，并从 1727 年 6 月 11 日起为神圣罗马帝国的选帝侯，直到亡故。——译者注

园（万分可悲的是，现在每年只能收入四百雷①）。我祖父的大儿子科尼刘斯·巴里（Cornelius Barry）（由于在德国受伤，他也被称为独眼龙骑士）一直坚守巴里家族所教的古老信仰，在国外颇有盛名。但不幸的是，他竟然加入1745年苏格兰叛乱（Scotch disturbances），对抗神圣的国王乔治二世。后面我会详细讲到这位骑士。

后来我父亲改变了信仰，这都归功于我亲爱的母亲，贝尔·布雷迪（Bell Brady）小姐。她的父亲，正是凯里郡布雷迪堡的绅士尤利西斯·布雷迪（J. P. Ulysses Brady），而她是当时都柏林最美丽的女人，所有人都称她为"第一美人"。我父亲在聚会中见到她，之后就迷恋到不能自拔。但我母亲绝不会看上一个法官的小职员，更何况还是个天主教徒。为了得到我母亲的爱，依照古老的法律，我父亲取代我叔叔科尼留斯，继承了家族庄园。除我母亲之外，还有一些家族声名极为显赫的人帮助促成了这件事。我常听母亲笑着讲我父亲更改信仰的仪式。那是在一家酒馆里，我父亲庄严地宣誓改变信仰。当时在场的有迪克·灵伍德爵士（Dick Ringwood）、巴格维格勋爵（Bagwig）、庞特上尉和其他几位在都柏林享有盛名的少爷。就在当晚，我父亲罗英·哈利玩菲罗牌赢了三百金币，而第二天早上他又和他弟弟科尼说了些不中听的话。我父亲改变信仰的事造成两人间的冷战，我叔叔也由此加入了叛军。

再后来，勋爵巴格维格将自己停泊在鸽子庄园（Pigeon House）的大船借给我父亲，被我父亲说服了的我母亲和他一起跑到英格兰。尽管她的父母非常反对这门婚事，尽管她

---

① 雷特，18世纪时通用货币，1雷特等于5.25英镑。——译者注

有成群的追求者（我听她说起几千次了），尽管那些追求者都来自爱尔兰王国最富有的家族，但他们还是在萨沃伊（Savoy）结了婚。不久后，我祖父过世。我父亲继承了我祖父的财产，并在伦敦继续着巴里家族的声望。

我父亲打败过住在蒙塔古宅邸①后面著名的迪尔席林伯爵（Tiercelin），他还是白色俱乐部②的成员，经常出入最豪华的餐厅。我母亲，当然也是消费不菲。最后，在纽玛克特于国王面前赢了比赛之后，仁慈的君主向我父亲许诺他将享有无尽的荣华富贵。但就在这时，我父亲在切斯特一场赛马中被另一位君主带走，这位君主的命令绝不容违背或拖延——他就是死神。而我成了孤儿，愿他的灵魂安息！我父亲无比勇敢，行为举止绝对配得起被称为大人物，他驾着六驾马车的样子是那么气派。但他也有过错，由于他的大手大脚，我父亲把巴里家族的巨额财产挥霍一空。

我不知道国王对我父亲的突然过世是否有半点伤感，尽管我母亲说，国王在我父亲的葬礼上还掉了眼泪。但这对我们毫无用处：因为那时整个家里留给我母亲和债主们的所有东西只是一个钱袋，里面有九十基尼③。我母亲拿上钱袋，收拾了家里的金银细软及衣物，把东西装进大马车后，我们就前往圣头港了，在那里我们乘船回到了爱尔兰。我父亲的

① 蒙塔古宅邸，17世纪晚期于伦敦大罗素街建成，是一座雄伟豪华的宅邸。——译者注
② 白色俱乐部，是一个男性俱乐部，地址位于伦敦圣詹姆斯街，许多贵族和社会名流是该俱乐部的成员。由于俱乐部完全排除女性，以及成员们放荡不羁的行为，白色俱乐部自18世纪起就颇具声名鹊起。——译者注
③ 基尼，18世纪英国流通的货币，等于当时的1.05英镑。——译者注

遗体被放置在最上等的棺材和羽毛里，和我们一起回到了爱尔兰。尽管我父母经常发生争执，但父亲死后，我母亲将所有不快都抛之九霄云外，并为我父亲举办了超乎寻常的隆重葬礼，还在他墓前立下石碑（费用后来由我支付），称他是最聪慧博学的男人，拥有最纯洁的灵魂，是自己最挚爱的丈夫。

为了给丈夫举办葬礼，我母亲花掉了巨额的财款。如果不是她减免掉三分之一举办葬礼所用的物品，极有可能花费更多。巴里尤格庄园附近的家族虽然对我父亲更改信仰一事不满，但他们都出席了葬礼，并与从伦敦赶来吊唁的先生们说起我父亲的种种善行。石碑和棺材当时都放在教堂。唉！巴里家族的巨额资产现在只剩下一座古老破旧的房子。[①] 因为我父亲把所有能卖的东西都卖给了一个叫诺特利（Notley）的法官，后来我们还拜访过他家，但只受到冷冷的接待。

那场隆重的葬礼让我母亲再次声名远扬，所有人都知道了我母亲是如此的善良和时髦。所以在她写信给她哥哥迈克尔·布雷迪（Michael Brady）不久后，这个好心的绅士就骑马翻山越岭赶来相助，并以他妻子的名义邀请母亲到布雷迪堡去。

在我父亲追求我母亲时，和所有男人们一样，布雷迪和我父亲发生过激烈的言辞冲突。在我父亲带走我母亲后，布雷迪发誓绝不原谅他们。但在 1746 年，布雷迪又同我父亲交

---

① 在这本回忆录的某些部分里，巴里·林登曾描述这座宅邸是欧洲最豪华的宫殿之一，但这种说法在爱尔兰人中并不罕见。他还声称爱尔兰有大片侯国领地曾属于巴里家族，但众所周知，巴里·林登的祖父是个法官，并且白手起家。——原作者注

好，他住在我父亲克拉吉斯街①的豪华宅邸里，一起打牌作乐，还和我父亲等人一起打破了一个守夜人的头——种种回忆使他对我母亲和我备感亲切，所以他极为热情地接待了我们。

我母亲一开始并没有告诉别人她的经济状况，这也是明智之举。她通身带满家族珠宝，乘坐巨大的镀金马车到达了布雷迪堡。她的嫂嫂同其他人像接待公侯一样接待了我母亲。之后的一段时间，我母亲自然而然地成了布雷迪堡的女主人。她指挥着仆人们，并教他们保持伦敦式的整洁。而我被称为英国人雷德蒙，他们为我安排一个女仆和一个侍从，我像小主人一样被照料。我舅舅迈克尔支付他们酬劳——比他自己仆人的酬劳要高得多——他尽自己所能，抚慰他妹妹的丧夫之痛，并给她提供舒适生活。作为回报，我母亲保证等一切事情安排妥当，她会给予相当数目的津贴，作为她儿子和她在这里居住的补偿。我母亲还承诺，将克拉吉斯街宅邸里的家具送给布雷迪堡，以装饰空闲的房间。

但实际情况是，无赖的地主卷走了所有本属于我母亲的家具，而本应由我继承的庄园也被贪婪的债主夺去。唯一留给我们维持生活的是巴格维格勋爵的一处资产，每年有五十雷的租税，这也是因为我父亲生前和他有许多土地交易。所以，我母亲给她哥哥的大方许诺一直没有实现。

虽然对布雷迪堡和布雷迪夫人的名声不好，但必须指出，当布雷迪夫人发现她的小姑子其实一贫如洗时，就立刻忘掉昔日对我母亲的所有尊敬，并赶走我的女仆和侍从。她告诉

---

① 克拉吉斯街，位于伦敦西区的梅菲尔中心，当时是上流人士的聚集地。——译者注

我母亲随时可以像他们一样离开。布雷迪夫人出身低微，且唯利是图。两年后，我母亲离开了布雷迪堡（在这期间她攒下了几乎所有的微薄收入）。离开的时候，我母亲很自然地假装愤恨并发出誓言，只要布雷迪夫人还在，她就绝不踏入布雷迪堡大门半步。

我母亲的不凡品位使我们简陋的新居所典雅非常。此外，尽管她已经变穷，但她所拥有的体面并没有丝毫减损，邻居们也很尊敬她。的确如此，试问有谁能不尊敬一位曾长期居住在伦敦，并且出入最高级社交圈的夫人？更何况她还曾被引见到宫廷（这点她庄严地声明过）。这些优势给了我母亲一项可以低头蔑视别人的特权。有些爱尔兰人喜欢无限夸大这一特权——因为不是谁都能离开母国并且在伦敦住上几年的。所以，每次布雷迪太太穿着一条新裙子出现在人前的时候，我母亲就会说："可怜的人！她这种人怎么可能懂那种风雅？"此外，尽管她高兴被称为漂亮寡妇，但我母亲还是更喜欢别人叫她英国寡妇。

当然，布雷迪夫人很快反唇相讥：她曾告诉别人已故的哈利·巴里早已破产，而且是个乞丐。至于他所见到的上流社会，都是从巴格维格勋爵桌边听来的，他只是一个谄媚者和食客。至于我母亲，她更是进行各种含沙射影的攻击。不管怎样，我们何必提起那些已过了百年的私人恩怨呢？上面说到的事都发生在乔治二世时代，无论善良或邪恶，美丽或丑陋，富有或贫穷，现在他们都已平等了。而如今，周日报纸上和法庭里不也总在给我们讲述更新奇古怪的故事吗？

无论如何，这里必须说明，我母亲在我父亲去世及她退休之后，所过的节制生活足以使任何谣言不攻自破。作为韦克斯福德曾经最美丽迷人的姑娘，半数单身男子都跪倒在我母亲裙下，向她大献殷勤。但我母亲像所有贵格派女信徒一样坚定，并用一种近乎傲慢的态度证明她的保守。许多男人被我母亲的魅力迷倒，重新向她求婚。但她拒绝了所有人，并公开声明她绝不再嫁，只会守着对我父亲的回忆，和我相依为命。

"真是愚蠢！"恶毒的布雷迪太太说，"哈利·巴里是个极大的罪人。再说谁不知道他和贝尔相互厌恶？她现在不嫁人，要我说，这个善用伎俩的女人心里早有了人选，她一定是想等着嫁给巴格维格勋爵。"

就算我母亲真的这么想又如何？巴里家族的遗孀足以配得起英格兰任何一位勋爵。不是常有预言说，会有个女人拿回巴里家族的财产吗？如果我母亲觉得自己就是那个女人，我认为绝对非常契合，而且十分正当。我的伯爵教父一直对我母亲关怀备至，但直到他在1757年同一个印度富豪的女儿高德莫小姐（Goldmore）结婚之后，我才知道，在我母亲心目中帮助我出人头地，维护我的利益有多么重要。

之后我们住到了巴里维尔，考虑到我们微薄的收入，我们的生活还算不错。布雷迪镇的圣公会由六个大家族的成员组成，但他们之中，没有任何一个人的外貌能比我母亲更令人起敬。尽管为纪念我逝去的父亲，我母亲常常身着丧服，但她总能把衣着裁剪成最能展现她美丽的样式。我想的确应该如此。每天我母亲都会花六个小时裁剪衣饰，按最流行的样式整改衣服。她有成堆的帽子和最漂亮的裙饰。每个月她都会收到一封伦敦来的信（以巴格维格勋爵的名义寄来），讲述伦敦流行的时尚。按照当时的流行时尚，她的面色光泽红润根本无需用胭脂。不，是白里透红，她说布雷迪夫人（读者能由此想象到她们多么憎恨彼此）就算在脸上涂厚泥，她那张发黄的脸也不会有任何改变。总而言之，她是个多才多艺的美人，所有的女人都以她为范本，而方圆十英里的年轻男子会骑马到布雷迪堡教堂做礼拜，只为了看她一眼。

公平地说，尽管我母亲对她的美貌引以为傲（如同我见过或读过的所有女人一样），但她最感到骄傲的还是她儿子。她曾上千次地告诉我，我是这世上最英俊的男子。这和品位有关。不管怎么说，一个六十岁的男人在向别人讲述他十四岁的模样时，不会有多少浮夸。我母亲这么说是有理由的——她非常热衷于为我穿衣打扮。每个周日和假日，和这世上所有的贵族一样，我都会穿上天鹅绒外套，腰间挂上银柄亮剑，膝盖上撂着金色袜带。我母亲为我做了很多件褶裥缀满蕾丝的华美马甲，我还常换新的丝绸发带。礼拜日我同母亲到教堂去，即使布雷迪夫人也嫉妒不已地承认，全国再找不出一对更漂亮的母子。

当然，布雷迪太太也会嘲弄我们。因为在这种场合下，男仆蒂姆（Tim）会拿着一部厚厚的祈祷书，挂着一柄手杖跟随我们。他是我的贴身侍从，穿着一套我们从克拉吉斯街带回的男仆装。衣装虽然精良，但蒂姆身形瘦小，穿上后并不合身。我们出身贵族，虽然穷，但决不能因为侍从而受到轻蔑。我们就像爱尔兰总督①的夫人和儿子那样，庄重严肃地走向我们的座位。然后，我母亲会用一种令人愉悦又充满尊严的嗓音大喊"阿门"作为回应。此外，我母亲唱歌的声音清脆动听。在伦敦时，她曾在一位著名老师的教导下进修

---

① 爱尔兰总督，是大不列颠君主委派到爱尔兰的个人代表，在不同历史时期，总督的职权也有所不同。一般来说，这个名誉上的头衔会给当地退休的贵族、高级军事将领或者其他重要人物。——译者注

声乐。当大家聚会共同唱赞美诗时，她的吟唱是如此动人，以至于几乎没人敢发出声音。事实是，我母亲在各个方面都很有天赋，她自己也认为她是这世上最美丽、最多才多艺同时最具美德的人。她经常同我以及邻居们谈起自己的谦卑与虔诚，而她的言行也无时无刻不表现出这些美德。我对我母亲坚信不疑，如果有人胆敢挑战这点，我会和他对抗到底。

离开布雷迪堡后，我们住进了布雷迪镇的一所房子里，我妈妈将它命名为巴里维尔。我得承认，这是片很小的地方，但我们充分地利用了它。我之前提过，我们的家族画像都挂在客厅里，妈妈给客厅起名叫黄色沙龙，我的卧室叫粉色居室，而她的卧室被称为黄褐色寓所（这一切我都铭记于心！）。晚饭时蒂姆会按时摇响一个巨大的铃铛，我们每个人有自己的银质酒杯，母亲义正词严地告诉我，我手边摆着世上最好的红酒。即便如此，由于我年纪尚轻，并不允许喝酒。因此酒在瓶中多年未倒出来过。

有一天，布雷迪舅舅（尽管为此和布雷迪夫人吵了架）到巴里维尔探访我们，并留下吃晚饭。他了解到了上面我所提的事，并不幸地尝了那些酒。你能想象出他是怎么把酒吐出来以及他脸上那痛苦的表情吧？但这个诚实的绅士其实对酒并不挑剔，对他的酒友也是如此。他能漠不关心地和牧师或祭司一起喝到烂醉。但我母亲非常痛恨那些人，作为一个真正虔诚的教徒，她由衷地鄙夷那些不遵守古老信仰的人，而且绝对不和一个无知的天主教徒共处一室。但布雷迪舅舅并没有那么多顾虑，他宅心仁厚且心无芥蒂。每次他在家中被布雷迪夫人烦到厌倦时，就会来和我母亲一起度过几个小时。他还说他喜欢我，就像喜欢自己的亲生儿子一样。在坚持两年后，我母亲最终同意让我回到布雷迪堡。而她自己，则留在巴里维尔坚守她曾对她嫂嫂所发的誓言。

就在我回到布雷迪堡的当天，从某种意义上说，我的磨难开始了。我的表兄米克（Mick）少爷十九岁，身材强壮（他很恨我，当然我也恨他），在晚餐时拿我母亲的贫穷羞辱我，最后全家的女性都跟着窃笑。米克习惯在晚餐后去马厩抽烟斗，我和他一起去了马厩，并要求他道歉，然后我们就打了起来。打斗持续了至少十分钟，但我一直像个男人一样站在他面前，而且打肿了他的左眼。此时我只有十二岁。他也打了我，但这种小伤对一个少年来说几乎没有任何影响。

因为以前我常和布雷迪镇上一些无赖男孩打架，但从来没人是我的对手。我舅舅听说了我的勇猛十分高兴，我表姐诺拉①为我拿来牛皮纸包扎伤口，还用醋给我洗鼻子。那天晚上我腰包装了一品脱的葡萄酒，满怀骄傲地回了家。告诉你吧，我很骄傲自己竟然和米克单打独斗那么久！

尽管米克一直对我很糟，而且只要我落到他手里就得受一顿鞭抽，但由于几个表亲的陪伴，还有舅舅的仁慈，我在布雷迪堡的日子很快乐。我还成了舅舅最喜爱的孩子。他给我买了一匹小马，教我骑术，并带我出去骑马奔驰，还教我怎样猎杀飞禽。最终我逃离了米克的迫害，因为他的弟弟尤利克（Ulick）从三一学院②回来了。同许多家庭一样，尤利克很讨厌他大哥，并开始保护我。由于尤利克比米克强壮得

---

① 诺拉，原文为 Nora，诺拉是 Honoria 的昵称。——译者注

② 三一学院，指都柏林圣三一学院，都柏林圣三一学院，位于爱尔兰首都都柏林，1592 年，英国女王伊丽莎白一世下令为"教化"爱尔兰参照牛津大学和剑桥大学模式而建。——译者注

多，所以从那时起，被人称作英国人雷德蒙的我，就这样脱离了米克的魔掌。（虽然米克还是对我虎视眈眈，而且一有机会就狠揍我一通。）

我在社交礼仪方面的学习也进步飞快。由于在很多方面都天赋异禀，所以在才艺方面我很快就出类拔萃。再加上我母亲的悉心培养，我耳聪目明，口舌伶俐。她还教我用既庄重又优雅的步态跳舞，这为我日后的成功打下了基础。而我在仆人们的客厅里学习社交舞（也许我不该说出来）时，总有人为我吹笛伴乐。我在那里练就的号角舞和吉格舞后来被认为举世无双。

至于读书，由于接受到文雅绅士教育的精髓，我在戏剧和小说方面一向品位不俗。而且每有小贩从村子经过，只要我有一个钱，就一定会让他为我唱一两首民谣。至于枯燥的语法、希腊语、拉丁语和其他类似学科，我从小就深感厌恶。如果有选择，我绝对一样也不学。

早在十三岁时，我就证明了这一点。我姨妈比蒂·布雷迪（Biddy Brady）留给了我妈妈一百雷的遗产，要求用在我的教育上。我被送到托拜厄斯·狄克勒博士（Tobias Tickler）那家著名的学院，我舅舅管那里叫巴里—柏克沃科特。在被德高望重的博士管教六周之后，我把他气得一塌糊涂，并步行四十英里离开了那个鬼地方，再次出现在布雷迪堡。事实是，在打弹珠、玩游戏和拳击方面，我是全学院的头头，但在学习古典语言方面，我一无所成。学监杖打我七次之后，我的拉丁语还是毫无进步。

在学监第八次想抽打我时，我拒绝（但是毫无用处）逆来顺受了。在他准备痛打我时，我说"先生，换个别的方式吧"，但他不为所动。作为反抗，我朝他砸了一块大石头，还用沉重的墨水瓶砸倒了一个苏格兰督导。所有学生都大惊失色，其中有些人还想和仆人一起阻止我。我拿出表姐诺拉给我的大折叠刀，并发誓谁敢挡我的路，我就把刀插进他胸膛。恐惧之下，他们给我让了一条路。

那天晚上，我在巴里沃科特二十英里外一个农夫家里住下，他给了我土豆和牛奶当食物。在我繁荣时期回到爱尔兰后，我去拜访过他，还给了他一百基尼当作回报。真希望那些钱现在是我的，但后悔又有什么用？我一生睡过无数比现在破烂十倍的床，吃过无数顿比我逃出学校那晚诚实的菲尔·墨菲（Phil Murphy）给的那一丁点晚餐还少的饭。

所以六周就是我在学校待过的全部时间，我说出这些是想让父母们了解一下学校的价值。后来我见过许多博学的书虫，其中有一个是住在伦敦舰队街附近，身材肥硕笨重、戴着厚眼镜，被人称为约翰逊博士的老头，在一次辩论中我迅速压倒了他（在巴顿咖啡屋）。除了辩论和我称之为自然哲学和人生科学的诗外，在骑术、音乐、跳远、佩剑、对马的了解、领袖能力和作为一个才华出众的时髦绅士的举止方面，我敢说我雷德蒙·巴里极少棋逢对手。那次，我受同样来自爱尔兰的高德史密斯（Goldsmith）先生引荐，去了一家俱乐部，在那碰到了由苏格兰的布斯维尔（Buswell）先生陪同的约翰逊博士。在他用希腊语把亚里士多德和柏拉图一顿旁征博引之后，我开腔了："先生，也许您觉得您比我的知识多得多，因为您能随意地引用亚里士多德和柏拉图。但您能告诉我，下周埃普瑟姆丘陵①的哪匹马会赢吗？您能连跑六英里

---

① 艾瑟姆丘陵，位于英国萨里郡，传统五大马赛之一欧克斯赛就在此设立。——译者注

不喘气吗？您能连续十次射中纸牌的中心黑桃吗？如果能，请继续讲亚里士多德和柏拉图。"

"你知道你在和谁说话吗？"听了我的话，苏格兰绅士布斯维尔先生大声地吼道。

"住嘴，布斯维尔先生。"这位老学究说，"我不该在这位绅士面前卖弄希腊语，他说得非常好。"

"博士，"然后我滑稽地打趣，"你知道亚里士多德还有个声调读亚里士托托吗？"

高德史密斯先生笑道："如果可以的话，还能是亚里士波特。"那晚离开咖啡屋的时候，我们总结了六种亚里士多德的声调。后来我常把它当成笑话讲，在白色俱乐部或者可可树餐厅，你会听到有人说"服务生，给我拿一杯巴里上尉声调的亚里士多德"。

有一次我在可可树餐厅喝酒，年轻的迪克·谢尔顿（Dick Sheridan）说我是"摇摆嘴"，这个笑话我至今也不明白。但是扯得有点远了，还是回到我的故乡，美丽又古老的爱尔兰吧。

从学院回来后，我结识了本地所有的豪门少爷，并因为我的不凡礼仪同他们平起平坐。不过，也许你会怀疑，像我这样的乡下男孩，由来往于马厩和农场间的爱尔兰乡绅管教，怎么可能拥有如此优雅的举止。告诉你吧，曾在丰特内（Fontenoy）侍候法国国王，后来到布雷迪镇做狩猎看守人的费尔·珀赛尔（Phil Purcell）就是我的恩师。他给我讲各种习俗，教我跳舞和一些法语，还教我使用佩剑和阔刀。作为一个少年，我在他的调教下吃尽苦头。他也会给我讲起法国国王的趣事、爱尔兰的军队、萨克斯大元帅①还有歌剧名伶。他还认识我叔叔独眼骑士，并暗中教会我很多才能。我从来没见过谁能像费尔·珀赛尔那样会调教飞禽。此外，不管马匹得了什么病，他都能医治，再犟的烈马也能被他驯服，而他也总能辨出最好的马匹。我一直认为费尔·珀赛尔是我一生中最好的导师。他唯一的缺点是爱喝酒，但我从不把这放在心上。此外，他极其痛恨我表兄米克，这点我更是毫不介意。

在费尔的帮助下，十五岁时我已经超越所有表兄。在长成男人这件事上，我觉得老天一向对我慷慨不已。布雷迪堡有几个女孩爱慕我（这个我会马上讲到），在一些隆重聚会上，许多美丽少女都说我是她们的理想爱人。但必须承认，在女孩中我并不受瞩目。

首先，所有人都知道我很穷；其次，我觉得由于亲爱的母亲的过错，我非常骄傲。我惯于在人前夸耀我的高贵出身、豪华马车和家里的花园、宫殿及成群的奴仆，即使他们对我的实际情况了如指掌。如果听者是男孩，而且胆敢有半点嘲弄，我就会和对方搏斗一直到死。好多次我被打到半死，让人拖回家。每当我母亲问起原因，我都会说"有人侮辱我们家"。然后我母亲就眼含热泪，用尽全力坚定地说："我的雷迪，用你的血捍卫巴里家族的名字！"

就这样，到我十五岁的时候，方圆几英里内，几乎所有二十岁以下的男孩都因为这样那样的原因被我揍过。布雷迪

---

① 原文为 Marshal Saxe，指莫里斯·萨克斯（1696～1750），他是波兰国王奥古斯特与一位女伯爵的私生子，是一个萨克森士兵，后来参加法军。但在经过很多战争后成为法国大元帅和法国总元帅。——译者注

堡的牧师有两个儿子，我和这两个下流种打了很多次架，才证明谁是老大；还有一个叫帕特·洛根（Pat Lurgan）的家伙是铁匠的儿子，我和他打过四次架，但每次他都占上风，直到第五次，我才把他彻底打败。我的英勇事迹还有一大串，但打架斗殴不能登大雅之堂，在教养良好的绅士淑女们面前，更是不值一提。

不过，说到女人，我必须提及一样永不过时的东西。她每时每刻都渴望听到：无论年轻还是苍老，你对她朝思暮想。无论漂亮或丑陋（平心而论，在我五十岁前，她一直是我理想中的绝色美人），她一直深藏在所有人心底。我想你已经毫不费力地猜出谜底了。那就是：爱情！这个词语由最美丽最温柔的字母和最动人的音调天作而成，而且我认为，那些不读情诗和爱情小说的人绝对都是傻瓜。

我舅舅家里共有十个孩子。按这种大家庭的习俗，每当舅舅和布雷迪夫人吵架，全家就分为两个阵营，或者说两个党派。布雷迪夫人一派由大儿子米克带头，米克很恨我，也怨恨舅舅，因为舅舅让他无法继承财产；而二儿子尤利克则站在舅舅这边，米克十分害怕尤利克。这里我不再详述女儿们的名字，在我后来的人生中，天知道她们给我造成多少苦难。而她们其中的一个，更是我人生早期所有折磨的源头：她就是布雷迪家最漂亮（尽管家里其他女孩都否认这点）的女孩，霍诺莉娅·布雷迪。

那时她说她只有十九岁。但我读过家族日历、《圣经》和另外一本书（这三本书连同一张双陆棋盘就是我舅舅图书馆里的全部馆藏），知道她在 1737 年出生，受洗于都柏林圣帕特里克学院的院长斯威夫特博士（Doctor Swift）。那时我们经常待在一起。

现在回想起来，我觉得她从没漂亮过。她身材臃肿，嘴巴很大，一张脸像是鹌鹑蛋，长满了雀斑，而她的头发，说好听点，就是我们煮牛肉时那种配菜的颜色。我母亲经常这么说她，但我一句也听不进去，甚至还鬼使神差地认为霍诺莉娅是个天使，比任何女人都好看十倍。

我们每个人都明白，一位舞蹈和歌唱技艺精湛的女士，私下一定花了很大工夫练习。只有在私底下坚持付出巨大努力，才能在聚会大厅里唱出动人的曲调，跳出优雅的舞步。拿霍诺莉娅来说，她总在不停地练习，而且总让我做她的练习伙伴。有时税务官过来，她会拉他作舞伴，或者管家和牧师。还有布雷迪镇药师的年轻儿子，为这我还揍了他一顿。可怜的家伙！如果他还活着，现在我向他道歉。因为一切都怪那个十足的荡妇（因为她举止放荡且生活淫乱）的引诱，不是他的错。

我必须说出事实——接下来这个故事里的每一个字都千真万确——我对诺拉的爱一开始很普通，而且一点也不浪漫。我没有在月光下边弹吉他边和她凝视，也没有像小说里阿方索救了琳达米拉那样，把她从坏蛋的手中夺回，营救她于水火之中，正相反，有一次我差点杀了她，这个后面我会讲到。有一天，在布雷迪镇吃过晚饭后，我到花园里摘些醋栗作饭后甜点。我发誓，当时我心里想的只有醋栗。但我在那里遇到诺拉和一个她当时交好的妹妹，她们也在摘醋栗。

"雷德蒙，拉丁语的醋栗怎么说?"诺拉问我。如一句爱尔兰俗语所说，她总能"想法找乐子"。

"我只知道醋的拉丁语。"我回答。

"那醋的拉丁语是什么?"麦茜（Mysie）叫道，她像个孔雀似的趾高气扬。

"是'亲你一下'!"我回答说(我总是这么思维敏捷)。然后我们开始在醋栗丛中追逐嬉闹。途中诺拉抓伤了胳膊,还流了血。她尖叫失色,我帮她包扎了那条极为浑圆的大白胳膊,然后亲吻了她的手。尽管那只手又粗又笨,但当时我认为那是我亲吻过的最美丽的手。之后我满心欢喜地回了家。

那时我十分单纯,任何感情都不懂掩饰。布雷迪堡的八个女孩很快就发现了我的爱意,并总拿我在诺拉面前开玩笑。

这个残忍的女人让我遭受到妒忌的无尽折磨。有时她把我当成小孩,有时又把我当成男人。只要布雷迪堡来人,无论是谁,她都会离我而去。

诺拉说:"无论如何,雷德蒙。你只有十五岁,而且一文不名。"每次她这么说,我都会向她发誓,我会成为爱尔兰最伟大的英雄,而且二十岁前,我将会极其富有,钱财多到可以买下六个布雷迪堡大的庄园。当然,这些许诺都没有兑现。但毫无疑问,它们影响了我早期的人生,并促使我做了许多被人传道的惊人举动。下面我一一细说。

其中有一件是我必须说的,以使我亲爱的年轻女性读者们明白,雷德蒙·巴里究竟是个什么样的人,他的勇气和无所畏惧的爱情是怎样的。我怀疑,现在的娘娘腔们在危险面前连我的一半也做不出来。

首先我得讲一下事件的背景。据称法国人威胁要入侵联合王国,于是整个联合王国都处于兴奋之中。法军的首领是个冒牌货,但据说很受法国国王赏识,而且要突袭爱尔兰。为了表明忠心,爱尔兰及联合王国其他地方的贵族和平民都贡献出自己的力量组成军队,抵抗入侵者。布雷迪镇组成了一个由米克作首领的连队加入凯尔瓦岗(Kilwangan)的军队。而尤利克也从三一学院来信,说他的大学也组建军队,而他是军队的下士。我嫉妒死他们两个了！尤其那个可恶的米克，他身穿蕾丝镶边的猩红色军装，帽子上扎着缎带，骑着马领着部队出发了。他这个欺软怕硬的家伙成了首领；而我——像坎伯兰公爵①一样勇敢，又极其适合那身军装的我，居然什么也不是！我母亲说我还太小，不能参军。但事实是，我母亲太穷，那一身军装就得花掉她半年的收入。但如果没有与出身相配的华服、良驹及上流人士为伴，我母亲绝不允许我出现在人前。

那时候，整个国家都因战争将临而骚动不安，三个王国都奏响着军队的音乐，每个男人都在为战争做准备。而悲惨的我只能穿着厚绒夹克，暗中为可能得到的名声哀叹。米克在军队和布雷迪堡间来来往往，并带回无数战友。他们的制服和高傲的架子让我满怀悲伤，而诺拉对他们持久的热情更是让我近乎疯狂。大家都以为我垂头丧气是因为不能参军，没有一个人知道诺拉让我遭受了巨大折磨。

每次凯尔瓦岗的军队举办盛大舞会，布雷迪堡的所有女士都会受邀参加（她们挤在一辆马车里的场面真是令人作呕）。我知道，只要看到风情万种的诺拉和军官们有一点点打情骂俏的举动，我都会肝肠寸断，所以我一直拒绝参加他们的舞会。但诺拉总能用我无法反抗的方式说服我。她说坐马车让她感到不舒服，她问："如果你不骑着黛西（Daisy）让我坐在你背后，我该怎么去参加舞会呢？"黛西是我舅舅的一匹母马，血统纯正，这样的提议我无法拒绝。所以我们骑着

---

① 坎伯兰公爵，英文为 Duke of Cumberland（1721～1765），英国将领和统帅，英王乔治二世幼子，国王查尔斯一世的侄子，作风凶悍，有弗兰德恶棍和坎伯兰屠夫之称号。——译者注

马去了凯尔瓦岗，当诺拉向我保证和我跳一支乡村舞蹈的时候，我骄傲地感觉自己如同亲王。

但她和奎因（Quin）上尉跳了那支舞！一曲终了，这个忘恩负义的女人才跟我说她忘了自己的承诺。我一生忍受过各种痛苦，但从没有哪种痛苦能和我当时忍受的折磨相提并论。诺拉试图弥补自己的过错，但我绝不领情。当时有几个美丽的女孩邀我跳舞，因为整个大厅里，我的舞蹈技艺无人能敌。我尝试跳了一曲，但心烦意乱之下，没办法再跳第二次。所以一整晚上，我都忍受着痛苦独自闷坐着。我本可以去玩乐，但却没钱。作为一个绅士，我钱袋里只有一枚金币，但我母亲嘱咐我绝对不能花掉。当时我不会喝酒，也不知道酒能给人带来的可怕安慰。我脑子里只能想到一件事：杀死我自己和诺拉，当然，还有那个英国人奎因！

最终，舞会在凌晨结束了。布雷迪堡的女士们乘着破旧的马车离开。我牵出黛西，诺拉坐在我后面，整个过程我一言不发。还没有走出镇上半英里，她就开始用花言巧语安抚我的情绪。

"今晚可真冷啊，亲爱的雷蒙德。你脖子没有围丝巾，会感冒的。"诺拉说着关切的话，但我一声不吭。"今晚你和克兰茜（Clancy）小姐过得开心吗？你们俩整晚都在一起，我看见了。"听到这话我咬紧牙关，抽了黛西一鞭子。

"噢，天啊！你会让黛西跳起来，把我摔下去的，你这个粗心的人！雷蒙德，你知道吗，你吓住我了。"诺拉用手环住我的腰，极其温柔地搂住我。

"你知道我有多讨厌克兰茜！"我最终开腔了，"我和她跳了舞是因为——因为——本来要和我跳舞的人和别人跳了一整夜。"

"我妹妹们也在那啊。"哄我开了腔,证明她掌握了情感上的优势后,诺拉骄傲地大笑起来,"而我,亲爱的,刚到大厅,我的跳舞簿就被签满了。"

"所以你就必须和奎因上尉跳五次舞吗?"我问她。噢!她的娇态有种奇异又甜美的魔力。我敢说二十三岁的诺拉·布雷迪,一定因为对一个十五岁的诚实少年拥有如此强大的影响力而感到无限乐趣。她立刻回答说她对奎因上尉丝毫不感兴趣,但他跳舞不错,言谈不俗,而且他穿着制服的样子器宇轩昂。如果他邀请她跳舞,她怎么能拒绝?

"但你拒绝了我,诺拉。"

"噢!我和你什么时候都能跳。"诺拉摆弄了一下头发,回答说,"在舞会上和自己的表亲跳舞,会让人以为我找不到其他舞伴。另外,"诺拉说——这个冷酷无情的女人举起她驾驭我的权杖,并无情地抽打到我身上——"雷蒙德,奎因上尉是个男人,而你只是个男孩!"

"等我再遇到他,"我咆哮着发誓,"你就知道谁才是真正的男人。尽管他是上尉,用剑还是用枪我都随时奉陪。一个男人!我能对抗任何男人——所有男人!才十一岁,我不就已经和米克·布雷迪搏斗了吗?我不是打败了十九岁的汤姆·沙利文,那个身材粗壮的蠢货吗?我没有打那个苏格兰督导吗?噢,诺拉,你怎能这么残忍地讥笑我!"

但诺拉正在兴头上,她继续说着风凉话。她说奎因上尉悍将的名声早已为人所闻,而且在伦敦是个时髦人物,说我吹嘘自己打了学校督导和农夫的孩子的确理所应当,但对抗那个英国男人则是另外一回事了。

然后她开始说起这次入侵和其他军事。说到国王弗里德里克①（那时他被称为新教英雄）、上尉第弘②和他舰队、元帅孔福兰③和他的骑兵团，还有梅诺卡岛的位置以及它如何被攻陷。我们两个都认为那是美国人干的，同时希望法国人会在那被美国人狠狠打败。

过了一会儿（我的情绪已经好转）我叹了口气，说我多么渴望成为一个军人。诺拉一听，立刻说出了那句对我屡试不爽的话："哈！就是说，你现在要离开我吗？不过你年纪太小，去了也只能当个鼓手。"我立刻发誓我会是一个真正的军人，而且会成为一名将军。

就这样说着不着边际的话，我们走到了一座古老的高桥边，后来这座桥被永远地称作了"雷蒙德跳跃桥"。桥下的溪流很深，且布满岩石。依然沉浸在对军人（我敢打赌她在想奎因上尉）的想象中，诺拉问我："雷蒙德，如果桥上都是敌人，你会怎么办？"

"我会拔剑杀出一条路。"

"什么？我还在你后面呢，你会杀死可怜的我吗？"（这女人永远都在说"可怜的我"！）

"那么，告诉你我会怎么做吧。我会骑着黛西跳进河里，然后游泳把你和黛西送到对岸，没有敌人能追上我们了。"

"跳二十英尺！骑着黛西你是绝对做不到的。有位上尉的

---

①　弗里德里克，英文为 King Frederick II（1712～1786），1740 年起统治普鲁士王国，战功赫赫，他还赢得了七年战争，被称为弗里德里克大帝。——译者注

②　弗朗索瓦·第弘，法文名为 Francois Thurot（1727～1760），被称为私掠船长。——译者注

③　孔福兰元帅，法文名为 Conflans Louis de Conflans（1711～1774），1746 年成为上尉，1768 年成为法国将军。——译者注

马叫黑色乔治，我听说奎——"

她再也没机会把那个词说完，因为她不停提起的那个可恶名字，最后让我彻底发了疯。我向她大叫一声"搂紧我的腰"，猛抽了一下黛西，然后就和诺拉越过栏杆，冲向了深水。直到现在，我也不知道为什么——是想淹死诺拉和自己，是想做出奎因上尉都不敢做的壮举，还是想象着大敌就在眼前，到现在这对我来说都是个谜——我跳了过去。水没过了马匹，诺拉尖叫着在水里挣扎，在半昏迷中我游着把诺拉送到对岸。我舅舅的人听到尖叫后原路返回，很快发现了我们。回到家后，我迅速发高烧病倒了，后来在床上躺了整整六周。我变得瘦骨嶙峋，同时也更加狂热地迷恋诺拉。

在我刚倒下的时候，诺拉每天都来陪我，并为了我忘记她家和我母亲之间的仇恨。而我亲爱的母亲也一样，她以极其虔诚的基督徒的方式，将两家的恩怨置之脑后。告诉你吧，我母亲生性骄傲，从不原谅任何人，但她为我原谅了诺拉，还热情地接待她，这份付出绝不是一星半点。但我当时还是个为爱发疯的男孩，挂在嘴边的只有诺拉。我只肯吃诺拉给的药，即使是我母亲，我也会报以粗鲁愤怒的表情。作为这世上最深爱我的人，我母亲把自己最喜欢做的事丢开，还做出一副十分嫉妒的样子，只为了讨我高兴。

我的身体日见好转，但诺拉来我家的次数越来越少。我一天会问几十次"诺拉怎么没来？"而且动不动就发脾气。我母亲会想尽办法找各种理由安抚我——比如说，诺拉扭伤了脚，或是她们吵了架，再或者其他原因。好多次我母亲离开我回到自己房间，独自坐在那里黯然心碎，然后再回到我面前强颜欢笑。所以，我母亲究竟受了多少委屈，我一无所知，我也没心情探究她到底怎么了。而即使在我知道了实情后，我的心竟然也没有多大触动。我想，可能长成男人的开端，就是我们人生最自私的时期。年轻时我们总有种愿望，希望长出翅膀，飞离父母的巢穴，没有任何眼泪、哀求或者爱意能与我们对独立的极度渴望相抗衡。那个时候，我可怜的母亲一定非常伤心——求上帝保佑她！她经常心痛不已地说我为了一个只在无聊时和我调情，而且随时就将我抛弃的薄情女人，就立刻把她多年呕心沥血的付出还有爱意全部抛诸脑后。事实情况是，在我生病的最后四周里，奎因上尉住在布雷迪堡，还向诺拉求爱。我母亲不敢告诉我真相，当然，诺拉自己也保守着秘密，是我自己在无意中发现了实情。

怎么告诉你呢？有一天诺拉来看我，病重的我坐了起来。她兴高采烈，对我极其温柔体贴。满心欢喜之下，那天早上我甚至温和地同我母亲说了几句好话，还亲吻了她一下。我觉得病情大好，一口气吃了整只鸡，还向同来看我的舅舅保证，很快就能像以前那样和他一起打山鹑。

第三天是礼拜日，我决定那天下床给诺拉一个惊喜。尽管医生和我母亲都禁止我离床半步，因为一点儿微风都可能让我一命呜呼，但他们说什么我都毫不在意。

于是在出奇的平静之中，我在床上躺了一整天，并且绞尽脑汁作了我人生中第一首诗。尽管它远不及《阿德莉亚安慰她得了相思病的情郎》和《索尔装饰雏菊之地》①，以及其他几首让我备受赞赏的神来之作那么完美优雅，但是，对于一个十五岁的男孩子来说，它绝对称得上文采奕奕。我把诗原封不动地抄在这里：

---

① 这两首诗的原文为 "*Ardelia ease a Love-sick Swain*" 和 "*When Sol bedecks the Daisied Mead*"。——译者注

《弗洛拉的玫瑰花》

致布雷迪堡的诺拉小姐，她忠诚的年轻绅士作

有一支玫瑰，长在布雷迪塔，
世间闻所未闻，其可爱美好——
布雷迪堡里，住着一位女士，
（我这么爱她，她却一无所知。）
她名叫诺拉，惊动了弗洛拉，
女神摘下那怒放玫瑰赠予她，
女神赞美："噢，女士诺拉，
我园中佳丽无数，群芳惊艳，
布雷迪堡中，更有七支仙株。
万千绝色，唯有你超凡脱俗。
走遍全国，跨越人间的边界，
但你的美丽，无人企及半点！"

她的面色红润，胜过玫瑰！
眼波流转，头发闪耀光辉，
她的睫毛轻扑，优雅似兰
眉目幽然，美瞳温柔如珠。
她的脖颈颀长，胳膊白皙，
像百合怒放，恒久不消褪。
弗洛拉开口，同诺拉讲话：
"亲爱的女儿，你听我嘱咐，
有一个诗人，你早已相熟，
他愁绪满怀，整日哀叹——
他为你奏起华乐，献上鲜果，

他就是雷德蒙·巴里，

你未来的丈夫！

礼拜日到了，我母亲刚出门去做礼拜，我就坚持让费尔给我穿上最好的衣服（尽管生了病，但我个子猛长，所以穿好衣服后看上去极其古怪），盛装打扮一番。拿上精心抄好的诗作，我立刻奔向布雷迪堡去看我的美人。一路上空气清新，阳光灿烂，小鸟在树梢大声欢唱。我从来没这么兴奋过，于是像小鹿一样，在大路边的空地上欢跳（顺便提一下，我舅舅砍掉了所有的树）。踏上长满青苔的台阶，跨过破旧的厅门，我的心怦怦跳得厉害。舅舅和布雷迪夫人去了教堂，管家斯克鲁先生（Screw）（看到我惨白的脸色和瘦削的身形，他吓了一大跳）告诉了我，其他六个姐妹分别在干什么。

"诺拉小姐是一个人吗？"我问他。

"不，诺拉小姐不是一个人。"斯克鲁先生回答说。他脸上有种隐晦的神情，但好像又什么都知道。

"她在哪？"斯克鲁先生以爱尔兰人特有的精明回答了这个问题，或者说他根本就没有回答这个问题。因为我搞不清楚，诺拉是和米克一起去了凯尔瓦岗，还是和姐妹们去散步，还是卧病在床。我话音刚落，他就立刻离开了。

我跑到后院马厩，发现一个士兵一边吹着《古老英格兰的烤牛肉》①，一边刷着一匹战马。

"这是哪个家伙的马？"我叫道。

"哪个家伙！"那个英国人回答说，"这是我们上尉的马，

———

① 古老英格兰的烤牛肉，是一首英国军歌，亨利·菲尔丁为他的戏剧《格拉博街歌剧》所作，在1731年首演。——译者注

这个家伙你追一辈子也赶不上。"

要是在往常，我一定会扭断他的脖子。但一种令人恐惧的怀疑如电流一样流过我的身体，我用最快的速度跑到花园，而我已经猜到，会在那看见什么情景。我看到奎因上尉和诺拉挽着胳膊走在一起，而且那个恶棍正在揉捏着诺拉放在他那肮脏胸口上的手！不远处，凯尔瓦岗军队的费根上尉（Fagan）也在向麦茜献殷勤。

我既不怕人也不怕鬼，但看到那个场面，我的双膝剧烈地打战，一阵恶心吞噬了我。本靠着大树的我昏倒在草地上，有那么一两分钟，我几乎丧失了所有的意识。随后我拼命站起来，向那两个人走去，同时还拔出一直佩带的那把银柄佩剑。我决心像宰鸽子那样杀死他们，并踏过这两个人的尸体。痛苦的失望让我头脑一片空白，绝望让我变得疯狂，我感觉整个世界都围着我天旋地转。我敢肯定读者们也有过被婊子背叛的经历，所以请你想想你受到这种震撼时是什么感受吧！

"不，诺瑞莉雅，"那个上尉说（因为当时情人间流行用小说中最浪漫的名字称呼对方），"我向诸神发誓，除了以前那四个，只有你能让我的心感受到这份柔情。"

"啊，你这个坏蛋，尤吉尼欧，你这个坏蛋！"诺拉说（那畜生的名字叫约翰），"你对我的爱不公平。我就像——就像我读过的一种植物——那朵花独自饱含深情，却因难以承受而死。"

"你的意思是说，你从来没有喜欢过别人吗？"奎因上尉问。

"从来没有，我的尤吉尼欧，只有你一个！你怎么能问我这么令人害羞的问题？"

"亲爱的诺瑞莉雅！"说着，他把诺拉的手送到嘴边。

我有一个樱桃色丝带，是诺拉亲手为我做的，我一直将它带在身边。我把丝带从胸口掏出来，扔到奎因上尉的脸上。我舞动着举起的佩剑，大叫道："她是个骗子——奎因上尉，她在骗你！拔剑吧，先生，如果你还是个男人，就为你的名声而战！"说着，我就向那个畜生刺去，但只刺到他的衣领。空气中立刻回荡着诺拉的尖叫。听到声音，费根上尉和麦茜也跑了过来。

尽管在床上躺着的那些天里我像植物一样迅速生长，而且已经有一米八高，但在那个体型雄壮的英国上尉面前，我仍显得弱不禁风。他的脸随着我的动作由通红转为煞白，他后退几步，手放在剑柄上——这时诺拉恐惧地跑到他面前，大声喊他："尤吉尼欧！奎因上尉，看在老天的分上，饶了他吧——他还只是个孩子！"

"那更应该被好好教训一下。"那个上尉说，"不过不用害怕，布雷迪小姐，我不会伤你的爱人一根头发。"说完，他弯腰捡起落在诺拉脚边的丝带，递给了她，然后讽刺了一句，"既然女士让这位绅士登场，那另一位绅士只好撤退。"

"天啊，奎因！"诺拉叫道，"他只是个孩子！"

"我是个男人！"我咆哮着，"而且会证明这点。"

"他只是我的跟屁虫和玩伴，仅此而已。难道我就不能给表弟做一条丝带吗？"

"当然可以，小姐。"上尉依旧不改语气，"你想做多少条都可以。"

"混蛋！"诺拉生气了，"你父亲不过是个裁缝，你的所有财产只是一个小商店。我会报仇的，一定会！雷迪，你能看着我被羞辱吗？"

"绝对不能！诺拉，只要我还叫雷蒙德，我一定要他用血偿还。"我说。

"小男孩，我会让学校教导员杖打你一顿。"奎因上尉恢复了平静，"至于你，小姐，我想我该说祝你日安了。"

他极其礼貌地摘下帽子，并做了一个深深的告别礼。我的表兄米克听到有人尖叫，闻声前来，刚好看到这一幕。

"不得了啊！杰克·奎因，发生了什么事？"米克问道，"诺拉眼泪涟涟，雷德蒙像鬼一样举着剑，而你却深鞠躬？"

"告诉你怎么回事吧，布雷迪先生。"那个英国人说，"我在这儿受够了诺拉小姐，还有你们爱尔兰人的方式。先生，我很不习惯。"

"好吧，好吧，这又是怎么回事？"米克一脸好脾气地说（因为他欠了奎因一大笔钱），"我们会帮你适应我们的方式，或者我们学习英国人的方式。"

"英国人的方式不允许一个女士同时拥有两个爱人（其实他说的是"任何国人的方式"），所以，布雷迪先生，如果你能快点把我那笔钱还我，我将感激不尽。另外，我绝不会再追求这位女士。先生，既然她喜欢这少年，就让她如愿以偿吧。"

"噗！奎因，你在开玩笑吧？"米克说。

"每句话都千真万确。"奎因上尉答道。

"那好，看在老天的分上，小心你的脑袋！"米克叫道，"你这个无耻的骗子！可恶的恶魔！——你来到这里费尽心机讨我妹妹的欢心——得到她的心后又离开她——你觉得她哥哥会放过你吗？你这个贱种，拔剑吧！我非剥了你的皮，挖出你的心！"

"这可是杀人害命。"奎因被吓了一跳，"他们俩对我一个，费根，你不会眼看着他们杀了我吧？"

"看在上帝的分上!"费根上尉回答道,他看上去非常开心,"奎因上尉,你自己的事情得自己解决。"然后他走向我,轻声说:"小家伙,再挑战他一次。"

"只要奎因先生不再追求诺拉,我就不再动干戈。"我说。

"我不追求了,先生——我再也不追求了。"奎因说道,他越来越慌乱。

"恶棍!那就像个男人一样拔剑吧!"米克再次发话了,"麦茜,把可怜的诺拉带走——让雷蒙德和费根在边上看好戏。"

"现在——好吧,我不——等一会儿——我有点迷糊——我——我不知道该看谁。"

"一头驴子,两堆稻草。"费根干巴巴地说,"两边都得看。"

第二章 我展现英勇气概

在冲突中，我表姐诺拉做了一位女士在这种情况下唯一能做的事——她完全昏了过去。当时我和米克依然是仇敌，我完全可以冲过去照看诺拉。但是费根中尉（费根这家伙对什么都很淡定）阻止了我，他说："我建议你不要动这位女士，雷德蒙少爷，她肯定会醒来的。"的确如此，不一会儿她醒了过来。这让我明白费根果然见多识广，因为后来我见过许多女人都是以这种方式醒过来的。你可以肯定，奎因没有帮她。因为，正在诺拉昏倒之际，这个背信弃义的混蛋偷偷溜走了。

"是我们谁打败奎因上尉？"我问米克。因为这是我的头等大事，我就像赢了一套天鹅绒衫那样骄傲。"米克表哥，是你还是我，教训了这个自大的英国人？"说着我伸出手去，因为胜利当头，我放下了心里的仇恨。

但他拒绝了我的好意，而且大发雷霆："你——你！你这只不得好死的耗子：你非把所有人的好事都搅黄！你凭什么在这里和一个年收入一千五百英镑的绅士吵闹打架？"

"噢！"躺在石凳上的诺拉醒了，喘着气说，"我要死了，我真的要死了。我永远也不能离开这个地方了。"

"奎因中尉还没走呢。"费根小声说道。诺拉听后愤怒地瞪了他一眼，然后站起向房子走去。

"还有，"米克继续说，"你这个惹是生非的流氓，凭什么和这个家里的女儿扯上关系？"

"你才是流氓！"我吼道，"米克·布雷迪，你敢再这么叫我一次，我就把这把剑插进你喉咙！你记住，我十一岁时就敢和你拼命，现在更不怕你。当着神的面，再敢激怒我，我就狠狠揍你一顿——像你弟弟那样！"这句话击中了他的要害，我看到米克愤怒的脸变得铁青。

"这可真是向这家人提亲的好开头。"费根用安慰的声音说。

"那女孩的年纪能当他母亲了！"米克吼道。

"不管她年纪多大，"我回答说，"你听好了，米克·布雷迪——（然后我发了一长串毒誓，这里就不在这里重复）——谁想娶诺拉，必须先杀了我，你敢应承吗？"

"噗，先生，"米克别过脸，"你是说杀了你——抽死你吧！我会让看守猎狗的尼克管这事的。"说完他就走了。

费根中尉走过来，友善地拉住我的手，说我是个勇敢的孩子，而且很欣赏我。"但布雷迪说得对，"他又说，"你现在陷得太深，给你建议你也很难听进去。但是相信我，我经历过很多事，听我的建议你绝不会后悔。诺拉·布雷迪一文不名，你也差不多。你只有十五岁，可她已经二十三岁了。等十年后你能结婚的时候，她已经是个老女人了。还有，我可怜的男孩，尽管对你来说有点困难，但你还看不出来吗？她是个风骚女人，既对你无情，也对奎因无义。"

哪个人在身陷热恋（无论什么时候，只要与爱情有关）的时候，能听得进建议呢？我从没听过。我清楚地告诉费根中尉，不管诺拉爱我与否，奎因想娶她就必须先和我决斗——我发誓。

"我信，"费根说，"我知道你是个说到做到的孩子。"他深深地望了我两秒钟，然后哼着小调离开了。我看见，他在跨过花园那破旧大门的时候，还回头看了看我。费根走后，那里只剩我孤单一人。我瘫坐在诺拉假装晕倒时躺的长凳上，那里还有她掉下的手帕。我用手帕盖住脸，猛地哭出声来，有生以来我第一次那么落泪。而我扔到奎因脸上的绸带被弄成一团，掉在路边。我在那坐了好几个钟头，觉得自己是全爱尔兰最不幸的人。但这个世界是如此多变！我们以为自己的痛苦何其巨大，而它们又那么微不足道。我们以为自己会悲痛至死，但很快我们就把一切都忘掉。我觉得人类真该为自己感到羞耻，因为，要不是我们的心那么善变，时间又怎么可能给我们带来慰藉？也许，在这历尽艰险、跌宕起伏的一生中，我没有遇到那个对的女人，而后来，在倾心追求到每个女人之后，我又很快把她们忘记。但我深信，如果在人生之初能遇到那个对的女人，我会只爱她一个，直到永远。

我一定坐在花园的长凳上为自己哀痛了很久，因为我在大清早到了布雷迪堡，后来是晚餐铃铛的声音把我从冥想中惊醒——那时已是下午三点整。过了一会儿我收好手帕，再次捡起那条丝带。在走过马房的时候，我发现奎因的马鞍还挂在马厩门上，而他那身着红色军装令人作呕的侍从，正在厨房女佣们面前大摇大摆地耍威风。"雷德蒙少爷，那个英国人还在这。"其中一个女佣告诉我（她是个眼睛明亮的好心姑娘，负责给小姐们传话），"他正在大厅里享用美味大餐。进去吧，雷德蒙少爷，给他点颜色看看。"

我进了大厅，和往常一样，坐在桌子的末位。我的管家朋友很快为我摆好餐具。

"来得正好，我的孩子雷迪！"我叔叔说，"病好了能起床了？——这就对了。"

"他应该和他母亲待在自己家。"我舅母说。

"别理你舅母，"我舅舅说，"她早上吃了冷鹅肉，现在还消化不良。布雷迪夫人，为了雷德蒙的健康，喝一杯酒吧。"很明显他根本不知道发生了什么。但米克在桌上，尤利克和几乎所有的女孩也在，他们都面色铁青；奎因中尉一副呆相，而坐在他旁边的诺拉快哭了出来；费根中尉微笑着；我则一脸冷酷，像座石雕一样。我觉得吃晚餐一定会要我的命，但我决心面不露色，桌布撤走的时候，我像个绅士一样，喝了很多杯酒。

我舅舅兴致高昂，而且特别爱开诺拉和奎因的玩笑。他一会儿说"诺拉，告诉奎因中尉你的喜悦，看你们谁先结婚"，一会儿说"杰克·奎因，我亲爱的孩子，再喝一杯酒吧。不过我们这儿酒杯不够，你就用诺拉的酒杯，味道一样甜美"，还有诸如此类的话。奎因中尉一直满脸堆笑——我不明白为什么。难道一回到房子里，那个薄情寡义的女人就和她的情人和解了？

很快我就明白了为什么。在第三次举杯之时，按往常惯例女士们应该撤退。但我叔叔要求所有人都留下，尽管诺拉极力哀求，她说："噢，爸！让我们走吧！"但舅舅还是说出来了："不，布雷迪夫人，女儿们，都请留下。接下来这杯酒要为我们家极其少有的大事而举，请大家都献出祝福吧！——祝奎因中尉和约翰·奎因夫人永结同心，永世不分！吻她一下吧，杰克，你走了这么大好运：'因为上帝保佑，你得到了一个美人！'"

"他已经——"我挣扎着站起来，大叫道。

"闭嘴，你这个蠢货——给我闭嘴！"大块头尤利克说话了。他坐在我旁边，但我根本听不进去。

"约翰·奎因中尉，"我叫道，"已经在今早丢尽脸面；约翰·奎因中尉，这个懦夫逃跑了。这就是我敬他健康的方式。祝你身体健康，约翰·奎因中尉！"我把一杯葡萄酒泼到他脸上。我不知道他看上去是什么模样，因为在下一瞬间，我的头被尤利克猛击一下，我跌倒了；接着，尤利克把我按在桌子下面。周围一片尖叫，人们乱窜着跑了出去——但这些我都没有听到，因为尤利克用尽全力对着我拳打脚踢，边打边骂。"你这蠢货！"他吼道——"你这坏人好事的鲁莽蛋——你这条卑贱的老鼠"（每说一句，他就揍我一拳），"给我闭上你的嘴！"当然，尤利克这顿痛打，我根本不在意，因为他一直是我的朋友，而且永远凌驾于我之上。

当我从桌子下站起来的时候，女士们都不见了。我很高兴看见奎因的鼻子在流血，像我一样——他的鼻梁被打断，那张英俊的脸彻底被毁。尤利克休息了一下，静静地坐下倒了一大杯酒，把酒杯推到我面前。

"喝了吧，你个小猴子。"他说，"喝完这杯酒，以后不准再乱叫唤。"

"我的老天啊，这究竟是怎么回事？"我舅舅问，"这孩子又发烧了？"

"这都是你的错，"米克阴阳怪气地说，"都是因为你和那些把他带到这的人。"

"闭上你的嘴，米克!"尤利克看着他，"对父亲和我尊重点，别让我教你怎么说话!"

"就是你的错，"米克还嘴说，"他在这里整天游手好闲有什么用? 如果我做主，我会抽他一顿把他赶出去。"

"他就该这样。"奎因中尉说。

"你最好想都别想，奎因。"尤利克说，他不愧一直是我的英雄。然后他转向我舅舅："先生，事实是，这只小猴子爱上了诺拉，看到诺拉和奎因在花园里亲热，他要杀了奎因中尉。"

"上帝啊，他这么小就开始成人了。"我舅舅大笑着说，"看在神的面上，费根，这孩子彻头彻尾都是布雷迪家的人!"

"布雷迪先生，我告诉你事情的真相。"奎因昂着头说，"在这里我受到奇耻大辱。事情发展成这样我很不高兴。我是个英国人，有大笔财产。而且我——我——""如果你觉得被羞辱了，还感到不满意，记住我们都在这儿，奎因。"尤利克粗暴地打断了他。然后奎因就趁机洗他的鼻子，而且再没说一个字。

但我说话了，我尽力用极其威严的声音说道："只要奎因先生高兴，欢迎随时拜访巴里维尔，绅士雷德蒙·巴里恭候大驾。"听了这话，我舅舅突然大笑起来（他总是这样）；令我倍感羞耻的是，听到笑声，费根中尉也笑了起来。我把目光转向他，而后令他明白，虽然表兄尤利克一直是我的朋友，我对他尊敬有加，但今后我绝不会再容忍他半点粗暴。而其他任何人胆敢冒犯我，尽管我只是个男孩，但我一定会像个男人一样让他们付出代价。我又说了一句："奎因先生很清楚事情的真相是什么。只要他还是个男人，就知道到哪找我。"

我舅舅觉得天色太晚，我母亲一定在焦急等我。"你们出一个人和雷德蒙一起回家，"他对儿子们说，"别让他再胡闹了。"但尤利克对着米克点了点头说："我们俩送奎因回去。"

"我不怕法国人，"奎因勉强挤出一个笑容，"我和我的侍从都带了兵器。"

"你很善于使用武器，奎因。"尤利克说，"没人怀疑你的勇气。但是我和米克还是要和你一起回去。"

"为什么？儿子们，等你们回来天都亮了。凯尔瓦岗有十英里远呢。"

"我们今晚住奎因的军队里，"尤利克回答，"我们会在那住上一个星期。"

"谢谢你，"奎因脸色惨白，"你们真是太好了。"

"你知道，没有我们你会很无趣的。"

"噢，是的，一定很无趣！"奎因说。

"一周以后，伙计。"尤利克说（接着他在奎因耳边说了些悄悄话，我觉得听到了"结婚"、"牧师"几个词，然后胸腔里再次燃起怒火）。

"悉听尊便。"奎因上尉嘀咕道。然后马匹很快被牵过来，三个人一起走了。

费根应我舅舅的请求，和我一起走过了那一毛不长的破园子。他说经过晚饭的打斗之后，我肯定不想再看见女士们，我很赞同他说的话。然后我们没有跟女士们道别就走了。

"你这一天真是没少忙活，雷德蒙少爷。"费根说，"你是布雷迪家的朋友，也知道你舅舅在为钱发愁，为什么还要拆散一桩能给这个家带来每年一千五百镑收入的婚事呢？奎因已经答应替你舅舅还那四千镑的债务，这点债务困扰你舅舅很久了。他只是要娶一个身无分文的女孩——这女孩比那边的牛犊好看不了多少。好吧，好吧，别生气，就当她很漂亮——不说品位的问题，在过去的十年里，这女孩在这里的每个男人面前都卖弄过风骚，还惦记着所有男人。而你和她一样穷，而且才十五岁——好吧，十六岁，既然你这么坚持——你应该像深爱父亲一样深爱着你舅舅——"

"我一直很爱我舅舅。"我说。

"那这就是你对他养育之恩的回报吗！你成了孤儿的时候，不是他把你留在自己家中养育吗？不是他免了你们巴里维尔的租税吗？现在，他有机会能把自己的事情摆平，而且可以享受晚年了，而你却挡在他面前作对？——你是这世上亏欠他最多的人，这么做太忘恩负义、恩将仇报了！像你这样的孩子，我觉得你应该拿出真正的勇气。"

"我不怕任何活人！"我叫道（费根上尉后面说的话让我动摇了。但我和所有人一样，在强敌面前，只想反驳回去），"而且我才是那个受伤的人，费根上尉。这世上从来没哪个男人被这样对待过。你看看——你看看这条丝带，六个月来我把它带在胸前，即使发着烧，我也一直带着。当初不是诺拉从自己胸口把丝带拿出来给我的吗？她给我的时候，不还亲吻我，叫我亲爱的雷德蒙吗？"

"她只是拿你当靶子练呢，"费根冷笑道，"我懂女人，先生。只要给她们点时间，让她们自己待在房子里，她们能和扫把相爱。在费蒙有个年轻女人——"

"管它在废墟有个年轻女人！"我吼着说（其实我用了更难听的词），"听好了！无论结果如何，我发誓，谁敢牵诺拉·布雷迪的手，我都会跟着他，哪怕进了教堂，我也会和他决斗。不是我死，就是他亡！这条丝带会被我们其中一个的血染红。是的，如果是我杀了他，我会把丝带别在这个人胸前，然后诺拉就可以拿回自己的信物。"我说这些话是因为当时我万分激动，另外，那些言情小说和浪漫戏剧我也没白读。

"好吧，"费根顿了一顿，"那该来的总会来。你是我见过最嗜血的年轻人，但奎因也很刚毅。"

"你会帮我捎信吗？"我急切地问他。

"嘘！"费根说，"你母亲可能在外面。我们已经到巴里维尔了。"

"注意！一个字也不要跟我母亲说。"我说。然后心里兴奋地想，我竟然能有机会和痛恨的奎因大干了一场，就这样我无比骄傲地进了家门。我母亲回来看我不在后十分惊慌，赶忙让我的仆人蒂姆去布雷迪堡找我，她自己则焦急地等我回家。但蒂姆到了布雷迪堡，刚好看到我和那个好心的姑娘说话，并进去吃晚饭。他自己溜进厨房大吃大喝那些我们家不常有的好东西，酒足饭饱后他回了家，告诉女主人我在那，毫无疑问，他还以自己的方式报告了布雷迪堡发生的一切。尽管我预先决定保守秘密，但从我回来时母亲拥抱我的样子以及她接待费根上尉的方式，我还是怀疑，我母亲已经知道了所有的事。她的脸色发红，神情不安，而且时不时紧盯着费根上尉看。但她没有提任何有关打斗的事，因为她有一个高贵的灵魂，宁死也不愿看见自己的亲人在敌人面前退缩。现如今，谁还能有这种崇高的情感？六十年前，在古老的爱尔兰，绅士们腰间配的剑随时准备着插进敌人的胸膛，大家都别无二致。但随着时光流逝，剑的用途被遗忘了，人们再见不到精彩的决斗。因为在决斗中，大家都用枪的偷奸和耍滑代替了剑的荣耀与气概，而这，真让人扼腕悲叹。

回到家时，我感觉自己是个十足的男人。我欢迎费根上尉来到巴里维尔，并以一种极为庄重的方式把他介绍给我母亲。我说费根上尉走了这么久一定口渴了，并吩咐蒂姆立刻把蛋糕、酒杯和封着黄印的葡萄酒拿来。

蒂姆惊奇地望着我母亲：事实是，六个小时前，如果谁敢让我自己拿出一瓶葡萄酒来，我一定把他家的房子烧掉。但现在我觉得自己是个男人，有权发号施令了。我母亲也这么觉得，因此她转向蒂姆，严厉地说："没听见你主人说了什么吗？你这笨蛋！去，拿蛋糕、酒杯和酒来！"然后（你可以肯定她没把我们小小酒窖的钥匙交给蒂姆）她自己离开去取了酒。蒂姆用银盘托着酒和酒杯，一本正经地端了进来。我亲爱的母亲倒了酒，并举杯欢迎费根上尉。但我看出她的手颤抖的厉害，酒瓶叮叮当当磕碰着酒杯。她浅饮一口后说自己有点头疼，必须回房间了。然后我像一个顺从的孩子一样，和她亲吻道晚安——（以前这个令人起敬的举动是绅士们的必行礼仪，但也被现代家庭遗忘了）——然后她留下我和费根上尉讨论重要大事。

"的确如此，"费根中尉说，"我也认为除了决斗没有其他解决办法了。事实是，在你攻击了奎因后，布雷迪堡在下午已经讨论过决斗。奎因发誓要把你碎尸万段。但诺拉小姐哭着哀求他，尽管极不情愿，最后他还是放弃了这个想法。但现在，事情变得更棘手了。没有任何一个受国王委任的军官，能忍受别人朝自己脸上泼酒——不过你们的酒真的很好，请别见怪，能再拿一瓶来吗——这简直是奇耻大辱。"

"也许他会获胜，"我说，"但我不怕他。"

"以神的名义，"费根中尉说，"我相信你不怕。我这一生，都没见过比你更有胆量的男孩。"

"看那把剑，先生。"我指着一个白鲨皮盒子，盒子挂在我父亲哈利·巴里的画像下面，盒中放着一把银柄长剑，优雅异常。"先生，就是用这把剑，在 1740 年，我父亲在都柏林杀死了马霍克·欧·德里斯科（Mohawk O'Driscol）；也是用这把剑，他在决斗中杀死了汉普郡准男爵哈德斯通·福德斯通（Huddlestone Fuddlestone），并砍下了他的脑袋。他们带了剑和枪，在豪恩斯洛荒地骑着马刀兵相见，我敢说你一定听过这件事。我父亲用的枪就挂在这里（两把枪分别挂在画像两边）。在布伦特福德一次聚会上，我父亲喝醉后冒犯了福德斯通夫人。但作为一个绅士，我父亲立刻赔礼道歉。哈德斯通和我父亲起了争执，我父亲用枪射中了他的帽子，随后他们就用剑决斗。先生，我是哈利·巴里的儿子，而且会捍卫我们家族的名声和我的人格。"

"亲吻我一下吧，我亲爱的男孩。"费根眼里饱含热泪，"你俘获了我的灵魂。只要我杰克·费根还活着，一定和你肝胆相照！"

可怜的家伙！六个月后，他在明登①为中将乔治·萨克维尔②奋战时被射死，我也因此失去了一个好朋友。但我们谁也不知道未来会发生什么，最起码那晚我们过得很愉快。我们又喝了第二瓶、第三瓶酒（我能听出来每次都是我可怜的母亲下来取酒。但她从不露面，都是蒂姆把酒端了出来）。最后我们分别了，费根答应回去后就和奎因那边的人安排决

---

① 明登，地处德国西北部，是德国北莱茵—威斯特法伦州的城市。明登战役是七年战争期间的重大战役。——译者注

② 乔治·萨克维尔，英文为 George Sackville，是一位子爵和将领，在明登战役中任联军骑兵司令，因贻误军令被乔治二世的军队除名。——译者注

斗的事，并会在早上过来，告诉我决斗的地点。从那后，我经常会想，如果我没有小小年纪就爱上诺拉，如果我没有往费根的脸上泼酒，如果我没有与费根决斗，我的命运会有什么不同？我应该会在爱尔兰安定下来（离我们家二十英里外有个葵兰（Quinlan）小姐，是她家族的继承人。还有凯尔瓦岗有个女孩朱迪（Judy），他父亲皮特·波克（Peter Burke）留给她每年七百雷的遗产。如果能再等几年，我应该会娶她们俩中的一个）。但我命中注定是个流浪者，而与奎因的决斗，使我在小小年纪就踏上了旅程，这个，你接下来会听到。

虽然比平常起得要早一点，但那晚我熟睡了一大觉。你可以肯定我脑子里想的都是当天的决斗，我已经完全准备好了。我房间里有笔和墨水——就在前天，我不还像个蠢蛋一样给诺拉写那首诗吗？而现在，我坐下来写了两封信，因为我觉得，这可能是我今生写的最后的信了。第一封是给我母亲的：

尊贵的女士：当您看到这封信的时候，我已经被奎因上尉杀死。但今天我带着剑和枪，在战场上与奎因中尉相见。即使死了，我也是个称职的基督徒和光荣的绅士。这些都是因为有了您这样一位母亲的教育，不然，我怎么能死得其所？我原谅所有的敌人——作为您顺从的儿子，我祈求您能祝福我。我希望我的女人诺拉被遣送回布雷迪堡去，虽然我舅舅把她给了我，但后来她被我视作最水性杨花的女人。我还请求您，把我的镶银佩剑送给狩猎看守人费尔·珀赛尔。请为我向我舅舅和尤利克致敬，还有给站在我这边的女孩们致意。我永远都是您顺从的儿子。

雷德蒙·巴里

给诺拉的信如下：

在我的胸口你找到了这封信，还有你给我的信物。现在它已浸满我的鲜血（除非我杀死了奎因上尉，我恨他，但现在他得到了我的原谅），希望这条丝带能成为你结婚那天最漂亮的饰物。戴上它，想想你把它送给的那个男孩，他为你（就像他随时准备的那样）而死。

写完这些信，我拿起父亲那支带着巴里家族徽章的巨大银章，把信封了印，然后下楼去吃早餐。你可以肯定，我母亲已经在那等我了。关于即将发生的事，我们都只字不提。相反，我们谈了很多其他的事。我母亲谈到前天做礼拜时有谁去了教堂，还有我长得这么快该添新衣了。她说我必须得有一套新衣服御冬，如果——如果——她能支付起的话。她在说"如果"的时候躲躲闪闪，上天保佑她！我知道她心里在想什么。然后她转移话题说起那只黑猪该杀了，还有她早上在花斑母鸡的窝里捡了我最喜欢的鸡蛋，还有其他此类的琐事。其中有些鸡蛋被做成了早餐，正被我大口吃着。但在拿盐瓶的时候，我把鸡蛋打翻了。我母亲立刻惊叫起来，"上帝啊！"她说，"都倒在了我身上！"然后她不能自已，就离开了房间。啊！母亲们有她们的缺点，但是又有哪些女人能与她们相提并论？

她走以后，我去取下那把我父亲曾用来打败了汉普郡准男爵的剑。我看到，你能相信吗？——那个勇敢的女人在剑柄上绑了一条新的丝带！她的确有着母狮子一样的勇气，也不愧为巴里家族的女人。然后，我取下一直保存完好、擦得锃亮的枪，在锁眼里放上打火石，装好滑粉和子弹，以迎战

奎因上尉。餐柜里放了为他准备的葡萄酒和一只冷鸡。一个
纹有巴里家族徽章的银色托盘里，还放了一只方瓶老白兰地
和两只小玻璃酒杯。在我飞黄腾达之时，我在伦敦找到曾为
我父亲打造这只盘子的金匠，花了三十五基尼和几乎同等数
目的手工费，重新造了一只银盘。但后来，我把那只银盘典
给一个当铺，那个无赖老板只肯给我十六基尼。这些毫无信
用可言的流氓商人真是不能信任！

十一点的时候费根上尉骑马来了，和他一同前来的还有
个骑着马的侍从。吃了我母亲给他准备的简餐后，他说："你
看，雷德蒙，我的男孩。这么做太傻了。听我的话，那女孩
一定会嫁给奎因。等她一嫁人你就会忘了她。你还是个男孩，
奎因也这么想。都柏林是个好地方，如果你想骑马去城里玩
一个月，这儿有二十基尼，你随时可以拿去。给奎因道个歉，
然后走吧。"

"费根先生，一个讲信用的绅士，"我说，"宁可死，也不
会退缩。想让我道歉，除非先把奎因绞死。"

"这么说就是必须决斗了。"

"我的马已上好鞍。"我说，"决斗地点在哪？奎因中尉那
边都有谁？"

"你表兄们和他在一块。"费根答道。

"等你们休息好，我就叫马夫把马牵出来。"我说，随后
我吩咐蒂姆去给诺拉送话，我骑上马就走了，没有和我母亲
告别，她卧室的窗帘紧闭，在我们骑马离开时也纹丝未
动……但两个小时后，你可以看到她从楼上跑下来，听到她
尖叫着把毫发无伤的儿子搂进怀里。

后来发生的事情是这样的。我们到了那里时，尤利克、
米克和奎因上尉已经在那了。而奎因更是像率领了一个步兵

团一样，穿着红色的军装雄赳赳气昂昂。他们不时地说说笑笑。我必须说，我表兄们发出那样的笑声很不应当。因为，他们可能要亲眼看到一个亲人血染战场。

"我要让他们闭嘴。"我咬牙切齿地对费根上尉说，"而且一定会把我的剑插进奎因的身体。"

"噢！今天是用枪决斗，"费根回答说，"用剑你打不过奎因。"

"我用剑能打过任何人。"我说。

"但今天不能用剑。奎因上尉他——他腿受伤了。昨晚他骑马回去的时候，膝盖撞到了园子那来回摇摆的门，现在根本不能动弹。"

"不可能撞到布雷迪园子的门，"我说，"那里十年前就没门了。"然后费根说那可能是其他地方的门，然后重复了他对奎因及我表兄们说的话。我们走到他们跟前，和他们打了招呼。

"噢，是的！他受了该死的伤。"尤利克过来和我握手，而奎因摘下了帽子，脸变得通红。"你太走运了，我的男孩雷德蒙。"尤利克继续说，"不然你早就是个死人了，他可是个恶魔——是吧，费根？"

"还是个十足的暴君，"费根补充说，"我还没见过谁能在奎因上尉面前站到最后。"

"去他的决斗吧！"尤利克说，"我恨这件事，也为这感到羞耻。说你错了，雷德蒙，你很容易就能说出来的。"

"如果这个小家伙想去都柏林，像我建议的那样——"奎因插嘴说。

"我没有错——我也不会道歉——我想什么时候去都柏林就什么时候去——！"说着，我蹬了一下脚。

"那再说什么也无济于事，"尤利克朝着费根笑了，"你说决斗的距离吧，费根，——我猜是十二步吧？"

"十步，先生！"奎因大声地说，"距离短点，听见了吗，费根上尉？"

"别以强凌弱，奎因先生，"尤利克粗鲁地吼道，"这儿是枪支。"然后他语言里充满感情地对我说："上帝保佑你，我的男孩。我数到三，就开火。"

费根先生把枪放在我手上，——这不是我的枪（如果有下一轮，才能用到我的枪），这是尤利克的。"枪没有问题，"费根说，"千万别害怕，雷德蒙，打他的脖子——对着他护喉下面打。看这个蠢货怎么暴露自己吧。"自始至终都一言不发的米克和尤利克、费根上尉三个人退到一边。尤利克发出了信号。信号发得非常慢，我还有时间观察了一下奎因。尤利克数着数，我看到奎因变了脸色，而且身体发抖。到"三"的时候，我们同时开了枪。我听到耳边有东西呼啸而过，而我的对手，发出了一声极为可怕的呻吟，然后踉跄着倒在地上。

"他倒下了——他倒下了！"我的表兄们叫道，然后跑向了奎因。尤利克抱起他的身体——米克扶起他的头。

"他直接打中了脖子。"米克说。解开奎因的外套，血从他的护喉下面汩汩流出，那正是我瞄准的地方。

"你怎么样了？"尤利克问。"他真的射中要害了吗？"尤利克死死地看着奎因，但这个不幸的人没有回答。当尤利克抽回扶着奎因后背的手时，奎因再次呻吟了一次，然后倒在地上。

"这个年轻家伙开了个好头，"米克看着我，一脸愤怒。"你最好在警官来之前赶紧离开，年轻先生。我们离开凯尔瓦岗的时候，他们已经听到了风声。"

"他真死了吗？"我问。

"已经断气了。"米克答道。

"现在世界上又少了个懦夫，"费根上尉说，然后他用脚狠狠地踩了一下那个卧倒的身体。"他已经死了，雷迪，——一动也不动。"

"我们可不是懦夫，费根。"尤利克没好气地说，"不管他是什么！我们先尽快把这个男孩送走。你的人去找推车，把这位不幸绅士的尸体运走。对我们家来说这是悲伤的一天，雷德蒙·巴里：你让我们失去了每年一千五百英镑的收入。"

"是诺拉造成的，"我说，"不是我。"我从外套拿出她送我的丝带，还有那封信，把它们扔到奎因的尸体上。"看吧！"我说——"把丝带给她，她知道这是什么意思。这就是她拥有两个爱人，又把他们毁掉的结果。"

看着敌人倒在我面前，年轻的我没有任何恐惧的感觉。因为我明白，是我在战场上光荣地和他兵戎相见，并打败了他，我维护了我的名声和家族的荣耀。

"看在老天分上，现在，赶紧把这小子弄走。"米克说。

尤利克说他和我一起走，然后我们快马加鞭一刻不停奔到我家门口。到那后，尤利克告诉蒂姆我待会要出远门，叫他立刻喂马。我母亲迅速抱住了我。

尤利克告诉了我母亲我在决斗中的表现，我就不说我母亲有多么骄傲、多么欣喜了。但尤利克催促说，我必须出去躲一段时面。他们都认为我必须隐藏巴里的姓氏，只留下雷德蒙这个名字，然后待在都柏林等事情平息。我母亲对这一安排并不是没有疑问。她问为什么，既然我表兄尤利克在布雷迪堡不会有事，而我在巴里维尔就不安全？——地痞军官都不敢惹他们，为什么警官会来找我的事？但尤利克坚持我必须即刻离开。在争论中，我得承认，由于急于出去见世面，我站到了尤利克这边。而且他告诉我母亲，我们巴里维尔的小房子处于村落之中，没有护卫，仆人也只有一两个，想逃跑绝无可能。所以我母亲被迫同意了尤利克的请求，而他还告诉她，等事情安排好以后，我就会回来。啊！但他又怎么能料到命运给了我怎样的安排！

我想，我和母亲肯定分别了很久。她说她有不祥的预兆，因为昨晚，她整夜都在用牌占卜我决斗的结局，但每次的结果都预示着分离。然后，她从梳妆台里拿出一只袜子，取出二十基尼放在钱包里给了我（她自己只有二十五基尼）。我母亲为我收拾了一只手提箱，装着我的衣物和我父亲的一只银质梳妆盒子，手提箱被放在马背上。她嘱咐我保护好剑和枪，要像男人一样用它们。最后她催我赶快离开（我知道，其实她心里满是不舍）。就这样，刚到家还没有半个小时，我就再次上路了，但这次，宽广的世界就在我眼前。不用说我走的时候蒂姆是多么伤心地号哭，鸡群是多么大声地鸣叫。可能我自己，也掉了一两滴泪。但是，一个第一次拥有了自由的十六岁少年不会多么伤感，更何况我口袋里还有二十基尼。我跨上马背就走了，我承认，一路上我没有多么想念我孤单的母亲还有被抛在背后的家，而是更多地想着明天，以及明天会给我带来的惊奇。

第三章　进入虚假的上流社会

　　天黑时我骑到了卡洛，并住进一家最好的旅馆。旅馆老板问起我的名字，我就按照表兄的吩咐，称自己是沃特福德郡的雷德蒙先生，前往都柏林三一学院，在那里读书。看到我衣着华美，还带着镶银的剑和大箱子，还没等我开口，老板就送来一大杯葡萄酒。你可以肯定，后来他按不菲的价格收了钱。在那时候，绅士们上床前都喜欢喝些酒促进睡眠，由于第一天进入社会，我决心做一个完整的绅士。而且，我向你保证，我也把酒大赞了一番。那天发生的事情让我兴奋不已：离开家乡，和奎因决斗，这些足以使我头昏脑涨，再加上那杯葡萄酒，我彻底被撂倒。我没有梦到奎因的死，也许懦弱的人才会那样。而后来在杀死很多人之后，我也没有后悔过一次。因为一开始我就认为：一个拿自己的生命冒险，并赢得了男人间战斗的绅士，绝不该有愧疚之心。我在卡洛美美地睡了一觉。早餐吃了烤面包，又喝了一大杯淡啤酒。我换开了第一个金币，还像个绅士一样，慷慨地给仆人打了赏。就这样我开始了新生活的第一天，并一直持续如此。没人像我一样出生在拮据的贫穷和苦难之中，又经受无尽窘迫。但也没人敢说我小气，即使只有一个基尼，我也会像个贵族一样把它大方花掉。

我对未来毫不怀疑：像我这样的人，拥有我这样的体格和勇气，一定能在任何地方闯出名堂。此外，我口袋里还有二十基尼，我以为（尽管我错了）这最起码够我生活四个月。而这些时间足够我创造一笔财富了。所以我继续骑马前行，边走边哼唱，或与过路的人攀谈。路边所有的女孩都惊叹，并祈求上帝赐她们一个我这样的丈夫。至于诺拉和布雷迪堡，今天和昨天像是隔了半年那么久。我发过誓，除非功成名就，否则绝不再进布雷迪堡。我也遵守了我的诺言，这个你在后面会听到。

那个时候，这个王国的大路上总是生机勃勃、人来人往。不像现在，马拉的驿车只用几个小时就把人从这个国家的一端送到另一端。贵族们会骑自己的马或者驾自己的马车。现在十个小时就走完的旅程，那时花三天才能走完。所以那时候，在通往都柏林的大道上，人们从来不乏同伴。在从卡洛到纳斯的路上，我和一个来自凯尔肯尼（Kilkenny）的绅士同行。他身着绿衣和灯芯绒裤，全身武装，戴着一只眼罩，还骑着一匹强壮的马。他问了我一些常问的问题：我去哪，我这么年轻，我母亲难道不担心强盗，怎么放心让我一个人上路。而我从皮套里拿出一把枪，告诉他我有两把上好的枪，枪下已经有过亡魂，并且随时准备再让人毙命。说着，一个满脸麻子的人奔过来，他就快马加鞭离我而去。他的马比我的马要强壮许多。此外，我不想让我的马太累，更何况，我还想在晚上体面地进入都柏林。

在走向凯尔库伦的路上，我看到一堆农民围着一个马拉着的轿子。而我觉得，那位穿绿衣的朋友已经跑到半英里前的山丘上。那个轿夫用最大的声音吼着："抓强盗！"但他越急，周围的人笑得越厉害，并且拿刚才发生的事开各种玩笑。

"你本来可以用你的大口破枪拦住他！"一个人叫道。

"噢，胆小鬼！让那个上尉削死你。他可只有一只眼！"另一个也喊着。

"下次夫人上路，记得先把你洗洗干净！"第三个人也插嘴。

"伙计们，这么闹是怎么回事？"我勒马站住，看到有位女士坐在轿子里，由于受了惊吓，脸色苍白。我抽了一下鞭子，让那群红脸恶棍让条路。"怎么了，女士？是什么挡了您的大驾？"说着，我脱下帽子，跃马走到轿子窗前。

女士解释了发生的事。她说她是菲兹西蒙斯（Fitzsimons）上尉的妻子，正赶往都柏林与丈夫相聚。但一个强盗挡了她的轿，轿夫是个蠢货，尽管他全身武装，还是跪了下去。虽然附近田间有三十多个壮汉，但强盗袭击她时，没有一个过来帮她。正相反，他们还希望那个他们称为"上尉"的强盗好运。

"他可是穷人的朋友，"一个人说，"当然要祝他好运。"

"反正也不关我们的事！"另一个人说。还有一个人咧着嘴笑，说那个强盗是著名的弗莱尼上尉。他在凯尔肯尼被捕，两天后他就贿赂陪审团把自己放出来，并在监狱门口骑马而去。就在当天，他又抢劫了两名下来巡视的法官。

我扬着鞭子叫那群无赖给我让路，然后继续尽力安慰菲茨西蒙斯夫人。"她的东西被抢走的多吗？"所有东西都被抢了：她的钱包，里面装了一百多基尼的金币；珠宝、嗅盐瓶、金表，还有一对上尉的鞋扣，上面还嵌着钻石。对这一悲惨遭遇我深感同情。听出她的口音像英国人，由于两个国家现在的情况，我说在我们的国家（指英格兰）绝对不会发生这种事。

"你也是英国人吗?"她带着惊讶的口吻问我。我立即说我很骄傲自己是英国人，因为，事实如此。而我也肯定，爱尔兰任何一名真正的托利党绅士都希望能这么说。

我骑马走在菲兹西蒙斯夫人的轿边，一路到纳斯。由于她被强盗抢了钱包，我请求允许借给她两个金币，以便她支付旅店费用。她非常感恩地接受了钱，然后邀请我和她一起吃晚餐。那位夫人问起我的出身和门第，我回答说我拥有大笔财产（这不是真的，但往事重提又有何益? 很早以前，母亲就教会了我在这方面要掩饰），我家是沃特福德郡的望族。我现在前往都柏林接受教育，而我母亲一年给我五百磅的花销。

菲兹西蒙斯夫人也很健谈。她说自己是伍斯特郡格兰比·赛默塞特（Granby Somerset）将军的女儿，当然了，我听说过这个人物（其实我没听过，但出于良好的教养，我绝不会说没听过）。而她还承认，后来自己与上尉菲茨杰拉德·菲兹西蒙斯私奔。又问我去过多尼戈尔吗?——没有! 这真是个巨大遗憾。因为上尉的父亲在那里拥有十万英亩的土地，而菲兹西蒙斯堡是爱尔兰最豪华的宫殿。上尉是大儿子，尽管和父亲有分歧，但他一定会继承那些财产。接着，她给我讲述都柏林的舞会、豪华宅邸里的晚宴、凤凰公园的马赛，以及各种化装舞会和社交活动，直到我万分急切地表示想参与其中。但我心里无限遗憾地想到，以我现在的处境，想要保住秘密，就不能被经常出入宫廷的菲兹西蒙斯夫妇引荐进宫，但他们又那么受宫廷待见。她充满趣味的谈吐与凯尔瓦岗聚会上小姑娘们的粗俗语言形成了极为鲜明的对比! 每说一句话，她都会提到一位贵族或大人物。很明显她会讲法语和意大利语，而前者，我在前面说过，我略懂一二。至于她的英国口音，这个嘛，也许我不该评价。因为实话讲，我也是第一次见到真正的英国人。而她又给我忠告，让我对在都柏林遇到的人群要万分小心，因为都柏林是各国地痞和流氓的聚集之地。可以想见我有多么喜悦和感激。随着我们的谈话越来越私密（这时我们一起坐着吃甜点），她大方地邀请我在他们家住下。她还说，她的菲兹西蒙斯见到她年轻勇敢的保护者一定很高兴。

"夫人谬赞了。"我说，"我并没有保护什么。"但她说得很对：强盗刚抢走她的钱和珠宝，我就出现了。

"就是这样，夫人，那没有什么，"那个蠢笨的仆人沙利文（Sullivan）说，他正侍候我们吃饭，弗莱尼过去抢劫时他惊恐万分。他又说，"他不是把铜制的十三便士还给你了吗？还有那只表，他不也说是黄铜做的？"

但菲兹西蒙斯夫人训斥他是个鲁莽蛋，让他立刻出去。沙利文走后，夫人对我说："那个蠢货根本就没见过一百镑的纸币长什么样。"而那张纸币就在弗莱尼抢走的皮夹里。

如果我对这个世界能再老道那么一点点的话，我就会对这个冒充时髦人物的菲兹西蒙斯夫人感到怀疑。但事实是，我对这世界一无所知，所以把她的故事全当了真。此外，当店主拿来晚饭账单的时候，我像个贵族一样买了单，因为，菲兹西蒙斯夫人丝毫没有想付钱的意思。随后我们慢悠悠地走向都柏林，夜幕降临时，我们进了城。豪华马车往来不息，持火人①们的火把闪烁满街，富丽的宅邸应接不暇，尽管我

---

① 执火人，旧时受雇为人在黑夜照明引路的人。——译者注

尽力隐藏自己的感觉，但这些景象还是深深地震撼了我。我
亲爱的母亲曾教过我，一个时髦的人永远不会对任何东西感
到惊讶，而且永远不会向任何人承认，别人的房子、马车或
者社交圈比自己在家时常见的好。

　　最终我们在一座有些破旧的房子前停下，然后走进一个
充满晚饭和酒味，而且远不及巴里维尔干净的小道。一个胖
胖的红脸男人从客厅里走了出来，他没有戴假发，而且穿着
有些破烂的睡衣和睡帽。他非常热情地拥抱了菲兹西蒙斯夫
人（因为他就是菲兹西蒙斯上尉），而且，当他看到有个陌生
人和她一同回来时，更是狂喜地把菲兹西蒙斯太太抱得更紧。
菲兹西蒙斯太太坚持对菲兹西蒙斯上尉说我是她的保护者，
并且热烈赞美我的英勇行为。好像我已经杀了弗莱尼，而不
是在他抢劫完之后才赶到的一样。这个上尉说他和沃特福德
郡的雷德蒙家族交往甚密，这让我感到些许惊慌。因为，我
对这个我自称所属的家族一无所知。但我反问他，他认识的
是哪个雷德蒙家，因为我从没有在我们家族里听过他的名字。
他称他认识的是雷德蒙镇上的雷德蒙家族。

　　"噢！"我说，"我们是雷德蒙堡的雷德蒙家族。"然后他
就不再多说。我去紧邻着的代管人的马厩看了看我的马，然
后就回到菲兹西蒙斯夫妇身边。

　　尽管面前的破盘子里还摆着没吃完的羊排和洋葱，但这
位上尉说："我亲爱的，真希望能早点知道你来。中尉鲍勃·
莫里亚蒂（Bob Moriaty）和我享用了美味的鹿肉饼，是中尉
勋爵送过来的，我们还喝了一瓶勋爵送来的西勒里①。你知
道这种酒的，对吧？但过去就过去了，现在说也没用。你想

---

　　①　西勒里，位于法国马恩省，产著名的香槟。——译者注

不想来一只大龙虾再加一瓶好葡萄酒？贝蒂，把桌子收拾干净，欢迎女主人还有我们年轻朋友的到来。"

由于没有小钱，菲兹西蒙斯先生向我借十便士买龙虾。但他夫人拿出一个我之前借给她的基尼，让女仆去换开钱买晚餐。女仆很快就去了，回来时，只给了女主人剩下的几先令，因为"鱼贩子把其他的钱扣下还了旧账。"菲兹西蒙斯先生叫道："你这个蠢得不能再蠢的东西，居然把金币给他！"然后他又向我解释，他今年已经给了那家伙好几百基尼。但具体几百基尼我记不清了。

我们的晚餐被呈上来了，无论晚饭丰富与否，我们谈论的内容都可称为十分丰富。菲兹西蒙斯上尉讲了都柏林权贵们的轶事，因为他和他们都是密友。为了不落后于他，我讲起我的庄园和财产，好像我富有得如同公爵。还讲了所有我从母亲那听来的贵族故事，不过，有些是我自己想象的。我讲的故事漏洞百出，但菲兹西蒙斯却没有察觉。其实当时我就应该意识到这个人是冒牌货，但年轻人总是很轻易相信别人。最后我上了床，同时庆幸自己如此好运，旅程才刚开始就能认识菲兹西蒙斯夫妇这样尊贵的人。后来用了很长的时间我才明白，其实事实并非如此。

那晚我住的房间，让我想到这位多尼戈尔郡菲兹西蒙斯堡的继承人并没有和他父亲达成和解。如果我是个英国人，也许立刻就起疑心了。不过，也许读者们也知道，我们爱尔兰人在整洁方面并不像英国人那么讲究。因此我对自己杂乱无章的卧室也不是很在意。因为，即使在我舅舅的豪华宅邸布雷迪堡里，窗子不也都破破烂烂，填着破布吗？那里的门不也都没有锁吗？不说门锁，甚至门柄或者搭链都没有。

所以，尽管我的卧室有诸多不便，尽管我自带的床单比起菲兹西蒙斯夫人的裙子如同豪华锦缎，而我带的破烂的梳妆镜只有巴掌大（但我习惯在爱尔兰的家里用这类东西），但我依然认为自己是个时髦人物。抽屉都没有锁，而且都敞开着。里面满是菲兹西蒙斯夫人的胭脂盒、鞋子、内衣，还有其他杂碎衣物。所以我把衣服都留在手提箱里，只把那只银质梳妆盒拿了出来，放在抽屉里的破烂上任由它熠熠发亮。

沙利文早上叫我吃早饭，我问他我的马怎么样，他回答说非常好。然后，我用威严的声音大声吩咐他给我拿一盆热剃须水来。

"热剃须水！"他叫道，并大笑起来（我承认这不是没有理由）。"是你自己要剃胡子吗？"他说，"要不要我把猫也抱来，你可以剃它。"对这个大胆无礼的无赖，我一靴子踹了过去。很快我就去餐厅和菲兹西蒙斯夫妇共用早餐。他们热诚地欢迎了我，而且还穿着昨天的衣服。因为我认出了衣服上爱尔兰炖菜的黑点，还有晚餐黑啤酒留下的印迹。

男主人对我极为热情，而菲兹西蒙斯夫人则说我在凤凰公园里也称得上人中龙凤。然后，为了表示谦虚，我说在都柏林没有比我看上去更糟的人。虽然当时我还没有后来练就的强壮胸脯和大块肌肉（而如今，唉！我的手指僵硬，腿脚不灵。但这就是衰老的自然结果），但那时我已经有一米八高，头发束起，衬衣配着胸饰，袖口镶着蕾丝。我还穿着一件嵌着金线的红色华美马甲，看上去仪表不凡。但那件带金属扣子的褐色外套对我来说已经不合穿，所以我听从了菲兹西蒙斯的建议，去他的裁缝那里做一件更合身的外套。

"我就不用问你睡的是否安稳了，"他说，"小弗雷德·平普乐敦（Fred Pimpleton）（平普乐敦勋爵的二儿子）曾屈尊和我住在一起，他在那个房间住了七个月。既然他都那么满意，我相信其他人也不会有意见。"

早餐后，我们步行参观都柏林。菲兹西蒙斯把我介绍给他的几个相识，称我是沃特福德郡的雷德蒙，他的特别朋友。他还把我介绍给他的制帽商和裁缝，并夸耀我的远大前程和大笔财产。尽管我告诉裁缝只想要一件合身的外套，但他还是坚持为我做了几件，我毫不在意地接受了。而明显需要新衣的菲兹西蒙斯上尉也选了一件上好的军礼服，并让裁缝为他送到家。

我们回去找菲兹西蒙斯夫人，她坐着轿和我们又去了凤凰公园。回想起来，当时许多年轻贵族围在她跟前，她给所有人介绍了她昨天的护花使者，还对我大加恭维。半个小时后，所有人都认为我出生于这片土地上最权贵的家族，和所有重要的大贵族都有亲戚，同时我还成了菲兹西蒙斯上尉的表亲，以后将继承每年一万基尼的家产。菲兹西蒙斯声称他骑马走过我庄园的每一寸土地。我想，既然他为我编故事，那就随他吧——而且，我非常高兴（年轻人就是这样）能被如此恭维，同时还能结识更多大人物。而且根本没有意识到，我已经走进一群冒牌货之中——菲兹西蒙斯只是个冒险家，而他的太太也毫无信用可言。但年轻人总是很容易遭遇这种危险，因此，只好让其他年轻人以我为鉴了。

我有意快点结束对这些痛苦往事的描写，因为除了我自己，没人会在意。而我那时的同伴和我根本不是一类人。事实是，现在我回头看自己，极少有年轻人能落入更可怕的魔爪。后来我去了多尼戈尔，但根本没看到著名的菲兹西蒙斯城堡。同样，我又向伍斯特郡居住最久的人打听，但也无人知晓格兰比·萨摩赛特这个名字。像菲兹西蒙斯夫妇这样的人在当时有很多，但现在少了不少，因为后来持久的战争使贵族们再难养活那么多侍者和食客。而这，正是菲兹西蒙斯上尉的真正身份。如果知道了他的出身，我宁死也不会和他有任何联系。但在单纯的年轻时代，我把他说的话全当了真，而且还以为我在新生活的开始就搭上好运，得以进入这样一个家庭。啊！我们都只是命运的玩物！每每想到环境的细微变化就造成了我人生的巨大转折时，我都会认为，我只不过是命运的玩偶。而命运，却给我设下了最神奇的骗局。

这个所谓的上尉不过是一个绅士的食客，而他夫人的地位更是鄙贱，这对夫妇维持的社交圈不过是一群凡夫俗子而已。如果他们的朋友来吃晚饭，就必须支付一定的费用。晚饭过后，你可以肯定，玩牌是肯定要玩的，而且这群人并不把打牌仅当作玩乐。像这种聚会，各种各样的人都会来：军队驻扎在都柏林的年轻军官；为权贵工作的职员；赌马、酗酒、打架斗殴的时髦人物也络绎不绝。我在都柏林见识的这些人比欧洲任何一个城市都要多。我从没见过只拿那么一点钱的年轻家伙也敢下那么大的赌注，也从没见过那些我几乎认为是天才的绅士却整日游手好闲。在这里，一个年收入五十基尼的英国人要忍饥挨饿，劳苦工作；而一个同等收入的爱尔兰人却能养马喝酒，像贵族一样悠闲。在这里有个医生，从来没为一个人看过病，同样还有一个律师，从来没有一个客户：俩人都一个子也不挣——但两个人都骑着好马，穿着体面，在公园游荡；而勤奋正直的职员却在挣扎着生活。还有几个售酒的商人，自己喝的酒比卖掉的酒或者存货还要多。还有其他相同品性的人在这个房子聚集，共同构成了我被厄运投入的社交圈。一个人和这些人整日为伴，除了不幸还能发生什么？——我没有提以上那些人的妻子，不过，这些女人应该比她们的男人强不了多少。——所以，在非常非常短的时间内，我就成了他们的猎物。

至于我那可怜的二十基尼，只用三天，我就在惊恐中看着它们变成了八基尼：剧院和酒馆就这样残忍地抢劫了我的钱包。而在玩牌时，我又输了两个金币。虽然我周围的人在打牌时都记账打欠条，但是我当然更喜欢用现钱。不过很快，我也开始记账了。

同样，我也在裁缝、马具商和其他人那里记账。到目前为止，菲兹西蒙斯先生的引荐给我带来了好处，因为商人们都信了他有关我财富的话（后来我才知道，那个流氓也这样吞噬了其他几个青年的财产），所以在一小段时间里，他们还提供给我想要的东西。最后，由于现钱快花光，我被迫典当了裁缝给我做的衣服。我不想卖掉我的马，因为我每天都骑着它去公园，况且，它还是我亲爱的舅舅送我的礼物。我也卖掉了珠宝商强烈推荐我买的一点小物什，从而筹到了一些钱。就这样，我才能把目前的生活又维持了一段时间。

我每天都去邮局问是否有雷德蒙先生的信，但每次得到的答案都是没有。实话说，当听到"没有"的回答时，我反而感到释然，因为我并不急于让母亲知道我在都柏林过的奢侈生活。但是，这种生活不可能维持太久，因为我的现钱基本耗干了。我再次去裁缝那里，要求他给我做衣服，但那家伙哼哈着打马虎眼，甚至大胆向我讨要之前衣服的钱。听他这么说，我告诉他再也不会光顾他的店，并迅速离开了。另外那个金匠（一个犹太流氓）拒绝让我拿走一条我中意的金链子。头一次，我感觉到些许迷惑。还有一个经常出入菲兹西蒙斯房子的年轻绅士，在玩乐中收了我十八镑的借据（玩皮卡牌时我输给了他）。由于他欠了车马代管人卡尔宾（Curbyn）先生一个欠条，所以把我的借据转手给了卡尔宾。可以想见我的愤怒和惊讶。我去取马时，卡尔宾断然拒绝，他说除非我先付了借据，否则休想把马匹牵走！我提出给他我口袋里的四张借据——其中一张是菲兹西蒙斯欠我的二十雷，还有律师穆里根（Mulligan）和其他人的——但他不同意。这个卡尔宾是约克郡人，他摇着头，并讥笑他们中的每一个。

他说："我告诉你吧，雷德蒙少爷，你像是个有头有脸的人，我就在你耳边轻声说几句。你落入一群恶人的手里了——他们就是一伙骗子。像你这样身份和人品的绅士根本不该与他们为伍。回家吧，收拾好你的箱子，给了我这点小钱，骑上马回到父母身边去，——这才是你该做的事。"

的确如此，我陷进贼窝！好像所有的灾难同时降临到我身上，因为，在我郁郁寡欢回去进入房间的时候，我发现上尉和他的夫人已经在那等我了。我的手提箱开着，衣物撒了一地，而我钥匙被可恶的菲兹西蒙斯拿着。"我到底在家里养了个什么东西？"进入房间的时候他向我吼道，"小子，你是谁？"

"小子！先生，"我说，"我是一个绅士，和所有爱尔兰人一样。"

"你是个冒牌货，年轻人！你这个阴谋者，骗子！"这个上尉叫道。

"再重复这种话，我就劈死你。"我回答说。

"嘘，嘘！我和你一样会击剑，雷德蒙·巴里先生。哈！你脸色变了，是吧——你的秘密暴露了，对吧？你像个毒蛇一样进入无辜的家庭里；你还自称是我在雷德蒙堡雷德蒙家族的朋友；我还把你介绍给这个大都市里的贵族"（这位上尉的乡音很重，而他的话又很长）；"我把你介绍给我的手艺人，给你信用记账，但我发现了什么？你当掉了在他们那买的东西。"

"我给他们写了承兑单子，先生。"我庄严地说。

"以谁的名义？不幸的男孩——以谁的名义？"菲兹西蒙斯叫着。然后我想起来，我的确在文书上签了巴里·雷德蒙，而不是雷德蒙·巴里。但我还能做什么？我母亲不是叮嘱过不要签其他名字吗？在爆发出的一大段指责里，他说在贴身衣物上发现了我的真实名字——他的关怀全错了，还有他得承受羞耻向他的时髦朋友们说明，他在家里养了个骗子。他收起衣物、银质洗漱用具以及我其他的物件，说要立刻去见官，并让我受到法律的制裁。

在他说前半段话的时候，我满是羞愧地想着我的轻率行为，而现在陷入的窘境，更是让我困惑万分。所以我就呆滞地站在他面前，对这家伙的侮辱没有任何回应。不过，在感受到危险时，我立刻采取了行动。

"你听着，菲兹西蒙斯先生，"我说，"我告诉你为什么我必须更改名字：我的真名巴里是爱尔兰最好的姓氏。我改了它，先生，是因为在来都柏林的前一天，我在决斗中杀死了一个人——一个英国人，先生，一个效忠国王的上尉。如果你敢挡我的路，杀死他的兵器也在等着你。先生，你和我其中一个休想活着走出这个房间！"

说着，我闪电般地拔出剑，并"哈！哈！"着蹬脚向前刺去。菲兹西蒙斯惊恐后退，面色煞白，而我的剑距他的心口只有不到一英寸。他妻子尖叫了一声，扑到我们中间。

"最亲爱的雷德蒙啊！"她叫道，"请息怒。菲兹西蒙斯，你不要杀这个可怜的孩子。让他逃走吧——看在上天的分上，让他走吧！"

"他会为这付出代价的，"菲兹西蒙斯愠怒道，"他也最好快点走，因为珠宝商和裁缝已经来过一次，而且很快会再来。是典当商人摩西（Moses）告诉了我真相，我亲自听他说的。"我这才意识到，那个裁缝商人第一次让我赊欠时，菲兹西蒙斯先生刚好在那买了一件带蕾丝的双排扣礼服。

我们对话的结局是什么？如今，巴里家族后裔的家又在何方？因为那悲惨的决斗，家的大门对我紧闭。我也必须承认，由于自己轻率无知而惹起的祸端，又把我从都柏林驱逐了出去。但我没有时间等着做抉择：我没有避难的地方可逃。菲兹西蒙斯羞辱我一通后嘟哝着离开了房间，但没有恨意。因为他妻子坚持让我们握手言和，他还承诺不会再打扰我。的确，我不欠这家伙什么东西，相反，我口袋里还有他在玩牌时欠我的承兑单子。至于我的朋友菲兹西蒙斯夫人，她瘫坐在床上大哭起来。她有错，但她的心还算善良。尽管她总共只有三个先令和四便士铜币，但还是让我在离开前收下这点钱——离开——去哪？我很快下定了决心：城里有很多征兵团队，号召人们加入奋战在美国和德国的英勇大军。我知道其中一个在哪，因为以前在凤凰公园闲散时我见过一名中士，他给我指出不远处各种人物的名字，我还为此请他喝了酒。

我给了菲兹西蒙斯家的管家沙利文一个先令，让他跑到街上的小酒馆找到中士。十分钟之内，钱就到了中士手上。我坦白告诉他，我在决斗中杀了人，现在处于困境之中，因此急于离开这个国家。但无须麻烦我做任何解释，因为乔治国王急需用兵，根本不在乎他们从何而来。中士说，像我这样的体格总是很受欢迎，而且，我再挑不出更好的时机了，因为邓莱里正好有一只运兵船在等待刮风起航。那天晚上，我前去坐上了那条船，后来我还有了一些惊人发现。这个，我会在下一章讲到。

第四章 我近距离审视军队的荣耀

我从来只对上流社会感兴趣，并且痛恨一切有关卑微生活的描述。因此，我对当前所处人群的描述必须一笔带过。说实话，光想起那些人就够我恶心的了。呸！当时我们士兵被限制在一个可怕的黑洞里，我周围的人全都是恶棍：逃避贫穷的耕夫和逃脱法律（事实是，我自己也是这样）的偷猎者、扒手。即使现在，想起曾被迫与这些人为伴，我的老脸就忍不住变得通红。我本会陷入绝望，不过幸运的是，发生了一些事情让我打起了精神，甚至在某种程度上安抚了我的不幸。

第一个安慰是我和别人大打了一架。我上那只运输船当天，碰到了这个红发的壮汉——他是个领头人，应征入伍逃避他的刁妇老婆。因为，尽管他是个拳击手，但她老婆更胜他一筹。这个叫图尔（Toole）的家伙——我记得这是他的名字——在逃离了他的洗衣妇老婆之后，很快就恢复了剽悍和凶残的本性，还成了周围所有人的暴君。尤其所有新兵，更是这个畜生侮辱和虐待的对象。

我说过，我没了钱。吃饭时，我愁闷地拿着一盘吃饭时供应的腐臭熏肉和发霉饼干。到给我发饮品的时候，和其他人一样，我得到一个乌漆墨黑的小锡杯，里面盛了半品脱掺了水的朗姆酒。

杯子肮脏油腻，我忍不住转向食堂值勤员说，"伙计！给我个玻璃杯！"听到这话，我周围的混蛋们突然狂笑起来。当然，其中声音最大的就是图尔先生。"给这位绅士呈上一条毛巾，再拿来一盆海龟汤。"这个怪物吼叫道，他正坐在——准确说应该是蹲在——我对面的甲板上。说完，他突然抓走我的酒杯，伴随着一阵掌声，他把掺了水的烈酒全倒在地上。

"如果你想回击他，就问他那个整天削他的洗衣妇老婆。"有人在我耳边说道。这个人以前是个持火人，由于痛恨自己的职业，就从了军。

"那肯定是你老婆洗的毛巾吧，图尔先生？"我说，"我听说她经常用毛巾揍你的脸。"

"问他昨天她来船上，为什么他不肯见她。"那个持火人继续说。接着我问了他很多愚蠢笑柄，问他喝了多少肥皂水，被老婆打过多少回，挨过多少次熨斗。这让他怒火高涨，然后我们就开始打架。我们本应立刻打起来，但在门口看守的一对咧嘴笑的海军以为我们是后悔参军想逃跑，就进来用带刺刀的枪制止了我们。但下楼梯巡视的中士听到了争吵，过来告诉我们，如果想的话，可以像男人一样去前甲板斗拳决胜负。但英国人所谓的用拳头在爱尔兰并不流行，所以最后我们同意拿两根棍子当武器。前甲板上，我用一根棍子在四分钟内结束了他。我朝他愚笨的脑袋重重一击，他立刻倒在地上奄奄一息，而我，没有受到半点伤害。

赢了这群垃圾的首领，让我得到了这些恶棍们的尊敬，也让我本来低落的精神抖擞起来。而在一位老朋友登上这只船之后，我的地位更是得到巨大提升。在那个将我早早送进这世界的决斗中，他就站在我这边：他就是我的朋友，费根上尉。有位年轻贵族在我们军队（盖尔的步兵）有一个连队，但他迷恋豪华场所和俱乐部，讨厌粗暴的战争，因此将这个职位给了费根。由于除了刀剑之外一无所有，费根接下了这个职位。我们在甲板上打斗时，中士一直在旁边观战（渔夫和船上的军官都咧着嘴看好戏），这时岸边过来一艘船，船上下来了我们的上尉。尽管他认出我时，我吃了一惊并红了脸——一个巴里家族的后裔——摆出这种丢脸的架势。但我向你保证，费根看到我时表情极为愉悦，像是向我确定一位朋友正在靠近。但之前我一直压抑至极，如果我能有点办法，如果不是那些水兵的看守，我一定早就逃了出去。费根向我眨眼表示相认，但没有公开表明我们的关系。直到两天后，船只准备出海，我们要向古老的爱尔兰告别时，费根把我叫到他的船舱。然后，他热切地握了我的手，并告诉我有关家里的消息，这些都是我迫切想知道的。"在都柏林我听到了你的消息，"他说，"作为你父亲的儿子，命运让你早早就踏上旅程。我想你也不可能做得更好了。但为什么不给你可怜的母亲写信呢？她已经往都柏林给你写了六封信了。"

我说我去邮局问过多次，但那里没有雷德蒙先生的信。我没有告诉他，在第一周过后，我愧于给我母亲写信。

"那我们必须给她写信让信使带走，"费根说，"信使在两小时后会走。你可以告诉你母亲，你现在很安全，而且和布朗·贝思（Brown Bess）结婚了。"当他说到结婚时，我叹了一口气。但他笑了起来，"我知道，你想起了布雷迪堡的某位女士。"

"布雷迪小姐好吗?"我说。尽管难以启齿，但我确实在想她。虽然在都柏林寻欢作乐时我忘了她，但我发现，在逆境中人往往会变得柔情满怀。

"现在只有七位布雷迪小姐了，"费根用严肃的声音答道，"可怜的诺拉——"

"上帝啊! 她怎么了?"我以为她悲痛而死了。

"你走之后她无比悲伤，以至于只能嫁了个丈夫安慰自己。她现在是约翰·奎因夫人了。"

"约翰·奎因夫人! 还有另一个约翰·奎因先生吗?"这让我大为惊奇。

"不，我的男孩，还是那一个。他的伤恢复了。你打中他的子弹没有杀死他，那只是用麻做的。你以为布雷迪兄弟会让你杀死一个能给他们家每年带来一千五百镑的人吗?"费根还告诉我，为了支开我——由于对我的惧怕，那个胆小的英国人不愿结婚——才安排了那个决斗。"但是，雷德蒙，你的确打中了他，那是个紧实的麻弹。那家伙非常害怕，他磨叽了一个钟头才去的。后来我们告诉了你母亲整个故事，她大吵大闹了一通。在你走后，她往都柏林写了六封信。但我想她可能写了你的真名，而你一直都没有想到。"

"这个懦夫!"我说（尽管，我承认，知道没有杀死奎因，我的心得到巨大解脱），"布雷迪兄弟同意让这个胆小鬼进入这世上最古老最荣耀的家族吗?"

"他支付了你舅舅的债务。"费根说，"他给了诺拉一个六驾马车。他还准备卖掉家产，为尤利克·布雷迪中尉购买他的军队。这个胆小的家伙是你舅舅家的救星。神啊，这门亲事真不赖!"然后,他笑着告诉我,尽管奎因想逃回英格兰,但米克和尤利克与他形影不离,直到婚礼结束,这对新婚夫妇去了都柏林才分开。"我的男孩,你需要钱吗?"好心的费根上尉问我,"你可以向我要,奎因上尉给了我两百基尼作为我那一份,这些钱我都可以给你。"

然后他让我坐下,给我母亲写一封信。我用极为诚恳和痛悔的语言,陈述了我甚为愧疚的奢华生活;直到这一刻我才知道,我犯下的滔天大错到底是怎么回事;还有我作为义务军人,要出发去德国。信刚封好,信使就喊着要上岸。随后信使走了,除了我的信,他还带走了许多焦灼的人对古老爱尔兰以及朋友们的道别。

尽管很多年里,大家都叫我巴里上尉,我也由这个名字最先为欧洲人所知。但我得承认,我和许多自认为有这个头衔的绅士一样,并没有这个权力。而除了中士的低等条纹外,我的军衔从来不足以得到肩章或其他装饰。在向易北河①进发的航行中,费根任命我为陆军下士,他还许诺提升我为上士,如果之后我想由表现得到的话,还可以被提升为上尉。但命运没有安排让我一直当个英国士兵,这个我马上会讲到。同时,我们的路程非常轻松。费根告诉他的一个军官兄弟我的历程,他们都对我亲切有加。而我打败了那个领头的壮汉,更是让我赢得了前甲板同志们的礼遇。由于费根的鼓舞和教导,我严格执行义务。不过,尽管对那些人亲切友善,但在一开始我从不屈尊和他们混在一起。的确,那些人都称我为"大人",我想这是那个曾做持火人的滑稽家伙给我的名头。

---

① 易北河,是中欧主要航运水道之一,穿过捷克西北部的波希米亚,在德勒斯登东南 40 公里处进入德国东部。——译者注

而我觉得，自己的确和其他贵族一样配得起这个名头。

欧洲发生了著名的七年战争，这需要比我伟大得多的哲学家和历史学家才能解释清楚它的起因。事实如此，它的起因对我来说一直都异常复杂，而与这方面有关的书也极难理解，我从开头读到结尾，还是不知所云。所以，我不再就这件事发表长篇大论令读者厌烦。我所知道的是，国王陛下对汉诺威①属地的偏爱使他在英国国内备受争议。之后，以皮特先生②为首组成反德主战派，他本人在一夜之间成为首相，而这个帝国所有痛恨战争的人都转而为战争欢呼起来。所有人都在谈论代廷根③和克雷费尔德④的胜利，而被我们称为"新教徒英雄"的无神论者普鲁士国王老弗里德里克，更是被视为圣人。但不久后，由于他与帝国女王⑤结盟，我们差点向他宣战。但不知何故，如今我们又站在了弗里德里克这边；而罗马帝国、法国、瑞典和俄罗斯则联合起来对抗我们。我

---

① 汉诺威，是德国下萨克森州的首府。位于北德平原和中德山地的相交处。曾是英国国王的领地。——译者注

② 威廉·皮特，英文名为 William Pitt（1708～1778），是英国辉格党人，政治家，英国首相。他在七年战争中主战德国，是七年战争中英国的实际领导人，并获得一系列的胜利。——译者注

③ 代廷根，德国地名，此处指代廷根战役。1743 年，奥地利王位继承战争中发生代廷根战役，乔治二世指挥与法国作战，并取得胜利。——译者注

④ 克雷费尔德，德国地名，此处指克雷费尔德之战，费迪南亲王在这场战役中击败法军，并短期占领杜塞尔多夫（Düsseldorf）。——译者注

⑤ 此处指神圣罗马帝国女王，玛丽娅·特蕾西亚，英文为 Maria Theresia（1717～1780），奥地利女大公，匈牙利和波西米亚女王，神圣罗马帝国女王，是位女政治家——译者注

还记得，当利萨海战①的消息传到爱尔兰，传到我们偏远的家乡时，我们还视之为清教事业的巨大胜利，大家点亮火把燃起篝火以示庆祝，同时还在教堂训诫，供奉普鲁士国王的生日。和其他节日一样，我舅舅总会在这个时候喝得烂醉。当然，大多数和我一同参军的人都是天主教徒（在我们不败王国的领土之外，英国军队里总有很多天主教徒），但这些人都要和弗里德克的军队一同为清教而战。我们的对手是排斥清教徒的瑞典人和撒克逊人、希腊教廷的俄罗斯人、罗马帝国以及法国国王的天主教徒军团。就是为了抵抗他们，才组成了我们这群非正规军，这些我们都知道。随别人怎么争吵吧，英国人和法国人在这个问题上一直都争论不休。

我们在库克斯港②登了陆。不到一个月，我就变成了一个又高又壮的士兵，又因为在军事训练方面的天资，在技巧方面，我很快就可以与最老到的中士并驾齐驱。在家里的舒适摇椅上做着荣耀战争的美梦，或者被绅士们包围，穿着盛装，为了被提拔而庆祝，但，这种事永远不会发生在穷人身上。每次看到有军官经过，我都会为我们的粗织红外套感到羞耻；在巡逻时，我会听到他们坐在餐桌前开怀欢笑，这时我的灵魂就会战栗；每次被迫用面粉和蜡烛油涂抹头发，而不是用适合的润发油时，我的骄傲就开始反抗。是的，我的品位一向高雅时髦，我痛恨现在陷入的可怕群体。但我有什么被提拔的机会吗？没有亲戚出钱给我买官职：所以很快我

---

① 利萨海战，1866 年 7 月 20 日，意大利在独立战争期间，与奥地利两国舰队在亚得里亚海利萨岛附近海域进行的海战。意大利在舰队优越的情况下被打败。——译者注

② 库克斯港，是德国北海沿岸港市，下属于德国下萨克森州，位于易北河汇入北海的入海口。——译者注

就变得意志消沉，甚至渴望能有一场大战让我在战场上饮弹，而我发誓，一定会找机会逃出去。

每当我想到我，爱尔兰国王的后裔，被一个刚从伊顿公学①前来的年轻恶棍杖打威吓——他要我做他的侍者，我拒绝了。如果是在其他场合，我一定杀了他！——我就感到奇耻大辱。第一次发生这种事时，我的眼泪夺眶而出（我不介意承认），甚至还想到自杀。但我的好朋友费根为我解了围，并及时给了我安慰。

"我可怜的男孩，"他说，"千万不要往心里去。杖打不是什么丢脸的事，这个年轻少尉费肯汉姆（Fakenham）一个月前在伊顿公学也被狠抽了一顿。我敢肯定他的伤口还没好全。我的男孩，你必须打起精神来，履行好你的职责，做一个绅士，这样没人会伤害你。"

后来我听说，费根上尉拿这次威胁对费肯汉姆严厉质问，并称以后任何此类举动他都会当成对他自己的侮辱。所以从那后，这个年轻少尉暂时对我礼貌起来。至于那些士官，我告诉过他们其中一个，如果任何人敢冒犯我，无论他是谁或刑罚如何，我都会要他的命。而且，以上帝的名义！我的语言里有种凛然的气度，以至于他们所有人都相信了我的话。

只要还在英国军队一天，谁也休想动我雷蒙德·巴里一下。当时我处在阴沉暴虐的情绪之中，于是下定决心：在活着的每一刻，我都随时准备听自己葬乐的声音。

被提拔为下士后，我的恶劣习性也减少了一些，我开始

---

① 伊顿公学，英文为 Eton College，是一座古老的学府，由亨利六世于 1440 年创办。教育质量非常优秀，同时也以军事化的严格管理著称，是英国王室、政界经济界精英的培训之地。——译者注

喜欢和士官们打成一片，常与他们喝酒以及打牌赌钱。而这些钱，都是我的好朋友费根先生按时给我的。

我们的军队驻扎在斯塔德和卢纳堡附近，很快我们得到命令向南进发到莱茵河。因为我们的大将军，不伦威克的费迪南亲王①被打败——不，不是被打败，而是在法兰克福主战场附近的卑尔根②，进攻博罗格里奥公爵③率领的法军时受挫，被迫撤退。随着盟军的撤退和法军的前进，法国威胁要占领这片领土，就像之前他们做的一样。德斯特黎④打败了卡洛登⑤的英雄，英勇的坎伯兰公爵，迫使他签订了克罗斯特——采文协议⑥。对汉诺威的进攻总会让英格兰国王怒火高涨。因此越来越多的军队加入我们，还给我们以及盟友普鲁士国王带来大量的军需物资。尽管有这些援助，但费迪南德亲王麾下的军队依然弱于侵略军。不过，我们有物资供应

---

① 费迪南亲王，英文为 Ferdinand, Prince of Brunswick-Lüneburg（1721～1792），在 1758～1766 间为德国—普鲁士陆战元帅，在七年战争中带领英国—德国军队在德国西部打败法国。——译者注

② 卑尔根，德国城市。1759 年，法国将领博罗格里奥在这里打败了费迪南亲王。——译者注

③ 博罗格里奥（英文读音），法文名为 Victor François de Broglie（1718～1804），是一位法国贵族，且为军队首领。因打败费迪南亲王被提升为法国大元帅。——译者注

④ 维克多·马黑·德斯特黎，法文为 Victor Marie d'Estrées（1660～1737），德斯特黎伯爵，后为公爵（1723），是法国大元帅。——译者注

⑤ 卡洛登，是苏格兰附近的一个村子，发生过著名的卡洛登战役。坎伯兰公爵在战役中打败詹姆斯叛党。——译者注

⑥ 克洛斯特采文协定，1757 年，法国与汉诺威选侯国签署。条约导致汉诺威退出战争并被法军部分占领。原文将这个地址写为 Closter Zeven。——译者注

的优势，还有全世界最好的将领；此外，我还要加上，还有
大不列颠的勇猛士兵，不过这点还是少提为妙。我们的领袖
乔治·萨克维尔并没有在明登真正地戴上桂冠，不然，那次
战役就是现代最伟大的胜利之一。

由于在选候区中间被法军包围，费迪南德亲王明智地占
领了中立小镇不来梅。他在那建立仓储屋和兵器室，同时将
军队驻扎在四周，准备进行著名的明登战役。

如果不是因为这本回忆录讲的都是事实，还有我所说的
每一个字都完全来自我的真实经历，我完全可以把自己讲成
一些奇特或流行的冒险英雄。然后再像小说作家一样，把这
个动荡时代的大人物介绍给读者。这些人（我是指小说作家
们），会把一个鼓手或者扫地的人写成英雄，并想方设法将他
们与最伟大的国王或者最臭名昭著的枭雄联系在一起。但我
保证，没有这样的人物。而描述明登战役，我就得介绍费迪
南亲王、大将乔治·萨克维尔和格兰比侯爵①入场。我完全
可以说，当主将乔治接到命令发动骑兵团攻击法国大军的时
候，我就在场，由于他按兵不动，所以错失了伟大的胜利。
但事实是，当他在这个关口犹豫不决时，我正在距离他的骑
兵团两英里之外，因此我们这边的士兵对发生了什么一无所
知。在奋战一天之后，我们在晚上绕着锅休息闲谈时才得知
事情原委。

那天我见过的最高将领是一名上校，他和两名传令下士
在烟雾中骑马走向我们——而且，没有一个是我们这边的人。
地位低下的下士（很丢脸地，我当时就是）一般不会被邀与

①　格兰比侯爵，英文为 Marquess of Granby（1721～1770），英国
陆军军官，七年战争中的英雄人物，被尊称为格兰比侯爵。——译者注

指挥官以及高级将领为伴。作为报复，我向你保证，我和很多法军方面的高级军官兵戎相见，因为我们一整天都在和他们的洛林军队以及皇家将领对抗。在这种混战里，无论军衔高低，大家都一样出手。我痛恨自吹自擂，但还是忍不住要说，我非常近距离地接触了法军上校，因为，我把我的刺刀插进了他的胸膛。我还杀死了一个可怜的小少尉，他非常年轻，瘦弱到我甩一下头发就能送他上西天，不过，我想我是用滑膛枪的枪柄把他撂倒的。此外，我还杀了四名军官和无数士兵。在那个小少尉的口袋里，我找到一个钱包，里面有十四金路易；还有一个银质盒子，里面装了李子糖果，而那个钱包，对我而言是非常不错的礼物。如果人们能用这种简单的方式讲述战争，我想，战争的原因就不必那么复杂了。我对著名的明登战役（除了那些书上的）的了解讲到这里就完了。

那个可怜少尉的银质糖果盒子还有装了金币的钱包；他倒下时乌青的脸庞；在炮火掩盖下，我搜他身体时同伴们的欢呼声；我们与法国人空手对峙时，他们的嚎叫和诅咒声——实话说，这些并不是多么光荣的回忆，所以我一笔略过。

当我的好朋友费根被射中时，他的好朋友，一个上尉，转向中尉罗森（Rawson）说："费根倒下了。罗森，那个连队归你了。"这就是我勇敢的保护者所得到的墓志铭。

他最后对我说的话是："雷德蒙，我本能给你留下一百基尼的。但昨晚玩法罗牌运气不好——"他轻轻捏了一下我的手，他的话没有说完，我就离他而去。

当我们回到现在的驻地时，费根躺在那一动不动，他已经死了。我们自己的人已经扯下了他的肩章，毫无疑问，也偷了他的钱包。人们在战争中成了这样的暴徒和恶棍！绅士们总会谈到骑士时代，但要记住，他们带领的军队是一群饥饿的畜生——贫穷中生长的人极其无知，而且被迫为浴血奋战感到骄傲——除了喝酒，能让这些人感到有乐趣的只有败坏道德和私自掠夺。也正是利用这些人，伟大的武士和国王们在这世上建立着蓄意谋杀的功业。而现在，比如说，我们当前崇拜的"伟大的弗里德里克"——我们就这样称呼着他的名字——崇拜他的哲学、他的慷慨还有他的军事才能。

而我，作为曾经效忠而且还在效忠他的人，站在组成那些伟大壮举的场面背后，只能满眼恐惧。要用多少人类的罪恶、悲惨和奴役，才能组成全部的荣耀！

我还记得，明登战役三周之后的某天，我们进入一家农舍。一个老妇和她的女儿们哆嗦着拿酒给我们，后来我们喝得大醉。不久后，房子就陷入火光之中。希望那些混账家伙以后回家，在寻找自己的房子和孩子时也看见同样的场景！

第五章　我离开英国军队

　　自从我的保护者费根上尉死后，我被迫承认，我陷入了非常糟糕的境遇。由于他命中注定的顽强性格，费根从来都不受军队里军官们的喜欢，而且这些英国人有时习惯于嘲讽爱尔兰人，他们经常嘲笑费根的乡音和粗俗直率的行为。我曾对一两个军官无礼过，由于费根的调解，我免于受罚，但他的继任者罗森先生非常讨厌我。明登战役之后，罗森让另一名士官填补了他身边的空缺。这一不公举措让我所做的一切都化为虚无。所以，我并没有想办法去讨上级的喜欢，或者用良好表现赢得他们的好感，而是想尽办法松懈自己，并尽情玩乐。由于在国外，且大敌当前，支援的人从四面八方前来。在和平时期军队里绝不允许违反的禁令，那时对我们来说形同虚设。我逐渐堕落，混在士官中间，与他们一同享乐：很遗憾地说，喝酒赌博是我们打发时间的主要内容。很快我就适应了这种生活。尽管我才十七岁，但在大胆邪恶方面，我超越众人。他们其中有些人，我向你保证，在放浪形骸方面极有造诣。而我，本该落入军中法务官的手上，被处以死刑。但我离开了那个军队：这时发生了一件事，在曲折中将我带出了英国军队。

乔治二世去世那年，我们军队有幸参加了沃尔堡战役①（明登战役中将乔治·萨克维尔错失良机后，格兰比侯爵和他的兵马在沃尔堡对战法国获得了胜利），而费迪南亲王在那里再次大胜法国人。在战斗中，我的中尉，来自费肯汉姆的费肯汉姆先生，我还记得这个曾杖打我并威吓我的绅士，他的腰部被子弹击中。在这场以及任何抵抗法国人的战斗中，他都不曾表现出半点畏缩。但这是他第一次受伤，所以这个年轻绅士极为害怕。他出五个基尼让人把他送到旁边的小镇上。我和另一个人用斗篷把他抬起，然后把他运到一个还算干净的地方。我们把他放到床上，一个年轻医生（他最大的愿望就是逃离战火）很快就过来给费肯汉姆包扎伤口。为了进那所房子，必须承认，我们被迫用枪射了门上的锁。应声而来的是一个黑眼睛的漂亮年轻女人，她和半瞎的老父亲住在一起。她父亲曾是卡塞尔公爵②的供酒侍者，就坐在门旁边。法军占领这个小镇时，老先生的房子和其他人家一样遭到抢掠，所以刚开始他根本不愿意让费肯汉姆留下。但我们用枪射了一次门，他们立即应答了。而后，费肯汉姆先生从一个鼓鼓的钱包里拿出两个基尼，这让他们立刻明白，要住进他

---

① 沃尔堡，德国中部西北方向城镇。沃尔堡战役是七年战争中的重大战役。——译者注

② 卡塞尔公爵，原文为 Duke of Cassel（1747～1837），出生时即为海赛的亲王，是海赛—卡塞尔统治家族朗德格瑞维尔家族的成员，还是丹麦将军。——译者注

们家的人是个财主。

费肯汉姆给了我五基尼，把医生（他非常高兴能留下）留给费肯汉姆后，我和我的同志就回军营去——在走之前，我还用我懂的几句德语，由衷赞美了这个沃尔堡的黑眼睛美女。而且心里非常嫉妒地想，如果能待在这里该有多舒服——后来我的同志说要和我分中尉给我的五基尼，打断了我的白日梦。

"这是你的那份。"说着，我给了那家伙一个基尼。由于我是这次行动的头领，这已经够多了。但他发了个毒誓说必须分一半。我告诉他滚去一个我现在不想说出名字的地方。然后这家伙举起枪，用枪柄狠击了我一下，这让我立刻躺倒在地，失去了意识。当我从昏迷中醒来时，发现自己头上有一个很大的伤口在流血，还没有蹒跚走进中尉躺的那个房子，我就在门口再次倒下了。

我肯定是那个医生在出门时发现了我。因为再次醒来时，我发现自己躺在房子的第一层，黑眼睛姑娘扶着我，而医生正在照看我流血不止的伤口。中尉躺的房间里还有另一张床——那是仆人格雷特（Gretel）的床。而我的仙女，她叫丽丝辰（Lischen），之前睡在沙发上，那个沙发现在被受伤的中尉占据。

"你们放在床上的是谁?"他用德语奄奄一息地问。从他腰部取出的子弹让他痛不欲生，而且失血很多。

他们告诉他是那个带他进来的下士。

"一个下士?"他用英文说，"让他滚出去。"你可以肯定，听到这话我感觉多么受恭维。但我们两人都太虚弱，没有力气再相互赞美，或者说相互侮辱。他们把小心翼翼地把我放到床上。在脱衣的时候我发现，那个偷袭我的英国士兵把我的口袋洗劫一空。不过，好在我驻扎的地方不错：那个照顾我的年轻女士随即给我拿了一杯提神酒。接杯子的时候，我忍不住握住那只善良的手，说实话，她也没对我这一感激的表达感到不悦。

随着认识的加深，我们的亲密感也与日俱增。我认为她是最温柔的护士。无论何时，只要来照顾那个受伤的中尉，她都会来我的床边悉心照料一番，尽管那个贪婪的中尉一直大声呼号。他的病痛持续了很久。从第二天起他开始发烧，在许多个夜晚里他都神志不清。我还记得有一个指挥官过来视察，很有可能还意图要住在这里，但楼上病人的咆哮和疯话震撼了他，他颇为惊恐地离开了。我则一直在楼下舒适地坐着，因为我的伤口基本已经好了。直到那个指挥官厉声问我为什么不回军队时，我才开始意识到这里对我来说有多么令人愉快。而且待在这里，我就不用在可憎的帐篷里和一堆醉醺醺的士兵住在一起，也不用巡夜或者早起军训。

费肯汉姆先生的精神错乱给了我提示，我立刻决定装疯。布雷迪镇附近有个可怜的家伙叫"漫游比利"，小的时候，我经常模仿他的疯样，我再次开始模仿他。那天晚上我对丽丝辰作了试探，咧嘴大笑并向她敬礼致意，把她吓得差点魂不附体。无论谁来，我都会胡言乱语。医生也准备记录，我头上的伤使我精神错乱了。有天晚上，我在他耳边轻语我是尤里乌斯·恺撒①，而她是我的未婚妻，女王克里奥帕特拉②，

---

① 尤利乌斯·恺撒（Julius Caesar），即恺撒大帝，罗马共和国（今地中海沿岸等地区）末期的军事领袖。——译者注
② 克里奥帕特拉（Cleopatra），即克里奥帕特拉七世，美艳绝伦，被称为埃及艳后。——译者注

这让他确信我疯了。的确，如果这个女王是我的艾斯库累普①，那她一定也有红色胡须。不过这在埃及应该很稀有吧？

法军方面的行动使我们这边开始迅速进攻。所有人都撤离了小镇，除了小部分普鲁士军队，因为他们的医生还要照看伤员。而我们在身体好转后，就要立刻回到军队。我决心不再回到我的军队。我的想法是逃往那时欧洲几乎唯一的中立国家荷兰，然后想办法到英格兰，最后回到我的家，亲爱又古老的布雷迪镇。

如果费肯汉姆先生现在还活着，在这里我为我的所作所为向他道歉。他很有钱，但他对我非常粗暴。我想办法吓跑了在沃尔堡战役后过来侍候他的仆人，而且从那开始，我时不时屈尊去照料费肯汉姆，虽然他对我总是一脸轻蔑。但我故意让他孤身一人。我用十分的礼貌和好脾气承受他的粗暴和野蛮，同时脑子里筹划着一场完美行动，以回报他对我的宠爱。我也不是这个房子里唯一受到这位绅士无礼对待的人。他把丽丝辰使唤来使唤去，还鲁莽地向她求爱，他经常因为汤和鸡蛋饼对丽丝辰侮辱谩骂，还为自己掏的养病钱愤愤不平。所以，我们的女主人极其痛恨费肯汉姆，毫不夸张地说，我认为她也极其喜欢我。

如果必须讲出事实的话，我得说，在丽丝辰家逗留的这些天，我深深地爱上了她。我对女人总是这样，无论年纪大小或美貌程度，对一个只能靠自己出人头地的男人来说，这种女人总会有这样那样的用处。如果这么说让你们反感，请别介意。不管怎样，即使这么说出来，她们也不会觉得冒犯，

---

① 爱斯库拉皮厄斯（Aesculapius），古希腊神话里的"医神"，专司医疗和药物。——译者注

由于你深陷不幸，她们只会更加怜惜地看待你。至于丽丝辰，我给她讲述了我的悲惨人生故事（这个故事比写下的要浪漫许多倍，因为我并没有把自己局限于具体的历史事实。但在这些书页里，我却必须遵从），然后我完全赢得了这个姑娘的心。此外，在她的指导下，我的德语突飞猛进。女士们，不要以为我残忍无情。其实丽丝辰的心如同她居住的小镇一样，在我到来之前，早已被掠夺占领过许多次。情况可能是一会儿插着法军的旗帜，一会儿变成绿黄交加的萨克森旗帜，一会儿又变成黑白相间的普鲁士旗帜。一个对身着军装的男子倾心的女士，必须准备着迅速更换爱人，否则她的人生一定很悲惨。

英军走后，在我逗留期间，那个德国医生只屈尊来过两次。在他来时，出于某种原因，我故意让屋子变得黑暗。虽然躺着的费肯汉姆非常讨厌这样，但我说我的脑袋受伤，光线使我的眼睛极为痛苦。所以医生来时我用布罩着头，并告诉他我是埃及木乃伊，还胡言乱语了一通，以保持我的形象。

"你这家伙，你说木乃伊那些荒唐话干什么？"费肯汉姆发了脾气。

"噢！先生，你很快会知道的。"我说。

医生第二次来的时候，我没有在黑暗的房间用围巾蒙着头，而是故意坐在楼下。医生进来时，我正在和丽丝辰玩牌。我穿了那个中尉的上衣，还有他衣柜的几件衣服，衣服都非常合身。不是我自夸，当时我完全一副绅士派头。

"早上好，下士。"医生用略微粗暴的声音回应我的微笑问候。

"下士！请您叫中尉。"我回答说，同时调皮地望了一眼丽丝辰，我已经告诉过她要做什么。

"怎么是中尉?"那个医生问,"我以为中尉还——"

"说实在话,你对我太客气了。"我笑着说道,"你把我错当成楼上那个发疯的下士了。那家伙有一两次想伪装成我。但我们的女主人能说明谁是谁。"

"昨天他还以为自己是费迪南亲王,"丽丝辰说,"您来那天他还说自己是个埃及木乃伊。"

"的确如此,"医生说,"我记得。但是,哈哈,你知道吗?中尉,我在本子上把你们两个记错了。"

"不用给我讲他的病情。他现在平静了。"

后来丽丝辰和我把医生的错误当成世界上最荒谬的事情大笑不已。当医生要上楼检查病人时,我警告医生不要和他提起他的病情,因为他的情绪还非常激动。

读者们应该能从上面的对话里明白我的计划究竟是什么了。我决心逃跑,而且利用费肯汉姆中尉的名义。可以说,我在他面前把他的名字拿走,并利用它应对我的路途所需。你可以说这是伪造和抢劫,因为我拿走了他的钱和衣物——我无意隐瞒。但需求太过迫切,如果再来一次,我还是会这么做:我明白,没有他的钱包和名字,逃跑就不可能实现。因此,我必须拿走这些东西。

中尉就在楼上静静地躺着,我毫不犹豫地穿上了他的制服。尤其我还特意问了医生,镇里是否还有可能认识我的人,但他说一个也没有。所以我穿着中尉的制服,淡然地同丽丝辰女士走出去散步,并且询问我中意的那匹马的价格。我对那里的指挥官称自己是费肯汉姆中尉,来自盖尔的英国步兵军队,受了伤还在康复中。我还受邀和普鲁士军营的军官吃了一顿非常糟糕的晚饭。如果费肯汉姆知道我利用了他的名字,不知道他会怎样愤怒地咆哮!

每次费肯汉姆问起他的衣服，他都会发誓或诅咒，说如果在军队，一定会因为我的粗心杖罚他。而我总是用极为敬重的语气告诉他，衣服在下面放着，非常安全。而事实是，它们都整齐地叠着，正在等待我出发的日子。但是，费肯汉姆把他的文书和钱都放在枕头下面。而我买了一匹马，必须要付钱。

我让马贩在某一时刻把马牵来，然后付钱给他。（我还要跟这家好心的女主人道别，但她真的是泪水涟涟）。在下定决心开始重大行动之后，我穿好费肯汉姆的全副军装，还将帽子拉斜盖住左眼。然后上楼进了房间。

"你这个大恶棍！"他带着德语口音发出各种毒誓，"你这只叛变的狗！你穿着我的军装想干什么？只要我还叫费肯汉姆，等回到军队，我非扒了你的皮！"[1]

"我被提升了，中尉，"我冷笑着说，"我是来向你告别的。"然后走向他的床，我说："我还要拿走你的文书和钱包。"说着，我把手伸到他枕头下面。这让他发出了嚎叫，我听起来像是整个军队在奔腾。"听着，先生！"我说，"别再发出声音，不然你就死定了！"我拿一个围巾紧紧地环住他的嘴，甚至差点勒死他。同时，我把他衬衣袖子往外抽，并把两个袖子打成结，之后离开了他。你可以肯定，我拿走了他的文书和钱包，还文雅地祝他度过美好的一天。

下面有些人被病人房中发出的声音吸引过来，我告诉他们"是那个发疯的下士。"随后我就和老眼昏花的供酒侍者还有他女儿（我就不说有多么温柔了）告别了。然后，我跃马前进，城门的卫兵给了我武器。我再次感觉自己恢复了应有

---

① 此处有德语口音，因此英文发音不准。——译者注

的地位，并决定再也不要从绅士的行列掉落出去。

起初我取道不来梅，但我们的军队在那里驻扎。我声称自己带了沃尔堡普鲁士司令官的信，要送往总部。在走出前方哨兵的视线之后，我就转道海赛—卡塞尔，很幸运地，这儿离沃尔堡很远：我向你保证，看到栅栏上插着蓝红色的条纹，我心里欢欣非常，因为这说明我已经走出了英军占领的土地。我一路骑到霍夫（Hof），第二天到卡塞尔，并声称自己是亨利亲王的信使。然后我骑到莱茵河底部，住进一家最好的旅店，而附近军营的校级军官常在这里喝酒。我用旅店最好的酒款待了那些绅士，因为我决心保持英国绅士的形象。我给他们讲起我在英国的庄园，语言之流利让我自己几乎都要相信这些编造的故事。甚至我还受邀在威廉山（Wilhelmshohe）选帝侯的宫殿里参加聚会，并和霍夫元帅迷人的女儿跳了一支小步舞曲，同时还输给了殿下的首席狩猎高手几个金币。

在那家旅店，桌上有位普鲁士军官对我极为礼貌，并问我各种有关英格兰的问题。我都尽力回答了，但这个尽力，我得说，没有什么作用。我对英格兰以及那里的宫廷和贵族一无所知。但是，由于年轻自负（还有我早年拥有的坏习惯，我总会吹嘘一些与事实不太相符的事情。但很久前，我就改正了这个倾向），我编造了各种故事回答他。我给他描述国王和首相们，还称驻柏林的英国大使是我叔叔，并向他保证让我相识的人给他写推荐信。当这位军官问起我叔叔的名字时，我一时无法回答他，后来我说我叔叔的名字是欧·格雷迪（O'Grady）：这是一个好名字，而他的家族是凯尔博利尤文（Kilballyowen），来自科克郡，在全世界可称为名门。至于我的军队，当然，我一概不漏的都讲了。真希望我的其他历史能和这些一样真实可靠。

在我离开卡塞尔的早上，我的普鲁士朋友向我露出大大的笑容，说他也去杜赛多夫（Dusseldorf），而这正是我说要去的地方。于是我们就勒马同行。乡野无比荒凉。我们都知道，这些领地的亲王是德国最无情的商人。他可以把人民卖给任何出价者，战争持续至今已经五年，而他领地内的男子已经耗尽。田野至今无人耕种：因为甚至十二岁的孩子都被抓去充军。我看到成群这样的混蛋路过，有时是穿红色外套的汉诺威中士领队，有时是普鲁士下等军官带头，其中有些人和我的同伴还交换手势表明相识。

"这真让我伤感，"他说，"被迫和这样的混账们有亲密联系。但严峻的战争持续需要人，所以这些新兵的血肉之躯也被标了价。只要能带来一个男人，我们政府就给二十五金币。而那些高大强壮的人——像你这样的，"他大笑着补充说，"价格可以高达一百金币。要是在老国王时代，我们可能为你出价到一千。那时他拥有强大的军队，但都被我们现在的君主解散了。"

"我认识他们其中的一个，"我说，"他为你们效忠。我们都叫他普鲁士的摩根。"

"是吗？这个普鲁士的摩根是什么人？"

"噢！他是一名我们的勇猛卫兵，但不知怎么在汉诺威被你们的兵捕走了。"

"这群流氓！"我的朋友说，"他们真的敢抓英国人吗？"

"看在神的分上，他是个爱尔兰人，而且极为凶悍。这个你会听到。摩根被抓后就被编进巨人卫队，而且几乎是所有巨人中最强壮的那个。他们中有很多人抱怨自己的生活、被杖打，还有长时间的军训以及微薄的薪水。但摩根却没有一点怨言。'在这里好多了,'他说,'在柏林能吃饱饭,比在蒂珀雷里那个穷地方挨饿强!'"

"蒂珀雷里在哪?"我的同伴问。

"这正是摩根的朋友们问他的。那是爱尔兰一个美丽的城区,首府是克朗梅尔①:一座城市,告诉你吧,先生,仅次于都柏林和伦敦,而且比欧洲大陆任何一座城市都要繁荣。好吧,摩根说他的出生地离那座城市很近。而他对目前处境唯一感到不满的是,他一直想到自己的兄弟们还在家忍饥挨饿。但他们其实可以为国王效劳,过更好的生活。"

"上帝啊,"摩根对一名中士感叹,他对这名中士讲了他的心事,"我兄弟宾(Bin)完全能成为一名我们卫队的优秀中士。"

"宾和你一样高吗?"那个中士问。

"和我一样高,是吗?噢,伙计,我是我们家最矮的!我还有六个兄弟,但宾是最高的。噢!最高而且最壮。我敢拿我的性命担保,他仅穿袜子就有两米一高!"

"我们不能派人把你的兄弟们带来吗?"

"你们不行。自从我被你们一个军官杖打捕来后,他们对所有军官都极其反感。"摩根回答道,"但他们不来真是太遗憾了。要是宾是个卫兵,他一定勇不可当!"

"他没有再多说他的兄弟,只是不住叹气,像在悲叹他们的艰苦命运。然而,中士把这件事告诉了其他军官,其他军官又告诉了国王。国王按捺不住好奇心,最终竟然同意让摩根回家,并让他把六个壮汉兄弟带来。"

---

① 克朗梅尔,爱尔兰南蒂珀雷里郡城镇,也是南蒂珀雷里郡人口最多的城镇。——译者注

"他们真有摩根说的那么强壮吗?"我的同伴问道。我忍不住大笑他的单纯。

"你以为摩根还会回去吗?"我叫道,"不,没有。一旦得到自由,他绝对不会再回去。他用军队给他捉拿他兄弟的钱在蒂珀雷里买了一个舒适的农场。而且我认为极少有卫兵能得到这么多钱。"

这个普鲁士上尉听完故事后开怀大笑,说英国是世界上最聪明的国家,在我纠正他的错误之后,他同意爱尔兰更是如此。我们继续着愉快的旅程,因为他会讲各种战争的故事,弗里德里克的计谋和英勇,以及各种逃亡和胜利,还有国王曾经历的各种失败,而这些失败简直和胜利一样光荣。现在我是个绅士,可以满怀赞赏地听这些故事。但在三周前,我在最后一章的结尾记录下的感情还占据着我的头脑,当时我记得,伟大的将军得到了荣耀,而可怜的士兵只得到侮辱和杖刑。

"顺便问一下,你在为谁送信件?"那个军官问。

这又是一个尖锐的问题,但我决心应对这个突如其来的危险。因此我称"是给罗尔斯(Rolls)将军"的。我在一年前见过他,这是我脑海中第一个浮现出来的名字。我的朋友对这个回答很满意,然后我们向前骑行直到夜幕降临。由于马很疲惫,我们同意停下休息。

我们骑到一家孤零零的旅馆前,这个上尉说:"这家旅馆很不错。"

"也许对德国人来说是个不错的旅馆,"我说,"但在古老的爱尔兰这算不了什么。科巴赫只有三英里远,我们赶到科巴赫吧。"

"你想见识一下欧洲最可爱的女人吗?"那个军官说,

"哈！你这个狡猾的无赖，我就知道这个会打动你。"说实话，这样的建议对我来说永远都很受欢迎，这我不介意承认。"这些人是很好的庄稼人，"那个上尉说，"也是很好的旅馆店主。"的确，这个地方看上去更像是个农场，而不是旅馆。我们进了一个大门，里面是墙围起的庭院，尽头是一座破旧的建筑，像是个肮脏的废墟。院子里有两辆罩着的货车，而马匹正在不远处的棚下散着吃草。附近还有几个人同两名身着制服的普鲁士中士在闲逛。看到我的上尉朋友，他们都摸帽致意。这种习俗上的礼节并没有让我感到什么特别之处，但这个旅馆散发出冷峻凄凉的气息，令人望而生畏。我还观察到，我们一进来就有人关了大门。这个上尉解释说，附近有几个法国骑兵队四处游荡，对这些人总要多加提防。

两名中士接过我们的马匹后，我们进去吃晚饭。这个上尉还命人把我的手提箱送到房间，为此我承诺请他喝一杯施纳普酒①。

一个长相可怕的妇人为我们送来煎鸡蛋和熏肉，而不是我期待见到的可爱美人。那个上尉笑了，他说："好吧，我们的肉很少，不过一名士兵吃过很多比这还糟糕的晚餐。"说着，他极其礼貌地摘下帽子、腰带和手套。我不甘在礼仪上落后，就把我的武器放在一个破抽屉里，里面也放着他的武器。

之前提到的可恶老女人给我们拿来了一罐发酸的酒，加上她的丑陋，我感到极其不悦。

"你给我保证的美人呢?"那个老巫婆一离开房间，我就问他。

---

① 施纳普酒，德国酒名。——译者注

"唉!"他笑了,并盯着我说,"这是我的玩笑话。我累了,而且不想再走远。这里没有比她好看的女人了。如果她不合你的口味,那你必须再等等。"

这让我更生气了。

"说实在的,老兄,"我冷峻地说,"我觉得你做得太过分了!"

"我做了我觉得合适的!"那名上尉回答道。

"先生!"我说,"我可是一名英国军官!"

"你在说谎!"他吼道,"你是个逃兵!先生,你是个冒牌货。三个小时前我就知道了。昨天我就怀疑你。我的人打听到有个人在沃尔堡逃跑,我想那就是你。而你的谎言和傻话让我更加确定。你假装要给一个已经去世十个月的将军送信;你的叔叔是个大使,但你连他的名字都不知道。先生,你是要参加军队,拿到政府奖励,还是让我们动手抓你?"

"两个都不是!"说着,我像老虎一样扑向他。不过,虽然我很敏捷,但他也早有防备。他从口袋中拿出两把手枪,并开了一次火。他闪到那张桌子的另一端,并说了下面这句话,"再往前走一步,我就把子弹射进你脑袋!"接着门被打开,那两个中士手持带刺刀的长枪进来协助他们的中尉。

游戏结束了。我扔掉手持的短刀,因为那个老巫婆在送酒的时候拿走了我的剑。

"我自愿参军。"我说。

"这才是我的好伙计。我该在名单上写什么名字?"

"写上巴利巴里的雷德蒙·巴里,"我骄傲地说,"一位爱尔兰国王的后裔!"

"我曾在罗氏的旅里待过,里面有很多爱尔兰人,"这个上尉轻蔑地说,"那个旅里像你这样的家伙到处都是,极少有人说自己不是国王的后裔!"

"先生,"我说,"无论是否国王后裔,我是个绅士,这你能看出来。"

"噢!我们军队能找到很多你这样的人,"他回答说,语气依然充满不屑,"交出文书,绅士先生,告诉我们你到底是谁?"

由于我的皮夹里有一些纸钞和费肯汉姆先生的文书,我不愿放弃这些财产。我认为这个上尉肯定是在耍阴谋想得到这些东西。

"我的私人文书与你无干,"我说,"我参军的名字就叫雷德蒙·巴里。"

"拿出来,小子!"说着,这个上尉抓住手杖。

"我不会拿出来的!"我回答道。

"下流种子!你想反抗吗?"他叫道,同时用手杖抽到我脸上,这让我开始反抗。我冲过去与他搏斗,但那两个中士向我扑过来,把我摁倒在地。由于头部的伤口被击中,我昏倒在地。当我醒来时,我的蕾丝外套已被剥走,钱包和文书不翼而飞,而我的双手被捆在背后。

雄才伟略的费里德里克在他的王国边界设有许多这种被掩饰的奴隶贸易商。为了能给他的辉煌大军充饥,不惜花重金让这些贩子犯罪。这里我忍不住心怀满意地说一下,这个凶残恶棍背叛了所有友谊和同志感情,成功使我落入圈套,但他也遭到了报应。这家伙出身名门,才华和勇气也为人称道,但他有赌博和奢侈挥霍的恶习。后来他发现,诱捕士兵要比当军队的第二首领更赚钱。而君主大概也认为,这样的服务相较这家伙之前的才能更有用处。他的名字叫德·盖尔根斯坦先生(de Galgenstein),并且是这种卑鄙贸易里最成功的人之一。他会说各种语言，了解所有的国家，因此，他可以毫不费力就发现像我这样夸夸其谈的单纯小伙。

那是在 1765 年，这个人得到了公正应有的结果。当时他住在凯尔，正对着斯特拉斯堡。他经常在那边的桥上散步，并与前方的法国卫兵攀谈。据法国人说，这个人给他们许诺"金山银山和高官爵位"，只要他们愿意为普鲁士效力。有一天，盖尔根斯坦在桥上与一个雄壮卫兵搭讪，并许诺只要他肯参加弗里德里克的军队，就给他至少一个连队。

"你问一下我那边的同志，"那个卫兵说，"没有他我不能做决定。我们一块出生一起长大，在同一个连队，睡在同一个房间，出入都在一起。如果你能许他一个上尉职位，他愿意去，我就也愿意去。"

"把你的同志带到凯尔来，"盖尔根斯坦高兴地说，"我会用最丰盛的晚餐款待你们，并给你们两个满意的承诺。"

"你过去桥那边和他说不是更好吗？"卫兵说，"我不敢擅离职守，但你可以过去和他商量这件事。"

盖尔根斯坦谈了几句之后，通过了哨岗。但很快一阵恐慌攫取了他，他开始往后退。但卫兵把刺刀指向这个普鲁士人的胸膛，并命他站住：因为他已经是他的囚犯了。

然而，这个普鲁士人在发现危险后纵身一跃，跳进了莱茵河里。那个勇敢的哨兵也扔掉枪，随他跳入河中。由于技高一筹，那个法国卫兵抓住了盖尔根斯坦，在被抓到斯特拉斯堡那边的河岸后，盖尔根斯坦投降。

"由于擅离哨岗和扔掉武器，你应该被处以枪刑。"将军对这个哨兵说，"但你的勇气和胆量可嘉，国王认为应该奖赏你。"这个哨兵得到了奖金和提拔。

至于盖尔根斯坦，他声称自己是贵族，并在普鲁士军队任上尉。法军向柏林发出信件，请求证实他的陈述。但国王认为，承认自己雇用了这种人（引诱盟国士兵的军官）有损尊严。柏林回信称，普鲁士王国的确有这个家族，但这个人一定是冒牌货，因为这个家族的所有成员都在军队的岗位上。这就是盖尔根斯坦的死亡执行令，他被认为是间谍，在斯特拉斯堡被绞死。

　　"把他扔到囚车里。"他说。我从恍惚中醒来。

第六章　被诱拐进囚车——军队轶事

　　我被命令向货车走去，我之前说过，被盖着的货车就在院子里，旁边紧挨着一辆同样阴森的货车。每辆车里都装满了那个引诱我的无赖抓获的人，我们都将被列入荣耀的弗里德里克旗下。在卫兵们把我推搡进稻草里时，趁着灯笼的光，我看到里面已经有十几个黑色的身影挤成一团。现在我也被困入这个移动监狱。我对面的邻居尖叫着咒骂了一句，这让我明白他极有可能也受了伤。在整个可怕的晚上，这些被捕的可怜家伙们不停地呻吟呜咽，形成了一个痛苦的合唱，让我在睡梦中也无法摆脱半点疼痛。在午夜时分（据我判断），马匹被套上车，木囚车嘎吱着上路了。有两个全副武装的士兵坐在囚牢外部的板上，他们还时不时地扯开帆布并把冷酷的脸伸进来，用灯笼照着数囚犯的人数。这两个畜生喝得半醉，还用德语唱着比如"噢，格雷琴，我的小鸽子，我的心爱小号，我的大炮，我的赫尔珀长裤，我的毛瑟枪"，"尤金亲王啊，高贵的骑士"之类的情歌或战歌。后来，我无数次听到他们在行进中、在营房里或者在夜晚的篝火边上唱这些小曲。

尽管情况如此，我并没有像第一次在爱尔兰参军时那样难过不堪。因为我觉得，就算我被贬低为私佣兵，但至少没有认识我的人看我丢脸。而这一点一直是我最在意的。这里没人会说，"那是年轻的雷德蒙·巴里，巴里家族的后裔，都柏林的时髦新贵。现在正勒着腰带，背着他的新娘布朗·贝思呢。"的确如此，如果不是在意外界的观点，认为每个有胆识的男人都得保持同等体面，对我来说，我可能会永远安于最卑微的命运。如今在这里，不管有什么意图，我们就像在西伯利亚大荒原或罗宾逊的孤岛上一样与世隔绝。因此我这样安慰自己——"现在你被抓了，抱怨也没有用。好好利用你现在的处境，尽量得到更多乐趣。现在是战争时期，士兵们有无数机会烧杀掠夺，这样既能得到乐趣还能得到钱：利用这些机会，开心点。此外，你非常勇敢，极其英俊，又那么聪明。谁说你不会在新的军队里得到提拔呢？"

用这种冷静的方式思考了我的厄运后，我决定不要自暴自弃，同时极力忍受我的灾难以及我受伤的头。而后者，在这个时候需要极其惊人的耐力才能忍受。由于囚车不停地颠簸，每一次摇摆都让我的脑袋感到一阵悸动，我以为头骨都要裂开了。随着黎明的到来，我发现我旁边的人头枕着一个稻草垫。他一头黄发，瘦骨嶙峋的身体裹着黑衣。

"同志，你受重伤了吗？"我说。

"赞美上帝，"他说，"我现在身心俱疲，而且有多处青肿，不过，我没有受重伤。你呢？可怜的年轻人。"

"我的头受了重伤，"我说，"我要你的垫子。把它给我——我口袋里有把折叠刀！"说着，我用恐吓的表情看着他，意思是说（而且我的确是这个意思，战争就是战争，我可不是你们这些懦夫），除非他把草垫给我，否则我就让他尝尝我的刀刃。

"朋友，不用威胁我也会给你。"这个黄发男人温顺地说道，然后把他的小稻草包给了我。

然后他尽量让自己舒适地靠在车柱上，还不停地说，"我的牧者耶和华啊"。听得我以为自己和一群牧师困在一起。但随着囚车的颠簸以及路途上发生的事情，因犯们的各种叫喊和举动让我明白，我们这群人多么混杂。时不时地有个乡下人爆发出哭声；我还能听到一个法国人的声音说"噢！我的上帝啊！——我的上帝啊"！另外还有两个法国人在喋喋不休地叽喳着赌咒；通过他自己还有周围人的眼神暗示，我敢肯定远处角落那个魁梧的身形是个英国人。

但我很快摆脱了沉闷痛苦的旅程。尽管有了那个牧师的靠垫，我隐隐作痛的头还是突然撞到了车柱上。我的头开始再次流血，而且感觉自己轻飘飘的。我唯一能记得的是，我感到时不时有人喂我一口水，在一个戒备森严的小镇停下后，一个军官过来数我们——剩下的路程我都在昏沉的麻木中度过。醒来后，我发现自己躺在医院的床上，一个戴白帽的修女正看着我。

这位修女在细心照料后离开了。我旁边的床上发出了声音，"他们处于悲伤的精神黯淡之中，他们坠入错误的黑夜，但是，这些可怜人的心灵中还有信仰的光芒。"

这是我在囚车里的同志。他在旁边的床上躺着，而他宽阔的大脸在一个白色睡帽里若隐若现。

"啊！牧师，你怎么在这？"我说。

"先生，我只是候选牧师。"那个白色睡帽动了一下。"不过，赞美上帝！你醒了。你之前神志不清，还用英语（这是我熟悉的语言）讲起爱尔兰，一位年轻女士，米克，还有另一位年轻女士。你还说起一座起火的房子和一个英国军官，为这个军官你还给我们唱了几段歌谣。还有其他相关的事情，毫无疑问，这都是你的人生故事。"

"这是个非常奇异的故事，"我说，"也许，世上再没有像我这样出身的人，能比我的命运更悲惨。"

我毫不介意地承认，我准备把我的出身和成就吹嘘一番。因为我发现，如果一个人不为自己说话，那他的朋友更不会说。

"好吧，"我的同屋病人说，"我毫不怀疑你的故事非常奇异，而且会随后听你讲。但现在你不能说太多话，因为你发了长时间的高烧，而且筋疲力尽。"

"我们这是在哪?"我问道。这个候选牧师告诉我，现在我们在福尔达镇①（Fulda）的主教区，这里目前被亨利亲王的军队占领。他们在小镇附近同法国野战军短战了一场，一颗子弹射进囚车，这个可怜的候选牧师受了伤。

由于读者们已经知道了我的历史，所以我就不在这里重复，也不再讲我对我不幸的同志所说的其他细节。但我得承认，我告诉他我们家族是爱尔兰最伟大的家族，拥有爱尔兰最豪华的宫殿，极为富有。而且，所有古代国王的世袭家族都与我们有关系。但令我惊讶的是，在谈话中我发现，和我对话的这个人对爱尔兰比我懂的要多得多。比如说，我讲到

---

① 富尔达，是德国黑森州的城市，坐落在富尔达河畔，也是天主教富尔达教区主教驻地。——译者注

我的血统——

"传自哪个族的国王?"他问。

"噢!"我说（我对年代的记忆向来不准），"传自所有古代的国王。"

"什么? 你的出身能追溯的贾菲特①的儿子们吗?"他问。

"看在上帝的分上,我能,"我答道,"甚至更久远,如果你想知道的话,还能追溯到尼布甲尼撒②。"

"我明白了,"这个候选牧师微笑着说,"你对这些传说也不完全相信。你们爱尔兰作家经常提到的帕索隆人③和奈米人④在历史上并不能被完全证实。就像两个世纪前在英格兰岛风靡的亚利马太城的约瑟夫⑤和布鲁斯国王⑥的传说一样,我也不认为他们的故事有现实基础。"

———————

① 贾菲特,原文为 Japhet,根据爱尔兰古代编年史,他是这个爱尔兰最早的殖民者。——译者注

② 指尼布甲尼撒二世,原文为 Nebuchadneaar（约前 630～前 562）,新巴比伦王国国王。王国开创者那波帕拉萨之子。曾攻陷耶路撒冷。——译者注

③ 帕索隆,原文为 Partholan,据记载,他率领了一支一千人的队伍在圣经记载的大洪水过后自中东出发,最终抵达爱尔兰,成为第一批踏入爱尔兰的外来者。后来他们因为一场瘟疫而神秘灭亡,只剩下一个族人。这个族人经历不同的化身,并把故事流传了下来。——译者注

④ 奈米人,原文为 Nemedians,被认为是第三批到达古爱尔兰的人。据格里高利夫人编写的《诸神与战士》,他们在公元前 24 世纪到公元前 18 世纪之间迁徙到爱尔兰。——译者注

⑤ 亚利马太城,路加福音里称它为犹太之城,还是亚利马太城的约瑟夫的故乡。但除了圣经,没有任何记录说明这个地方存在。——译者注

⑥ 此处应指罗伯特·布鲁斯,中古爱尔兰语为 Roibert a Briuis,（1274～1329）,是苏格兰历史中重要的国王,他曾领导苏格兰人民打败英格兰,取得了民族独立。——译者注

　　然后他开始讲起腓尼基人①，西叙亚人②和哥特人，诸神部落③，塔西佗④，还有国王麦克尼尔（MacNeil）。说实话，我也是第一次听说这些人物。他的英语讲得和我一样好，而且他说自己还会七种其他语言，都同样精通。因为，我引用了我知道的唯一一句拉丁语，出自荷马的一首诗：

　　现在的金钱完美未来的生活⑤。

　　他就开始用拉丁语和我说话，然后我不得不告诉他，我们在爱尔兰讲的拉丁语和他的发音非常不同，才得以停止这次谈话。

　　我这位诚实朋友的故事非常奇特，我在这里把它讲出来，是想表明我们这群被抓来当兵的人有多么混杂——

　　他说："我出生在萨克森，我父亲是樊库什村的牧师，我在那里学到最初的理论知识。在十六岁时（我现在二十三岁），我掌握了希腊语和拉丁语，还有法语、英语、阿拉伯语以及希伯来语。而且我还继承了一百瑞克斯⑥的遗产。这些

---

　　①　腓尼基人，是历史上一个古老的民族，自称为闪美特人，又称闪族人。生活在今天地中海东岸相当于今天的黎巴嫩和叙利亚沿海一带，他们曾经建立过一个高度文明的古代国家。——译者注

　　②　西叙亚人，一个古老的民族，据称是莫卧儿人真正的祖先。——译者注

　　③　诸神部落，通常被译为诸神部落，是爱尔兰神话中一群天资超凡的人，代表了基督降生前爱尔兰的盖尔诸神。——译者注

　　④　塔西佗，指普布里乌斯·克奈里乌斯·塔西佗（Publius Cornelius Tacitus）（约 A. D. 55～120），是古代罗马最伟大的历史学家。——译者注

　　⑤　原文为拉丁语，"As in praesenti perfectum fumat in avi"。——译者注

　　⑥　瑞克斯，银币单位，一瑞克斯等于五法郎。——译者注

钱足够支付我的大学学业，于是我去了著名的哥廷根学院①，在那里我对科学和神学进行了四年的严苛学习。同时，我还学习了我能掌握的世俗技能。我上过舞蹈培训，每节课的代价是一格罗申②；我跟着一位法国剑术师学习击剑；还跟着一位非常著名的马术师在竞技场学习马术。我的观点是，一个人应该尽其所能学习所有东西，这样才能让人生更完整。而且每一种科学都有必要被人学习。

"我花钱并不节约，那一百瑞克斯，如果是俭省的人可以用十几年，但我学了五年就用光了。后来我的学业被打断，学生们都逃走了。之后我被迫花大量时间为人擦鞋谋生，同时希望过段时间，能重新开始学术生活。在这段时间里，我和一个人（这里他叹了一口气）建立了恋情，尽管她并不美丽，而且已经四十岁。但她却和我产生了共鸣。一个月之后，我的好朋友和赞助人，大学副院长纳森布鲁姆（Nasen-brumm）告诉我，卢佩维兹（Rumpelwitz）的神父去世了。他问我是否想成为候选牧师，还有是否愿意尝试布道一次。如果能得到这个职位，我就可以和阿玛丽娅结婚。所以我高兴地同意了，而且准备了一些布道的论述。

"如果你想听的话我可以给你背一遍——不用？——好吧，那我精简一点讲，那现在我的人生自传已经快要结尾了，或者更准确地说，快到现在这段时间了。我在鲁佩维兹布了一次道，我想即使再严苛的要求也能被满足。当时贵族巴隆（Baron）牧师和他的家人都在场，还有一些住在巴隆城堡的

---

① 全称为乔治·奥古斯特·哥廷根大学，简称哥廷根大学，位于德国西北部下萨克森州南端的大学城哥廷根市，因德国汉诺威公爵兼英国国王乔治二世创建而得名。——译者注

② 格罗申，德国钱币十镍币。——译者注

贵族军官也在场。随后赫莱的莫泽博士（Moser）同我进行晚间论述。不过，尽管他资历深厚，但他偏向了伊格奴修斯的道路，而且进行了明显的添加。我认为他的布道没有我做的有力量，因为鲁佩维兹的人们更喜欢我的布道。在布道后，所有候选牧师一同出了教堂，并在"蓝鹿"旅馆里愉悦地小饮几杯。

"正在这时，一个侍者过来说，有个人想要和一位候选牧师谈话，还说"高个子那个"。这只能是指我，因为我比在场的绅士都高出许多。我出去看是谁想要和我说话，发现了一个犹太人，我一眼就看了出来。

"'先生，'这个希伯来人说，'我有个朋友今天在您的教堂，我听他提起您今天布道的开篇极为美妙，这深深地打动了我。但是，我还有一两处存有疑惑，如果您能屈尊为我指点迷津，我想——我想——即使所罗门·赫尔希（Solomon Hirsch）也会因您的雄辩口才而投入您门下。'

"'我亲爱的朋友，您是哪些地方不明白呢?'我说。我向他指出我的布道中有二十四章开篇，并问他的疑惑出自哪些篇章。"

我们就在那家旅馆的门前来回走动谈话，但窗户被打开，我的同志们颇为生气地说，他们在早上已经听过我的布道，告诉我不要再听。因此，我们向前走去，按照我这位朋友的要求，我立刻开始背出我的布道。因为我的记忆力非常好，任何书只要我读上三遍，就能背下来。

"于是在洒满月光的树林里，我背出了早上我布过的道。我的以色列朋友只有不断的惊叹，表达他的惊讶、赞同、钦佩和越来越多的折服感。'奇异无比！'他说，'妙不可言!'他会在一些深刻的段落结尾称赞。总而言之，他用尽了我们语言中所有的赞美词，而谁会讨厌被赞美呢？我想在我背到第三章开篇的时候，我们已经走了两英里多，我的同伴恳请我去他就在不远处的家里喝一杯啤酒，这种建议我是从不拒绝的。

"那所房子，先生，如果我判断的没错，你也是在那家旅店被抓住的。我刚进入那个地方，三个人就冲向我，说我是逃兵，还说我是他们的囚犯，并让我交出我的钱包和文书。我给了他们这些东西，并严正地声明了我的宗教职位。文书里包括我的布道手稿以及纳森布鲁姆院长的推荐信，这些能证明我的身份；而我的钱包里只有三格罗申和四芬尼①金币。在你到达这所房子前，我已经在车里待了二十个小时。你对面的法国军官（你踩到他的脚时他叫了几声，因为他受了重伤），是在你来之前的一小会儿被带进来的。尽管他表明了身份和军衔，但他的肩章和军装还是被剥夺走了，因为他孤身一人（我想，是因为与一个黑塞姑娘恋爱，他才会没有带侍从）。

而那些人认为与其将他囚禁，还不如把他列为新兵更有益处，所以他和我们一样被塞进了囚车。之前已经有许多人被抓，有一个是德·苏比赛先生（M. de Soubise）的厨师，有三个人是法国军营的演员，有几个是你们英国军队的逃兵（这些人被骗过来是因为，诱拐士兵的人说普鲁士军队里没有鞭刑），此外还有三个荷兰人。"

"而你，"我说，"你就要过上理想的生活了——你这么博学多才，难道你不为这些暴行感到愤怒吗？"

"我是个撒克逊人，愤怒也没有用。"他说，"在这五年

---

① 芬尼，德国货币单位，一百芬尼等于一马克。——译者注

里，我们的政府已经被弗里德里克的铁骑摧毁。也许我应该盼望他发慈悲，不过说实话，我对现在的遭遇并没有什么不满。因为这几年来，我经常忍饥挨饿，士兵的饭量供应对我来说简直是奢侈。至于被杖打，我也不在乎，因为这种疼痛都会过去，所以我还能忍受。按上帝的意愿，我绝不会在战场上杀人。但我也急切想体验战争的激情，这种激情对人类的诱惑太大了。也是由于同样的原因，我决心娶阿玛丽娅。因为，要成为一个高尚的人，就必须先成为一个家庭的父亲。这才是人生该有的处境，以及受教育的责任。但阿玛丽娅必须等待，因为事实如此，她以前为我的保护者纳森布鲁姆副院长的夫人做饭，但现在她已经没了差事。我只有几本书，其中有一本在我心目中是绝顶佳作，但没人愿意买。如果上天非要在这里结束我的生命，我再不能继续学术生涯，那我还有什么可抱怨的呢？我向上帝祈祷希望不被错判，因为我自认为没有伤害过人，也没有犯过不可饶恕的罪孽。如果我有过错，我知道去哪里寻找宽恕。但如果我死了，如我所说，没有学到我渴望了解的东西，那么我将进入一种可以学习任何东西的境况之中。既然如此，一个人的灵魂还能要求什么呢？

"请原谅，我说的许多话都来自布道的论述，"这位候选牧师说，"但一个人在讲述自己的时候，这是最简洁的方式。"

虽然我痛恨以自我为中心，但我想我的朋友说得很对。尽管他称自己气量狭窄，胸无大志，只想读几本旧书。但我认为他有很多优秀品质，尤其是他承受灾难时的决心。许多出身极其高贵的勇士也做不到这点，有的人甚至为一顿不甚美味的晚餐大发雷霆，或者为一件磨了边的衣服而恼羞成怒。

我的格言是：忍受一切，没有勃艮第①就喝水，没有天鹅绒就穿粗布。当然了，勃艮第和天鹅绒都是最好的。机会到了还抓不住，这种人一定是傻瓜。

我的神学家朋友曾说过要给我讲布道的开篇，但再也没机会讲了。我们出院后，他被编进一个驻扎在德国最远处的部队，那是个叫波美拉尼亚的地方。而我被编进布洛（Bulow）的军队，常务总部驻扎在柏林。普鲁士军队极少像我们英国军队一样改变驻地，因为他们非常害怕士兵逃跑，所以军队里每个士兵的脸都要被熟识。而在和平时期，人们就在同一个小镇生老病死。可以想象，士兵们的消遣多么贫乏。我在这里描述我们这些可怜士兵的亲身遭遇，好让像我这样的年轻绅士明白，军队生活，尤其是私佣兵的生活有多么不堪忍受。

在伤口恢复之后，我们就被迫离开修女和医院，并被关进福尔达镇的监狱，当成奴隶和犯人对待。在被派往各自的军队之前，我们几百个人被关在一个黑暗的大集体监狱里，而庭院的门由举着火把的炮兵看守。通过不同的举动，我们很快就区分出谁是老兵，谁是新兵。在监狱里，只要有可能，我们老兵就会娱乐一下，虽然相比于那些被哄骗逼迫参军的沮丧乡下佬，老兵们被盯得更紧。想要形容聚集在此的人们的性格，得要吉尔雷先生②亲笔描绘才行。这里的人来自不同的国家和不同的职业。英国人喜欢斗殴且恃强凌弱；法国人喜欢打牌、跳舞以及击剑；沉重的德国人喜欢抽烟斗和喝

---

① 勃艮第，法国地名，以美酒闻名。——译者注

② 吉尔雷先生，英文为 James Gillray（1756 或 1757～1815），英国人，讽刺画家和版画家，由政治和社会讽刺作品深刻入骨而闻名。——译者注

啤酒，如果他们能买得起的话。那些有点钱的人就玩牌，我在这项玩乐上非常好运。因为，刚进这个囚牢时我身无分文（那几个诱拐别人当兵的恶棍把我的钱全抢走了），但在玩第一局牌时我就赢了近一个金币。和我玩牌的是一个法国人，他压根就没有想到问我是否有钱。而这，就是有一副绅士派头的好处。每次钱包干瘪的时候，都是我的外表让我得到了别人的信任。

在法国人中有一位威严庄重的士兵，他的真名我们无人知晓。但最后他的真实身份被揭开时，在普鲁士军队里造成了不小的轰动。如果说仪容和勇气就是贵族的证明，如我所认为（尽管我在贵族中间见过最丑恶的嘴脸和最伟大的懦夫）的那样。我敢肯定这个法国人来自法国最高贵的家族，因为他举手投足都显出贵族气派，而他的仪表更是超凡脱俗。他没有我高，但由于我肤色变黑，他看上去更英俊，而且肩膀更宽一些。他是我一生中遇到的唯一一个比我更会用短剑的人，他能用短剑四比三赢我。但是，我能用军刀把他杀个片甲不留，而且我比他跳得远，在负重更多的情况下。不过，这些都是自夸而已。后来我和这个法国人成了密友——因为在那个监牢里，我和他分别是两个头领，而且我们都没有卑劣的猜忌心——通过他的面色判断。他给自己取了个新名字，叫勒布朗丁（Le Blondin）。我认为他不是逃兵，而是由莱茵河底部进入主教区的，他在牌桌上大概很不走运，而其他的活路又被堵住。我怀疑，如果他敢回到法国的话，巴士底狱的大门也一定为他敞开。

他极其喜欢玩牌和喝酒，因此我们意气相投。但如果被灌醉，他就变得非常恐怖。至于我，我能毫不退缩地承受厄运，同样也能灌得下酒。所以我在我们的交往中占了很大优势，而且我还从他那里赢了很多钱，这使我站稳了脚跟。他在外面有一个妻子（我认为这个女人就是他的灾难以及与家族分离的源头），之前她被允许一周来看望他两到三次，而且从不空手而来——这个女人有一对棕色的明亮眼睛，而她抛的媚眼世上无人能及。

勒布朗丁被编进一个驻扎在西里西亚内斯①的军队，那里距离奥地利边界非常近。他一直有勇有谋，同时还是军营里一个秘密团体公认的首领——这个秘密团体一直和普通军队同时存在。我说过，他是个令人钦佩的士兵，但他目中无人，行为放荡，而且还是个酒鬼。一个有这种特点的人，除非能对军官们好言奉承（我一直这样），否则一定被视为眼中钉。但勒布朗丁的上尉是他不共戴天的仇人，经常严刑惩罚他。

勒布朗丁的妻子和其他女人经常穿过奥地利边界，并偷运一点商品回来。两边对她们的买卖都睁一只眼闭一只眼。这个女人遵从她丈夫的指示，每次去运东西时都会带回一些滑粉和子弹。这些东西藏在普鲁士士兵们不会买的商品里，然后被秘密地藏起来，以备日后之需。很快，这些东西就派上了用场。

勒布朗丁组织策划了一次大规模的谋反。没人知道这次谋反的程度，有多少万人参与。不过在我们私佣兵中间，这种密谋，无论当政者们多么努力地掩盖，这个消息还是从这个驻地传到那个驻地，从这个军营传到那个军营。我曾经也

① 西里西亚，历史地名，现在已不复存在。目前这个地区小部分属于德国和捷克，绝大部分属于波兰。内斯，西里西亚的一个城镇。——译者注

是这些人中的一员。我见过爱尔兰叛军，所以我知道穷人的
共济会究竟是怎么回事。

勒布朗丁本人是这次密谋的首领。没有记录，没有文件，
除了这个法国人自己，没有任何人参与谋划，他亲自给所有
人传令。他安排军营的人在某天的十二点一同起义：占领镇
上的武器室，摧毁所有哨岗，然后——谁知道接下来还有什
么呢？我们中有些人说这次密谋渗透了整个西里西亚，奥地
利军队还要任命勒布朗丁为将军。

在十二点钟，在内斯的伯马雷神塑像旁边的武器室对面，
有三十个身着便服的人。而法国人勒布朗丁站在卫兵房的哨
岗附近，在石头上磨着一把木柄斧头。时针走到十二点，勒
布朗丁站了起来，用斧头一下将哨兵的脑袋劈开，那三十个
人冲向武器室。带上武器后，他们再次冲向大门。哨兵企图
放下铁链关上大门，但勒布朗丁冲向他，斧头又是一挥，卫
兵握着铁链的右手被砍掉。看到这群人手持武器，大门附近
的卫兵跑到路上阻止他们。但勒布朗丁的三十个勇士对着卫
兵一阵扫射，并用刺刀招呼了他们。撂倒几个卫兵之后，其
他人立刻逃跑，三十个人继续往前冲。他们朝着边界迅速跑
去，而边界离内斯只有三英里远。

虽然镇上得到了警报，但好在勒布朗丁的表比镇上的时
钟要快十五分钟。不过，其他起义的大众被打败，军队武装
出动，而那些准备攻击其他武器室的人被抓住，他们的计划
失败了。但是密谋者是谁无从得知，因为没有人背叛自己的
同志，当然，也不会自首。

骑兵队被派出追杀勒布朗丁和他的三十个亡命勇士。而
此时，他们已经快要跑到波西米亚边界。骑兵队赶上他们之
后，他们转身用枪和刺刀迎战，并将骑兵队打退。奥地利人

在边界栅栏外急切地看着双方交战。而女人们也在一旁望风，并给她们无畏的勇士们带来了更多子弹。勇士们和骑兵队交战，并数次打退他们。但这英勇又无益的战争消耗了太多时间，一个营的士兵迅速赶了过来，并围住这些勇士。当这群人的命运已经板上钉钉的时候，他们在绝望的愤怒中坚持搏斗，因为，没有一个人愿意投降。子弹用尽之后，他们用刀剑拼杀，最后在站着的地方被枪杀或刺死。勒布朗丁是最后被击倒的人。他的大腿中弹，但在倒地之时，他仍然杀死了第一个走近抓他的军官。

勒布朗丁和几名还活着的同志立刻被抓到内斯，作为头目，他被带到军事会议上。但他拒绝回答任何有关他真实名字和家族的问题。"我是谁有什么意义？"他说，"你们抓到了我，而且要杀死我。无论家族多么声名显赫，我也难免一死。"同样，他也拒绝透露任何有关密谋的细节。"这都是我一人所为，"他说，"每个参与其中的人都只知道我，而不认识其他同志。这是我一个人的秘密，这个秘密也会随我而亡。"当军官们问他策划这一惊天罪行的原因是什么时，他回答道："是因为你们令人发指的野蛮和暴虐。你们都是屠夫、恶棍和饿虎，这都多亏了你们这些懦弱蠢货，没在很久以前就被杀死！"

听到这些话，勒布朗丁的上尉青筋暴露，大骂着挥拳冲向勒布朗丁。虽然勒布朗丁受了重伤，但他迅速抓住身旁士兵的刺刀，并把刺刀插进那个上尉的胸膛。"混蛋！恶魔！"他说，"就算我死，也要先送你上西天。"勒布朗丁在当天被射死。行刑前，勒布朗丁要求给国王写一封信，但条件是只有国王本人才能拆封。但是，毫无疑问，军官们害怕信中所言会对他们不利，就拒绝了他的要求。后来在复审时弗里德里克召见了这些军官。据称，国王极其严厉地责骂他们为何不同意那个法国人的要求。不过，由于隐瞒这一事实对国王有利，如我之前说过，所以这件事被隐瞒了下来——但隐瞒得太好，以至于军队里成千上万的士兵都知道。我们中间有很多人还会在喝酒时讲起这个法国人，纪念他为了士兵而成为烈士。有些读者无疑会尖声抗议，认为我在鼓励反抗和杀戮。如果这些读者于1760年至1765年间在普鲁士军队里当过私佣兵，他们就不会反对。勒布朗丁为了得到自由而杀死两名卫兵，但弗里德里克为了自己对西里西亚的垂涎，不也杀死了成千上万的德国人和奥地利人？正是这个可憎的独裁体制把劈开内斯卫兵的那把斧头打磨锋利。所以，军官们都引以为戒吧，下次杖打可怜士兵的时候，要三思而后行！

我还可以讲很多军队的故事。不过，由于我自己是个士兵，所以我只对士兵们有感情。我的故事无疑不太符合道德人士的胃口，因此我最好简单叙述。你可以想象我有多么惊讶，有一天，监牢里有一个非常熟悉的声音在我耳边响起，我看到两个士兵带进来一个瘦弱的年轻绅士，他的肩膀还被一个士兵砍了两刀。他尽力讲着英语："你们这些可恨的无赖！只要我还是费肯汉姆的费肯汉姆，我一定会报仇的！我会写信给大使！"听到这个，我突然发出一阵大笑：这不正是我当下士时的老相识吗？丽丝辰坚定地发了誓，称他的的确确是那个私佣兵，然后这个可怜的家伙被抓走，并成了我们这样的士兵。我毫无恶意地给所有人讲了我戏耍这个可怜家伙的计谋，整个屋子都快被掀翻了。不过我给了费肯汉姆一个建议，正是这个建议让他得到了自由。"去找那个视察军官，"我说，"如果把你带到普鲁士就算完事，那他们绝对愿意帮你。现在去找监牢的指挥官，给他承诺一百基尼到五百基尼，让他放你走。就说那个诱拐士兵的上尉拿着你的文书和所有财产文件（这是真的）。最重要的是，向他表明你有支付那些钱的能力。然后我保证他们会放你走。"他按照我说的做了。当我们被派进军队的时候，费肯汉姆想办法住进了医院，然后按我的建议在医院把事情安排妥当。不过，由于他的吝啬，他与军官讨价还价差点失去这个机会。而且他也从来没有向我，他的恩人，表达丝毫感激之情。

我不再对七年战争进行任何传奇描述。在结尾我要说的是，向来以纪律严明和勇猛著称的普鲁士军队，指挥军官和下属军官都是普鲁士人，这是真的。但军队的大多数士兵都像我一样，被私佣或诱拐而来，而且来自几乎欧洲每个国家。士兵们的私逃数量极为惊人。仅以我们布洛的军队为例，战争前军队里至少有六百名法国人。在从柏林出发的行进路上，有个法国人举着一把破旧的小提琴并拉响一首法语歌，而他的同志们像是跳舞一样走路，还和着曲调用法语唱"我们要回法国了"。两年后军队回柏林，只剩下六个法国人，其余的要么在战争中被杀要么就是逃跑了。

除非有钢铁般的勇气和耐力，否则私佣兵的生活只能让人毛骨悚然。每三个士兵后面就跟着一名随时准备无情地挥舞手杖的下士，以至于人们称：在战争中私佣兵冲锋陷阵，而下士和中士则跟在后面驱赶他们。有许多人由于不堪忍受无尽的迫害与折磨，而诉诸最可怕的绝望行为。当时军队中有许多军团流传开一种惨绝人寰的仪式，这甚至给政府造成了巨大的恐慌。这是一种令人恐惧的仪式，被称作"祭婴"。他们认为人生无法忍受，但自杀又是罪孽。为了转移并脱离无可承受的悲痛，最好的方式，就是杀死一个年幼无辜的孩子，从而得到上天的保佑，并转移他们杀人的愧疚。而国王本人——这位英雄、圣人和哲学家，这个总是豪言壮语但也造成极刑恐慌的亲王也被震惊了——但这些混蛋都是被他绑架，这种举动也是对他的野蛮暴政提出的抗议。国王对这种罪恶采取的唯一措施是，严禁在没有神职人员参与的情况下举行此类仪式，而且无论何种情况，都无须进行其他宗教慰藉。

惩罚无穷无尽。每个军官都有惩罚的权利，和平时期的惩罚甚至比战时更残忍。因为在和平时期，国王会把他认为不忠的军官免职，无论他们有过什么功绩。他会把一个上尉叫到他跟前说："这个人不忠诚，让他走。"我们非常害怕他，在他的军官面前，我们像野兽一样聚在一起。我见过军队里最勇猛的士兵在挥舞的手杖下像小孩一样哭叫。我见过一个十五岁的小少尉从队列里叫出一个五十岁的老兵，这个老兵身经百战，却站着交出武器。那个小恶棍抽打他的胳膊和大腿，而他只能像婴儿一样抽泣哀号。这样，这个人就会在战斗中无所畏惧，如同丧心病狂一般无人敢理。但如果他被激怒而进行反抗，他们就再次把他抽打到顺从。几乎我们每个人都投了降——这个魔咒极少有人能打破。我之前提到的法国军官和我被一起带走，我们在同一个连队，当时他被打得像条狗一样。二十年后我在凡尔赛见到他，说起以前的时光，他的脸变得毫无血色。"看在上帝的分上，"他说，"别提那些事情。即使现在，我也常从梦中惊醒并颤抖着哭泣。"

至于我，在很短的时间里（必须承认，在这段时间里我和我的同志们一样，品尝过手杖的滋味），我就抓住各种机会证明了我是个骁勇善战的士兵，同时还利用在英国军队时的做法防止任何人再贬低我。我在脖子里挂了一颗子弹，这个我毫不隐瞒，而且我放话，谁敢惹我，我就把子弹送进他的身体。我性格里有些特质让我的上级相信了我的话。因为，那颗子弹已经杀死过一个奥地利上校，我也敢毫不犹疑地再用它杀死一个普鲁士军官。和他们打斗我还有什么好在乎？难道天上的老鹰有两颗头？我只说了两句话："任何人也休想拿官职欺压我。任何人也休想碰我一下"。只要我还在军队，我就把这些话履行到底。

我无意像描述在英国军队时的战争一样叙述我在普鲁士军队的战争历史。我和所有人一样，都尽了义务。到我二十岁的时候，我的胡须长到一定长度，而普鲁士军队里再找不出一个比我更勇敢、更聪明、更英俊，还有我得承认，更邪恶的士兵。我把自己塑造成了一个凶残十足的斗士。在打仗时，我在打杀的野蛮中得到快感，而在战场外，我用各种方式寻欢作乐，而且从不在意方式或性质如何。不过事实是，我们这里的社交水准要比在英国的粗鲁士兵高出许多，又因为军队管理非常严格，我们极少有时间胡闹。我的面色变得黝黑，并被称为"黑色英格兰人"、"黝黑英国人"，或者"英国恶魔"。只要有任务，我都会冲在前面。我的钱源源不断，但职位一直没有提升。就在我杀死奥地利上校（他是一个枪骑猛兵，而我站着和他单打独斗）那天，布洛将军当着全军的面奖励我两枚弗里德里克金币，还说道："现在我奖励你，但我恐怕有一天会绞死你。"当天晚上，我和几个兴致昂扬的同伴一起玩乐，花了那两个金币，也花光了我从奥地利上尉身上搜到的钱。不过，只要战争还在持续，我的钱包就不会瘪着。

第七章 我的战后驻军生活

战争过后，我们军队驻扎到了首都，也许这里是普鲁士最不沉闷的城市，虽然它也不是夜夜笙歌。我们军队的纪律一向严明，不过我们每天都有很多闲暇时间，如果有钱的话，就可以在这时候找点乐子。我们军队有很多人得到许可为商人们干活谋生，但我没有被带走。此外，作为一个绅士，尊严不允许我的双手被干粗活玷污。但我们的薪水仅够温饱，而我又一向喜爱玩乐，由于我们在首都，不能用征税等方法搞钱，虽然在战争时期这些方法非常好用。我被迫选择了剩下的唯一一个能支付我开销的职位，简而言之，我成了上尉的机要士兵，或者说随身侍从。四年前在英国部队我鄙夷地拒绝了这个职位，但这个职位在外国很不一样。另外，说实话吧，在士兵的行列待过五年后，一个人的骄傲会屈服于任何他独自承担的、无可忍受的困境。

我的上尉是个年轻人，但在战争中功绩卓越，否则绝不可能这么早就被提拔到这个职位。此外，他还是警察部长老德·珀茨道夫先生（de Potzdorff）的侄儿和继承人，这个关系无疑在他的提升中起了重大作用。德·珀茨道夫上尉在战场上或在军队里都可称是悍将，但他这个人非常喜欢被人奉承。他最先看中我，是因为我能巧妙地把头发编成辫子（的确如此，我的发型比军队里的任何人都干净利落），随后，我用各种各样的伎俩和恭维得到了他的信任，由于我自己就是个绅士，所以我知道怎么把话说到人心里。他是个热衷寻欢作乐的人，在国王严苛的宫廷里，他对享乐的追求比大多数人都更明目张胆。他慷慨大方且对钱毫不在意，他还特别喜欢莱茵红酒，这些方面我都真诚地与他产生了共鸣。当然，我也从中得到不少好处。军队的人讨厌他，都认为他和他的警察部长叔叔关系过于亲密。据说他经常给他叔叔报告军队的消息。

很快我就用奉承得到了这个上尉的欢心，而且知道了他大部分个人事迹。由此我摆脱了严酷的军训和站队列的命运，并得到许多津贴，这使我能在柏林的显贵中保持一个体面的形象，尽管我必须承认，我的社交圈还很卑微。我在女士中间尤其受欢迎，又由于我在她们面前的举止异常优雅，所以她们无法明白我怎么会在军队里得到"黑色恶魔"这样的可怕绰号。我会笑着说："我没有被描画得那么黑。"大多数女士都认为这个私佣兵和他的上尉一样教养良好。的确如此，想想我的教育和出身，不是这样还能怎样？

当我在他面前混到足够熟络的时候，我请求给我爱尔兰的可怜母亲写一封信，因为我已经很多很多年没有给过她半点消息了。由于惧怕他们向父母求助或者造成恐慌，外国士兵们从不允许邮寄信件。我的上尉同意想办法帮忙把信寄出去，由于我知道他会看信，所以我故意没有封口，以表明我对他的信任。但你也能想到，我在那封信里写满了违心话，即使信被拦截，也不会给我造成危害。我恳请尊敬的母亲原谅我离她而去，我说由于我在爱尔兰的奢侈和愚蠢，我明白回去已无可能。但她最起码能高兴地知道，我在这世界上最伟大的君主的军队里过得很好很快乐，士兵的生活对我来说极其惬意。而且我还写道，我找到了一个宽宏大量的保护者，希望有一天他能提供给我她力所不及的东西。我还提到布雷迪堡所有的女性，从比蒂姨妈到贝姬（Becky）妹妹，我一一细述了我的回忆。最后我签下自己的名字，事实上我的确是，深爱她的儿子，雷德蒙·巴里，供职于柏林布洛维什步兵军队珀茨道夫上尉连队。我给她讲了国王把一位大臣和三名法官踢下台阶的好笑故事，这是某天我在波茨坦守卫时看到的，还说我希望能尽快有新的战争，这样我就可能被提升为军官。事实上，你可以把我的信想象成这世上最快乐的人写的，而我心里对善意欺骗仁慈的父母这一点也毫无歉意。

我肯定珀茨道夫上尉看了我的信，因为有时他开始问起我的家庭。综合考虑，我相当真实地告诉他。我出生于一个良好的家庭，是家里最小的儿子，而我母亲差点破产，只能勉强养活她的八个女儿，我还分别说出了她们的名字。我本在都柏林学习法律，但由于遇到恶劣的同伴，我背了很多债。我还在决斗中杀了一个人，如果我回去，他的权贵朋友一定会绞死我或者把我关进监狱。我参加了英国军队，后来出现一个我实在无法拒绝的逃跑机会，接着我给上尉生动地讲述了费肯汉姆的费肯汉姆先生的故事，这让他捧腹大笑。后来他告诉我，他在德·卡玛克夫人（De Kamake）的晚会上重述了这个故事，那里所有的人都急切盼望一睹这位年轻英国人的真容。

"英国大使在那吗?"我用极其惊讶的口吻问他,还说,"看在上帝的分上,先生,不要告诉他我的名字,否则他会要求把我移交回国。我可不想在我亲爱的母国被绞死。"珀茨道夫笑着说,他会关照着让我一直留在这里,然后我向他发誓自己永生都感激不尽。

几天之后,上尉脸色阴沉地对我说:"雷德蒙,我和我们上校谈起你,我惊讶为什么像你这样有勇有谋的人怎么没有在战争中被提拔,将军说他们一直在关注你:你是个勇猛的士兵,而且明显来自一个富裕家庭。但你在军队里屡屡犯错,而你的战绩也不值一提。此外,你游手好闲,放荡不羁,且目无遵纪,你在军队做了不少恶事。至于你的才华和勇毅,上校肯定这不会有好结果。"

"先生!"我极为惊讶居然有人对我持有这种观点,"我觉得布洛将军误解了我的品行。我曾经与恶劣的人为伍,这是真的。但我只是做了其他士兵们做的事。而且,最重要的是,以前我从来没有过好朋友和保护者,没有人能让我证明自己可以做更好的事。布洛将军可以说我是个堕落的小子,送我下地狱。但有一点可以肯定,即使下了地狱,我也要为你效劳!"我看出这些话让我的保护者非常高兴。此外,由于我言行谨慎,又能用各种微妙的手法为他办事,所以他很快就对我产生了真诚的友谊。有些天,或者说晚上,比如说,他在和塔巴克・拉斯・冯・朵塞夫人(Tabaks Rath von Dose)私密谈心的时候,我就——不过讲这些事情毫无用处,现在也没人关心这个。

在给我母亲写信的四个月后,我得到了一封回信,信封上收件人是我的上尉。这封信让我心中产生了对家的渴望,

和一种无法描述的忧郁。我已经五年没有见过我亲爱的母亲
的字迹。所有旧时的时光，爱尔兰古老鲜绿的田野和清新快
乐的阳光，她的爱，我舅舅，还有费尔·珀塞尔，以及所有
我做过和我想过的事，在我读信时都一一浮现。当我一个人
独处时，我大哭了一场，自从诺拉抛弃我，我再没这么哭过。
我留心不在人前流露我的情感，而那天晚上，我本该和弗洛
兰·洛特茵（Fraulein Lottchen）（塔巴克·拉斯茵的女伴）
在布兰登堡大门外的花园喝茶，但不知怎么的，我竟没有勇
气去。我恳求她原谅后早早地回到军营（现在我在军营几乎
可以来去自如），然后躺在床上，在哭泣和对爱尔兰的思念中
度过了漫长的一夜。

　　第二天，我的精神再次高涨，而且我母亲在信中给我夹
了十基尼的现钞，我大方招待了一些朋友。我可怜的母亲信
上印满了泪痕，写得密密麻麻，但是毫无条理可言。她说她
很欣慰我能在一位清教徒亲王麾下做事，尽管她恐怕这位亲
王行事不太正确。而幸运的是，她说，她在上帝的保佑下，
找到一位约书亚·乔斯（Joshua Jowls）教士做向导，整日听
他说教；她说他是上帝选中的宝贵器皿，是甜蜜的药膏和一
盒珍贵的甘松，她还用了大量我无法理解的词句。不过在所
有这些谜语中有一点很明确：这个善良的人依然深爱着她的
儿子，而且无时无刻不想念他，日日夜夜都在为她狂野不羁
的雷德蒙祈祷。无数可怜的士兵在孤独的夜晚守夜，或忍受
悲伤，或承受病痛，或被囚禁，就在这个时候，他的母亲不
也极有可能正为他祈祷吗？我经常会这么想。但这些想法全
都不快乐，还好它们不会时刻萦绕在人脑海，否则怎么还会
有一群欢乐的士兵——我向你保证，大家肯定都沉默地如同
参加葬礼。那天晚上，我为母亲的健康干了一大杯，并用那

些钱过得像个绅士一样。后来她告诉我，这些钱是她拼命节俭省出来的，乔斯先生还为此对她大发雷霆。

尽管我善良母亲的钱很快被花光，但不久我就得到了更多。因为我成了上尉和他朋友们跟前的红人，所以来钱的方式极其多。有时是冯·朵塞夫人给我一个弗里德里克金币，答谢我为她带去上尉的花束或者一封信。有时候，正相反，那个老枢密院委员款待我一瓶瑞内诗①，或者塞到我手里一两个金币，让我透露一些有关上尉和他妻子之间私情的信息。尽管我没有傻到不要他的钱，但你可以肯定，我也没有忘恩负义出卖我的保护者，他从我这里得到的信息非常少。后来上尉和这位夫人告吹并开始追求荷兰大臣的富有女儿时，我不记得塔巴克·拉斯茵夫人交给我多少封信，给过我多少个基尼，让我帮忙夺回她情人的心，但在爱情中这种回报极其少有，而上尉还经常嘲笑她那不再新鲜的叹息和哀求。在麦尼尔·冯·古尔登萨克的家族（Mynheer Van Guldensack）里，我赢得了全家上下的欢心，并成为这家的密友，我还得到一两个国家秘密，让我的上尉又惊又喜。他把这些暗示告诉了他的警察部长叔叔，毫无疑问，后者充分利用了这些消息。我也因此被珀茨道夫家族充分信任，并成为一个名义上的士兵，我可以穿着普通衣服（这些衣服，我向你保证，相当利落时髦），还能享受各种玩乐，这让我可怜的战友们嫉妒不已。

至于那些士官们，他们对我像军官一样礼遇有加：冒犯部长侄儿的耳目，代价就是他们肩上的条纹。我的连队里有

① 瑞内诗，音译，是一种白葡萄酒的名称，莱茵河产。——译者注

个年轻家伙叫短库尔兹①，尽管有这么个名字，但他有一米八高，我曾在战争中救过他的命。而就是这个家伙，在我给他讲述我的一次冒险经历后，他称我是间谍和告密者，还要求我不要再叫他"哥儿"，那时年轻人们在关系非常亲密时流行这么叫。我只好把他叫了出来，虽然我对他没有怨恨。

我只用了一眨眼的工夫就让他丢盔卸甲，在用他的剑砍掉他的头时，我对他说："库尔兹，你见识过哪个对卑劣行径感到内疚的人敢做我现在做的事？"这让其他抱怨的人闭了嘴，而且从那以后再没人讥讽我一下。

没人会以为像我这样身份的人，会为在前厅等待侍候，以及与脚夫和食客们交谈感到高兴。但这绝对不比待在军营房子更贬低人格，而后者，我就不用说我怎么打心底里憎恶了。我坚称自己喜爱军队生活，完全是为了蒙蔽雇主的双眼。我迫切希望摆脱奴役。而且我明白，我从出生就是为了成为一个大人物。

如果我曾在内斯的军队，我一定会和那群英勇的法国人一起杀出自由的路。但在这里，我只能耍计谋勉强度日，难道我这么做不十分应当吗？我计划是这样：我可以让自己变成德·珀茨道夫先生不可或缺的手足，然后他就会帮我得到自由。一旦得到自由，以我的优秀品质和高贵出身，我会像以前无数爱尔兰绅士做的那样，娶一位家产万贯门第不俗的女士。而这也证明，即使不是公正无私，最起码我也有一种高贵的抱负。柏林有个杂货店老板的肥胖寡妇，每年有六百泰勒②的地租收入，而且生意不错。她曾给我暗示，如果我

---

① 库尔兹，音译，德文意思为"短的"。——译者注
② 泰勒，德国古银币，于15至19世纪流通。——译者注

愿意娶她，她就会帮我买回独立身份。但我明确告诉她，我不会做一个杂货店店主，因此完全抛弃了这个得到自由的机会。

我对我的雇主们非常感恩，比他们对我的喜爱要多得多。我的上尉债台高筑，而且向犹太人借高利贷，他给他们写下字据，约定在他叔叔死后偿还。而老赫尔·冯·珀茨道夫看到他侄儿对我的信任后，试图贿赂我来摸清楚那个年轻人的真实情况。但我是怎么做的呢？我告知了乔治·冯·珀茨道夫先生实情，然后我们共同制作了一份账单，上面全部是小额债务，额度之小让这个年迈叔叔完全没有了恼怒，甚至还清了债务，高兴自己这么轻易就摆脱了烦心事。

而我的忠心耿耿也得到了优渥的回报。一天早上，老绅士和他侄儿密谈（他经常过来问军营里年轻军官们的最新动向：这个或者那个是否赌博了；谁在和谁搞阴谋诡计；这天晚上谁去参加了化装舞会；谁背了债，谁没有债等等。因为国王喜欢知道自己军队里每一位军官的事情），我被派去给德·阿赫尚侯爵（d'Argens）（后来他娶了女演员可库娃小姐（Cochois））送信，恰巧，我在街边不远处遇到了侯爵，把信交给他后我就回到了上尉的住处。而他和他可敬的叔叔正好在拿卑劣的我作讨论对象：

"他是忠心的。"上尉说。

"呸！"他叔叔（我本该因他的傲慢无礼把他勒断气）说，"军队里所有鄙贱的爱尔兰人都那么说。"

"但他是被盖尔根斯坦绑架的。"上尉回嘴说。

"一个被绑架的逃兵，"珀茨道夫先生说，"一桩绝好的交易！"

"好吧，我已经向这小子保证过会帮他离开军队。我敢肯定他对你很有用。"

"你已经帮助过他了，"老珀茨道夫大笑着说，"上帝啊！你可真是个诚实的君子！如果你一直像现在这样不明智，乔治，那你永远也继承不了我的职位。那家伙你可以随意使唤。他礼仪不错，面容诚恳。他能信誓旦旦地撒谎，这点我从没见过能超越他的人，而且你说，他还能拼命搏杀。这个无赖根本没有什么好品行。他自傲自负，挥霍无度，且口若悬河。只要他还在军队，你就可以压制他，随心所欲招之即来挥之即去。一旦给他松了绑，这小子很可能立刻从你身边溜走。继续给他保证，保证他能做将军，只要你喜欢。我有什么可在乎的？没有他柏林照样满是间谍。"

这位背信弃义的老绅士就这么描述我为珀茨道夫先生所做的苦劳。我悄悄从房间离开，想到又一个美梦破碎，我心烦意乱到顶点，而我希望通过成为上尉的手足而离开军队的想法，也行不通了。有时我极为绝望，甚至想到娶那个寡妇。但私佣兵结婚必须有国王的直接批准，而陛下是否会允许一个二十二岁的年轻小伙，他军队里最英俊的男子，和一个六十岁而且满脸脓包的老寡妇结婚，这真的是个大问题。

以她的年纪根本不可能再为陛下的臣子生儿育女。因此，这种得到自由的希望也是空想。我也不可能自己赎买独立身份，除非有谁能大发慈悲借给我一大笔钱，因为，尽管我赚钱很多，如我上面所说，但我一向习惯在有钱时挥金如土（我的性情慷慨至此），而自打出生起，我就负债累累。

而我的上尉，这个狡猾的流氓！告诉了我他们谈话内容的不同版本，我知道这和事实完全不符。他微笑着对我说：

"雷德蒙，我已经和部长讲了你的职务，①而你的时运已经到来。我们会把你带出军队，任命你在警察署做检察官。总之，你将会被提升到比以前高得多的地位。

尽管他的话我一个字也不信，但我还是表现出非常感动的样子，当然，我还向上尉发誓，永生永世都会感激他对我这个被抛弃的可怜爱尔兰人的恩德。

"你对德国部长的忠诚让我很高兴。现在还有一个机会你可以帮助我们，如果你能成功，那么你的回报就能立即实现。"

"要我做什么，先生？"我说，"我愿意为您这么好的主人做任何事。"

"最近有位帝国女王的大臣来到柏林，"上尉说，"自称是德·巴利巴里骑士（Chevalier de Balibari），还戴有教皇圣骑士排位的红束带和星星。他可以自如地讲意大利语或者法语，但我们得到消息，怀疑他是你们爱尔兰的人。你在爱尔兰听过巴利巴里这个姓氏吗？"

"巴利巴里？巴利巴——"一种想法突然闪过我的脑海。"不，先生，"我说，"我从没听过这个姓氏。"

"你必须去当他的仆人，而且你根本不懂英文；如果他问起你的特别口音，就说你的母语是匈牙利语。跟随他的仆人今天会被遣走，然后他会向人要求一个忠实的仆从，而你会被推

① 巴里先生此处说的职务，我们完全可以认为，他的描述含糊不清。极有可能是他被派去在柏林某个陌生人的桌前侍候，然后为警察部长带回可能有关政府利益的消息。弗里德里克大帝在他每个客人的身边都采取了这种预防措施作为对他们的热情接待。至于巴里先生所说的决斗，我们也可以当作是他无数次决斗的代表。我们可以在这本回忆录的某些部分看到，每当他处于尴尬境地，或者处在外界认为不甚体面的地位时，一场决斗就随之而来，而他往往是胜利者，然后以此证明他应该毋庸置疑地被尊重。——原作者注

荐给他。你是个匈牙利人，参加过七年战争，离开军队是因为你耐不住寂寞。你为德·奎兰堡先生（de Quellenberg）当过两年侍从，他现在西里西亚的军队，但这里有他签过的证明。后来你追随莫普穗斯牧师（Mopsius），如有需要，他会为你证明。当然，"星辰"的老板会证明你是个诚实的人，但他的证明书毫无用处。至于其他的故事，你可以随意编造，尽量天马行空肆意想象。不过，要通过激起这位骑士的同情心来赢得他的信任。他经常赌博，而且总是赢钱。你会玩牌吗？"

"只会一点，和别的士兵一样。"

"我一直认为你牌技超群。你必须弄清楚这个骑士是否作弊，如果发现他作弊，他就落到我们手里。他经常会见英国和奥地利大使，这两国的使者经常单独在他的住处喝酒。弄清楚他们的谈话内容，他们分别押注多少，尤其是他们中有谁不用付赌资；当然你还要读他的私人信件；至于这些信有哪些会邮寄出去，这个你不用管，我们会在邮局查看。但你必须观察清楚他写的每一张纸条都是送给谁，由什么渠道或者哪个信使送出。他睡觉时脖子上戴着公文箱的钥匙。只要你能记清楚那些钥匙的用途，二十弗里德里克金币。当然，你得穿上便装，把头发上的粉擦掉，只用带子简单把头发绑一下；还有，你必须把胡子也刮掉。"

上尉吩咐完之后只给了我一丁点赏金就离开了。当我再次出现在他面前时，他看着我的新装扮大笑不止。我忍痛剃掉了胡子（因为它们黑如墨玉，而且优雅地卷曲着）；擦掉了头发上令人恶心的油粉，其实我早就无法忍受这些东西了；还穿了一件庄重的法式灰色外套，黑色绸缎短裤，和一件褐红色毛绒马夹，还戴了一顶便帽。我看上去恭顺谦卑，就像是真正的仆人一样。我想即使我自己军队的人——他们现在波茨坦接受检阅——也不可能认出我。我就这样一身打扮，去了那个陌生人住的"星辰酒店"——我焦灼的心跳个不停，因为我隐隐感觉到这位德·巴利巴里骑士就是巴利巴里的巴里，我父亲的大哥，那个因为固执地迷信天主教，而放弃了巴里庄园的人。在我进去介绍自己之前，我去看了看他轿子的装饰。他有巴里家族的徽章吗？是的，它们就在那里：闪亮的白银雕刻，一个弯曲的红印，四角有四个扇贝形状——这正是我们家族的古老纹章。纹章雕刻在一个和我帽子一般大的盾牌上，在一辆镀金轻便双轮马车上挂着。根据当时奇怪的纹章时尚，盾牌顶部有一顶冠冕，下面配饰了八九个丘比特，还有丰饶角和花篮。一定是他！在上楼的时候我感觉自己像在背祖离宗，而且我还要以仆人的身份出现在我叔叔面前！

"你就是德·赛巴赫先生（de Seebach）推荐的那个年轻人吗？"

我鞠了躬，把赛巴赫先生的推荐信呈给他，这是上尉提前弄好给我的。在他读信的时候，我借机打量了他一番。我叔叔六十多岁，穿着盛装，他穿了一件大外套、杏黄色天鹅绒裤和一件白缎马甲，马甲和外套一样都绣着金线。他胸前别着象征圣骑士勋位①的紫色缎带，带子上巨大的星星勋章在他胸口闪烁着光芒。他每个手指都戴着戒指，每个手腕上都戴了金表。他脖子的黑色丝带吊坠上有一颗华美的独粒钻石，丝带正系在他的假发袋上；他的衣服上缀满了极为昂贵

---

① 圣骑士勋位，是一种教皇授予的骑士勋位，专门授予那些为由于参加伟大战争，或写出著名作品，或以其他方式为天主教信仰做出巨大贡献的人物。这组成了教皇最初的骑士等级结构，在19世纪之前是一种非常高贵的勋位。星形勋章也配有不同颜色的缎带，常见的还有红色，紫色是等级较高的颜色。——译者注

的蕾丝。他的粉色长筒丝袜穿到膝盖，膝盖上部撂着金色带子；而他镶着红色跟底的鞋子上有无数个钻石鞋扣在闪耀。他带着一把镶金的剑，插在白鲨皮剑鞘里；他身边的桌子上放着一顶装饰着层层蕾丝的帽子，帽子上插着一排白色羽毛，整套装束使这位绅士看上去贵气逼人。他和我差不多高，就是说，他身高大概有一米八五；他的身形与我出奇地相似，而且器宇不凡。不过，他有一只眼上戴着黑色眼罩；他脸上还涂了白色和红色胭脂，但这种装饰在当时极为流行；他有一对胡须，下垂到嘴唇盖住了他的嘴巴，后来我发现他的表情相当凶狠。当他刮掉胡子的时候，可以看到他的上排牙齿向外暴突；他总是面带微笑，但笑容苍白可怕，毫无愉悦之感。

这么做很不明智，但当我看到他华贵的外表和高贵的仪态时，我感觉自己无法再对他伪装下去。他说："哈，你是个匈牙利人，我知道了！"这时我再也忍不住了。

"先生，"我说，"我是个爱尔兰人，我来自巴利巴里，名字叫雷德蒙·巴里！"说着，我大声哭了出来。我不知道这是为什么，但我已经六年没有见过任何亲人或者朋友，我的心渴望着他们。

第八章　我结束军队生涯

那些从未离开过自己国家的人，永远不会明白在被囚禁中听到亲人的声音意味着什么，因而也有很多人不理解我在看到我叔叔后情感失控的原因。

他丝毫没有怀疑我所述事实的真实性。"我的上帝啊！"他叫道，"这是我弟弟哈利的儿子！"而我打心底里相信，他和我一样，在这样突然偶遇自己的亲人时无比感动，因为，他也被流放在自己的家之外。一个亲人的声音，一张面孔，把古老祖国和童年的旧时光又带回他的记忆之中。

他在亲热地拥抱过我之后说："我宁愿舍弃五年的生命再看它们一眼。"

"看什么？"我问。

"为什么这么问？"他回答道，"那些绿色的田野，河流，古老的圆塔，还有巴利巴里的墓地。你父亲掉丢那块土地实在是太遗憾了，它在我们家族名下已经那么久。"

　　然后他开始问我有关我的事，我一五一十地告诉了他我的经历。在我的讲述中这位尊贵的绅士大笑很多次，还说我绝对从头到脚都是巴里家族的子孙。在我的故事中间他会让我停下，让我和他背对背站着比身高（由此我肯定我们的身高相等，而我叔叔膝关节僵硬，这让他走路时有些怪异），还在我的叙述中发出上百次惊叹表达他的怜悯、慈爱和同情，他不停地说"圣人呐！"还有"天国的神啊！"或者"圣母保佑！"通过他的表现，我公正地断定，他依然深爱着我们家族，并坚守着我们家族的古老信仰。

　　在解释我最后一段经历时，我讲得非常吃力，即是，我来做他的仆人是为了监视他，而且会去规定的地方报告这些信息。当我（犹豫了很久）告诉他这一事实后，他大笑起来，还令人惊异地欣赏这个笑话。

　　"这群流氓！"他说，"他们想抓我，是吗？为什么顾虑，雷德蒙，我的最大阴谋就是赌法罗牌①。但国王的猜忌心太重，以为每个进入他破烂的首都的人都是间谍，其实这里就是个大沙漠。哈，我的孩子，我一定会带你见识巴黎和维也纳！"

　　我说我哪都不想去，只想待在柏林，只要能从可憎的军队里解放出来我就非常高兴了。的确，我以为，既然衣着如此华贵，屋子里满是金玉摆设，下面又停着镀金马车，我叔叔一定拥有大量资产。他一定愿意买下十几个，不，整个军营的士兵来赎回我的自由。

---

　　① 法罗牌，自17世纪开始流行，是一种法式赌博纸牌游戏，传自巴塞特牌，属于蒙特牌族系。法罗牌有一位"银行家"和数位玩家，翻起的牌与已经翻开的牌或者未翻开的牌匹配，由此定输赢。法罗牌一局只能用一副牌，但玩家数量不限。——译者注

但我的算盘打错了，他很快给我讲述了他的经历。"1742年，我的弟弟也就是你的父亲（上帝原谅他），为了娶你母亲那个狐狸精，变成了异教徒，还从我手中夺走了巴里家族的庄园。但是，过去的事就让它过去吧。"他说，"自那以后我就纵横四海。即使我继承了巴里庄园，我大概和你父亲一样很快消耗掉那点财产，过一两年，就开始过上我被迫离开爱尔兰之后的生活。我的孩子，我在每个军队都任过职。而且除了大不列颠岛屿的首都外，我在欧洲每个国家的首府都负有债务。

我在奥地利人特伦克①的潘多尔军队②里打过几场仗，我还是神圣教皇护卫队的上尉，我和威尔士亲王一同发起了苏格兰之战——他是个荒唐的家伙，我亲爱的孩子，他只关心自己的情妇和美酒，而不在意三个王国的王冠。我还在西班牙和意大利军队任过职。

但我漂泊不定，我的好孩子。赌牌——赌牌是我的祸根，除了这个，还有女人（说到这里他迷离地斜睨了我一眼，我必须承认，这让他看上去极其风流倜傥。另外，他脸上的胭脂因为与我相认时流泪全被弄花了）。女人们愚弄我，我亲爱的雷德蒙。我是个软心肠的人，现在我六十二岁了，但在十六岁时，贝姬·欧德维尔（Peggy O'Dwyer）就欺骗了我。"

"上帝啊，先生，"我大笑着说，"我想这可能是我们家族

---

① 特伦克男爵，全名为 Franz von der Trenck（1711~1749），奥地利士兵，出生于军人世家，他曾被授命召集非正规军潘多尔，抵抗土耳其人。——译者注

② 潘多尔，由奥地利女王玛利亚授命，特伦克男爵于1741年召集的军队。1741年5月，军队由女王检阅。这个军队没有制服，而且全部是东方面孔。1745年，潘多尔军队被编入正规军。——译者注

每个人的经历！"然后我给他讲述了我和表姐诺拉·布雷迪的
浪漫爱情，这让他开怀不已。然后他又开始讲述他自己。

"玩牌是我现在唯一的谋生手段。有时我时来运转，然后
就把钱花在你看见的这些珠宝上。这是财产，你看，雷德蒙，
这是我发现的唯一一个能把金钱留在身边的方法。如果我时
运不济，我的孩子，我就把钻石送到当铺，然后穿戴玻璃。
我的金匠朋友摩西正好今天要来拜访，因为在过去的一周里
我霉运连连，今晚我必须通过玩牌赢钱。你懂牌吗？"

我回答说和其他士兵一样，没有什么惊人的技巧。

"我们可以在早上练习，我的孩子，"他说，"我会教你一
点值得学的东西。"

我当然很高兴能有这种得到知识的机会，我告诉叔叔说
能得到他的指点我喜出望外。

但这位骑士的自述让我颇为失望。如他所说，他所有的
财富都浮于表面，而他那豪华马车也只是展现手段。他肩负
有一些奥地利宫廷的任务——奥地利国王的国库有一定数量
的合金达克特金币①流出，他要查出这些合金金币是否流进
了柏林。

但德·巴利巴里先生真正的使命是玩牌。英国驻柏林使
馆有位大使随员，即后来的英国贵族克拉伯斯子爵和伯爵，
迪欧西斯勋爵（Deuceace），他当时赌牌下注非常大。在听说
这位年轻英国贵族的手笔后，当时还在布拉格的我叔叔决定
前往柏林和他过招。

因为摇骰子筒的骑士们也有种侠义精神，而伟大玩家的

————————

① 达克特，英文为 Ducat，货币种类，为金币或者银币。于中世
纪至 20 世纪在欧洲流通。——译者注

名声享誉全欧洲。我就知道德·卡萨诺瓦骑士，比如说，他从巴黎跋涉六百英里到图灵，只是为了和查尔斯·福克斯（Charles Fox）先生会一会。而后者是霍兰德伯爵①唯一的儿子，风头一时无两，在后来更成为欧洲最伟大的演说家和政治家。

我们都认为我应该继续保持男仆的角色，在陌生人面前我一个英文字母也不识。在给客人倒酒的时候，我会仔细观察他们手中的王牌。由于我惊人的视力和卓越的天资，很快，我就在绿色的牌桌前为亲爱的叔叔帮到大忙，对抗他的对手。有些谨小慎微的人也许会为这些坦诚的告白感到愤怒，但是上天怜悯他们吧！你真以为那些输赢十万镑金币的人会不和他的对手一样使用一点手腕？他们都一样。

但是，只有愚蠢的傻瓜才会作弊，或者使用假骰子和切牌这些下流手段。这种人一定会在某些时刻露馅，而且不配在勇敢绅士的圈子里玩牌。对于那些碰到这种耍花招的下三烂的人，我的建议是，当然要在玩牌时把他对抗回去，但是永远——永远不要和这种人有交际。玩牌时要潇洒大方，端正体面，当然，在输牌的时候不能垂头丧气，最重要的是，不要急于赢钱，只有心胸狭窄的人才会那么想。

因为，即使一个人技术再精湛，手段再高明，输赢也不在掌控之中。我曾见过一个毫无牌技可言的笨蛋在几局之内赢得五千镑，我还见过一位绅士和他的同谋出牌相互对抗。但这些情况谁也无法保证，再考虑到赌牌所消耗的时间、劳力、才思、忧虑和花费的金钱，以及遇到的成堆坏账（和这

---

① 霍兰德伯爵，为英国贵族的头衔，首任为肯辛顿男爵亨利·里奇（Henry Rich）。此处应指爱德华·里奇。——译者注

世界上每个地方一样，牌桌旁边总有一些不讲信用的流氓），要我说，我认为赌牌是个害人的行当。而且的确，我极少见到有谁能在最后从中获益。现在写下这些是因为我历经沧桑，但当我还是个年轻人时，我沉迷在拥有财富的想法里，当然，也被我叔叔的德高望重和社会地位深深地震撼。

这里无须再逐一说明我们之间安排的那些细节。现在玩牌的人不想要指导，而这，我当作是大家对这种事不屑一顾。但简单就是我们的秘诀。所有成功的事情都很简单。比如说，如果我用餐布擦椅子上的灰尘，这是说敌人的方块很强大；如果我推椅子，说明他有国王这张王牌；如果我问，"潘趣①还是红酒，大人？"这代表红桃，如果问"红酒还是潘趣？"意思就是梅花。如果我擦鼻子，这表明对手有一个同谋。然后，我向你保证，真正考验技巧的时刻就到了。尽管迪奥西斯大人当时非常年轻，但牌技精湛且聪慧过人。直到有次我叔叔手握制胜王牌，而他的同伴弗兰克·庞特（Frank Punter）打了三声哈欠的时候我才明白，在某种程度上，我们真算是棋逢对手了。

我完美地假装出蠢笨的样子。德·珀茨道夫先生规定我们在城里的花园酒店见面，我曾带给他很多小报告，让他大笑不已。当然，这些报告都是我和我叔叔提前串通好的，他指导我要尽可能多讲真话（这也往往是最好的方式）。比如说，有时珀茨道夫先生会问我，"骑士早上都干什么？"

"他每天都去教堂（他非常虔诚），听完弥撒后回来吃早

---

① 潘趣酒，是一种果汁饮料，但酒精度与葡萄酒相近。由多种原料混合而成，有些会在底部混有葡萄酒或蒸馏酒。自中世纪起开始流行，在各种聚会上都很常见。——译者注

餐，然后他会坐马车出去闲逛，直到中午回来吃正餐。正餐
之后，如果有需要，他就会写信，但他很少写信。他经常写
信给奥地利的外交官，但很少收到回信。而且他用英文写信，
当然，我站在一旁都看见了。他写信通常都是为了要钱。他
称自己想贿赂国库大臣，以查出合金金币究竟源自何处，但
事实是，他想用这些钱在晚上赌牌。晚上他会和彩票商人卡
尔萨比基（Calsabigi），俄国大使馆的随员，迪欧西斯大人和
庞特等人一同聚会，而后者下注的数额惊人。每天晚餐时都
会设赌局，而且总有女士在场，这些女士大都是来自芭蕾舞
团的法国女人。他经常赢牌，但不是一直赢。迪欧西斯大人
是个非常出色的玩家。英国大臣艾略特骑士（Elliot）有时会
过来，但这时大臣们都不玩牌。巴利巴里先生在一个职位较
低的委员那里用了餐，没有什么隆重接待。那个卡尔萨比基，
我认为他是骑士的同谋。他最近赢钱了，但在上周，他典当
了那颗独粒钻石，换了四百达克特金币。”

“他有和英国大使随员用英语谈话吗?”

“有。他昨天和特使谈了半个小时新来的女演员和美国方
面的麻烦，但主要在谈那些女演员。”

可以看出我报告的信息非常细微且精确，尽管都不是很
重要。即使这样，这些信息也会被带到著名的英雄武士——
被称为无忧哲人的弗里德里克大帝的耳朵里。而每一个进入
他首都的陌生人，都会受到相似的监视，他们的一举一动都
会被报告给皇帝。

只要赌牌的人是不同国家的大使，这位大帝就不会在意。
不，他鼓励各国的使者赌牌，因为他很明白，处于窘境的人
会吐露秘密，只要把一点弗里德里克金币及时送给这些人，
他就能从他们那里得到无可估价的消息。弗里德里克就以这

种方式从法国大使那里得到过一些文件，我也毫不怀疑，迪
欧西斯大人也肯为这些钱提供信息。但国王太了解这位年轻
贵族的性格，于是把任务交给了伪装的仆人（情况通常都是
如此）。因为这些杰出的年轻人在每次舞会上都身着不同礼
服，穷尽奢华，而他们在绿色的牌子前更是动辄挥霍千金。
自那时起，我见过许多这样的年轻官员和大臣，而且，我的
上帝！他们是一群多么愚蠢、多么轻佻的傻瓜！他们这些蠢
蛋虽然衣着光鲜，却头脑简单而且自命不凡！这种外交也是
个巨大的谎言。我们怎么能真的以为，这个职业就像那些夹
着大使公文箱带着书记员的人所表现得那么劳苦功高？这些
所谓的大使都是刚离开学校乳臭未干的少年，除了国家给的
头衔外一无所知，只有在轻便马车、舞蹈和精致的靴子上能
有点独到见解。

然而，军营的军官们在得知城里有法罗赌局后，都争先
恐后前来赌牌。尽管我苦苦哀求我叔叔阻止他们，但他还是
同意这些年轻绅士过来凑热闹，还有一两次从他们的钱包里
撬出一大笔钱。我告诉他，我必须把这些消息带给我的上尉，
因为他的同伴们会在他面前谈起这些事，这样即使没有我去
报信，上尉也会发现那些秘密。

"告诉他。"我叔叔说。

"他们会把你遣走的，"我说，"那我该怎么办？"

"你放心好了，"我叔叔笑了笑说，"我向你保证，你绝不
会被丢下。只管放心地去看你的军营最后一眼，和你柏林的
朋友们道别。那些可怜的人，他们听说你离开了这个国家
后该哭得多么伤心。听着，只要我还姓巴里，你就一定能
出去！"

"但是怎么出去，先生？"我问道。

"想一想费肯汉姆的费肯汉姆先生，"他狡黠地说，"正是你告诉了我办法。去拿一顶我的假发，打开那边的公文箱，里面有奥地利大法庭最大的秘密。把你的头发梳到后面，戴上这个眼罩，还有这对胡须。现在去照照镜子！"

"德·巴利巴里骑士！"我大笑出来，然后开始假装膝关节僵硬，用他的样子在房间里走起路来。

第二天，我去向德·珀茨道夫先生打报告，我告诉他一些普鲁士军官最近也去赌牌了。如我所料，他回答说，国王决定将骑士遣送出这个国家。

"他是个小气的吝啬鬼，"我回答说，"两个月来，他总共只给了我三个金币，我希望你还记得你提拔我的承诺！"

"怎么，三个金币对你这点消息来说已经够多了。"上尉冷笑着说。

"但这不是我的错，因为的确没有其他的了。"我答道，"他什么时候走，先生？"

"大后天。你说他在早晨和正餐之间乘马车闲逛。当他下来乘车时，会有两个警卫在车里，马夫得到命令就出发。"

"那他的行李呢，先生？"我问。

"噢！这个会随后送给他。我很想看看红色盒子里究竟藏了什么，你说里面是他的文件。中午军队检阅之后，我会去那个旅店。这件事你绝不能对任何人透露，而且必须在骑士的房间里等我过去。我们必须破开那个盒子。你真是条愚蠢的狗，要不然你早就拿到钥匙了！"

我恳求上尉记住我，然后就走了。第二天晚上我在马车的座位下面放了两把枪。至于随后发生的险事，我认为非常值得另起一章详述。

第九章　我享尽荣华富贵，声名鹊起

命运之神眷顾了德·巴利巴里先生，他在离开的前天晚上玩法罗牌大赢一笔。

第二天早上十点整，和往常一样，德·巴利巴里骑士的马车停在了酒店门口。骑士在窗口看见马车到来后，和往常一样庄重地下了楼。

他环视四周，却找不到他的仆人。他说："安布罗斯（Ambrose）那家伙呢？"

"请让我为您开轿门。"站在马车旁的一名警卫说。但骑士刚坐进轿里，这个警卫就也跳了进来，另外一名警卫上车坐到车夫旁边，马车开始移动了。

"天啊！"骑士说，"这是干什么？"

"我们要送您出境。"这个警卫摸了一下帽子致意。

"这太可耻了——无耻之极！我要求在奥地利大使的宅邸前下车！"

"我得到命令，如果您叫出声，我就让您永远发不出声音。"警卫说。

"整个欧洲都会知道这件事！"骑士愤怒地说。

"随您的意思。"这名警卫答道。然后两人再次陷入沉默。

沉默一直从柏林保持到波茨坦，途中骑士遇到了国王，陛下正在检阅他的卫兵队以及布洛、泽特维茨和汉高·德·多纳斯马克将军的军队。当骑士路过国王时，国王举起了帽子说："请不要下车，我祝您一路顺风。"德·巴利巴里骑士深鞠一躬作为回应。

马车刚走出波茨坦不远，"砰！"的一声，报警炮响了起来。

"有一个逃兵。"警卫说。

"这可能吗？"骑士说，然后他又坐到座位上。

听到枪声，平民们拿着猎枪和草叉冲到街上搜查逃兵。这两个警卫看上去也很想参与其中，因为，抓住一个逃兵的奖赏是五十克朗①金币。

"说实话吧，先生，"骑士对坐在马车里的警卫说，"你是不是急于离我而去？因为从我这里你什么也得不到，但如果去搜查逃兵，你可能得到五十金币？为什么不让车夫快马加鞭，你把我送到边界后能快点回去抓逃兵。"然后警卫告诉车夫加快速度。对骑士来说，路途似乎无穷无尽。有一两次他甚至以为自己听到身后马蹄追逐的声音，而他自己的马好像一个小时也走不了两英里。但马车的确在飞驰。最后，布鲁

---

① 克朗，是一种 22 克的金币，于 1526 年在英国开始铸造并流通。从此 22 克也成为英国金币的重量。——译者注

克①旁边插满黑白色旗帜的栅栏终于出现在眼前，而萨克森黄绿色交织的旗帜在对面迎风招展。萨克森海关检查站的官员走了出来。

"我没有行李。"骑士说。

"这位绅士绝对没有走私夹带。"普鲁士警卫咧嘴笑着说，然后他们十分恭敬地向德·巴利巴里骑士告了别。

德·巴利巴里骑士赏给他们每人一枚金币。

"先生们，"他说，"我祝你们今天愉快。但能否请你们到我们出发的那个酒店，告诉我的人让他把我的行李送到德里斯顿②的'三王冠'酒店？"

然后骑士让马夫换好新马，开始了奔向萨克森首都的旅程。就不用告诉你，我就是那个骑士了。

德·巴利巴里骑士寄给雷德蒙·巴里绅士，英国绅士，地址：萨克森德里斯顿的三王冠酒店。

侄儿雷德蒙：

交给你这封信的不是别人，正是我的朋友英国官员路皮特先生（Lumpit）。而很快，全柏林都会传颂我们精彩的故事。但他们只知道一半，他们只知道有个逃兵穿着我的衣服逃走了，而且所有人都会赞美你的机敏和英勇。

我承认，在你走后的两个小时，我躺在床上心神不宁，

---

① 布鲁克，是德国小镇，在波茨坦西南方 29 千米处。是当时普鲁士的边境。——译者注

② 德里斯顿，当时是萨克森的首都，坐落在易北河一个山谷内，与捷克边界相近。现为德国萨克森自由州的首府。——译者注

还想着国王陛下是否会把我囚禁到斯潘多①，因为这次谋划里我们两个都有罪。为了以防万一，我提前做了准备：我给我的上级奥地利大臣写了一封信，完整真实地讲述了你如何被派来监视我，又如何刚好是我的近亲，还有你如何被绑架到军队当兵，以及我们两个如何决心实现你的逃脱。现在所有人都会笑话国王，但他绝不敢动我一根指头。如果伏尔泰先生知道了这件事，他会怎么评论这种专断暴行？但那天很幸运，所有一切都如我所愿。你走以后我一直躺在床上，两个半小时后，你的前任上尉进来了。

"雷德蒙！"他用德语飞扬跋扈地喊道，"你在吗？"但没有人回应。"这个流氓出去了。"说着，他径直走到我的公文箱前，里面有我的情书，我常戴的玻璃眼球，我最喜欢的幸运骰子——我在布拉格用它玩十三点，还有两副我在巴黎造的假牙，还有一些你都知道的私人物件。

他先试了一串钥匙，但都不管用，因为我用的是英国小锁。然后这位绅士从口袋里掏出凿子和锤子，开始像个真正的贼一样撬锁，竟然真把我的小箱子撬开了！

接下来就该我出场了。就在他撬开箱子后，我拿着一个巨大的水壶，悄无声息地走向他，然后用尽全力砸向他的头，水壶被砸得粉碎。这个上尉闷哼了一声后就躺倒在地，毫无生命迹象。我以为我把他杀死了。

然后我摇响房子里所有的铃铛，同时大声喊叫："有窃贼！——有小偷！——店主呐！——有人谋杀我！——有人

---

① 斯潘多，当时柏林的一个自治区，荒凉无比。现为德国柏林十二个自治镇中的第五个，位于哈弗尔河的西岸，但人口最稀少。——译者注

要放火！"一直到整栋房子的人都涌上楼来。"我的仆人呢？"我吼道，"谁敢在光天化日之下抢劫我？看看这个混蛋，我刚好发现他把我的宝贝箱子破开！叫警察来，叫奥地利大臣过来！让全欧洲都知道这种侮辱！"

"上帝啊！"那个店主说，"我们看到您在三个小时前离开了！"

"我？！"我说，"你怎么这么说？我整个早上都躺在床上。我生病了——我吃了药——我根本就没有离开过这所房子！那个无赖安布罗斯呢？但是，等一下！我的衣服和假发呢？"我当时就穿着睡衣和睡裤，还戴着睡帽站在他们面前。

"我去拿——我去拿！"一个小女仆说，"安布罗斯穿着大人您的衣服走了。"

"还有我的钱——我的钱呢！"我说，"我那装着四十八个金币的钱包呢？不过，这里好歹还有一个混蛋留下了。警卫们，抓住他！"

"这是小赫尔·冯·珀茨道夫！"那个店主叫道，他越来越惊讶。

"什么！一个绅士，居然用凿子和锤子撬开我的箱子——绝对不可能！"

赫尔·冯·珀茨道夫此时已经恢复了意识，他头上还有个锅盖那么大的伤口在流血。然后警卫们把他拖走了，叫来的法官口头叙述了这件事情，但我要求记录下来，随即送给了我的大使。

第二天我像个犯人一样被囚禁在房间里，他们派来一个法官，一位将军，还有一群律师、军官和官员，企图恃强凌弱和混淆真相，还对我软硬兼施，威逼利诱。但我坚称你告诉过我，你曾被绑架到军队当兵，而我以为你已经被释放了，因为你的推荐信和证明书都是颇有声望的人所写。我恳请奥地利部长的帮助，而他也必须帮助我。长话短说，可怜的珀茨道夫现在正被发配到斯潘多的路上；而他叔叔老珀茨道夫带来五百金路易，还低声下气地恳请我从此离开柏林，并且忘记这段令人伤痛的往事。

在你收到这封信之时，我已经快要到三王冠酒店与你会合了。一定要邀请路皮特先生吃饭。不要在意钱——你是我的儿子。德里斯顿的所有人都认识我。

爱你的叔叔，德·巴利巴里骑士

就在这些绝妙的条件下，我重获了自由。我也坚守那时下定的决心，再也不落入任何征兵者的手里，从此以后永远做一位绅士。

有了这笔钱，好运也随之而来，我们成了一等的人物。我叔叔很快到了德里斯顿的酒店，在他到来之前，我假装生病一直默不作声。不过，由于德·巴利巴里骑士是德里斯顿宫廷极受欢迎的座上客（他和当时的君主，还是选帝侯①的波兰国王是亲密朋友，这位君主是全欧洲最荒淫放荡但也最平易近人的亲王），我很快跻身萨克森首都里最上流的社交圈。应该说，由于我的品行和礼仪，再加上我不可思议且英雄般的冒险经历，我在那里大受欢迎。没有一场贵族聚会不邀请两位姓巴利巴里的绅士。我还有幸在宫廷亲吻了选帝侯的手，并受到他的亲切接待。我给我母亲写信，讲我如何如

---

① 选帝侯，是德国历史上的一种特殊现象。这个词被用于指代那些拥有选举罗马人民的国王和神圣罗马帝国皇帝的权力的诸侯。——译者注

何的飞黄腾达。为了到德国追随我，我亲爱的母亲差点要放弃她那天赐的安宁和传教士约书亚·乔斯牧师。但那时候长途旅行非常困难，因此我母亲就没有来陪伴我们。

我想，如果我那一向高雅不凡的父亲哈利·巴里在天有灵，一定会为我现在的地位感到欣慰。所有的女人都急于接近我，所有的男人都嫉妒我到发狂。我和公爵伯爵们在晚餐时对酌畅谈，和出身高贵的女男爵（在德国她们就这么荒唐的叫自己），还有迷人的贵族女士，不，她们本来就是公主王女：有谁能和我这位年轻勇毅的爱尔兰贵族相提并论？而谁又能想到，七周前我还只是个普通的——呸！我羞于想起！我人生最愉悦的时刻之一，就是在选帝侯宫殿的一场盛大庆典上，我有幸同拜罗伊特的边疆夫人①共舞了一曲波洛涅兹②，她正是老弗里兹③的亲姐姐。也正是在老弗里兹的军队里，我穿够了恶心的蓝绒军装，受够了严厉的军规，五年里，我喝够了那点小分量的酒，也吃够了那些难以下咽的咸菜。

从一位意大利绅士那里赢得一辆马车后，我叔叔用最豪华的方式将我们家族的纹章雕刻在嵌板上，在上面镶了一顶巨大的爱尔兰王冠（因为我们是古代国王的后裔），并饰以精良的镀金，极尽奢华。我的食指上戴有一只巨大的紫晶印戒，上面正雕刻着这只王冠。我也毫不讳言，我告诉别人这只戒指在我们家族已传承几千年，而且来自我们的直系祖先，布

---

① 拜罗伊特的边疆夫人，原文为 Margravine of Bayreuth，指普鲁士的威廉明妮公主，全名为弗里德里克·索菲娅·威廉明妮（德文为 Friederike Sophie Wilhelmine）（1709～1758），是普鲁士德国王国的公主，弗里德里克大帝的大姐，还是个作曲家。——译者注

② 波洛涅兹，源于波兰，一种社交舞蹈。——译者注

③ 老弗里兹，指弗里德里克大帝。——译者注

莱恩·博卢，或者说布莱恩·巴里国王陛下[①]。我保证我说的话和英国纹章院铭文的可信度相差无几。

起初，住在英国酒店里的一位大臣和一些绅士有意避开我们两个爱尔兰贵族，并质疑我们是冒牌货。这位大臣的父亲是个大贵族，这是事实，但他的祖父也只是个杂货商而已，我在罗伯克维茨伯爵[②]的化装舞会上就这么回应了他。作为一个贵族绅士，我叔叔对欧洲所有显赫家族的家谱都了如指掌。他说这是唯一值得一位绅士掌握的知识。在不赌牌的时候，我们会花大量时间阅读格维林和多兹哀为王族撰写的族谱，贵族们的家谱，还有辨识各种纹章，以了解我们这个阶级的各种人物关系。啊！如今这种高贵的知识竟然和赌牌一样变得声名狼藉！不用这些研究来打发时间，我想象不出头面人物怎么活下去。

我第一次因为我的贵族血统问题和别人决斗，是和一位非常时髦的年轻绅士，他在英国大使馆任职，叫拉姆福德·布福德爵士（Rumford Bumford）。那时我叔叔给他发了一封请柬，但他拒绝前来。在决斗中我射中了拉姆福德爵士的大腿，这让我叔叔流出了欢欣的眼泪。从那以后，我向你保证，那些年轻绅士再没有质疑过我血统的真实性，或者嘲笑我的爱尔兰王冠。

我们过着多么惬意的生活啊！从在事业上如鱼得水我就知道，我生来就是个绅士，而这的确是事业。尽管它看上去

---

① 布莱恩·博卢，英文为 Brian Boru（941～1014），爱尔兰国王，他终结了尤·尼尔的统治。布莱恩继承了他父亲和兄长的功业，成为芒斯特国王，随后征服了林斯特，最终成为全爱尔兰的国王。——译者注

② 罗伯克维茨伯爵，欧洲望族，家族历史可以追溯到 14 世纪，是波西米亚东北部最古老的贵族之一。——译者注

尽是享乐，但我向那些有幸读到这本书的粗俗闲人保证，我们这些高他们一等的人，也得像他们一样劳苦工作。尽管我从不在中午前起床，但我不也赌牌一直熬到深夜吗？有多少次，我们回家睡觉时，军队正在行进去接受早晨检阅。噢！听到天明之前就吹响的起床号，或者看军队排着队列去操练，我就心情大好。因为我再也不用遵守任何令人憎恶的纪律，而是恢复到了原有的地位。

我立刻融入了上流社会，好像从没有其他经历一样。一个法国发型师每天早上为我打理头发，我对巧克力像是有种天生的品位，就在进入新社交圈的一周内，我就能辨别正确的西班牙语和法语。我的每根手指上都戴了戒指，每只手上都戴了手表，而手杖、装饰品还有各式各样的嗅盐瓶更是一个比一个精致典雅；我对蕾丝和瓷器的天然品味无人可及；在辨识马匹上，我和德国的犹太马商不相上下；在骑射和体育运动方面，我更是从未遇到过对手；虽然我不能写，但我能流利地讲德语和法语。我拥有至少十二套衣服，有三套绣满了金线，两套镶满了银线蕾丝花边，还有一件暗红色的紫貂皮大衣和一件嵌着银丝花边的法式灰色栗鼠皮草。即使晨袍，也得是上好的绸缎。我还专门学习弹奏吉他，同时能优美地唱出法语流行歌曲。事实是，哪里也找不出比雷德蒙·德·巴利巴里更才艺非凡的绅士。

当然，没有大笔金钱，这些与我地位相符的奢华生活就无从实现。但我们的世袭遗产已经被先辈耗干，而我们又不屑于庸俗低级、回报缓慢又不可预测的贸易，于是，我叔叔的法罗牌赌局成了我们的财富源泉。我们与一个佛罗伦萨人亚历桑德罗·皮皮伯爵（Alessandro Pippi）合作，他为欧洲各国的宫廷熟知，而且玩牌技巧出神入化。但后来我们发现他是个无耻恶棍，而且他的伯爵身份也是假的。我说过，我叔叔的身体有伤残，而皮皮和所有冒牌货一样，胆小怕事。因此，是我无双的剑术和随时准备拔剑的气魄，维护了我们赌局的声誉，可以说，也让很多犹豫着不付赌资的胆小鬼却步。我们一直同意任何人写欠条，这里说的任何人，仅限于讲信用的贵族。赢钱后，我们从不急于要钱，也从不拒绝接受期票。但如果谁的票据到期却还不兑现，那他就等死吧！雷德蒙·德·巴利巴里一定会拿着票据在他的门口恭候大驾。我向你保证，极少有坏债。正相反，绅士们都感激我们的宽容，而我们重信重义的品格也深入人心。后来，一次下流的反赌牌浪潮席卷全国，这让那些玩牌的绅士们也备受非议。但我说的是欧洲以前的美好时光，那时法国的懦弱贵族们还没给我们留下无数坏债（那场无耻的大革命让他们遭到了报应）。他们谈起赌牌的绅士时一脸嫌恶，但我倒想知道，他们的生活方式又比我们崇高多少。

交易所里哄抬价格后卖空股票的经纪人，他们利用虚假的借债买进卖出，交易国家秘密，这还不是赌徒？那些交易各地茶叶和牛脂的商人，他们又好多少？那些大包的靛蓝染料就是他们的骰子，他们出牌的时间不是每十分钟而是每年，而海洋就是他的绿色赌桌。你们称法律是捍卫公平的职业，但法官和律师愿意为任何掏钱的人说谎。为了从富人那里得到费用，他们逃避对穷人的责任，即使富人有错，他们也能将正义践踏。你们说医生是救死扶伤的职业，没有人不相信这些江湖郎中开的家传秘方，他收了你许多钱，最后只在你耳边轻声说一句今早天气不错。但是，一个勇毅的人敢于坐在绿绒桌前迎接任何人的挑战，用自己的金钱对抗别人的金钱，用自己的命运对抗别人的命运，这却被你们现代的道德世界禁止。这是中产阶级打击上流绅士的阴谋，如今，只有小商人的低级玩乐被传承下去。我说赌局就是骑士品质的展现之地，但和其他贵族的特权一样，被摧毁殆尽。塞恩格尔曾坐在桌前三十六个小时一动不动，与另一个人对抗，你觉得他没有表现出勇气？有时我和我叔手握纸牌并打开库存，对抗极为可怕的玩家，他们拿出几千金币只是九牛一毛，而我们的全部财产都在绿绒桌上！但我们，又是怎么让欧洲最高贵的贵族和最卓越的名将在桌边心惊胆战？当我们与阿历克斯·考斯洛夫斯基（Alexis Kossloffsky）对峙时，在最后一刻绝地反击赢得七千金路易，如果我们输牌，第二天我们就成了穷光蛋，而他输了，只需卖掉一个村庄和几百农奴而已。在托普利茨，库尔兰公爵①带了十四个随从，每个随从身背四袋弗罗林②，问我们的库存是否足够，我们是怎么说的？我们说："先生，我们现在库存有八万弗罗林，接下来的三个月内还有二十万。只要殿下您钱袋里的钱不超过八万弗罗林，我们就可以开局。"在酣战十一个小时之后，我们的库存一度减少到两百零三个达克特金币，但我们赢了他十七万弗罗林。这难道不需要巨大的勇气？这种职业难道不需要惊人的技巧、不屈不挠地坚持和雄浑的气魄？有四位王室成员在桌旁观战，加码再赌时，我翻开了制胜的红桃王牌，这让一位帝国公主立刻大哭起来。当时在欧洲大陆，没人比我雷德蒙·巴里享有更高地位。在库尔兰公爵输钱以后，他也坦

---

① 库尔兰，16世纪到18世纪，库尔兰地区曾建立过库尔兰公国，但于18世纪后灭亡。现为拉脱维亚的一部分。——译者注

② 弗罗林，一种硬币，源于意大利佛罗伦萨，1252年首次铸成金币。后来成英格兰流通的币种之一，一个弗罗林价值2先令。——译者注

承我们赢得光明磊落。的确如此，而我们花钱的时候也是潇洒无比。

在这段时期，我叔叔每天去听弥撒时都会往募捐箱里投入十个弗罗林。无论我们走到哪，酒馆老板们都像接待皇家亲王一样招待我们。我们曾多次把没有动几下筷子的餐饭送给祝福我们的乞丐，每个为我牵马或擦靴的人都能得到一个达克特金币。我得说，是我在赌局中的有勇有谋让我们得到了如今的财富。皮皮是个胆怯的家伙，总在开始赢牌的时候畏缩不前；我叔叔（我说这话时带着巨大的敬意）对牌局太过沉迷，又因为墨守成规，因而从来都不能赢得大手笔。他的道义和勇气无可置疑，但他的胆量还不够大。这两位前辈很快就奉我是他们的首领，因此也默许了我上述的奢侈生活。

我提到过弗里德里卡·艾米莉亚①公主，她深为我的成功所震撼，我也对这位尊贵女士所给予的保护感激不尽。她对赌牌极为沉迷，的确，当时几乎所有欧洲宫廷的女士都是如此，而这也给我们制造了不少麻烦。我必须在此说出事实：女士们喜欢赌牌，但不喜欢付赌资。这些迷人的女性根本不理解信用的意义。我们历尽艰难出入数个北欧宫廷，才得以使她们离开赌桌，以及拿到她们赌输的钱，还有，如果她们付了钱，还要想尽办法阻止她们用非比寻常的方式报复。在我们好运的鼎盛时期，我计算过，由于她们没有付赌资，我们损失了至少一万四千金路易。有位公爵府上的公主拿玻璃还债，还向我们庄严起誓那是钻石；另一位策划了一次抢劫

---

① 弗里德里卡·艾米莉亚，英文为 Princess Frederica Amelia（1711～1786），是大不列颠乔治二世的二女儿。——译者注

王冠珠宝的行动，并反称我们是盗贼。由于皮皮的警惕，他保有一份"殿下所赐"的字条，并把这份手稿寄给了他的大使。由于这个预防措施，我们三人的头才被保住；还有一位地位很高的女士（但不是王侯级别），在我从她那里赢得大量的钻石和珍珠后，她派自己的情人率领一群杀手埋伏我。凭借着卓越的勇气、技巧和好运，我才得以逃脱那群恶棍，我身负重伤，但也让带头的挑衅者当场死亡。我把剑插进他的眼睛，剑刃折在了里面，其余的人看到他们的头头倒地后纷纷逃跑。其实他们可以杀了我，因为除了那把剑，我没有其他的防御武器。

由此可以看出，虽然我们的生活光鲜豪奢，但这种成功需要极高的天赋和勇气。通常在我们连赢数天的时候，我们会由于在位亲王的反常举动，或沮丧女士们的阴谋诡计，或警察部长来挑惹事端而突然被驱逐。尤其后者，如果不贿赂他们，或者让他们赢回来，那么最常发生的事就是，我们会突然得到一张启程通知单。因此，我们被迫过着四处漂泊的生活。

如我所说，尽管这种生活有巨额收入，但花销也不是小数目。心胸狭窄的皮皮认为我们的排场太大随从过多，而且常常抱怨我大手大脚。尽管他自己也承认，以他的小气吝啬，绝不可能成就我用慷慨得到的巨大成功。虽然获利无数，但我们的资本并不多。比如说，我们对库尔兰公爵所说三个月内有二十万弗罗林的话，只不过是虚张声势而已。我们没有存款，除了桌上的钱我们一无所有，如果当时输给了那位殿下，我们只好给他写票据，然后逃之夭夭。有时我们也会损失惨重，甚至差点把必需的库存也输个精光，而且这种厄运时有降临。但是，那些有勇气得到好运的绅士，也应该有能力面对坏运气，而前者，相信我，是两者中更难做到的。

我们在曼海姆①巴登公爵②的领土上遇到过这样的厄运。负责找机会展开牌局的皮皮建议我们在暂时住下的旅店设牌局，因为有一些公爵的步兵军官在那里喝酒。然后我们就开始小小的玩了几把，输掉了一些克朗和路易。我肯定这些穷军官占了便宜，因为他们是天底下最缺钱的恶魔。

如同厄运安排的那样，有两个来自附近海德堡大学的年轻学生也坐到牌桌上，他们来曼海姆讨要这个学期的生活费，因此有几百金币。虽然他们从没玩过牌，却开始赢钱（情况总是这样）。一如厄运安排的那样，他们胡乱出牌，对这种杂乱无章的出法，我发现即使用最精确的计算也屡战屡败。他们玩牌丝毫没有逻辑可言，但却一直在赢。每张翻起的牌都对他们有利，在十分钟之内，他们就赢了一百金路易。看到越来越气恼的皮皮以及不利的局势，我准备结束那天晚上的赌局，说这些都是开玩笑，现在我们该休息了。

但是当天刚和我吵过架的皮皮坚持继续，结果是，两个学生越赢越多。他们还借钱给那些军官们，而军官们也开始赢钱。就在这种不甚光彩的情形下，在这个烟雾缭绕的酒馆房间里，牌桌上沾满了酒的污痕，一群饥饿的副官和两个乳臭未干的学生，竟然让三位享誉欧洲的玩牌高手输了一千七百金币！想到这个，现在我的脸就一阵火热。就像是（由我

---

① 曼海姆，当时位于巴登境内，现为德国巴登—符腾堡州第二大城市。自18世纪起就大学云集。——译者注

② 巴登公爵，首任巴登公爵（1728～1811）是边疆伯爵、帝选侯，和后来的巴登大公爵。从1738年任公爵，直到过世。——译者注

的朋友约翰逊先生所写)"查尔斯十二世①或者狮子之心理查德②，在一座漂亮的城堡或者不知名的对手前跌倒一样"，而这，事实上也是我们遭遇过的最难堪的失败。

这不是唯一的失败。那些征服了我们的可怜虫被天上掉下来的馅饼砸花了眼（其中有个大学生叫巴隆·德·科鲁兹，也许就是他后来在巴黎掉了脑袋），他们走后，皮皮又开始和我争吵。我们两个互相说了一些极为过激的话。我记得我还用脚凳把他砸倒在地，并要把他扔出窗外。但我叔叔很冷静，并继续用他惯常的威严给我们调停，最后我们达成和解，皮皮道了歉并承认了错误。

我本该怀疑这个诡计多端的意大利人的诚意。的确，我从未相信过他说的每一个字，但我不明白为什么当时我会犯傻，在上床睡觉前，把钱箱子的钥匙留给了他。在输给那些军官后，里面的现钱和纸钞共计近八千雷金币。在和解时，皮皮坚持我们必须喝一大碗热酒作见证。我确信里面放了催眠药，因为第二天早上，我和我叔叔睡到很晚才睁开眼睛，而醒来时头疼得厉害并且发了高烧，直到中午我们才离开房间。但皮皮已经离开了十二个小时，我们的财宝也被席卷一空。他还留下一张计算表，称上面都是他赢得的份额，而所有损失都与他无干。

因此，十八个月之后，我们又被迫白手起家。我被打倒

① 查尔斯十二世，自1697起成为瑞典国王，在位直到过世。他15岁就登基成为国王，在国内施行各种重要财政措施，而且战功赫赫，是个雄才大略的政治家和统治者。——译者注

② 指理查德一世，自1189年7月6日，成为英格兰的国王，直到过世。他是多个领地、区域或国家的公爵和伯爵。由于他还是个伟大的军事将领和武士，他被称为狮子之心理查德。——译者注

了吗？没有。我们衣柜里的衣物还值很大一笔钱。那时的绅士穿着不同于牧师，时髦人物的一套衣服或者一身装饰就是一个杂货店伙计一生的财产。所以，我们没有哪怕一瞬间的抱怨，或者说一句生气的话（我叔叔在这方面的脾气真是令人叹服），也没有把我们遭遇意外的秘密走漏半点风声。我们把四分之三的珠宝和衣物典当给了银行家摩西·洛，典当得来的钱再加上我们自己口袋里的小钱，总共不超过八百路易。但我们再次开始了征程。

第十章 好运连连

就像我对军队生涯轶事的讲述一样，我不再继续用我的职业赌徒生涯娱乐读者了。如果真的愿意，我可能要写出成卷这样的故事，如此一来，几年我也叙述不完，但谁知道什么时候我就被叫停了呢？现在我患有痛风、风湿病、胆结石，而且肝功能失调。我身上有两三处伤口时不时会发作，令我痛不欲生，有上百次都差点要了我的老命。这就是时间、疾病和放荡不羁的生活在这个曾经全世界最强壮结实的身体上留下的遗产。啊！在1766年时，我的身体健壮如牛，全欧洲再找不出一个能比年轻的雷德蒙·巴里精神更高昂、才艺更丰富的人。

在被无赖皮皮背叛前，我到访过很多欧洲最高贵的宫廷，尤其在较小的皇室里，玩牌被视为享乐，职业玩家总是受到待见。在莱茵河区域的基督教领地里，我们更是倍受欢迎。

依我所见，特里尔和科隆①等地帝选侯的宫廷生活最为精致艳丽，在豪奢气派和寻欢作乐方面远胜维也纳的宫廷，柏林那悲惨的军营宫廷根本无法比拟。荷兰大公皇妃的宫廷也是个绝佳的去处，我们这些摇骰子筒的骑士在那里广为称赞，同时还能大捞一笔。但在吝啬的荷兰或者贫穷的瑞士共和国，绅士们只要一赢钱就会有麻烦上身。

在曼海姆遭遇不测之灾后，我叔叔和我前往萨——公爵的领地。读者们可能已经轻易猜出了这个地方，但我决定不写出那些杰出人物的全名。后来我进入他们的社交圈，并经历了一次极为非凡而悲惨的奇遇。

欧洲再没有哪个宫廷能比萨——公爵的高贵宫廷更欢迎陌生人。在那里，人们想尽方法寻欢，同时恣意放荡作乐。这位亲王不居住在他的首都德——，而是在各方面模仿凡尔赛宫廷的礼仪，在离首都数英里外建造了一座巨大的宫殿，并且在宫殿周围建造了一个庞大的贵族城镇，其中居住的全部都是他豪奢宫廷的贵族和军官们。为了供应他的奢华生活，人民受尽奴役。因为殿下的领地很小，他明智地选择远离他们，并过着一种奇异的隐居生活，他极少在首都露脸，并且除了忠诚的仆从和亲信外，谁也不见。他在路德维希斯洛斯特的宫殿和花园与凡尔赛宫一模一样。宫廷里每两周举办一次宴会，每两个月举办一次盛大的庆典。除法国之外，属那里的歌剧最为精彩，而在盛大和豪华方面，那里的芭蕾舞无人能及。作为一个热爱音乐和舞蹈的人，这位殿下在这些东

---

① 科隆，曾是选帝侯区，现为德国的大城市之一，也是德国内陆最重要的港口之一。自中世纪起，科隆就是重要的教会中心和艺术知识中心。——译者注

西上投入的金币数量令人咂舌。也许是因为那时我太年轻，但我认为我从没有见过那么多的绝世美人一同汇集在宫廷的歌剧院舞台上，表演当时极为流行的神话芭蕾剧。在剧中，你可以看到扮演战神的演员脚穿红跟舞鞋而且头戴假发，而扮演维纳斯的女孩穿着撑开的裙子全身缀满亮片。后来有人称服装与剧情不相称，从那以后就换成了其他衣服。但对我来说，我从没见过谁能比领舞科拉莉（Coralie）表演的维纳斯更迷人，而且配角仙女们也毫无缺憾，她们的衣裙、头发和妆容都堪称完美。那时每两周就有一次歌剧演出，大臣们会在晚上欣赏舞蹈，随后在殿下的晚宴上用餐。之后，骰子筒在每个角落响起，所有人都开始玩牌。我曾看到路德维希斯洛斯特的宽广长廊上展开七十张赌牌桌，这还不包括法罗牌桌在内。公爵自己也会翩翩而至并参与牌局，无论输赢，都是一副真正的皇家气派。

在曼海姆遭遇不幸事件后，我们就到了这里。这个宫廷的贵族们早就听过我们的名声，并热情接待了这两个爱尔兰贵族。到达宫廷的第一个晚上，我们就输了八百路易里面的七百四十路易，但第二天晚上，在赢回这些钱后，我又赢得了一千三百个金币。你可以肯定，我们绝没有让任何人知道，我们在第一天晚上就差点破产。恰恰相反，我在输钱后的欢快神态吸引了越来越多的人到我的赌桌上。在输给财政大臣四百达克特金币后，我把我在爱尔兰王国的巴利巴里堡写进票据给了他。第二天，我从这位大臣手里赢回了那张票据和大量金币。在这个豪奢的宫廷，每个人都是赌徒。你能看到随从们在公爵的前厅里拿着肮脏的纸牌戏耍，轿夫马夫们在庭院里掷骰子，而他们的主人在楼上的沙龙里押注。有人告诉我，那里的厨娘和仆人都设有赌局，他们中有一个意大利糖果师靠这个发了财：后来他买了一个罗马侯爵的身份，而他儿子更成了伦敦最著名的时髦外国人之一。军队可怜的士兵们在领到微薄薪水的当晚就输个精光。我不相信哪个士兵的口袋里不装纸牌，而且骰子就是他们的剑饰。这些人里真是强中自有强中手，而你认为的精彩招数对他们而言可能是愚蠢行为。在这个老鹰的囚笼里，来自巴利巴里的两位绅士当然不会当鸽子。在这个所有人都聪明大胆的社交圈里，一个人必须有足够的勇气和智慧才能生存，才能得到繁荣。而我叔叔和我在这里站稳了脚跟，而且不仅仅是站稳了脚跟。

公爵殿下是个鳏夫，或者说，在公爵夫人过世后，他和一个出身卑微的女子通婚，他给了她贵族名分，而这名女子还以别人称她是北方的杜巴丽夫人①为荣（这就是当时的道德观）。他成婚非常早，可以说，他的儿子世袭亲王掌握着这个国家的政治实权。因为，在位的公爵更热衷于享乐而不是政治，更喜欢同他众多的猎手或者歌剧导演交流，而不是大臣及大使们。

这位世袭亲王被称为维克多亲王（Victor），他与他父亲在性格上大相径庭。他在继位战争和七年战争中为帝国女王的效忠使他获得声誉。他是个冷峻角色。除非礼仪的需要，他从不在宫廷里出现，而是独居于宫殿的一隅，献身于严苛

---

① 杜巴丽夫人，法文为 Comtesse du Barry。她出身低微，早年曾在修道院受教育，由自己的情夫介绍到上流社会。后来成为法国国王路易十五世最后一个情妇。她煽动政治，最后在 1793 年巴黎革命中被绞死。——译者注

的学习，他是一个伟大的天文学家和化学家，当时点金术风①靡欧洲，他也是信徒之一。我叔叔常常遗憾自己对化学一窍不通，而巴尔西摩（他自称是卡格里奥斯特罗②）、圣哲曼③以及其他人都因为追随这个伟大秘密而帮助了他的研究，故而从维克多公爵那里得到大笔大笔的赞助。他的乐趣还在于狩猎和检阅军队。如果不是他，如果他那好脾气的父亲没有他的协助，整个军队都会整日赌牌玩乐。所以，幸亏这位明智亲王的统治，秩序才得以维持下去。

维克多公爵已经五十岁，而他的王妃奥利维亚刚过二十三岁。他们已经结婚七年，在他们结婚的第一年，王妃就为他产下一男一女。性格冰冷且举止严肃的维克多公爵相貌丑陋，很难得到这位王妃的欢心，这个年轻女人聪明绝顶又令人神魂颠倒。她在南方接受教育（她与萨——公爵家族有联系），还在巴黎待过两年，管教她的正是法国国王的已婚女儿们。她也是萨——亲王宫廷的核心灵魂，放荡无比，在她公公跟前深受宠幸，的确，整个宫廷的人物都恩宠过她。她的姿色不出众，而且才智不足，但无论是谈吐还是举止都充满魅力。她的奢侈挥霍不可数计，而且谎话连篇，绝对不能信

---

① 点金术，也被称为炼丹术。点金术士们认为一种物质可以人为改变成另一种物质，比如，把石头变成黄金。——译者注

② 卡格里奥斯特罗，全名为 Alessandro di Cagliostro（1743～1795），称号为伯爵。他还化名为杰赛皮·巴尔西摩（Giuseppe Balsamo），是个意大利冒险家。——译者注

③ 圣哲曼，原文为 Saint Germain（1712～1784），是个欧洲掮客，热衷于科学和艺术，自称已经活了几百年，在 18 世纪中期他在欧洲上流社会名声大噪。伏尔泰曾讽刺地为他取了个外号，叫"奇异人"。——译者注

任。但正是她的弱点，使她比其他有美德的女人更令人心醉神迷，她的自私比别人的慷慨更引人欢喜万分。我从没有见过哪个女人的缺点能使自己如此迷人。她经常让人破产，但他们还都爱她。玩奥博尔①牌时，我年迈的叔叔发现了她作弊，但却不动声色地让她赢了四百路易。对于自己的属臣，她一直对军官们百般折磨，对待女士们任意妄为，但他们依然爱慕她。她也是统治家族里唯一受人们爱戴的人。尽管她从不出门，但他们会追着她的马车欢呼喝彩，为了慷慨地回报人们，她会向老实的女仆借她最后一个钱币，而且从来不还。早期她丈夫和其他所有人一样，为她深深着迷，但她的反复无常导致他数次大发脾气，并与她有了隔阂，尽管她时而回报以狂热的爱恋，但她丈夫至今都对她冷淡不已。我带着十足的坦诚和赞美评论这位皇室王妃，尽管相对于她对我的评价，我对她的评价要更严苛。她说老德·巴利巴里先生已经行将就木，而年轻的那个则像个术士。世人的评价各有不同，在我的历史簿里再加上这么短短一句我也无所谓。此外，她还有其他讨厌我的理由，这个我马上讲到。

由于在军队苦熬了五年，见识过无数人情世故，我人生开始时对爱情的浪漫幻想全部烟消云散。我决心做一位绅士应当做的（只有你们下等人才仅仅为爱情结婚），通过婚姻巩固我的财富。在我们的漫漫路途中，我叔叔和我数次尝试实现这一目标。但发生了许多令人失望的事，这里我不再详述。因此，至今我还在寻找能匹配我的出身、才能以及外表的婚

---

① 奥博尔牌，是一种三人同玩的纸牌游戏，在 17 至 18 世纪非常流行。——译者注

姻。在欧洲大陆，女士们没有同别人私奔的习惯，而在英国这却很流行（这个习俗让我们国家多少体面的绅士受益！）。在欧洲大陆监护人、礼节观念以及各种障碍都会进行干涉，真爱不允许有前进的方向，而可怜的女人们无法将芳心许给钟情的勇士。现在是该安定下来的时候了，我唯一缺少的就是我的族谱和土地。尽管我已经租回巴利巴里庄园，并计划用最宏大的手笔在书卷上写出我们的族谱，一直追溯到布莱恩·博卢，或者说布莱恩·巴里国王。但现在该有一位从修道院完成教育的女士进入我的怀抱。有一次，低地国家①里有位富有的寡妇想同我结亲，我可以借机成为弗兰德斯②一个雄伟庄园的主人。但警察部发出通告，让我在一个小时内离开布罗塞尔，我也因此把她的庄园拱手让人。但在 X 公爵的领地上，我得到成就大业的机会，而且也的确赢了，如果不定一场可怕的灾难毁掉了我的好运。

在王妃的家眷中有位十九岁的女士，她拥有整个侯国最多的财富。她叫作艾达女伯爵，是已故大臣的女儿。这位大臣是公爵夫妇的红人，公爵在她出生之时成为她的保护人，在她父亲死后，又将她挪至自己名下管教。十六岁时她从自己的城堡被带走，在那之后，她被允许与奥利维亚王妃同起同住，而且是王妃的御前女伴之一。

艾达女伯爵未成年之前，她的姑妈在她的城堡主事，而且极为愚蠢地允许她和她的德国表兄相恋。这个人一文不名，

---

① 低地国家，是对欧洲西北沿海地区的称呼，包括荷兰、比利时、卢森堡。——译者注

② 弗兰德斯，是西欧一个历史地名，中世纪时是一个伯爵的领地，包括现在比利时两个弗兰德省的一部分和法国的一部分。——译者注

而且只是公爵步兵军队里的备役中尉，自认为一定能拿下这个丰厚的大奖。如果他不是个蠢到极点的人，凭借自己能常与她见面的优势，周围又没有竞争对手，再加上女伯爵的贴身近侍与他是宗亲，他可以轻易地与女伯爵暗自成婚，从而得到她的人和财产。但他做事愚蠢到不可思议，他竟然允许她离开隐居的城堡，到宫廷住了一年，还让她做了奥利维亚王妃的女眷。然后这位绅士是怎么做的呢？他穿着破旧的制服，戴着斑驳的肩章出现在公爵的朝会上，并正式向殿下——女伯爵的监护人请求，希望能和殿下领地内最富有的女继承人成婚。

这位和善的亲王耳根非常软，艾达女伯爵和她的愚蠢表亲一样急切希望成婚，殿下理应同意这门亲事。但由于奥利维亚王妃的干涉，公爵断然拒绝了这个年轻人的请求。拒绝的理由至今尚不明确，但再没有其他追求者向女伯爵求婚。这对恋人持续通信，希望时间能让殿下改变决心，但突然有一天，这个中尉被编入军队，由于亲王在战争时期经常将军队卖给强国，他们的联系硬是被打断了。

奥利维亚王妃在此时反对这位年轻的女士非常奇怪，她极为宠眷她，而且在一开始，带着几乎所有女人都有的浪漫情怀和感情用事，王妃还鼓励艾达女伯爵与她身无分文的爱人相恋。但如今，却突然开始反对他们。她也不再像从前那样宠爱女伯爵，而是满怀仇恨并无所不用其极地伤害女伯爵，她折磨人的手段极其高明，语言极尽毒辣，无情的讽刺和嘲笑更是无休无止。我初到萨——公爵的宫廷时，那里的年轻人给这位女士取了一个德语绰号"傻呆格拉芬"①，即迟钝的

---

① 此处为德语，Dumme Grafinn。——译者注

女伯爵。她总是一言不发，虽然长相秀美，但面色苍白，表情呆滞，而且举止笨拙。她对宫廷的玩乐毫不感兴趣，在盛宴中出现时也阴沉忧郁。他们说她就像罗马人曾经在桌子上放的骷髅一样。

有流言称，拥有法国血统的德·马尼骑士（de Magny）就是为艾达女伯爵安排的郎君。他是世袭亲王的御前侍卫，奥利维亚王妃在巴黎与亲王成婚时他也在场。但没有任何官方消息声明这点，而且人们还在暗地讨论里面有可怕的阴谋，后来这个阴谋也得到令人惊恐的证实。

德·马尼骑士的祖父德·马尼男爵曾是公爵军队里的老将领。撤销南特敕令①颁布后发生驱逐新教徒的运动，这位男爵的父亲离开法国投入萨——公爵的麾下，直到过世。男爵继承了他父亲，不同于我见识过的绝大多数法国贵族，他是个严厉冷酷的加尔文教徒②。由于和维克多公爵性情相近，他成了公爵的好友和宠臣。

男爵的骑士孙子则是个真正的法国人。由于父亲在法国担任公爵的外交官员，这个骑士出生在法国。他在全世界最辉煌的宫廷和最荒淫的社交圈里厮混，讲到法国私人小宅邸

---

① 此处指枫丹白露敕令，为法兰西国王路易十四于1685年10月18日所签署颁布的一条敕令，又称为废除南特敕令。路易十四认为，要获得无上的权力，就必须统一法国人的宗教信仰，因此他推翻了祖父亨利四世所颁布的南特敕令。南特敕令，英文为Edict of Nantes，法国国王亨利四世在1598年4月13日签署颁布了这一敕令，承认了法国国内胡格诺派加尔文信徒的信仰自由，并在法律上享有和公民同等的权利。——译者注

② 加尔文教徒，是基督教新教主要的教派之一，宗教教义以加尔文神学思想为依据。——译者注

的乐趣、鹿苑①的秘密，以及黎塞留公爵②和同伴们的放浪形骸，他的故事无穷无尽。他差点像他父亲那样因为玩牌而破产，由于严厉的老男爵远在德国，无法管教他们，因此他的儿子和孙子都过着极端放纵的生活。新的大使在王妃于巴黎成婚之际被指派过去，很快这个骑士就从巴黎回来，并受到老祖父的严厉接待。不过，老男爵再次帮他还清了债务，还在公爵的庭院为他买了个官职。德·马尼骑士成为老公爵最喜爱的宠臣，他为他的主人介绍巴黎流行的各种享乐花样。他是所有假面舞会和晚会的设计者，还是芭蕾舞者的选拔人，在宫廷里，这位年轻绅士绝对是万众瞩目的焦点。

在我们到达路德维希斯洛斯特几周后，德·马尼老男爵力主将我们驱逐出境，但他寡不敌众。所有人，尤其是德·马尼骑士在老公爵和他辩论这个问题时坚定地站在我们这一边。骑士对玩牌的热爱丝毫不减。他总是准时赶上我们的赌局，有时他好运连连，有时会大输一场，但他总能按时支付赌输的钱，这令所有人都大为惊异。因为所有人都知道，虽然他表面光鲜，但收入极其微博。

奥利维亚王妃殿下也非常喜爱赌牌。只要我们在宫廷里设牌局，多半都能看到她沉迷于其中。我能看出——我头脑冷静的叔叔也能看出——更多的端倪：德·马尼骑士和这位耀眼的女士之间有私情。有天晚上赌局结束后，我叔叔说："如果王妃对那个法国小子没有爱慕，我就自瞎最后一只眼！"

---

① 鹿苑，由法王路易十四所建，就在凡尔赛宫附近，专门供国王和亲贵同女子玩乐而建，这里住过很多位路易十四的情妇。——译者注

② 黎塞留公爵，是法国贵族的称号，自1629年起授予当时的首相黎塞留枢机主教。黎塞留是普瓦图一个小领主的后代。此处应指路易·弗朗索瓦公爵，他是法国元帅，枢机主教黎塞留的侄孙。——译者注

"那又如何，先生？"我说。

"那又如何？"我叔叔说，他紧盯着我看，"你就笨到不知道那又怎么样？如果你现在选择行动，你就能得到财富。我的孩子，我们两年内就可以拿回巴里庄园。"

"怎么得到？"我依旧一片茫然。

我叔叔冷淡地说："让马尼赌牌。无论他能不能付得起，拿他手写的字据。他欠的越多越好。但最重要的是，一定要让他赌牌。"

"他一先令也付不起，"我回答说，"那些犹太人不承认他的字据。"

"这样更好。你会知道我们将怎么利用它们。"这个老绅士答道。而我必须承认，他设下的计谋大胆聪明，而且天衣无缝。我必须让马尼赌牌，而这几乎没有难度。我们关系相当亲密，因为他和我一样是个运动健将，所以我们产生了深厚的友谊。只要他看到骰子筒，就无法阻止地扑过去，而他拿起骰子筒就像小孩吃糖果那样自然。

起初他赢了我，后来他开始输钱，再后来我用金币赢他拿来的珠宝，他称那些是家族珠宝，而且的确价值不菲。他求我不要在公爵的领地出售这些珠宝，我向他作了保证也遵守了诺言。最后他开始写期票。由于被禁止在宫殿赌牌或者在公开场合写欠条赌牌，他很高兴能有机会在私底下满足自己最热烈的欲望。我曾让他在我的亭子（我把这座亭子装饰成东方风格，非常壮观）里连摇数小时的骰子，直到他必须去宫廷执勤，而且就这样我们日复一日。他给我带来了更多的珠宝——一条珍珠项链、一个古老的祖母绿胸针以及其他首饰，以抵偿欠债。不需我说，如果这段时间他一直在赢，我不会一直玩下去。一周之后，他开始输钱，并欠下数量惊人的债务。我不想在这里说明详细数额，但我认为这个年轻人绝对偿还不起。

那为什么我还赌下去？为什么和这个已经破了产的人浪费时间，而不是去其他地方获得看上去要多得多的利益？我大胆地承认我的理由：我想从德·马尼先生那里赢的不是钱，而是已经安排给他的妻子，艾达女伯爵。谁说我就不能在爱情这件事上使用谋略？不过，为什么说爱情呢？我想要的是那位女士的财富：我对她的感情和马尼对她的感情一样多，我对她的爱就如同那个十七岁的纯情处女对她夫君的爱一样，而她的老财主夫君已经七十岁。我追随着这个世界的惯例，决心通过婚姻成就我的财富。

在马尼欠债后，我都会要求他写一封这样的感谢信：

亲爱的德·巴利巴里先生，——我确认今日在玩雇佣兵牌［有时可能是皮克牌，双骰子①，无论玩哪种牌，我的技巧都胜他一筹］时输于您三百达克特金币，希望您能宽限数日，我将感激不尽。日后您谦卑的仆人必将如数奉上。

他给我的珠宝，我同样也做了预防措施（但这是我叔叔出的好主意），拿到他的发票或者他求我收下的信，以证明这些珠宝是用来支付欠债的。

他境况愈下，当我认为时机成熟之时，我像个通晓世故的人那样，毫无保留地与他开诚布公。"我亲爱的伙计，我不认为你已经天真到这种地步，以为我们还能以这种赌注玩下去。我早已不满足于这些签着你名字的纸张，我知道你根本

---

① 这些都是在 18 世纪非常流行的纸牌游戏。——译者注

无法支付你亲手写下的字据。别这么愤怒地看着我，你知道我在剑术上无人能敌，另外，我也不会傻到和一个欠我这么多钱的人决斗。你最好保持冷静，听我的提议。"

"上个月我们非常亲密，你对我无话不谈，现在我完全掌握你所有的风流韵事。你曾在你祖父面前发誓永不再赌牌写票据，你也知道你怎么遵守诺言的，如果他知道了真相，一定会废黜你的继承权。不，假设他明天就死去，他的庄园也不足以赔偿你欠我的债务。如果你决定还清这些钱，那你会立刻破产并沦为乞丐。"

"奥利维亚王妃殿下对你有求必应。我无须问为什么，但允许我说一句，在我们刚开始赌牌时我就知道事实了。"

"你愿不愿意做御前侍从男爵，拥有最高色段的绶带？"这个可怜的家伙倒吸一口气，"王妃可以让公爵做任何事。"

"我不反对披挂黄绶带和金钥匙，"我说，"尽管我们巴里家族的绅士对德国的贵族头衔没有多大兴趣。但这不是我想要的。我的好骑士，你没有对我隐藏秘密。你告诉了我你如何费尽心机引诱王妃，让她同意你和格拉芬·艾达①结合的计划。你不爱女伯爵，我也知道你爱的是谁。"

"德·巴利巴里先生！"狼狈不堪的骑士再也说不出话来。我开始告诉他事实真相。

"你得明白，"我继续说，"如果你不再和那个蠢笨的女伯爵有联系，王妃殿下（我说这个词时充满讽刺意味）不会反对。我和你一样对她没什么兴趣，但我想要她的庄园。我和你赌她的庄园，而且我赢了。我会在结婚当天还给你所有的票据，外加五千达克特金币。"

---

① 格拉芬·艾达，原文为 Grafinn Ida，女伯爵的名字。——译者注

"等我和女伯爵结了婚，"骑士回答说，他以为他可以压制我，"我就能得到十倍于欠你的钱（这是真的，因为女伯爵的财产价值将近五十万磅金币），然后我就能清偿欠你的债务。还有，如果你敢再威胁我，或者像刚才那样侮辱我，我就会利用那股势力，如你所言，我拥有的影响力，把你赶出公爵的领地，就像去年你在荷兰被赶走一样。"

我相当淡然地摇了摇铃。"扎莫（Zamor），"我叫来一个像土耳其人一样凶残的高大黑人，他一直在等我的吩咐，"当你再次听到铃声的时候，把这个包裹送给宫廷的将军，那个包裹送给德·马尼将军阁下，第三个包裹递到世袭亲王殿下御前侍卫的手里。在前厅等着，除非我摇第二次铃，否则不送出包裹。"

黑人侍从退下后，我转向德·马尼先生说："骑士，第一个包裹里装着你写给我的一封信，你在信中声明了你的偿还能力，还庄严保证会还欠我的债务。此外还有一封我的文函（因为我已经料到你会耍赖），陈述有人质疑我的信用，并请求将这封信交于你敬畏的主人公爵殿下。第二个包裹是为你祖父所准备，内含一封你亲笔写的信，信中你声明自己是他的继承人，并且恳请他的证实。最后一个包裹会送给世袭公爵。"我神色越来越凌厉，补充说道："里面是古斯塔夫斯·阿道弗斯国王①的祖母绿，这是他送给他的王妃的礼物，但

---

① 古斯塔夫斯·阿道弗斯国王，原文为拉丁名字 Gustavus Adolphus，英文为 Gustav Adolf（1594~1632），自 1611 年起成为瑞典国王，是把瑞典变为强国的主要奠基人。在三十年战争中，他使瑞典成为军事强国，并在政治和宗教上制衡欧洲列强。他也由于创造性地利用联合军队而成为历史上最伟大的将领之一。相较于英文，他的拉丁文名字更为人熟知。——译者注

你却声称是自己家族的珠宝。你对王妃殿下的影响力果然不同凡响。"最后我说,"既然你能从她那里得到这样一件宝物,为了偿还你的债务,你也能让她吐露出一个秘密,你们两个的人头都要靠它了。"

"恶魔!"这个法国人在愤怒之中惊恐不已,"你想牵连上王妃?"

"不,德·马尼先生!"我冷笑着回答他,"我会说是你偷了那件珠宝。"我相信由于不幸的王妃沉迷于热恋,她对祖母绿被盗毫无察觉,在事发很久以后她才得知实情。我们轻而易举就知道了这块石头的历史。由于需要钱(因为我与马尼整日对峙,消耗了大量库存),我叔叔带着马尼的珠宝去曼海姆典当。那个犹太典当商了解这块宝石的来历,他问起为什么王妃会典当这块宝石,我叔叔非常聪明地接了下去。他说王妃非常喜欢赌牌,但有时不便于支付现钱,所以这块宝石落到了我们的手里。随后他非常明智地把宝石带回了首都。至于骑士给我们的其他珠宝都没有特别印迹,因此至今也没有人询问它们的历史。当时我并不知道那些珠宝来自王妃殿下,现在所言也只是我的猜测。

这位不幸的年轻绅士一定胆小如鼠,当我称他盗窃后,他根本没有想到用那两把恰好放在他面前的枪,结束我和他自己的生命,而他已经声名狼藉。由于他过分的粗心大意和悲惨的毫无顾忌,再加上那位不幸的王妃爱恋他到不能自拔,他本该知道纸包不住火。但上天安排促成他糟糕的命运:他没有像个男人一样坚持到最后,而是完全自暴自弃,在我面前臣服。最后他扑倒在沙发上大声哭号,疯狂地喊叫所有的神圣求救,好像他们真的会对这个可怜虫的命运感兴趣一样!

我明白我对他再无须畏惧,然后我叫回仆人扎莫,称我要自己保管包裹，然后把包裹放在了抽屉里。就这样我赢得一局，和往常一样，我对待马尼也非常大方。我说为了保险起见，我会将这个祖母绿送到国外，但我以名誉担保，只要王妃说服公爵同意我和艾达女伯爵结合，我就把这块宝石还给她，而且分毫不取。

我自认为，这已经非常清晰地解释了我玩的游戏。尽管有些恪守道德的人会反对这件事的合理性，但我要说，在爱情里做任何事都公平，而我这样的穷人无法用他们那种品德高尚的方式生存。伟人和富人广受欢迎，他们面带笑容，登上世界的宽广楼梯。但胸怀抱负的穷人必须翻越重重障碍，或挣扎着在夹缝里奋进，或在房子的任何渠沟里匍匐前进，的确，不管多么肮脏狭窄，也要爬向顶层。那些胸无大志的懒蛋称这种显赫不值得获取，他们毫不努力，还自称是哲学家。我说这种人是软弱无能的胆小鬼。人生中有什么能比荣耀更好？它是如此的不可或缺，以至于我们无论用哪种办法也要得到。

马尼撤回追求的言行由我所教，我安排得非常完美，充分顾及到了双方的感情。我让马尼把艾达女伯爵带到一边，对她说，"女士，尽管我从没有声称过自己是你的追求者，但你和整个宫廷都知道我对你的关注。我知道，我的请求会被你威严的监护人，公爵殿下所否决。我知道宽宏大量的公爵希望我和你最后达成好事。但是，既然时间并没有让你的芳心改变，而我也不愿意强迫你这样出身和地位的女士违反意愿嫁给我。最好的方法是，为了形式需要，我会不经公爵的施压向你求婚，而你在回应中表示拒绝，虽然这让我感到非常遗憾，但我会随即正式说明不再追求你，并且会在被拒绝后声明，即使公爵下令，我也会坚持不再打扰你。"

德·马尼先生说，艾达女伯爵在听到这些话时差点哭出来，她眼含泪光，而且第一次拉住他的手，感谢他精心设计的提议。她哪里会知道，这个法国人根本不会有这种柔情细致，他撤回追求时的优雅言行都是由我设计。

马尼撤出追求之后，我立刻走上前去。但我小心翼翼且温柔不已，以免惊吓到这位女士，同时我也步伐坚定，以说服她与她的卑微恋人——那个备役中尉结合的想法已经无望。奥利维亚王妃也完美地做到该做的事情，让局势倒向我这边。她庄重地警告艾达女伯爵，虽然德·马尼先生不再追求她，但她的监护人公爵殿下还可能在适当时机把她嫁给他，所以她必须永远忘记她那远在天边的恋人。事实上，我想不出这样卑微的无赖怎么能有胆量向她求婚，他的出身的确不错，但除此外他还有什么资格？

德·马尼骑士撤退后，你可以肯定，众多追求者蜂拥而上，其中就有你谦卑的仆人我，年轻的巴利巴里少爷。在此期间骑士们模仿古时的骑士相见，举行了一次轮番比武，或者说锦标赛，骑士们在环形场骑着马比枪法，或者抢圆环。在这一场合我身着一套罗马式盛装（即是，头戴银色头盔和垂顺的假发，镀金的皮制胸甲绣满花纹，身披一件浅蓝色天鹅绒斗篷，脚穿深红色的羊皮半长筒靴）。就以这身装束我骑着栗色壮马布莱恩连下三场，胜过所有公爵的亲信和来自邻国的贵族，最终赢得奖赏。胜利者的奖牌是一顶镀金的桂冠，颁奖的女士由获胜者选择，所以我一路骑到世袭亲王所坐的观战台前，艾达女伯爵就坐在他身后。我大声又不失优雅地喊出她的名字，并恳请她为我戴上桂冠，以此在所有德国人的面前表明我是她的追求者。我观察到，艾达女伯爵的脸色变得苍白，而王妃的脸通红。但最后她还是为我戴上了花冠，随后我策马绕环形场飞奔，在另一端向公爵殿下致敬，并表演了极为精彩的骑术。

你可以想到，我的成功并没有使我在那些年轻贵族中大受欢迎。他们叫我冒险家、暴徒、作弊者、冒牌货，还有上百种赞美的名字，但我有办法让他们闭嘴。在所有对艾达女伯爵表示兴趣的年轻男子中，德·史麦特灵公爵（de Schmetterling）最富有也最勇敢。我就从他下手，在舞会上公开羞辱他，还把纸牌甩到他脸上。第二天我骑行三十五英里到博——帝选侯的领地与德·史麦特灵先生相见，我的剑两次穿过他的身体。然后我和我的同伴德·马尼骑士一同奔驰回来，当天晚上又参与王妃的惠斯特①牌局。马尼一开始极不情愿和我一起去，但我坚称让他陪同，否则就连同他一起挑战。在向王妃殿下致敬以后，我直接走到艾达女伯爵身旁，向她充满柔情地深鞠了一躬，然后盯着她看，直到她的脸变得绯红。然后我环视她四周的追求者，我发誓！在我的眼神下他们全部逃走了。我吩咐马尼告诉所有人：女伯爵已经疯狂地爱上了我，和我的其他命令一样，他都必须遵守。如法语所说，他倒真是个"得力助手"，作为我的前哨，他无论在何地都对我大肆赞美，无论何处都和我一同出没！也正是他，这位在我到来之前被称为耀眼明星的人，以为作为卑贱的马尼男爵后代，就优胜于我这个爱尔兰国王的后裔，还曾无数次嘲笑我，说我是个只会与人决斗的莽夫和粗野的爱尔兰暴发户。现在我报了仇，也很享受这种驾驭的感觉。

---

① 惠斯特牌，一般认为惠斯特牌起源于英国。在18世纪开始在上流人士间流行，在之后的150年中一直是最主要的纸牌游戏。一局有四个人，两两对抗。——译者注

　　我经常在王亲贵胄的聚会里叫他的教名马克西姆。我会用法语说："日安，马克西姆，你好吗？"如果王妃在场，我就能看到他恼羞地咬着嘴唇。但他和王妃都在我掌控之中——而我，曾经也只是布洛军队里一名可怜的士兵。这就是天赋异禀和不屈不挠能获得成功的证明，也是对大人物们的警告——除非能保得住，否则永远不要有秘密。

　　我知道王妃痛恨我，但我有什么可在乎？她知道我对一切都了如指掌。的确，我相信她对我偏见太深，所以认为我是个粗野无礼的坏蛋，会揭一位女士的短处，但我根本不屑这么做。她在我面前像小孩在教员面前一样战战兢兢。她也会以女人的方式，在接待宴会上说各种冷嘲热讽的话羞辱我——她问起我爱尔兰的宫殿和我的先祖国王们，还问我在布洛的步兵军队当兵时我的皇室亲戚为什么没有救我，以及在军队里杖刑的滋味是否好受等。

　　不过，上帝保佑她！我能容忍别人，在她面前总是一笑而过。但如果她继续冷言冷语，我就满怀乐趣地看可怜的马尼如何承受。这个可怜的人害怕我在王妃的讽刺之下把事情都抖搂出去，但我的做法是，王妃一攻击我，我就刺激他——像男孩们在学校做的那样，把这样东西传下去。这样才能让王妃殿下有真切的感受。只要我一开始攻击马尼，她就开始畏缩，就像我对她说了什么无礼的话一样。而且，虽然她恨我，但她也曾私下里向我道歉。尽管骄傲常常让她傲慢无礼，但谨慎明智还是让这位高高在上的王妃对我这个身无分文的爱尔兰男孩卑躬屈膝。

　　马尼正式宣布不再追求艾达女伯爵以后，王妃立刻将女伯爵带回公众视野，并假装非常喜爱她。公平而言，我不知道她们两个谁更讨厌我——王妃总是充满渴望，像是干柴烈火，且风情万种；而女伯爵却端庄典雅，一身华服，隆重不已。尤其是后者，对我做出一副厌恶的样子。但是，我满足她所有的要求，还是全欧洲最英俊的男子，我的身材壮硕，整个宫廷的雄壮侍卫都不能及。但我不在乎她那些不明事理的偏见，不管她的心意如何，我都决心赢得她然后娶她。是因为她的个人魅力或者品行吗？不是。她皮肤偏白，眼睛近视，身材又高又瘦，而且举止笨拙，这和我喜欢的类型恰恰相反。至于她的头脑，难怪她会倾心于一个悲惨的穷中尉，而对我毫不感兴趣。我爱的是她的庄园，至于她本人，作为一个时髦绅士，除非让我品位倒置，我才会承认喜欢她。

第十一章 灾难降临

尽管我才能无敌且深谋远虑，但就人类的所有可能性来说，我想娶到德国最富有的女继承人之一的希望已基本落空。当时，无论何时去参见王妃，我都可以随心所愿地在那里见到艾达女伯爵。我不能说她对我有任何特别好感，如我之前所说，这个傻女人的爱意还在固执地在别人那里。无论我个人多么有魅力，风度多么翩然，我都没有指望艾达女伯爵会因为我这位年轻爱尔兰绅士对她的追求，而突然忘记她的爱人。但这些小挫折远不足以让我气馁。我的朋友们非常有权势，而且都在协助我的大计，而我早就明白，胜利迟早都是我的。事实上，我只需等待良机加紧追求即可。但又有谁能料到，命运在不久后给了我那高高在上的保护者致命的一击，并把我也卷入毁灭她的厄运之中。

所有的一切在这一时期似乎都迎合了我的意愿，尽管艾达女伯爵无意嫁给我，但她会遵从公爵的命令。在像英格兰这样愚蠢的立宪制国家则就困难得多，因为人们不完全遵守王权，但在我还是个年轻人时，遵从王权在欧洲大陆是惯例。

我已经讲过我如何让马尼和王妃臣服在我脚下。王妃殿下对老公爵的影响力非凡，她只需要劝说老公爵同意这桩婚事，同时不让莉莉安哥顿女伯爵（这是公爵殿下给他那位出身卑微的配偶的头衔）反对即可。由于自己的地位，德·莉莉安哥顿（de Liliengarten）夫人也急于讨好奥利维亚王妃，因为后者随时可能继承王位。老公爵已经身患中风，步履蹒跚，但他依然无节度地寻欢作乐。一旦他过世，他的遗孀就极其需要公爵夫人奥利维亚的保护。因此两位女士达成了共识。而且很多人都知道，世袭王妃已经在多个场合得到女伯爵的帮助。王妃殿下已经多次从女伯爵那里得到大笔金钱以支付巨额债务，她现在也完全可以对德·莉莉安哥顿夫人略施压力，以助我达成心愿。没有马尼那边心甘情愿的支持，我的大计就无法完成，尽管他一直想反抗，但我有很多手段制服这个倔强却外强中干的年轻绅士。而且，我可以毫不夸张地说，也许手眼通天的王妃厌恶我，但莉莉安哥顿女伯爵（尽管据说她的出身极为卑贱）品味不凡，而且欣赏我。我们设法罗牌局时，她常常屈尊来玩牌，而且坚称我是公爵领内最英俊的男人。我所要做的只是证明我的贵族出身，我在维也纳买下一个头衔，让最苛刻的人也闭了嘴。事实上，一个巴里家族和布雷迪家族的后裔，在德国的任何贵族面前就已经无所畏惧。为了设好双重保险，我向德·莉莉安哥顿夫人保证在我成婚当日给她一万路易，而她也知道，我向来出手阔绰而且言而有信。但我发誓，如果能得到一半那么多，我一定会自己留着。

就这样，凭借我的非凡才能、诚实守信和敏锐的头脑，尽管我只是个无所依靠的孤寡外来者，但我为自己找到了很多极有权势的保护者。甚至维克多公爵殿下也顺利地偏向我这边，因为他最心爱的坐骑得病腿脚蹒跚，我就像我舅舅布雷迪以前所做的那样蜷缩在马厩里，治好了那匹马。在那之后，殿下经常高兴地注意到我。他邀请我一同狩猎或骑射，我也借机展现了自己非凡的体育才能。有一两次，殿下屈尊和我说话，还问起我对未来的打算，痛惜我只能以赌博为生，而没有正当的上升职位。"殿下，"我说，"请允许我在您面前直言，赌牌只是一种生存手段。如果不赌牌，我怎么能来到这里，我可能仍然是普鲁士国王的一名卫兵而已。我们祖先的后裔是我们国家的亲王，但是密谋和迫害使他们失去了巨大的财产。而我叔叔又因为对古老信仰的坚持而被驱逐出母国。我也曾决心在军队里博取功名，但英国人的傲慢无礼和粗暴对待让任何出身高贵的绅士都忍无可忍，我从英国军队逃脱出去，但又陷入更加绝望的境况之中，后来命运安排我叔叔前来保护我，加上我的胆量和勇毅，我借机实现了逃脱。自那以后，我毫无掩饰地说，我们以赌牌为生。但谁能说我亏欠过别人？但是，如果我能找到体面的职位确保维护生活，那么除了绅士们消遣之外，我绝不会再摸一下牌。我请求殿下询问您驻柏林的官员，看我是否时刻都是个忠勇的士兵。我知道我天资过人，也很骄傲能有机会物尽其用，我也毫不怀疑，现在命运安排要我把天分发挥在纸牌里。"

这番真诚坦率的话使公爵殿下极为震动，而且让他留下了好印象，他和颜悦色地告诉我他相信我，而且很高兴做我的朋友。

就这样有两位公爵，公爵夫人和当前的大红人站在我这边，一切机会都肯定我应该得到最大的奖赏。而且根据所有正常的推断，在写这些时我应该已经是帝国的亲王。但使厄运倒向我的是一件与我毫无瓜葛的事情——那位不幸的王妃对那个懦弱愚蠢的法国人的爱恋。王妃对这种爱情的表现令人不忍直视，一如这个结局令人恐惧不已。她对自己的感情毫不掩饰。只要马尼和她的女眷说一句话，她就会嫉妒万分，而且用尽恶言恶语攻击那个不幸的冒犯者。她一天给马尼送数张纸条，而只要看到马尼过来参加她的早晨集会或是参加她举办的宴会，她就立刻容光焕发，这让所有人都能察觉出来。令人惊奇的是，在她不忠的不久后就有人让她丈夫保持警觉。但维克多亲王本人性格高尚且严峻，他不相信王妃会不顾身份做出伤风败俗的事。

我听说，在别人暗示王妃对那个侍从有明显偏爱时，亲王居然冷冷地发出命令要求别人不要再拿这件事情作梗。"王妃意志薄弱，而且在管教不严的宫廷里长大，"他说，"但她的愚笨也不过是卖弄风情，私情这种事绝无可能。她的出身、我的名声还有我们的孩子会为她作担保。"然后他会骑马去检阅军队，数周不回，或者退回自己的私人寝宫，整天闭关修行。只有在王妃的早会上他会露一下脸，或者在礼节要求他必须参加的宫廷庆典上让她亲吻他的手。

世袭亲王的爱好很平凡，我曾看见他扭着巨大笨拙的身材和他的小儿子及小女儿赛跑，或者一起玩球，他每天都会找各种理由探望孩子们。每天王妃梳妆打扮之时，这对乖巧的孩子会被送到她那里，但她对他们毫不关心。除了一种情况：那就是小公爵路德维希穿上他小小的骑兵上校制服的时候，他会由他的教父利奥波德皇帝①带到军队行礼。那么这一两天内，公爵夫人会对小男孩亲热万分，但像小孩玩一个玩具一样，她很快就对他感到厌倦。我还记得有一天在早晨

---

① 利奥波德皇帝，原文为 Emperor Leopold，指利奥波德二世，神圣罗马帝国的皇帝。——译者注

的交际会上，王妃的小儿子把她的胭脂弄到自己小小的白色军装上，王妃打了那个可怜孩子的脸，把哭着的男孩送走了。噢！女人们给这世界造就多少苦难！看看她们笑意盈盈的脸，男人们轻易踏进了苦难，甚至通常都不是为了爱情，而仅仅是出于纨绔的习性、浮华的虚弱以及故作的勇气！男人们玩弄这些可怕的双刃剑，好像不会给自己造成伤害一样。由于比大多数人的阅历都深，如果我有个儿子，我会向他跪下，祈求他不要碰女人，因为她们比毒药更可怕百倍。一旦被迷惑，你的一生都岌岌可危，因为你永远不知道厄运会何时降临。而你的一时糊涂可能给整个家庭带来灾难，而且让你深爱的无辜朋友深受其害。

尽管我一直声称自己敌对他，但当我看到德·马尼先生看上去已经完全迷失的时候，我督促他远走高飞。他在那个宫殿的阁楼里有房间，而阁楼正好在王妃的寝宫之上（那座宫殿极为庞大，居住了全城来自贵族家庭的侍从）。但这个无法自拔的年轻傻瓜毫不动摇，尽管他留下的理由甚至都不是爱情。他会这样说王妃："她是如此目光短浅！还如此歪曲捏造！她以为没人会觉察出她矫揉捏造，但她写给我的诗是抄格雷塞①和克雷毕雍②的句子，还以为我相信那是她自己写的。呸！即使她的头发也不是她自己的！"他就这样站在即将塌陷的废墟上狂欢。我确信他还对王妃示爱的主要乐趣是，

---

① 格雷塞，法文全名为 Jean-Baptiste-Louis Gresset（1709～1777），是一位法国诗人，戏剧家，他最为人知的诗作是"Vert-Vert"。——译者注

② 克雷毕雍，法文全名为 Claude Prosper Jolyot de Crébillon（1707～1777），为区别于他父亲，他被称为小克雷毕雍，是一名法国小说家。——译者注

他可以给住在巴黎私人小屋的朋友们写信吹嘘自己的胜利，因为他盼望在那里被视为一个高手和"贵妇情圣"。

看到马尼这般毫无顾忌以及他岌岌可危的地位，我开始担忧我的计谋是否能达成满意的结局，于是我加紧在这件事上对他施压。

由于我们之间的特殊联系，我就不用说，我让他做的事他通常都会圆满完成。事实上，他对我言听计从，这个可怜的家伙对我言听计从，我以前经常这么取笑他，这让他厌恶万分。但我不仅仅利用威胁和凌驾于他的影响力，我还非常精明地对他慷慨大方。作为证明，我应该提一下，我向他保证把王妃的祖传宝石还给她，在上一章里我说过，这块祖母绿是我在赌牌时从她无所不为的情人手里得到的。

我这么做也得到了我叔叔的赞同，而这也是具有先见之明的聪明人的做法之一。"加快事情的进度，雷德蒙我的孩子。"我叔叔会督促我，"王妃殿下和马尼的私情肯定会让他们两个没有好下场，这不久就会发生，那你怎么还有机会得到女伯爵？现在时机已成熟！在月底前得到她并举行婚礼，然后我们再不用以赌牌为生，而是住在我们施瓦本的城堡里像贵族一样生活。还有，赶快把那块宝石脱手。"他补充说："万一发生意外，如果在我们手上发现，罪名就洗不清了。"正是听了这番话，我同意放弃这块祖母绿，但我必须承认，我很勉强才把它给别人。不过我们两个都很庆幸我及时把它出了手：这个你立刻会听到。

然后我催促了马尼，同时也向莉莉安哥顿步步紧逼，她庄严承诺会帮我劝说老公爵恩准我的请求，而德·马尼先生负责让奥利维亚王妃在公爵面前为我提出同样的要求。这大功告成了。两位女士说服了亲王，亲王殿下（在一次牡蛎晚宴上，他喝着香槟）赞成了这一请求。世袭王妃殿下还好心亲自告知艾达女伯爵，亲王让她必须嫁给爱尔兰贵族雷德蒙·德·巴利巴里骑士。当时我就在场，尽管艾达女伯爵说"绝不可能"，然后跪倒在王妃脚下发毒誓。你可以肯定，我对这种小小的悲情演绎毫不在意，而是感觉我已经把奖赏牢牢抓住。

当天晚上我就把那块祖母绿交给德·马尼骑士，他承诺会归还给王妃。现在唯一挡在我面前的就是世袭亲王，他的父亲、妻子和当朝的红人都惧怕他。他也许不会同意把自己领地内最富有的女继承人和一个不富有的外国贵族结婚。因此必须等待时机对他说明这一事件。王妃只能在他心情愉悦的时候找他。有时他依然会对他妻子迷恋不已，那时王妃提任何要求他都不会拒绝。我们的计划就是等待这种时机，或是其他可能发生的转机。

但命中注定奥利维亚王妃再也不能使她丈夫倒在她的石榴裙下，尽管他以前经常那样。命运让她的愚蠢走向可怕的尽头，也终结了我的希望。尽管马尼信誓旦旦地向我作了保证，但他根本没有把那块宝石还给王妃。

在和我闲谈中他得知，我叔叔和我曾见过海德堡的银行家摩西·洛先生，我们拿去的珠宝他都给了好价钱。这个沉溺于赌博的年轻人找了借口去摩西·洛那里，要求把宝石当掉。摩西·洛立刻认出了那颗祖母绿，并答应了马尼要求的价钱，而这些钱很快就输在了赌局里。你可以肯定，他从来没有告诉我们他自己是怎么能得到这么多钱的。对于我们而言，我们以为还是通常支持他的王妃给他的钱。我们在宫廷庆典上，或是自己的住处，或者德莉莉安哥顿夫人（在这里她和我们平分赢的钱）的寝宫里设法罗牌赌局时，他的大多数金币又流入我们的宝库。

就这样马尼的钱迅速耗干了。尽管那个犹太人拥有了宝石，而且这颗宝石的价值绝对高于他给马尼的价格三倍不止，但这并没有让他对马尼善罢甘休，很快，他就开始迫胁马尼。那些住在萨——宫殿附近的希伯来借贷经纪人、银行家、贩马商们，肯定告诉了他们在海德堡的兄弟摩西·洛，马尼和王妃之间究竟是何关系。于是这个无赖决定利用这些秘密以最大限度压榨那两个受害者。与此同时，我叔叔和我遨游在时运的巅峰浪潮内，在牌局里无往不胜。我依旧筹划着我的婚姻大事，而对于我们脚下的震动毫无察觉。

一个月还没过，那个犹太人就开始纠缠马尼。他出现在萨克森，要求大笔的封口费，否则他就把宝石卖出去。马尼给他了钱，而王妃再次帮助了她卑鄙的情夫。第一次的成功只能让第二次要求更加大胆。我不知道这块不吉利的石头让人为之付出过多少钱，但它成了我们所有人的祸根。

一天晚上我们照常在莉莉安哥顿女伯爵那里设立牌局，而马尼不知怎么带了现钱，由于他霉运连连，一卷接一卷地输钱。在牌局中间他接到一个字条，他读字条的时候脸色变得惨白。但运气一直背向他，他神情颇为慌乱地看了时钟，坐着又翻了几次牌。我想他是在输了最后一卷金币之后，站起来对着几个在座的儒雅人士发了个毒誓，然后离开了房间。我们没有听到外面马蹄一阵狂踏，由于专注于牌局我们没有注意到任何噪音，而且继续玩牌。

不一会儿有人走进大厅对女伯爵说："真是个奇闻！一个犹太人在凯瑟瓦德①被谋杀了。马尼刚出大门就被逮捕了！"

---

① 凯瑟瓦德，地名，是当时萨公爵领地内的一个城镇。二战时纳粹军那里曾建立集中营。——译者注

听到这个消息，所有人都纷纷离去，我们关闭了当晚的赌局。马尼在玩牌时一直坐在我身边（我叔叔负责对阵他，我负责付钱和赢钱），而且，我看到椅子下面有一张揉皱的纸条，我捡起来看了看。这是他收到的那张纸条，上面写道：

> 如果你真的做了，骑上这位副官牵的马，这是我马厩里最好的马匹。每只手枪皮套里都装了一百路易金币，两把手枪也装好了子弹，你可以选择两条路中的任何一条，你懂我的意思。十五分钟后我就会知道我们的命运——是否我会蒙受羞耻活过你，是否你会做个负罪的懦夫，或者是否你还配得起这个名字。
>
> 马"

这是马尼老将军的笔迹。在我们步行回去之前，和莉莉安哥顿女伯爵分了那些我们共同赢得的钱，那不是个小数目，但看到字条后，我们胜利的感觉登时消失得无影无踪。我们问道，"是马尼抢了那个犹太人吗？还是他的阴谋暴露了？"无论哪种情况，我得到艾达女伯爵的希望很可能受到严重的挫折，我开始感觉我的"王牌"在打出去之后也许落空了。

好吧，的确是落空了，尽管直到今天我还认为这一局我玩得十分漂亮。在晚餐后（由于害怕赌牌时发生的事情，我们没有吃晚饭），我为发生的事情感到心绪不宁，于是决心在午夜时分往宫廷附近打探一二，同时弄清楚马尼被捕的真正原因。一个卫兵正站在门口，他向我表示我和我舅舅被逮捕了。

我们被关押了六周，看守非常严密，逃出去比登天还难。不过，作为无辜的人，我们毫无畏惧，我们以后还有很多宽敞的大道可以走，但我们急切地渴望得到消息。很多巨大的悲剧在这六周里发生。被释放之后，我们仅听说个大概，因为全欧洲都在流传这些故事，而其中的细枝末节，直到许多年后才传到我耳朵里。这些都是一位女士告诉我的，她也是这世上最可能了解实情的人。不过，这些故事最好放在下一章讲述。

第十二章 萨——王妃的悲剧

在上一章所描述的事件发生的二十多年之后，我和妻子林登夫人在拉尼拉公园①散步，那是 1790 年。来自法国的移民潮已经兴起，老伯爵和老侯爵们纷纷涌向英国海岸。不像几年后人们看到的那样，他们还没有忍饥挨饿处于悲惨之中，而是和从前一样出手阔绰，处处展现出法国的辉煌和华丽。我和林登夫人当时正在散步，众所周知，林登夫人爱吃醋，而且随时会因为焦虑而烦扰我，她发现有个外国女士明显在观察我，就立刻问我这个丑陋的德国女人是谁，为什么那样斜睨着看我。我根本不认识她。虽然我感觉曾在什么地方见过这位女士的脸（如我妻子所说，这张巨大的脸肿胀不已），

---

① 拉尼拉公园，18 世纪时坐落在切尔西，是一座游览观光公园，正在伦敦城外。取这个名字是因为公园占据了拉尼拉宅邸的旧址。拉尼拉宅邸由首任拉尼拉伯爵于 1685 年至 1702 年所建，紧邻着切尔西医院（1685～1702），于 1805 年被拆毁。——译者注

但我没有认出她，更想象不到这张脸的主人在如日中天时曾是全德国最漂亮的女人之一。

她正是德·莉莉安哥顿夫人，维克多公爵的父亲——萨——老公爵的情妇，或者如有些人所说，出身低贱的妻子。老公爵去世几个月后，她就离开萨——去了巴黎，我听说，在那有个卑鄙的冒险家为钱和她结了婚。但无论如何，她一直保留着她的准王室头衔，还造作地保持着一位君主遗孀的尊称和礼仪，让那些经常去她住处做客的巴黎人大笑不已。她在自己的高级套间里放置一顶皇冠，她的仆人、向她献殷勤的人，以及想向她借钱的人都会用法语恭称她为殿下。据说她经常喝酒——她的脸庞确实处处显示出这种习惯留下的痕迹。以前，她脸色粉红、直率又令人愉悦，所以老君主被迷倒，还给了她贵族头衔。但那早已一去不复返。

尽管她没有走向我在拉尼拉的交际圈和我打招呼，但那时我和威尔士亲王一样家喻户晓，所以她毫不费力就打听到我住在伯克利广场①的宅邸，第二天我收到一封便笺。"德·巴利巴里先生的老友，"上面（用的法文字迹极为潦草）写着，"急待再次见到骑士，一叙过去的美好时光。罗茜娜·德·莉莉安哥顿（雷德蒙·巴利巴里能忘记这个名字吗?）整个早上都会在雷斯特广场②的宅邸等候大驾，二十年里从未相忘。"

这的确是罗茜娜·莉莉安哥顿——但如此臃肿不堪的罗茜娜我还是第一次见。在雷斯特一所房子里我找到了她，她

---

①　伯克利广场，位于威斯敏斯特宫殿城区，是伦敦西郊的一个城镇广场，是高等贵族聚集之地。——译者注

②　雷斯特广场，位于伦敦西郊，在威斯敏斯特宫殿城区内，四周都是高级街道，是城市中心区的中心区。——译者注

正坐在气派的底层大厅喝茶，但不知怎的里面飘出刺鼻的白兰地酒味。在相互致意之后（把这些东西写下来要比做出来更无聊），我们寒暄了一阵，然后她简要告诉了我萨——发生的事件，我给这一叙述题名为"王妃的悲剧"：

"你记得警察部长德·格尔登先生（de Geldern）吧。他有德国血统，准确说，他有德国犹太人血统。尽管所有人都知道他的身世污点，但只要别人质疑他的出身，他就恼恨万分。为了弥补他父亲犯下的错误，他疯狂地坚守宗教信仰，并几近苛刻地尽忠职守。他每天早上都去教堂，每周都忏悔，并和宗教审判者一样痛恨犹太人和清教徒。他从不放弃证明忠心的机会，无论何时何地，为此他敢迫害任何人。

他对王妃异常痛恨。因为王妃殿下有时兴起会拿他的出身取笑，命人在他落座时拿走猪肉，或者用其他此类愚蠢的方式侮辱他。他对德·马尼老男爵也恨之入骨，因为老男爵作为清教徒却位高权重，还因为后者曾以高傲的态度公开对他视而不理，还称他是个骗子和间谍。两人经常在议政会上对峙，只有他们的威严君主在场时，男爵才会稍微收敛，而不再频繁地公开表达他对警察部长的蔑视。

"因为恨意是他想摧毁王妃的原因之一，我相信他还有一个更强烈的动机——利益。你记得王妃死后，公爵又娶了谁？——是弗①——家族的一位公主。在这两年之后格尔登就建造了一栋豪华宅邸，而且，我也确信，是弗——家族给他的钱，答谢他对这桩联姻的推动。

"格尔登绝对不会直接走到维克多亲王面前，向殿下报告

---

① 这里作者故意只写出一个字母如"F——"，因为这是敏感的人名，指弗里德里克大帝，后文与此相同。——编者注

那个人尽皆知的事实。他很清楚，根据亲王的权衡，告诉他这样毁灭性的消息绝对会死无葬身之地。因此，他的目的是，把这件事情留给殿下自己发现，他只需等待时机成熟，找机会实现这个目的。他在两个马尼的家里都安排了间谍。但是这些你都知道，当然了，毕竟你在欧洲大陆生活过多年。我们都相互安插耳目，你的黑奴（我想他的名字应该是扎莫）曾每天早上都来向我做报告，说你和你叔叔在早上练习皮克牌或者摇骰子，或者你们发生争吵和设计密谋，我以前常用这些故事逗乐亲爱的老公爵。为了让老公爵高兴，我们向萨——①领地上的所有人都征收同等额度的赋税。德·马尼的近身侍从曾同时向我和德·格尔登先生告密。

我知道那块祖母绿被典当的事实，因为可怜的王妃一直从我这里拿钱，给可恶的银行家洛以及比洛更无耻的骑士马尼。我永远无法理解为何王妃那么坚持相信马尼，从没有哪个沉迷于爱情的女人能像她那样。而你，我亲爱的德·巴利巴里骑士，评论说我们女人总是痴情于坏男人。

"不是只有女人，夫人。"我插了一句，"您谦卑的仆人我也有过很多这种经历。"

"我不觉得这对那个命题的真实性有影响。"这位老夫人干巴巴地说了一句，然后继续她的讲述，"那个拿着宝石的犹太人敲诈了王妃很多笔钱，最后一次他要求一个惊人的数目，保证拿到钱后不再纠缠。但他犯了一个不可饶恕的错误，把那块宝石也带到了萨——，王妃当时给了马尼他要求的数额，而马尼也准备把钱付给他。

---

① 这里作者故意只写出一个字母如"S——"，因为这是敏感的地名，指萨克森，全书同。——编者注

　　"他们在马尼的住处碰面，马尼的男仆偷听到他们所有的谈话。那个年轻人只要手里有钱就毫不在意，没说几句就要把钱给洛，但洛坐地起价，昧着良心要求钱的数量必须是之前讲好的两倍。

　　"听到这话骑士大怒不已，追着这个恶棍要杀他，恰好这时马尼的贴身侍从冲进来救了洛。这个男仆偷听到两个人说的每一句话，洛就在恐慌中冲向他求助。尽管马尼性情急躁，但并不凶残，他让仆人把洛带下楼，之后就忘了所有的事。

　　"也许他并不遗憾放走洛，因为他手里有一大笔钱，四千达克特金币，用这些钱他可以再赌一次运气。那天晚上他在你的牌桌上怎么样你都知道。"

　　"夫人，您当时分了一半的钱，"我说，"您也知道我分得的钱最少。"

　　"马尼的贴身侍从把吓得打战的犹太人引出了宫，洛去了他经常逗留的犹太同行家里，看到洛进门以后，那个侍从立刻跑到警察部长阁下的公务室，把犹太人和他主人的对话详述给警察部长。

　　"格尔登对他的谨慎和忠诚极为满意。他奖给他二十达克特金币，还承诺会大大提升他。有时候，大人物的确会给工具们保证。但是你，德·巴利巴里先生，知道这些承诺有多少能实现。'现在你去打听，'德·格尔登说，'那个犹太人什么时候回去，或者他是否会反悔再要那笔钱。'那个男仆带着差事走了。同时为了查明事实，格尔登在我的宫殿里安排了一群玩牌的人，并邀请你到那里设局，这个你应该都记得。他还想办法让德·马尼知道德·莉莉安哥顿夫人那里有法罗牌赌局，而这种邀请他从不拒绝。

　　我记得当时发生的一切。我一边听，一边吃惊于那个恶魔警察部长的诡计。

"那个间谍带回了有关洛的消息，称他已经在仆从中打听出银行家洛住在哪，还有他会在第二天下午离开萨——。这个犹太人独自一人上路，他骑着一匹老马，穿着极为破旧，一如犹太人的惯常作风。

"'约翰，'警察部长说，同时拍了拍他的肩膀，让他受宠若惊，'我对你越来越满意了。自你离开之后我就在想，以你的聪明才智和忠诚的效劳，你很快就能得到与之匹配的位置。这个犹太人会走哪条路？'

"'他在今晚去卢——①'

"'那他一定会穿过凯瑟瓦德。你胆量够大吗，约翰·科纳（Johann Kerner）？'

"'阁下愿让我一试吗？'侍从问，他的双眼闪着光，'我参加过七年战争，而且从没有倒下过。'

"'现在你听好，这块祖母绿必须从犹太人身上夺回来，正是利用这块宝石，这个无赖犯了叛国罪。我发誓，谁给我带回这块宝石，我就赏他五百路易。你明白为什么必须把宝石还给王妃殿下。我无须多说。'

"'今晚您就能拿到宝石，先生。'侍从说，'当然，万一发生意外，您要保我性命。'

"'嘻！'警察部长回答说，'我会先给你一半的钱，表示我对你的信任。只要你方法适当，绝对不会有意外发生。那里有十二英里的树林，而那个犹太人又骑得很慢。等他骑到面粉磨坊之前，天已经黑了。有什么会阻碍你在路上横绑一

————————

① 因敏感关系，这里作者只写出一个字母"L——"，指卢纳堡。——编者注

根绳索，然后处理他呢？今晚回来和我一起用晚餐。如果你遇到巡逻的警察，就说'狐狸被放开了'，这是今晚的暗语。他们二话不说就会让你过去。

"这个侍从高兴地接下任务离开了。当马尼在我们的法罗牌局输钱的时候，他的近身侍从在凯瑟瓦德的面粉磨坊埋伏了那个犹太人。那个犹太人的马被路上横拴的绳索绊倒，骑马的人摔倒在地并呻吟起来，蒙着脸的约翰·科纳拿着枪冲到犹太人面前，要他交出钱来。我相信，他根本没有想杀死犹太人，除非那个犹太人的反抗让他不得不采取极端手段。

"他也没有谋杀任何人。因为，正在他用枪威胁那个犹太人，而后者哭嚎着求饶的时候，一队巡逻骑警赶了过来，抓住了他和那个受伤的犹太人。

"科纳咒骂了一声。'你们来得太早了，'他对骑警中士说，'狐狸被放开了。''抓住他们。'警察队长一脸漠然地发出命令，然后那条绊倒犹太人洛的绳索捆住了科纳的手。科纳被放在一名骑警的后面，洛也一样，这队人马在夜幕降临时回到城里。他们被即刻带到警察署，警察部长正好在那里，部长亲自审视了这两个人。两人都受到严格搜查，犹太人的文书和箱子被带走，而那颗宝石在一个隐秘的口袋里被找到。至于那个间谍，警察部长愤怒地看着他说：'怎么回事，这是王妃殿下的侍从——德·马尼骑士的仆人！'不容这个被吓坏的可怜混蛋作任何辩解，警察部长就下令把他关进大牢，严加看管。

"叫人备好马后，他就一路骑到亲王的寝宫，要求立刻被接见。见到亲王后，他呈上了那颗祖母绿。他说，'这块宝石是在一个来自海德堡的犹太人身上搜到的。此人最近频繁出入宫廷，并和王妃殿下的侍从德·马尼先生有过多笔交易。

今天下午，德·马尼骑士的侍从陪同这个希伯来人从骑士的住处走出，还有人看到他打探犹太人回家的路。他跟着犹太人，或者说埋伏了犹太人，他正在抢劫那个犹太人时被凯瑟瓦德的巡警抓获。这个侍从矢口否认罪行，但经过搜查，发现他身上有大量金币。尽管持有这种观点让我痛心不已，这牵涉到德·马尼先生的人格和名声，但我斗胆请求履行职责，拿与此案有关的德·马尼骑士审问。由于德·马尼骑士是王妃殿下的私人侍从，我听说还深得王妃信任，没有殿下您的批准，我们不敢贸然带走德·马尼骑士。'

"亲王的骑兵大臣是德·马尼老男爵的朋友，当时他也在场。一听到这些奇怪的情报，他就急于到老将军那里，告诉他小德·马尼被怀疑犯罪的可怕消息。也许亲王殿下自己也希望老男爵——他的老朋友和军事导师有个机会挽救家族声誉。无论如何，骑兵大臣德·亨斯特先生（de Hengst）一路畅通无阻地到了老男爵家，并告诉他不幸的骑士将遭到指控的秘闻。

"可能他已经料到会发生这种可怕的灾难，因为，在听完亨斯特的话后（这些事也是亨斯特后来告诉我的），他只说了一句，"天意难违！"很长时间内他不再提起这件事，也正是在骑兵大臣的建议下，老男爵才写了马克西姆·德·马尼收到的那封信。

"正当德·马尼在我们的赌桌上挥霍王妃的金币时，一名警察造访了他的寓所，还找到上百种罪证，不是证明他指使了抢劫，而是证明他和王妃的私情——她给的信物、情书，还有德·马尼写给他巴黎年轻朋友们的手抄信件——警察部长把这些东西全部仔细阅览一番之后，把它们小心翼翼地装在一起并封上印，然后交给了维克多亲王殿下。我毫不怀疑他阅读了这些信，因为把信交给世袭亲王时，格尔登称，按殿下的旨意，他收集了骑士的信件，但他无须说，以自己的名誉起誓，他（格尔登）从来没有看过这些文书。众所周知，他与德·马尼家的先生们不合，他恳请殿下安排其他官员介入调查这位年轻骑士的罪行。

"所有事情都是在德·马尼骑士玩牌的时候发生的。运气接二连三——你在那时候一直都很走运，德·巴利巴里先生——背向了他。他在那里赌牌输掉了四千达克特金币。他接到了老男爵给的信，但这个无耻赌徒依然沉迷在赌局里，接到信后，他走到庭院里——马匹已经在那里等候，可怜的老男爵在马鞍上的手枪皮套里放了钱——他把这些钱全部拿出来又上了楼继续赌牌，而且输了个精光。等他离开房间要逃的时候，已经来不及了：他在我的楼梯下被捕，那时你应该刚进家门。

"派出的士兵押着他回去了，即便如此，等待多时的老将军在看到他时还是欣喜若狂，扑到马尼怀里拥抱住他。据说，许多年来这是第一次。'他来了，绅士们，'老男爵呜咽着说，'感谢上帝他没有抢劫！'然后就瘫坐在椅子上。据在场的人说，老男爵大哭的场面令人心痛万分，因为所有人都知道他多么勇不可当，而且一直都严厉冷酷。

"'抢劫！'那个年轻人说，'我对天发誓绝对没有！'然后他们一老一少达成了和解，场面几乎令人动容。但很快，这个不幸的年轻人从警卫室被转移到监狱，而命运让他再没有从监狱里走出来。

"当天晚上公爵查阅了格尔登呈上的东西。公爵一定是在刚开始阅读的时候，就发出了逮捕你们的命令，因为你们在午夜被捕，马尼是在十点。在此之前德·马尼老男爵参见殿下，辩护他孙子的清白，殿下极为亲切友好地接见了他。殿下说他毫不怀疑小德·马尼的清白，他的出身和血统使他绝不可能犯下这种罪行。但局势对他太过不利，大家都知道那天他和那个犹太人密谈过，他在赌牌时输了一大笔钱，这些钱无疑是从那个希伯来人手里借的——现在都怀疑是他派自己的侍从打探那个犹太人的出发时间和路途，然后在路上设埋伏抢劫那个犹太人。马尼骑士的嫌疑太大，司法程序要求暂时扣留他。不过，在他澄清自己之前，看在他的出身和老将军的分上，他一定会得到恰当安排。在如此保证之后，亲王还亲切地握了握德·马尼老将军的手，所以老将军几乎安心的退下了，他坚信自己的孙子很快会被释放。

"但就在第二天早上，天还未破晓之时，整夜都在阅读那些文书的亲王近乎疯狂地大叫起来。他的随身侍从就睡在仅有一门之隔的房间里。他叫随身侍从立刻备马。马匹即刻从马厩牵了出来，殿下把一包信件扔进一个箱子里，让随身侍从拿好箱子紧随其后。这个年轻侍从（德·艾森伯恩先生）后来把整个经过告诉了一位年轻女士，这个年轻女士当时是我的家眷，而现在是德·艾森伯恩夫人，是十多个孩子的母亲。

"那个随身侍从说从未见过他威严的主人在短短一夜之间发生如此剧变。他双眼充满血丝，脸色铁青，衣服松垮地披在身上。在检阅军队时，他的仪容和军队里任何中士一样，总是一丝不苟。但如今，他像个疯子似的骑马奔驰在冷清的大街上，连帽子也没戴，他那没有梳理的头发随着风四处飘散。

"那个随身侍从带着箱子在他主人后面快马加鞭——要跟上亲王并不容易。他们一路从宫殿骑到镇上，又穿过镇子到老将军的宅邸前。看到一个陌生人冲向将军府的大门，把守的卫兵惊恐万分，由于没有见过殿下，他们举起刺刀，拒绝让他进门。'蠢货！'艾森伯恩说，'这是亲王殿下！'然后像报火警一样猛摇铃铛，最终守门人开了大门，殿下径直走向将军的卧室，拿着箱子的侍从紧随其后。

"'马尼——马尼！'亲王一边咆哮一边狂锤紧闭的门，'起来！'当里面的老人问是谁时，他回答说，'是我——维克多亲王！——起来！'很快，身着睡袍的将军开了门。亲王进去了。护卫把箱子带进来后就去前厅等候，他的确出去了。但德·马尼先生的卧室和前厅隔有两个门，大门即是卧室的入口，而通过小门，按照我们外国的布局习惯，可以走进供私谈的密室，密室的壁凹处就是床所在的位置。德·艾森伯恩发现这个小门开着，所以他听到也看到了套间内发生的一切。

"将军提心吊胆地问殿下为何这么早前来造访。亲王没有回答，而是凶狠地盯着他看，然后房间里走来走去。

"最终他开口说，'这就是原因！'并一拳锤在箱子上。由于忘记带钥匙，他走到门口说，'也许艾森伯恩带了。'但看到火炉上挂着一把将军的猎刀时，他说，'这个就行。'然后开始试着用那把长刀的刀刃把箱子劈开。刀尖断了，他咒骂了一声，继续用折了的刀刃猛撬，断刃要比带尖的刀好用一些，最终他把箱盖破开了。

"'什么事情？'亲王大笑着说，'就是这件事情。读一读！——这里还有更多，读一读！——还有——不，不是这个。这是别人的画像——但这是她的！你能认出来吧，马尼？我妻子的——王妃的！为什么你和你那被诅咒的族裔要离开法国，无论到哪都种下肮脏邪恶的种子，还破坏坦诚的德国家庭?! 我们家族对你们只有信任和仁慈，你们一无所有时，我们给了你们一个家，这就是你们的回报！'然后他把一包信件扔在老将军面前，后者立刻明白了事实——大概他很久以前就知道，跌坐在椅子上，老将军捂住了脸。

"亲王继续错乱地舞动着双手，近乎尖叫地喊道：'在你生下那个赌博撒谎的恶棍的父亲之前，假如有人这样伤害你，马尼，你知道你会如何报复。你会杀了他！是的，杀了他！但谁能帮我报仇？我的地位无人能及，所以我不能和那只法国人的狗——凡尔赛来的皮条客——决斗然后杀死他，如同背叛自己等级的那个人一样。'

"'马克西姆·德·马尼的血统，'老将军骄傲地说，'和基督教世界里的任何亲王一样高贵。'

"'我能取他性命吗？'亲王叫道，'你知道我不能。所有欧洲绅士都有的特权我却没有，我该怎么做？你知道，马尼，我来到这里的时候狂乱不已，我不知道该怎么做。你为我效忠了三十年，还救过我两次命。我的老父亲身边全是恶棍和妓女——一个正直的人也没有——你是唯一的一个——你救过我的命。告诉我，我该怎么办？'在羞辱过德·马尼将军之后，饱受折磨的可怜亲王开始哀求他。最后，亲王完全瘫坐在地，在极端痛苦中眼泪夺眶而出。

"老马尼在平常是个极为刚硬冷酷的人，当他看到亲王感情失控后，知情者告诉我说，他和他的主人一样极为动容。好像他突然从高贵冷漠的将军变成了絮絮叨叨的耄耋老人，呜咽个不停。他完全丧失了所有的尊严，双膝跪地，并用各种极没有条理的话拼命安慰亲王，艾森伯恩说场面之悲痛让他无法承受，他也的确转身离开没有再看下去。

"但是，通过随后几天发生的事，我们可以猜到这次长时间会面的结果。亲王在离开他的老仆人后，发现忘记带回那只极为重要的信箱，于是派随身护卫回去取。护卫走进房间的时候，将军正跪在地上祷告，在护卫收走箱子时，他像受了惊似的野蛮地抬头张望。随后亲王就骑马去了他在萨——九英里之外的狩猎场，三天后马克西姆·德·马尼死在监狱里。他承认自己企图抢劫那个犹太人，现在为他的行为感到痛悔，于是自尽了却此生。

"但外人并不知道是老将军自己给他孙子带去了毒药。有人甚至说是将军在监狱射死了小马尼，但这不是真的。德·马尼将军给他孙子带去了致命的药水，他告诉那个不幸的年轻人，说他的命运无可逃避。除非他选择接受惩罚，否则整个家族都会被公众所不齿。但这不是小马尼的想法，也是在用尽各种可能逃跑的办法之后，他不幸的人生才被终结。这个你不一会儿就会听到。

"至于德·马尼将军，在他孙子和我荣耀的公爵去世不久后，他就得了严重的痴呆症。后来亲王殿下娶了来自弗——家族的玛丽公主，他们在那个英式公园里散步时曾遇到马尼老将军。老将军在瘫痪后通常都被抬到那里，当时他正在阳光下躺着摇椅。'这是我妻子，马尼。'亲王满怀深情地说。他拉起老将军的手，又对着他的王妃说：'德·马尼将军在七年战争中救过我的命。'

"'怎么，你又把她带回来了？'老将军问道，'那我希望你能把我可怜的马克西姆还给我。'他已经忘记可怜的奥利维亚王妃已经死去，而亲王，脸色极为阴沉地离他而去。

"'现在，'德·莉莉安哥顿说，'我只剩下一个故事要讲——奥利维亚王妃的死亡，这个故事非常阴暗悲惨，比刚才讲的故事更恐怖十倍。'说完这些话，这位老夫人又开始了她的叙述。

"厄运倒向了心软且愚钝的王妃，如果这不是由马尼的胆小懦弱所造成，也可以说他占了很大一部分原因。马尼想方设法从监狱里和王妃通了信。王妃的不光彩在当时还未被公开（出于对家族声誉的顾虑，公爵坚持只认定马尼的抢劫罪），为了救出马尼，她做出最绝望的尝试，甚至想贿赂狱卒让马尼逃跑。她当时歇斯底里，以至于在她为挽救马尼而设的任何计谋中，她的行为都丧失了所有的耐心和谨慎。但她丈夫决心已定，并派人对马尼骑士严密看守，所以逃跑绝无可能。她向宫廷的银行家提出典当国家珠宝，后者当然谢绝了这笔交易。据说，她还向警察部长格尔登下跪，并许诺一笔上帝才知道数目的金币作为贿赂。最后，她跑到我亲爱的可怜公爵面前大喊大叫。由于老公爵年事已高，疾病缠身，又宅心仁厚，根本不适合接见声嘶力竭的王妃。也正是因为王妃发了疯的狂暴和悲痛，使公爵激动异常以致疾病发作，我差点因此失去他。我丝毫没有半点怀疑，也是这些事故使我亲爱的公爵过早逝世。我肯定他们做的斯特拉斯堡馅饼根本不可能伤害到公爵，只有那些非同寻常的事故，才能让公爵宽厚的心被迫受到巨大打击。

"尽管维克多亲王表面不露声色，但王妃的一举一动都在他监视之中。维克多亲王去参见了他父亲，还做出严厉声明，如果殿下（我的公爵）胆敢协助王妃解救马尼，他维克多亲王将会公开指控王妃和她情夫的叛国之罪，并召开议会，以丧失统治能力为由废黜他父亲的王位。因此，我们这边即使干涉也是徒劳，马尼必须面对自己的命运。

"你们当时也有所察觉，一切都来得很突然。老将军看望了他孙子，并留下一瓶毒药，但马尼没有胆量喝。两天后，警察部长格尔登、骑兵大臣亨斯特和亲王的护卫军上校去了马尼的监狱。格尔登向这个年轻人表明，除非他同意喝下老马尼留给他的月桂樱水①，否则会立即采取更残忍的手段杀死他，庭院里有一队卫兵正等着送他上西天。听到这些话，马尼完全不顾脸面，低三下四地跪倒在军官们面前挨个向他们求情，还在恐惧中大哭大叫。最后，他绝望地喝下药水，几分钟之内就变成了尸体。这就是马尼的结局。

"宫廷公报报道了他的死亡，文中陈述德·马先生在企图谋杀一名犹太人后痛悔不已，在监狱中服毒自尽。上面还加了一个警告，告诫领地里所有的年轻贵族避免赌博这种可怕的罪恶，这是毁灭年轻骑士的祸根，也让公爵手下最高贵最光荣的将军白发人送黑发人。

"葬礼在私下举办，德·马尼将军扶棺而行。后来，两位公爵和宫廷的所有头面人物都去将军府吊了唁。第二天将军和往常一样在兵工厂参加了军队检阅，视察过兵工厂后，这位勇敢的老武士扶着维克多亲王的胳膊走了出来。亲王对这位老人格外仁慈，还给军官们讲述那个他常常讲起的故事，那是在罗斯巴赫，萨——的军队不幸与苏比塞元帅的军队对峙，一名法国骑兵对他紧追不舍，是老将军为他挡下致命一击，并杀死那个法国人。然后他提到'忠勇无瑕的马尼'这个家族格言，还说"他忠勇的朋友和军事导师一直如此。"这番话让在场的所有人都感动万分，除了老将军本人——老将军只鞠了一躬，但一言未发。在回家的路上，有人听见他自

① 月桂樱水，从新鲜的月桂樱叶子里提炼出来汁液，再加以其他制作过程而成。汁液中含有毒化学成分氢氰酸，在医药中有使用，但因毒性较强，也被古代人用作毒药使用。——译者注

言自语说'忠勇无瑕的马尼，忠勇无瑕的马尼！'当天晚上老将军中风瘫痪，从那以后再没站起来过。

"王妃一直不知道马克西姆已死，她收到的公报上甚至没有印马尼自杀的消息。我不知道为什么，她最后还是知道了。她的女伴们告诉我，当她听到这个消息时尖叫一声昏死过去，如同暴毙，然后她又猛地坐了起来，像个疯女人一样胡言乱语，然后被抬到床上。医生过来诊断，发现她得了脑膜炎。这段时间亲王不停派人询问王妃的病情，还下令让人打扫收拾他在施朗格芬（Schlangenfels）的城堡，我敢肯定，他想把王妃禁闭在那里，就像她住在泽尔（Zell）的不列颠姐妹的遭遇一样。

"她不断要求和亲王会面，但亲王拒绝了，说等王妃恢复健康之后再和她谈话。王妃写了很多封热情洋溢的信，最后亲王派人送来一个包裹，包裹里装着一颗祖母绿——所有这些变幻莫测的可怕阴谋都由它而生。

"王妃殿下此时完全丧失了理智。她当着所有女伴的面发誓，对她而言，亲爱的马克西姆的一卷头发比全世界的珠宝都珍贵；她摇铃叫人备马车，说要去亲吻马克西姆的坟墓；她宣称那个被谋杀的烈士是清白的，还呼号上天以及她的家族，要求惩罚那个暗杀马克西姆的人。亲王听到这些话后（当然是一字不漏，因为有人按时向他做报告），脸上浮现出他最令人恐惧的表情（我现在还记得），他说，'这不会持续太久。'

"那一天和接下来的一整天，奥利维亚王妃都在口述信稿，命人记录下来，还命人把这些信送给法国、那不勒斯、西班牙的国王们，她的亲戚们，还有她家族所有的其他宗室，她用极为激烈的言辞要求他们保护她，以免她被她的屠夫丈夫杀害。她还极为愤怒地攻击亲王，同时，也坦诚了她对已经死去的马尼的爱。有些对王妃忠心耿耿的女伴向她言明，写这些信毫无用处，而其中的痴傻坦白更是极其危险，但她全然不听。王妃坚持命人把信写出来，还把信给她的次席穿衣女侍。这个女人是法国人（女王殿下总是很偏爱那个国家的人），掌握着王妃珠宝箱的钥匙，她把王妃给她的每一封信都交给了格尔登。

"除了不再举办公共接待宴会之外，王妃的起居礼仪一如往常，王妃的宫廷女伴们仍在她身旁侍候，并对她像往常一样履行职责。唯一一个允许进入她宫殿的男性是她的仆人——一位牧师医生。有天王妃想去花园散步，但一位把守大门的雄壮卫兵向她禀告，亲王下令不允许王妃踏出殿门半步。

"你应该记得，萨——宫殿城堡的大理石旋转楼梯之上是一个大厅，维克多亲王的寝宫与王妃的寝宫在大厅两头遥遥相对。这个大厅非常广阔，放置了很多沙发和长凳，等候的绅士军官们就把这个大厅当作接待室，亲王会在十一点整走进大厅，准备检阅军队，绅士军官们就在那里行礼。这个时候，亲王宫殿的雄壮卫兵们在亲王面前持戟列队——亲王也会对他们示意。然后随身侍从们从殿内走出宣布亲王即将到来，他们边走边喊'绅士们，亲王驾到！'然后大厅响起鼓声，沿栏杆而坐的绅士们纷纷起立。

"似乎命运也在催促她走向死亡。有一天，王妃在卫兵们走出宫殿时觉察到，亲王正和像往常一样站在大厅里和绅士们交谈（以前他经常穿过大厅走进王妃的宫殿亲吻她的手）。王妃整个早上都心神不宁，她抱怨宫殿太热，坚持让人把寝宫所有的门都打开。我想她当时的各种行为已经表明她疯了。

当护卫们走出宫殿关上大门的时候，王妃疯狂地冲过去撞开大门，在任何人来得及说一句话，或者她的宫廷女伴们来得及追上她之前，她已经跑到楼梯上，面对着亲王。她开始大声朝着亲王呼喊：

"'注意了，绅士们！'她咆哮道，'这个人是凶手，是骗子！他用阴谋把正直的绅士们关进监狱，还杀死他们！注意了！我现在就在监牢里，也害怕遭到同样的命运：杀死马克西姆·德·马尼的屠夫，可能在任何一个晚上把刀架在我的脖子上！我请求你们，和全欧洲的国王们，还有我的亲族，我要求从这个残暴恶棍的监牢里被释放出来：他是个骗子，背叛者！现在我起誓，并祈求所有正直的绅士们，把这些信带给我的亲戚，告诉他们，这些信出自谁之手！

"'所有人都不准动！'亲王叫道，此刻他已是雷霆大怒。'德·格蕾姆夫人（de Gleim），你应该把你的病人看好点。叫王妃的医生过来，她已经神志不清了。绅士们，都悄然退下！'亲王站在大厅里看着绅士们下楼，他严厉地向护卫们发令，'士兵们，只要她敢动一步，用你们的戟伺候！'听到命令，卫兵们把戟指向王妃的胸口。王妃惊恐万分地后退，然后退回到她的寝宫。亲王发出命令，'德·艾森伯恩先生，现在把这些信收起来。'侍从们走在前面，亲王回到自己的宫殿，亲眼看着这些信被完全烧毁之后他才出来。

"第二天宫廷公报发布了一篇由三名御医签名的短讯，声明'世袭王妃殿下由于脑部炎症加剧，整夜未能安眠。'此后每天都会有这种公告发布。除了两名贴身女侍，王妃所有的宫廷女伴都被遣散。寝宫内外都有重兵把守，所有窗子都紧锁，逃跑绝无可能。你也知道十天后发生的事。教堂的钟声响彻整夜，忠诚的人们纷纷为临终的人祷告。第二天，一份镶着黑边的公报被贴出来，声明至高无上的奥利维亚·玛利亚·弗迪南达王妃，萨——世袭亲王维克多·路易斯·伊曼纽尔亲王殿下的配偶，于1769年1月24日早上病逝。

"但你知道王妃是怎么死的吗？这也是个秘密。近身侍从艾森伯恩参与了这个可怕的悲剧。这件事情太过恐怖，相信我，只因现在维克多亲王已经过世，我才敢对你透露这个秘密。

"王妃在公众面前大吵大闹使亲王下定了决心，他叫来艾森伯恩，以极其庄严的命令让他起誓保守秘密（许多年后，他只把这件事告诉了他妻子。的确，这世上没有女人们不知道的事），然后派给他的神秘任务。

"亲王殿下说：'正对着斯特拉斯堡，凯尔那边的河岸住着一个名叫德·斯特拉斯堡先生（De Strasbourg）的人，只要说出名字就能找到他的住处。打听他的时候切记小心谨慎，不要招人起疑。也许你最好自己去斯特拉斯堡走一趟，那里的人对他很熟悉。带上一个你能完全信赖的同伴，但记住，只要走漏半点风声，你们两个都性命不保。你们会发现德·斯特拉斯堡先生有时独居，或只和一名佣人为伴。五年前从巴黎回来时，我在偶然之中见过这个人，由于目前的紧急情况，现在我必须召他过来。你们在晚上坐马车过去，蒙面进入他的房子，给他一百路易金币，向保证他回来之后会再给他双倍的数目。如果他拒绝，你们就用武力，告诉他，如果他敢反抗就立刻杀死他。把他带上马车后蒙上他的眼睛，一路上都要盯紧他，告诉他，如果他敢偷看或是发出声音他会当即没命。你们把他带到老塔楼，塔楼里已经准备了一个房间。等他把该做的做完，你就按照去时的方法把他带回家。'

"这就是维克多亲王给艾森伯恩的神秘命令。艾森伯恩选了巴顿斯坦因（Bartenstein）中尉作同伴，两人立刻出发了。

"这段时间宫殿里悄无声息，像是沉浸在哀悼之中。宫廷公报持续发布简讯宣布王妃的病情。尽管王妃身边的侍从很少，但有关她病情的奇异故事流传开来，内容十分详细。她已经完全疯了，甚至企图自杀，还把自己想象成无数种角色。加急快报被送到她的家族告知她的病情，特使被派到维也纳和巴黎征召高明的脑科医生。这些表明的紧急情况都是伪装：亲王根本不想让王妃病愈。

"艾森伯恩和巴顿斯坦因回来的那天，公报宣称王妃殿下病情加重，当天晚上全城得到报道，王妃已经到最后关头。事实是，那天晚上这个不幸的人正要试图逃跑。

"她无限信任那个照看她的法国侍女，所以两人共同安排了逃跑计划。王妃把她的珠宝都收拾进一只箱子里。她发现了一个隐秘的门，据说可以从她的房间走到外面的大门，一直通到宫殿外面。她还收到一封来自她的公公老公爵的信，称车马已经备好，会把她带到不——，在那里她会得到安全，还能和她家族通上信。

"由于完全信赖那个法国女人，不幸的王妃决定动身逃跑。那条通道穿过宫殿现代部分的墙，外墙部分实际上通往一座古塔，人们称它为猫头鹰塔。由于某种原因，那座塔已经被拆毁。

"那个侍女举着蜡烛，到了某个地方后，蜡烛灭了。王妃本要尖叫出来，但有人抓住她的双手，一个声音喊道'别叫！'接下来一个蒙面的男子（这就是公爵本人）冲向前用一条长巾勒住她的脖子，她的手和脚都被绑住，昏厥之后，她被抬到一个密室，在那里等待的人把她绑在扶手椅子上。那

个勒晕王妃的人过来把她的脖子裸露出来，然后说：'她昏过去了，现在就做。'

"也许他刚才就该做完。因为，尽管，在她开始渐渐醒过来，她的祭司走上前去尽力在她身上做准备，为那个可怖的举动做准备——准备送她进入永生。在她恢复意识后，只是像个疯子一样大叫，咒骂公爵是个屠夫和暴君，还喊叫马尼，她亲爱的马尼。

"听到这话，公爵相当平静地说，'愿上帝怜悯她罪恶的灵魂！'他，祭司，还有在场的格尔登都跪在地上。当亲王殿下扔掉长巾的时候，艾森伯恩昏倒在地，而那位德·斯特拉斯堡先生将奥利维亚王妃的头发拿起，把那颗尖叫着的头从她罪恶的身体上分离了下来。愿上帝怜悯她！

这就是德·莉莉安哥顿夫人讲述的故事，读者们毫不费力就可以找到影响了我和我叔叔的那一部分。在被囚禁六周后，我们重获了自由，但是接到命令立刻离开公爵的领地，的确，一大队骑兵护送我们到了边境。我们得到允许把拥有的财产卖掉变成现钱，但我们持有的赌债没有一个人归还，而我得到艾达女伯爵的希望也就这样落了空。

六个月之后，中风夺走老公爵的生命，维克多公爵登基了。萨——所有的奢华享乐全部被废弃，赌牌被禁止；歌剧院和芭蕾舞团被解散；老公爵卖给别国的军队被召回，回来的人也包括那个鄙贱的少尉，他和我的女伯爵结婚了。我不知道他们是否幸福，但可以肯定的是，像她那精神空虚的人不配得到多少高级乐趣。

奥利维亚王妃死后，萨——在位的公爵娶了另一个王妃，四年之后，格尔登建造了德·莉莉安哥顿夫人提到的豪华宅邸，尽管他早已不再是警察部长。这场巨大悲剧里的小角色们最后何去何从，谁知道呢？只有德·斯特拉斯堡先生恢复了以前的生活。至于犹太人洛、王妃的法国侍女、马尼的间谍侍从——我一无所知。大人物在使用这些利器披铁斩石建功立业的时候，它们大都已经破损，在它们被毁后，我也没听说过它们的主人有丝毫惋惜。

第十三章　我仍然是个时髦人物

我发现自己已经写了很多章节，但我最精彩的历史里还有一大部分没有讲述，即是，我在英格兰和爱尔兰王国的生活，以及我如何在那里呼风唤雨，在最显赫的社交圈里游移，而且是其中的重要成员。为了在我的回忆录里给这部分历史以相应的地位——这比我在外国的冒险更重要百倍（尽管对于后者我还能写出成卷的精彩描述），为了讲述我在母国的经历，现在我要中断对我在欧洲的旅行以及在各个宫廷获得辉煌成功的描写。简单地说，除了粗鄙的柏林，全欧洲没有一个首都不知道年轻的德·巴利巴里骑士，没有一个宫廷不对他赞美有加，没有一个地方不承认这个出身高贵的勇士。我曾在彼得堡的冬宫赢了俄国当朝重臣波将金①八万卢布，但

———————

①　波将金，原文为 Potemkin，全名为格里戈里·亚历山德罗维奇·波将金（1739～1791），是俄国的军事领袖、政治家、贵族，在第五次俄土战争期间表现突出，是叶卡捷琳娜二世的宠臣。俄罗斯与奥斯曼两个帝国第六次战争是他曾任军事将领，战争结束签订了雅西和约，在此期间波将金亡故。——译者注

这个无赖根本没有付我钱；我曾有幸见到亲王殿下查尔斯·爱德华骑士①像个罗马守门人一样喝得酩酊大醉；在斯帕②，我叔叔和著名的克——领主打了几次台球，我向你保证，我叔叔可不是输家。事实是，我们用巧计使领主大人惹来大笑，还得到一些比这贵重得多的东西：克——大人不知道我叔叔巴里骑士有一只眼已经失明。有一天，在打台球时我叔叔开玩笑地和他打赌，说他可以一只眼蒙上眼罩和他对抗，这位高贵的大人以为能痛宰我们一笔（他是有史以来最疯狂的赌徒之一），就接受了赌注，然后我们赢了他一大笔钱。

我也无须再详述，在美丽的尤物中我所获得的巨大成就。那个时候，我是全欧洲才华最卓越、身材最高大健美、长相最英俊的男子之一，像我这样的人物总是拥有各种优势，而且我的头脑也非常懂得怎样利用它们。但在这些人面前，我无能为力：可爱迷人的舒娃洛夫，有一双黑色美目的诗索塔斯卡，神秘忧郁的瓦勒德，柔情似水的黑根海姆，还有才华横溢的朗吉雅珂③！尽管我现在头发灰白，视线模糊，随着

---

① 查尔斯·爱德华骑士，英文全名为 Charles Edward Louis John Casimir Sylvester Severino Maria Stuart（1720～1788），在世时被大不列颠王国称为是小篡位者。他是第二个自称拥有英格兰、苏格兰和爱尔兰王国王冠的詹姆斯派人，因为他的爷爷是退位的英王詹姆斯二世，他父亲是詹姆斯国王的大儿子，他是他父亲的大儿子。他曾试图重夺大不列颠王国的王位，但在库伦登战役中被打败，詹姆斯派的叛乱也由此终结。——译者注

② 斯帕，是比利时列日省东部阿登地区的一座小镇，以温泉闻名于世。——译者注

③ 这些均是女性的名字，舒娃洛夫，原文为 Schuvaloff，应为俄国人名；诗索塔斯卡，原文为 Sczotarska，应为波兰人名；瓦勒德，原文为 Valdez，应为法国人名；黑根海姆，原文为 Hegenheim，应为德国人名；朗吉雅珂 Langeac，应为荷兰人名。——译者注

时间的流逝，怠倦、失望以及朋友们的背叛让我的心越来越冷，但我还是忍不住靠在椅子上想象，那些甜美的人儿笑意盈盈，明亮的眼睛含情脉脉，从过去的时光里柔情款款地向我走来！现在没有任何女人能像她们一样，没人能像她们那样仪态万千！你看看亲王身边围着的那群女人，全都穿着紧身的白色高腰绸裙，毫无身段可言，她们也配和过去的优雅人物相提并论！怎么说呢，在凡尔赛宫为第一位皇太子出生而举办的宴会上，我和科拉丽·德·朗吉雅珂共舞，她的裙撑足有十八英尺那么大，她那可爱的脚点起时离地有三英寸那么高；我胸口装饰的蕾丝价值一千克朗，单说我那件紫红色天鹅绒外套上的扣子，就花费八万里弗银币①！看看现在的天差地别！绅士们穿得和拳击手、贵格派教徒或者出租马车的车夫一样，女士们根本就没有穿着可言。现在完全丧失过去世界的优雅、高贵和骑士精神，而我正是其中最优秀的代表。想想吧，伦敦的时尚竟然由一个叫不哼二的家伙引领！② 他只是个无名小卒的儿子，身份低下，他会跳的小步舞还没有我会讲的切罗基语③多，他根本不能像个绅士一样干掉一大瓶酒，也从没拿过剑。但是，在这个粗野的科西嘉人败坏这个世界的贵族以前，在美好的旧时光里，我们都是用剑展现自己的男人气概！噢！我多想再见瓦勒德一面！我

---

① 里弗银币，原文为 livre，里弗是一种银币币种的名称，也是银币单位，是法国的本位币单位，于 1781 年至 1795 年流通。18 世纪时，24 个里弗银币换 1 个路易金币。——译者注

② 这些手稿一定是在布鲁梅尔先生还是伦敦的时尚领袖时写下的。——原作者注

③ 切罗基语，是切罗基族的语言，切罗基族是北美易洛魁人的一支，居住于山脉深处，是一个较原始的种族。——译者注

第一次见到她时，众人捧着她的八双舞鞋，一众绅士做她的随从，地点就在黄色的曼萨纳雷斯城堡①旁！噢！我多想再和黑根海姆坐着镀金雪橇玩乐一次，就像以前在萨克森雪地上那样！尽管舒娃洛夫虚伪，但人们都说"被她抛弃好过被任何其他女人崇拜"。想到她们每一个人，我都忍不住柔情满腔。在我可怜的小博物馆里，我保存了她们每个人的一卷头发作为往事的记忆。你们这些历经半个世纪动荡和战争的亲爱人儿，你们还留着我的吗？我与日尔纳斯基伯爵（Bjernaski）在华沙决斗那日，诗索塔斯卡的脖间还缠绕着乌发，现在它们变成了什么颜色？

那个时候我从没有任何卑贱的账簿，我没有借债。我拿走的所有东西我都能豪气地付钱，我想要的所有东西我都会拿走。我的收入极为庞大。我的消遣、招待以及马车装备与公侯王孙们无异。我也没有让任何无赖以为我是个冒险家，因为我抢走林登夫人娶了她而嘲笑我，或者说我身无分文，这桩婚事不公平。身无分文？全欧洲的财富都在我掌握之中。冒险家？满载声誉的律师和英勇善战的士兵也是如此，所有白手起家的人都可称为冒险家。赌牌就是我的职业，而那时我在赌桌上盖世无敌。横贯全欧洲，没有一人能在公平条件下打败我。有些人买公债吃三厘的利息，有些人坐拥良田万顷收租税，我的收入和他们一样可靠。粮食丰收并不比技巧所得更稳定，丰收是一种机遇，概率和一个高手玩一场赌注极大的牌局一样：都可能因为出现干旱、霜冻或者冰雹而全

① 曼萨纳雷斯城堡坐落在西班牙瓜德拉玛山脉的南坡上，距离马德里50公里远，是十五世纪卡斯蒂利亚人军事建筑的典范，同时也是全国此类建筑中的最后一座。最初它是一个要塞，后来成为卡斯蒂利亚地区一个富裕贵族家族的住所。——译者注

盘尽失。所以每个人都和别人一样，都是冒险家。

在对这些善良美丽人儿的记忆里，我感受到的只有喜悦。我将要讲起对另一位女士的记忆，从今往后，她都在我的人生中占据重要部分——她就是林登女伯爵。上一章讲述的事件让我离开了德国，但在离开德国后很短时间内，我就在斯帕认识了她。

林登女伯爵霍诺莉雅，也是布林登女子爵、爱尔兰林登城堡的男爵夫人，那个时期所有的贵族都熟知她的名字。我无须多说她的家族历史，直到现在，还有许多读者要仰仗这个家族的贵族。我也无须再说，她自己拥有伯爵、子爵和男爵的爵位。她在德文和康沃尔的庄园是当地最宏伟的庄园之一，她在爱尔兰的财产也同样无人可比，在这本回忆录的开篇我就提过，我们先祖在爱尔兰王国的财产就在那附近，的确，在伊丽莎白女王和她父王统治时期，不公的充公使我们的财产日渐减少，而我失去的庄园都进入了林登家族早已不可胜数的财产里。

我第一次在斯帕的一次聚会上见到这位女伯爵时，她还是她表兄爵士查尔斯·雷金纳德·林登（Charles Reginald Lyndon）阁下的妻子，后者是巴斯骑士，曾受乔治二世和乔治三世任命，在欧洲多个小国的宫廷任外交大臣。查尔斯·林登爵士是个著名的智者和乐观达人：他写的情诗堪与汉伯利·威廉姆①相媲美，他常和乔治·赛尔温②开玩笑，同哈

---

① 汉伯利·威廉姆，英文名为 Charles Hanbury Williams（1708～1759），他是一位爵士，得过巴斯的荣耀勋章，是一位威尔士外交家，作家和讽刺诗人。——译者注

② 乔治·赛尔温，英文名为 George Augustus Selwyn（1719～1791），是大不列颠国会的国会议员。——译者注

利·沃波尔①一样是个古董爱好者，他们两个和格雷先生还一起走过一段"朝圣之路"②。简言之，他被认为是那个时代最优雅风趣且多才多艺的人物之一。

也是在赌桌前，我结识了这位绅士，因为他一次赌局也不错过。的确，赌牌可谓是他最喜爱的消遣，而他在赌牌上耗费的精力和勇气令人叹服。因为，尽管他饱受痛风和许多其他病痛的折磨，腿脚残废只能靠轮椅走动，此外还承受各种剧烈的病痛，但你在每天早上和每天晚上都能看到他坚守在宜人的绿赌桌后面。他自己的手经常会由于太过虚弱或者病痛发作而握不住骰子筒，此时他会叫出点数，然后让他的贴身男仆或者朋友帮他摇骰子。我喜欢这个人身上无所畏惧的精神，最伟大的成功都是由这种不屈不挠的毅力创造的。

到这个时候，我已经是全欧洲最著名的人物之一，我的功绩名扬四海，而我的决斗和我在赌牌时的胆量，使我无论在哪个社交圈出现，都会有人把我团团围住。我也可以拿出一沓沓满是芳香的书信证明，不仅只有绅士们渴望与我结交。但由于我痛恨自吹自擂，所以只要有关我的冒险经历，我都只说一句：全欧洲再没有一个人的经历能更加奇异非凡。好吧，查尔斯·林登爵士最初与我结识起于这位荣耀的骑士在玩皮卡牌时赢了我七百金币（在这种牌上他简直可以算得上我的对手），我输钱的时候心情大好，而且付了钱，你可以肯

---

①　罗伯特·沃波尔，第一代奥福德伯爵，英语名为 Robert Walpole（1676～1745），英国辉格党政治家，在内阁有巨大的影响力，是内阁事实上的掌权者。——译者注

②　是指环绕欧洲一些国家的旅程，有固定的路线和地点，原本在英国上层阶级的绅士中流行，后来扩展到中层阶级，再后来成为英国大学生毕业旅行的一个代称。——译者注

定，我是准时付了钱的。的确，我可以这么说自己，输钱从不会让我和赢家有任何不愉快，而且不管在哪遇到高手，我都随时准备向他欢呼致意。

能从大名鼎鼎的玩家手里赢钱，林登非常骄傲，由此我们的关系更进了一步，不过，在一段时间内，我们只在赌牌厅里相互点头，或者在赌牌用晚餐时交谈。但这种感情逐渐加深，后来我们有了更私人的友情。他是个口无遮拦的人（那时上流社会的绅士较之现在要骄傲得多），还曾以他那种目中无人的方式从容地说："去你的吧，巴里先生，你的仪态比一个理发师强不了多少，我觉我的黑人脚夫受过的教育都比你多。不过你这个年轻人独具匠心，而且胆识过人，我喜欢你，先生，因为你看起来决心要以自己的方式走向坟墓。"

我会大笑着感谢他这番赞美，然后说，既然他要比我更早进入另一个世界，如果他能帮我在那里安排好住处，那我将感激不尽。我曾给他讲述我们家族的辉煌和布雷迪堡的雄伟，他被逗得大笑不已，听这些历史他从不厌倦，而他的嘲笑也从不间断。

"无论如何，都继续赌你的牌，我的孩子。"我告诉了他我在寻找婚姻伴侣时的不幸，还有我在德国差一步就要娶到最富有的女继承人。他是这么说的，"无论如何，干什么都不要结婚，我淳朴的爱尔兰乡下人（他总用千奇百怪的名字称呼我），培养你在赌博上的天赋。但是记住，女人会打败你。"

这我否认了。我举了一些例子，告诉他我征服过最难以驯服的女人。

"她们会在以后打败你，我蒂珀雷里的亚西比德①。相信我的话，一旦结了婚，你就会被征服。看看我，我娶了我的表妹，英格兰最高贵最富有的女继承人——她差点不同意，但我还是娶了她（说到这里查尔斯·林登爵士的脸色阴沉了一下）——她是个愚钝的女人。你以后见到她，先生，就知道她有多么愚钝，但她是我的夫人。她让我痛苦了一生。她是个蠢货，但她打败了基督教世界最优秀的头脑之一。她极其富有，但不知道怎么回事，我从没有像娶了她之后那么穷过。我想过好点，但她却让我悲惨不已，还要杀了我。等我走后，她也会对我的继任者做同样的事。"

"林登夫人有一大笔收入吗？"我问道。查尔斯爵士听后突然发出一大串笑声，让我为自己的笨拙举动大为脸红。因为事实是，看到他目前所处的状况，我忍不住思索像我这样的血气方刚的绅士应该有机会娶他的寡妇。

"不，别！"他大笑着说，"你这只贪婪的鹰，巴里先生。别那么想，只要你还珍视自己头脑的宁静，就别在我死后占领我的位置。另外，我不认为我的夫人林登会嫁给一个——"

"嫁给一个什么，先生？"我一脸怒容地问道。

"别管那是什么，但娶她的人一定会后悔，不管你信不信。她是个灾难！如果不是由于我父亲和我的雄心壮志（他是她叔叔，也是她的监护人，我们不能把这么大一块肥肉让给别人），至少我可以平静地死去，安静地把我的痛风带进坟

---

① 亚西比德，原文为 Alcibiades（公元前 450～公元前 404），是雅典的著名政治家、演说家以及将军，是其母亲的贵族家庭中最后一位显赫要人。他在伯罗奔尼撒战争分别效忠于三个不同的主人，这使他卓越的军事生涯毁于一旦。——译者注

墓，我会住在梅菲尔①不大的房子里，英格兰每家每户的大门都为我敞开。而现在，现在我有六座宅邸，但对我而言，每一座都是地狱。要当心伟大的东西，巴里先生，以我为鉴。自从我结了婚变富有之后，我也成了全世界最悲催的可怜虫。看看我，现在我五十岁，全身患病，腿脚不灵，生命垂危，婚姻让我苍老了四十岁。在我没结婚的时候，没有任何同龄人能比我看上去更年轻。我真是个傻瓜！我的养老金足够用，还拥有完全的自由和欧洲最好的社交圈，但我竟然放弃这一切结了婚，现在悲惨无比。以我为鉴吧，巴里上尉，坚持赌你的牌。"

尽管我和林登骑士的私交已经很深，但很长一段时间内，除了他自己的住处，这所房子的其他任何部分我都没有探访过。他的夫人和他完全分居，而他们怎么能一同旅行，这点真是令人好奇。林登夫人是老玛丽·沃特丽·蒙塔古②的教女，和那个18世纪著名的老女人一样，她穷尽力量假装自己是个才智兼备的才女。林登夫人用英文和意大利文写的诗至今还会在供品味奇异人士看的杂志上出现。她喜欢在历史、科学、古代语言，还有尤其是神学方面和几位欧洲学究通信。她的乐趣是与神父和主教们讨论有争议的话题。阿谀奉承她的人称她在研究方面堪比达西耶夫人③。任何冒险家只要有点化学方面的发现，或者搜寻新宝藏，或者有研究点金石的

---

① 梅菲尔，是伦敦的上流住宅中心区。——译者注

② 玛丽·沃特利·蒙塔古夫人，英文为 Lady Mary Wortley Montagu（1689～1762），是一位女贵族，极具个性，她也是个多才多艺的作家和诗人，作品主要以书信体著称。——译者注

③ 达西耶夫人，原文为 Madame Dacier（1654～1720），在她一生中，达西耶夫人这个称号更为人熟知，她是一位法国学者，还是个古典文学译者。——译者注

计划，就一定能从她那里得到资助。有无数书籍或画作都为她而创，欧洲所有的蹩脚诗人都用林登妮拉或者卡莉斯塔的名义为她写十四行诗，而且无穷无尽。她的房间摆满了奇形怪状的瓷器以及各式各样的老古董。

没有任何女人像她那样为自己的原则而感到骄傲，也没有女人能像她那样纵容众人向她求爱。现在我们所处的时代粗俗无比，根本不能理解那时高雅绅士们求爱的方式：无论老幼，绅士们会把赞美的波涛倾泻到书信和情诗里。而如今，绅士们如此表达爱意竟会引一个头脑清醒的女士瞪视，18世纪的殷勤和风度就这么消失的一干二净。

林登夫人带着一小队随从四处旅行。她上路时有六驾马车随行。她自己的马车里坐着她和她的同伴（一些品质粗鄙的女士）、她养的鸟、贵宾犬以及当时她最喜欢的学者。另一辆马车里坐着她的女秘书和侍女们，尽管有这些人的照料，但她们的女主人永远是一副邋遢的样子。查尔斯·林登爵士有自己的马车，照顾起居的其余家眷坐在其他马车里。

还有一辆马车是必须提的，里面坐着林登夫人的附属教堂的牧师朗特先生（Runt），他也是她儿子小布林登子爵的家庭教师。小布林登子爵是个被抛弃的忧郁小男孩，他父亲对他比陌生人还冷漠，而他母亲从不和他见面，除了在早上会客时见他几分钟，向他提问一些有关历史和拉丁语的问题。此外的时间他就自己玩耍，或由家庭教师管教。

我时不时会在公共场合看到这样的密涅瓦女神①，被一

---

① 密涅瓦女神，是古罗马神话中的智慧女神，希腊名为雅典娜。传说是她把纺织、缝纫、制陶、园艺等技艺传给了人类，是三大女神之一。由于她在朱庇特的头颅里诞生，以及拥有过人的智慧和超人的武力，她被认为是年轻众神中最强大的一位，还被称为自由之神。——译者注

大群贫穷的神父和校长团团围着，听那些人阿谀奉承。对这种女人的概念有时让我感到很恐怖，所以我根本就不想结识林登夫人。我可不想跟在一位伟大女士的裙裾后面，成为那些摇尾乞怜的马屁精之一——这些家伙半是朋友半是随从，他们写诗歌，写情书，为她跑腿，只为在剧院里得到她包厢的一个座位，或者在她的餐桌上吃上一席。

"不用害怕，"查尔斯·林登爵士说，他主要的谈话和戏谑内容就是他的夫人，"我的林登妮拉不会和你有任何交际。她喜欢托斯卡纳①的涵养人士，而不是爱尔兰凯里来的乡巴佬。她说你身上的马厩气息太过浓厚，不能引荐进女士的社交圈里。两周前的周日，她终于赏脸和我说话时，是这样说的：'我很惊奇，查尔斯·林登爵士，作为一个曾担任国王大使的绅士，竟然会自贬身价和一个低下的爱尔兰骗子赌博喝酒！'别急着发怒！我是个瘸子，这是林登妮拉说的，不是我。"

这让我恼恨不已，也让我决心结识林登夫人。既然她如此高高在上，那我必须向这位不公地掌握着巴里家族财产的夫人展示，这个家族的后裔配得上任何女士。此外，我的骑士朋友已是危在旦夕，他的寡妇将会是三个王国最大的奖赏。为什么我不能赢得她？有了她给我的一切，我就能更加出人头地，这不正是我的才华和渴望所追求的吗？我认为在血统和教养上，我不比任何一位林登家族的人差，所以我决心让这位骄傲自大的夫人臣服于我。下定决心后，我就设计了全盘计划。

---

① 托斯卡纳，是意大利的一个大区，常被誉为意大利最美丽的部分，首府为佛罗伦萨。——译者注

　　我叔叔和我商讨了整件事，我们迅速确定了靠近林登城堡这位高贵夫人的方法。朗特先生是布林登小子爵的家庭教师，他喜爱玩乐，经常在花园的夏夜喝一杯莱茵红酒，只要有机会，他就会扔几把骰子。我留意和他交了朋友，作为一个英国大学导师，他随时准备向任何像时髦绅士的人下跪。看到我仆从成群，出入乘坐双排大轿或敞篷马车，随身男仆数个，还有驾驭悍马的骑兵开道，穿金戴银，天鹅绒和貂皮大衣不可计数，在路上或在温泉里与欧洲最高贵的人见面时还打招呼，朗特为我的接近感到欣喜若狂。后来我邀请他到赌场的私人房间，和两位伯爵用金盘子用餐，他当时的惊愕表情我永远不会忘记。他赢了我们几个钱，然后就变得极为疯癫，他唱起剑桥的歌曲，还用可怕的约克郡法语讲校工的故事，还细数所有上过他们大学的贵族人士逗乐我们。我鼓励他常来见我，把他的小男爵也带来。尽管这个小男孩一直很讨厌我，但只要他来，我就准备大量好吃的蜜饯，好玩的玩具，还有好看的连环画册。

　　后来我开始和布朗先生讨论一些争议问题，我告诉他我对罗马教廷有非常深入的研究，并向他讲述了一些困扰。我让一位相识的教父写信给我讲解变体论①和其他理论，我的问题让这位诚实的大学导师一时回答不上来。我知道他会把这些问题告诉林登夫人，事实也的确如此。因为，在同她寓所里著名的英国学者们讨论之后，斯帕当时最出色的英国人都去拜访了她。在第二周的周日，林登夫人屈尊看了我一眼。

---

　　① 变体论，基督教神学圣事论学说之一。按照天主教的传统观点，神父举行圣礼时的饼和酒不仅是五官所能感觉到的外形，饼和酒的质体也转变成了耶稣的血和肉。——译者注

第三周我们见面时我向她深深鞠躬。她愉快地做了个屈膝礼回应。第二天，我在公园散步时又和她碰了面。长话短说就是，六周还没过去，林登夫人已经开始和我每天通信讨论变体论。我知道是她协助了朗特先生。然后我开始观察到他的辩论所起到的巨大作用，一切都在我预料之中。这些无伤大雅的小计谋都是如何进展，我无须详述。我也毫不怀疑，当遇到一位美丽的女士时，每位读者都使用过同样的策略。

我永远也不会忘记查尔斯·林登爵士那副震惊的模样。那是一个夏日的夜晚，他照例坐着轿子出门去赌场，林登夫人的四驾大马车正好回到他们居住的房子，身着黄褐色制服的骑马侍从在前面走着。马车里面，夫人身旁坐着的正是那个被她叫作"下流的爱尔兰冒险家"的人，我是指绅士雷德蒙·巴里。他极为殷勤地鞠了躬，同时咧嘴笑，他还尽力压制着痛风，向我们挥帽，而林登夫人和我以最礼貌优雅的方式向他致意。

由于林登夫人和我在变体论上有争议，以致后来我不能及时去赌场。我们的辩论持续了三个小时，最后和往常一样，她赢了，而且在这个过程中，她的女伴尊贵的弗林特·斯金纳小姐（Flint Skinner）睡着了。但最后我还是赶到赌场，和往常一样，查尔斯爵士用大笑迎接了我，还向所有人介绍我是林登夫人倍感兴趣的年轻皈依者。这就是他的方式。他嘲笑所有的事情。病痛发作时他大笑，赢钱或者输钱时他也大笑，他的笑并不快乐，而是充满了痛苦和讽刺。

"绅士们，"他对所有人说（在场的人有庞特、洛德上校、杜·卡候伯爵以及其他几个欢乐的家伙，他经常在赌博结束后和这些人闲谈，一起喝一瓶香槟、吃一两条莱茵河鳟鱼），"看看这位和颜悦色的年轻人！他饱受宗教问题的困扰，于是向我们的附属教堂牧师朗特先生求助，朗特先生又请求我妻子林登夫人的建议。现在他们两个在证实我这位天资聪颖的年轻朋友的信仰。你们见过这样的医生和这样的信徒吗？"

"以上帝的名义，先生，"我说，"如果我想学好的教义，向你的夫人和牧师求助肯定比向你求助好得多！"

"他想接替我的位置！"这个骑士继续说。

"如果能不继承痛风的话，"我回应说，"能接任你的人一定很高兴！"查尔斯爵士并不感觉这个笑话好笑，而是越来越怨恨地继续他的话。在喝酒时，他总是口无遮拦。而且说实话，他每周喝的酒比医生允许的量要大得多。

"就在我快要入土为安的时候，我才发现我的家是如此幸福，我的妻子如此爱我，以至于甚至现在就考虑指任一个继任者（我不是特别指你，巴里先生。你和其他十几个我能说出名字的人一样，只是抓住了时机而已）。"他说，"这不是件乐事吗，绅士们？看我妻子像一个精明的主妇一样，为她丈夫的离世做好充分准备，这不是莫大的安慰吗？"

"我希望你不以为你很快就会离开我们吧，骑士？"我十分真诚地说。因为我喜欢他，他是个极为有趣的同伴。"也许没有你想象的那么快，我亲爱的，"他继续说，"怎么了，朋友，这四年里我已经是虽生犹死了，总有一两个候选人等着得到这个位置。谁知道我会让你等多久呢？"他的确让我等了很长时间，尽管当时他看上去根本用不了那么久。

按照我的一贯作风，我公开表明了我的意图，作者们通常都会描述与主人翁坠入爱河的女士们样貌如何。按照这种惯例，我也应该说一说林登夫人的魅力。不过，尽管我用自己或者别人写的诗作赞美过她，尽管我按当时的流行写过一沓沓热情洋溢的情书恭维她的美丽和笑容，把她比成所有花朵、女神或者所有小说里著名的女主角，但事实让我必须说，她根本没有任何非凡的地方。她非常不错，但仅此而已。她的身形还好，头发乌黑，她的眼睛还好，而且极其活跃。她喜爱唱歌，但她的表演像所有高贵的女士一样，调子走得厉害。她了解六种现代语言，如我之前所说，她还知道许多其他学科，其中有些学科的名字我听都没听过。她以自己的希腊语和拉丁语知识为荣。但事实是，在她写过的无数封信中，她引用的希腊或拉丁语句都是由朗特先生代笔。我从没见过哪个女人能像她那样喜欢被赞美，也没有人能与她那强烈不安的虚荣心和冷漠感相比。要不然，当她的儿子布林登子爵因为与我不和而离家——不过这个还是留到合适的时机再说。最后，林登夫人比我大一岁，尽管，当然了，她会手持圣经起誓她比我小三岁。

很少有人像我这样坦诚，因为很少有人会承认自己的真实动机，而我对我的动机直言不讳。查尔斯·林登爵士说的完全正确，我结识林登夫人的确另有所图。在上述场景中他开过我玩笑之后，我们两个单独会了面，我对他说："先生，谁笑到最后算谁赢。几天前我们还相处得非常融洽，至于我对林登夫人的企图，好吧，就算是你想的那样，假如说我真的想接替你的位置，那又怎么样？我和你所做的一样，并没有其他企图。我发誓我对林登夫人表达的爱意一定和你对她表达过的爱意一样多。假如在你去世后我赢得她的心并娶了她，见鬼吧，骑士，你以为我会怕你的阴魂来阻止我吗？"

他像往常一样大笑起来，但不知怎的有些惊慌不安。的确，我在这番争论中明显占了上风，我和他一样，有同样追求财富的权利。

但有一天他说："如果你娶了像林登夫人这样的女人，记住我的话，你会后悔的。你会痛悔失去了曾经享有的自由。以乔治的名义！巴里上尉，"他叹了口气，又说，"我一生中最后悔的事情——也许这只是因为我老了，玩够了，而且现在垂死挣扎——就是，我从来没有真正爱过。"

"哈！哈！一个挤奶女工的女儿！"我大笑这种荒谬的行为。

"好吧，怎么不能是一个挤奶女工的女儿？我的好伙计，我在少年时也爱过，和大多数绅士一样，我爱上了家庭教师的女儿。她叫海连娜，一个健康活泼的女孩。当然她比我大几岁（这让我想起自己早年时和诺拉·布雷迪短暂的爱情经历）。你知道吗？先生，我打心底里后悔没有娶她。没什么能比拥有一个真爱的人在家操劳更甜蜜，先生，就是这么回事。这是人活在世上享乐的源泉，相信我的话吧。没有一个头脑正常的男人会为了他的妻子而限制自己，或者否决自己哪怕一丁点的娱乐。相反，如果他选对合适的人，他选的那个人不会阻碍他得到乐趣，而会成为他烦恼时的安慰。比如说，我得了痛风，谁照顾我？一个雇来的男仆，只要一有机会他就抢劫我。我妻子从不靠近我。我有朋友吗？这么广阔的世界，我一个朋友也没有。像你我这样通晓世故的人从不交朋友。因为我们的伤痛，我们都是傻瓜。找个朋友吧，先生，而且这个朋友是个女人，是个操持家庭的好女人，她爱你。这是友谊中最珍贵的那种，因为代价全由女人付出，我们男人什么都不用做。如果他是个混蛋，她也会发誓说他是天使；如果他是个畜生，即使他虐待她，她还是会对他好。先生，这些女人就是这样。她们生来就是为了成为我们最大的安慰，给我们带来无穷舒适的。她们还是我们精神上的脱靴器，事实如此。在一个男人要度过的人生历程中，相信我，能拥有这么一个人就是得到无价之宝。记住吧，我说这些全都是为了你好。为什么我没有娶可怜的海连娜·弗洛尔（Helena Flower），那个牧师的女儿?!"

我认为是出于软弱和失落他才说出这样一番话。尽管后来，我也许找到了原因，也发现了查尔斯·林登爵士所说的是对的。事实是，在我看来，我们通常为金钱付出过高的代价。为了得到一年几千磅的收入，就娶一个令自己厌恶的妻子，这对任何有点才智和勇气的年轻人来说都不是笔好生意。在我人生最辉煌最富有的时期，早晨聚会时有六七位大人物前来议事。我拥有世上最精良的马匹，最恢宏的宅邸，在银行里有数不尽的存款，此外，还有一位林登夫人。我也会在一些瞬间希望自己还是布洛军队里的私佣兵，或者去其他任何地方，只为了摆脱她。无论如何，还是先回到我们的故事吧。

由于各种疾病缠身，查尔斯爵士已经危在旦夕了！我毫不怀疑，他并不乐意亲眼看着一位年轻英俊的男子对自己的寡妇献殷勤。由于变体论的争论我进了林登夫人的家门，之后我又找到无数种理由拉近我们的关系，而且几乎一直待在林登夫人的房中。全世界都在议论纷纷并且痛骂不止，但我有什么好在乎？人们唾弃这个不知羞耻的爱尔兰冒险家，但我已经说过我怎么让这些眼红的人闭嘴：这个时候我的剑已经在全欧洲享有盛名，极少有人敢跟我对决。一旦我占领哪个地方，我就能坚守住它。我走过许多地方，那里声名在外的贵族们都对我百般畏惧。"呸！这个低贱的爱尔兰人，"他们会这么说，"呸！这个下流的冒险家！"或是"看那个可恶的骗子和花花公子！"这种话。这些憎恨对我而言是一种巨大动力，因为，一旦我缠住哪个人，就没有什么能让我松绑。

孤军奋战反而更好。那个时候，我带着十足的诚意写道："卡莉斯塔"（我在信中都称她为卡莉斯塔）——"卡莉斯塔，我向你发誓，你的灵魂纯洁无瑕，你那让人无法逃避的双眼充满光彩，你的心堪比天堂里所有纯真的人物，我以你上述的美德发誓，我将永生永世追随你左右！轻视嘲笑我能承受，只要能在你手边守候，冷漠无情我也能克服，即使是高山，我的渴望也能让我攀过，而你是一块磁石，吸引着我钢铁般无畏的心！"这是真的，我不会离开她——绝不，尽管每天我出现在她门前时他们都想把我踢下楼。

这就是我吸引女人的方式。所有靠自己出人头地的男人们都应该记住这个格言：进攻就是唯一的秘诀，而胆量，总能让全世界都屈服。如果暂时被打败，就再次鼓起勇气，然后困难一定能被克服。那个时候我的勇气无可比拟，如果我当时决心娶一位血统高贵的公主，我也一定能得到她！

我坦诚地告诉了卡莉斯塔我的故事，和事实几乎没有任何出入。我的目的就是震慑她，让她明白：凡我想要的，我一定敢争取；凡我敢争取的，我一定能得到。而我个人历史中有些广为流传的经历足以使她相信我钢铁般的意志和不屈不挠的气魄。"永远别想从我身边逃走，夫人，"我对她说，"如果你选择嫁给别人，那么他将死在我的剑下，这把剑还未曾遇到过对手。你躲避我，我会跟着你，哪怕是到地狱的大门。"我向你保证，这些话和她平常从其他追求者那里听到的赞美非常不同，他们全都平庸无奇，你真应该看看我是怎么吓跑那些家伙的。

当我激情满怀地说如有必要我会跟着林登夫人跨越冥河的时候，当然，如果在那时没有其他更好的选择，我真的会那么做。但如果林登不死，我追求女伯爵又有什么用？而且不知怎么回事，在斯帕的温泉季节快要结束时，我承认这让我大为丢脸——林登骑士恢复了元气，好像什么也杀不死他。"我为你感到抱歉，巴里上尉，"他像往常一样大笑着说，"我很痛心让你或者其他绅士一直等待。也许你最好和我的医生密谋一下，或者让厨师在我的鸡蛋饼里加点砒霜？"然后他会再加一句，"绅士们，如果我没有活着看到看巴里上尉被绞死，你们押注多少？"

事实是，医生们让他多活了一年之多。"我总是这么不走运，"我忍不住对我叔叔说，他是我的亲信，也是我所有心事的最佳顾问。"我一直在浪费宝贵的情感和女伯爵调情，但现在她丈夫恢复了健康，而且可能还要活上不知多少年！"好像为了让我更加丢脸，这时斯帕来了一个英国杂货商的女继承人，她的资产还在增长；同时还有一个科尔纽夫人（Madame Cornu），她是一个诺尔曼贩牛商和大农场主的寡妇，身材臃肿，但是每年收入二十万里弗。

"如果林登骑士不死，"我说，"我追随着他们去英格兰又有什么用呢？"

"不要跟着他们，我亲爱的孩子，你太单纯了，"我叔叔回答说，"就停在这里，追求新来的女人。"

"是啊，然后永远失去卡莉斯塔，还有全英国最雄伟的庄园。"

"噗，噗！像你这样的年轻人总是燃烧的快，熄灭的也快。保持和林登夫人通信，你知道她最喜欢这种方式。有位爱尔兰神父可以为你写出最令人陶醉的信，一封只要一克朗。让她走，给她写信，同时注意其他可能出现的人。谁知道呢？也许你会娶了那个诺尔曼寡妇，给她下葬后拿走她的钱，准备在骑士死后继续追求女伯爵。"

就这样，我多次对林登夫人郑重起誓表明我的深切爱意，还给了她的侍女二十路易，要来一缕她的头发（当然，这个侍女把这件事告诉了她的女主人），当林登夫人必须回到英格兰的庄园时，我和她告了别。我还发誓，只要我把手边的要紧事情处理完毕，就立刻去追随她。

我省略掉在我再次见到她之前这一年里所发生的事。她按照保证给我写信，起初非常按时，但后来不再那么频繁。与此同时，我在牌桌上依然是战无不胜，正在我要娶寡妇科尔纽夫人的时候（那时我们已经在布鲁塞尔，这个可怜的老女人已经疯狂地爱上了我），一份伦敦公报到了我手里，我读到上面写的讣告：

查尔斯·林登爵士阁下，巴斯骑士头衔，德文郡林登家族的国会议员，多年来在多个欧洲宫廷任大使，死于爱尔兰王国林登城堡。他德高望重，才华卓著，他的名字将被所有朋友铭记，他为国王陛下尽忠职守，实至荣归。如今他的遗孀也在悲恸万分地哀叹他的离世。林登夫人在巴斯接到这一骇人的消息，她当即赶回爱尔兰向她深爱的丈夫尽最后的责任。

当晚我就乘上马车火速赶到奥斯坦德，然后搭轮渡到达多佛，随后快马加鞭奔往西部，到达布里斯托①。我在布里斯托港乘船抵达沃特福德，然后我发现，在阔别十一年之后，我再次回到了母国。

---

① 奥斯坦德，是比利时西北部的港口城市；多佛，是英国东南部的港口，连接英吉利海峡；布里斯托，是英国西部的港口城市。——译者注

第十四章　我衣锦还乡

时光流逝，我的变化如此巨大！离开祖国时我还是个身无分文的穷小子，是远行军队里一名可怜的私佣兵。但回来的时候，我已然是个技艺超群的男子汉，我携带的财物价值五千基尼，还有一箱华贵的衣着行头和一个珠宝箱，价值两千多基尼。在我走过的许多地方，我都扮演了重要角色，还经历了战争和爱情。凭借着卓越天资和奋力拼搏，我从一个默默无闻的穷小子成了一个无可匹敌的显赫人物。马车在荒凉裸露的道路上行走着，我向窗外望去，路边是一排低矮的木屋。在这辆装配豪华的马车经过时，衣着破旧的农民们瞪大眼睛，同时向那位坐在镀金马车里衣着华贵的陌生贵族大人欢呼赞美，而我的贴身男仆梳着长辫子，八字胡须微微上翘，还身着绿色制服，胸前镶嵌着银色蕾丝，他正懒洋洋地坐在后面。我忍不住自鸣得意起来，同时感谢我的守护神赋予我如此多的优秀品质。如果不是我自己的才智和拼搏，我可能只是个在破烂小镇里招摇过市的小地主，在去都柏林的路上我看到不少这样的人。我可能会娶了诺拉·布雷迪（尽管想到她时我总是充满善意，甚至还记得失去她时的痛苦，但感谢上帝我没有。而此时此刻，那些感受比我人生中发生的任何事情都更清晰）。我可能已经是十个孩子的父亲，或者有一片自己的农场，或者为一个地主跑腿，或者当一名收税官，或者律师。但现在我已经是全欧洲最著名的绅士之一！我吩咐仆人换了一袋铜钱，在换马的时候把钱撒向围观的群众。我以人格担保，当时人们大声呼喊赞扬我的荣耀，场面如同爱尔兰总督大人或者汤森德大人①驾到一样。

　　第二天的旅程把我带到卡洛——因为那个时候爱尔兰的路非常崎岖难走，即使是绅士的马车，行进速度也极为缓慢。我住宿在十一年前住过的那家旅店，那时我以为在决斗中谋杀了奎因，于是逃离了家乡。那个场景的每一幕我都记忆犹新！以前招待我的老店主已经过世，而那时我认为无比舒适的旅店如今看上去破旧不堪，不过，葡萄酒的甘美味道还一如从前。我让店主拿来一大罐葡萄酒，然后开始听他讲乡里的新闻。

　　他和所有的店主一样滔滔不绝：庄稼的收成，市场的变化，德莫特堡市场最近牲口的价格，教区牧师讲的最新的故事，霍根神父最近开的玩笑；怀特家的男孩们怎么把乡绅斯坎兰（Scanlan）家的干草垛烧掉了；强盗们在抢劫托马斯爵士（Thomas）的房子时被打退；托马斯爵士下一季度要去凯

①　汤森德大人，指查尔斯·汤森德，英文为 Charles Townshend（1725～1767），是当时非常著名的英格兰政治家，父母均出名门望族，他出生即拥有家族席位，并拥有多年的国会席位。——译者注

尔肯尼捕捉猎狗，还有去年三月他们的战果如何丰硕；镇上驻扎了哪些军队；还有比蒂·图尔（Biddy Toole）小姐如何跟姆林斯少尉私奔了。这位长着小胡子的可敬店主按照时间顺序把所有娱乐、乡里立法会议和季度会议的新闻都详尽地讲给我听，他很惊讶我居然没有在英格兰或者国外听过这些消息，因为他以为全世界都像他一样对凯尔肯尼与卡洛的人和事感兴趣。我承认，听这些故事让我感到极大的乐趣，因为谈话中时不时会出现一个我从前熟知的名字，唤起我与这个名字相连的种种记忆。

我母亲给我写了很多信，告诉我布雷迪家发生的事情。我舅舅过世了，他的大儿子米克也跟着他进了坟墓。尤利克成为一家之主之后，布雷迪家的女孩们很快就被赶出布雷迪堡。几个女孩结了婚，还有几个女孩和她们可恶的母亲住在一处遥远的温泉地。尽管尤利克继承了庄园，但那时家里已经破产，如今住在布雷迪堡的只有蝙蝠，猫头鹰和一个老狩猎看守人。我母亲哈利·巴里夫人搬走住到了布雷，她喜欢的传教士乔斯先生在那里的小教堂任职，她可以在那整日听他说教。到最后，店主告诉我，巴里夫人的儿子去了国外，被抓到普鲁士军队当兵，后来被当作逃兵枪毙了。

我不介意承认，晚饭后我租了店主一匹健壮的老马，在夜幕降临之时骑行二十英里回到了老家。我急不可耐地想见到它。巴里维尔的大门上挂着一根捣药的杵，上面还用灰泥写着"埃斯库累斯的储藏室"，这是麦克肖恩（Macshane）医生干的。老客厅里还有个红发小子正在涂泥灰。我房间的小窗子曾经那么干净明亮，如今却是多处破损，而且四处填塞着破烂。修剪整齐的花圃如今空空如也，我干净整洁的母亲曾在里面种满了花儿。在墓地里，布雷迪家族的墓碑上多了两个名字：一个是我表兄，我对他没什么感情，但另一个是我舅舅，我对舅舅一向敬爱有加。我让那个老铁匠给我的马喂点饲料和水，以前他经常揍我，现在他是个饱经风霜满脸愁容的老男人，他的十二个小孩衣衫褴褛，光着脚在铺子四周跑来跑去，他没有认出眼前这位衣着华美的绅士。直到第二天我才让他知道我是谁，当时我放到他手里十基尼，让他为英国人巴里的健康喝几杯。

至于布雷迪堡，园林的大门还在。但老树都被砍倒在地，黑色的树桩在月光下投射出长长的影子，而坎坷的老路上已是杂草丛生。有几头牛在附近的牧场里吃草。花园的门被拆了，里面藤蔓横绕，如同偏僻的荒野。我坐在老长凳上，诺拉抛弃我的那天我就坐在这里。我也确信，我的感觉和十一年前一样强烈，想到诺拉·布雷迪将我抛弃，我觉得自己几乎又要哭出来。我相信一个人不会忘记任何事。有时一朵花或者一两句无关紧要的话就能唤醒我沉睡几十年的记忆。当我踏进克拉吉斯街那座我出生的房子时，儿时的记忆突然在我的脑海里涌现出来——真的是婴儿时期的记忆：我记得我父亲身穿绿色外套，衣服上镶满金线，他把我抱起来看门口停着的镀金马车，而我母亲穿着缀满花朵的裙子，脸上还贴着美人斑。有时候我会惊奇，为什么我们见过想过做过的事会这样在脑海里闪现？我宁愿没有这些记忆。我坐在布雷迪堡的长凳上想到过去的时光时，就是这种感受。

大厅的门开着，以前也总是这样。月光从狭长的窗子洒向大厅，在地板射出可怕的方形影子，通过宽阔楼梯上面蓝色窗子的裂口，星光从另一边向大厅里张望，你可以从窗口看到破旧的马厩棚盖，上面的字母依然闪着光。马厩里曾经安置着多匹欢快的马，我可以看到舅舅那张正直的脸，那是一个冬日的早晨，他和一群围着他哼哼叽叽欢叫蹦跶的狗讲话。我们以前就在那里骑上马，女孩们从大厅的窗户向我们张望。如今我就站在窗前，看着残破的马厩孤零零地坐落在那里，悲伤不已。房子某个角落的门缝里透出一缕红光，一条狗立刻跑出来大叫，一个人拿着猎枪一瘸一拐地跟着走了出来。

"是谁?!"那个老人问。

"费尔·珀塞尔! 你还记得我吗?"我叫道，"我是雷德蒙·巴里!"

开始我以为这个老人要开枪，因为他把枪指向窗口，但我叫他住手后，他走了下来，然后我们紧紧地拥抱住对方……

嘻! 我不介意告诉你们接下来发生的事: 费尔和我长谈了一夜，我们说起以前的各种傻事，不过现在没有任何活人对这些事情感兴趣。因为，现在哪还有关心巴里·林登的人?

在我离开去都柏林的时候，我给了这个老人一百基尼，还为他买了一份养老金供他安度晚年。

可怜的费尔·珀塞尔正在用一副满是污渍的纸牌和我的一个老相识玩乐，这个人正是蒂姆，那个在往昔被称为我的"贴身男仆"的人。读者们可能还记得他曾穿着我父亲留下的仆人制服。那时候衣服挂在他身上，上衣的下摆叠着绑在腰间，裤子垂到他的脚后跟。尽管蒂姆坚称，我走的时候他悲痛欲绝到差点杀了自己，但在我离开期间，他居然长得如此肥胖，几乎可以穿得了丹尼尔·兰伯特①的外套，或者撑起

---

① 丹尼尔·兰伯特，英文名为 Daniel Lambert（1770～1809），是英格兰的一名监狱看守人，同时还是个驯兽专家，由于他的体型极其庞大，故而出名。——译者注

布雷迪堡教区牧师的道袍（他现在正是这位牧师的职员）。如果不是因为他的身材过于庞大，我一定会让他做我的随从，但他的体型实在不适合当任何体面绅士的仆人。所以我给了他一笔可观的赏钱，还保证当他下一个孩子的教父：那将是我离开后他生的第十一个孩子。世界上没有任何一个地方能像我的母国一样，把繁衍后代这一人类天职做到如此繁荣昌盛。蒂姆娶了布雷迪堡女孩们的侍女茉莉（Molly），小时候她是我的好朋友。第二天我去和她打招呼，看到她已经完全变成一个邋遢的乡村妇女，她在一个肮脏的小屋里被一群小孩包围着，孩子们的衣着和我那铁匠朋友的小孩一样破破烂烂。

就这样我意外地同时见到了费尔·珀塞尔和蒂姆。我从他们那里得到我家人的最新消息，我母亲很好。

"上帝啊，先生，"蒂姆说，"您回来的正是时候，也许刚好可以阻止您家里再添一口人。"

"先生！"我怒火中烧地惊叫道。

"先生，我的意思是，可能您要添一个继父，"蒂姆说，"女主人要和传教士乔斯先生结亲了。"

他又说，可怜的诺拉为声名显赫的奎因家族添了许多人口，而我表兄尤利克现在都柏林，无所事事，两个人都恐怕他很快会把我好心舅舅留给他的那点家产耗尽。

我明白以后我要供养一大家子人了。总结那天晚上就是，费尔、蒂姆和我喝了一大瓶威士忌，那种味道我思念了整整十一年。我们沉浸在最亲密的情谊之中，直到日上三竿我才和他们分别。我极为平易近人，这也是我的品性之一。不像那些和我一样出身高贵的人，我不会妄自尊大，即使没有上流人士为伴，我也能和耕夫或者私佣兵打成一片，同样，我也能轻而易举地和贵族们相谈甚欢。

我在早上回到村里，以买药为借口进了巴里维尔。墙上还留着我放那把镶银短剑的挂钩，窗台上还有一块凸起，我母亲以前总把《人类应尽的本分》①放在上面。令人作呕的麦克肖恩医生发现了我是谁（我的同胞们能发现任何事情，此外还能发现更多相关的事情），他窃笑着问我怎么离开了普鲁士王的军队，还有我的朋友约瑟夫国王②是不是像玛利亚·特蕾莎女王一样备受人民爱戴。撞钟人应该为我撞一下钟，但旁边只有一个蒂姆，他太胖，根本无法拉绳。在我上马之前，教区牧师博尔特（Bolter）博士（以前是泰克斯特（Texter）博士，我走那时他还活着）赶过来恭维我，同时这个贫穷村子里流氓们聚集成一个脏兮兮的军队迎接我，在我骑马离去时，他们还在欢呼"雷德蒙少爷万岁"。

我的人民因为我而激动万分。在我回到卡洛的时候，那个店主说他非常害怕我被强盗们劫持了。我的仆人弗瑞兹（Fritz）已经告诉别人我的姓名和地位。他不遗余力地赞扬我，还为我编造许多辉煌的历史。他说事实就是我与欧洲半数的君主是密友，还是他们最喜欢的人。的确我还通过世袭得到了教皇授予我叔叔的骑士勋章，并以巴里骑士的名号周游列

---

① 《人类应尽的本分》，是一本宣讲清教信仰的英文书籍。这本书最初出版于 1658 年，没有显示作者姓名，但有一位名叫亨利·哈蒙德的人作了序。它在后来的两个世纪内非常流行，影响力深远，甚至还促进英国国教教义的形成。——译者注

② 约瑟夫国王，此处指约瑟夫二世，英文为 Joseph Benedikt Anton Michael Adam（1741～1790）。奥地利哈布斯堡—洛林皇朝的神圣罗马帝国皇帝，是他母亲玛利亚·特蕾莎女王的大儿子。——译者注

国，同时我还是霍亨索伦—锡格马林根公爵①的御前侍从。

他们给了我最好的马匹和最结实的绳索让我们上路。路途很顺利，没有遇到强盗让我们用上准备的枪。那天晚上我们在凯尔库伦住下。第二天我进了都柏林。我乘坐着四驾马车，钱包里装有五千基尼，同时还带着全欧洲最卓越的名声。十一年前，我离开这个城市的时候还只是个穷小子！

都柏林市民对了解邻居们事务的渴望堪称一绝。不管哪个绅士进入这个首都，无论他多么刻意地保持低调（众所周知我一生都是如此），他的名字都会立刻被印到报纸上或被数个交际圈提起。在我到达的第二天，我的名字和头衔已经传遍全城。一大群文雅的人士赏脸到我的住处拜访，这一点我必须提一提，因为城里的旅馆全都是粗俗的黑洞，根本不合适我这样时髦高雅的贵族绅士居住。来自欧洲大陆的旅者也告知我这一事实。我立即决定自己寻找一个住处。我吩咐车夫驾着马车慢慢在街上来回走动，直到选中一个符合我等级的住处为止。在这个过程中，我的德国仆人弗瑞兹按吩咐挨家挨户询问合适的住处，他挑剔的问题和豪气的举止引来无数贫民围住我的马车。在最终选好房子的时候，你可以想象我就是新的大将军，因为我们身后跟着的军队壮观无比。

最后，我确定了卡佩尔街一个体面的公寓，给了衣着破烂的车夫一笔不菲的赏钱，然后和弗瑞兹在房间里安顿下来。我告诉房东我急需另一个随身仆从，两个名声不错的健壮轿夫还有轿子，一个车夫同时还有配得上我马车的马匹，最后

---

① 霍亨索伦—锡格马林根公爵，原文为 Duke of Hohenzollern-Sigmaringen，霍亨索伦—锡格马林根是在 1576 年从霍亨索伦家族分离出来的侯国。霍亨索伦家族是欧洲的三大王朝之一，为勃兰登堡—普鲁士（1415～1918）及德意志帝国（1871～1918）的主要统治家族。——译者注

还要几匹可以骑乘的马。我提前给了他一大笔钱，我向你保证我的宣传效果极佳：第二天早上我就在前厅召开了早会，前来受雇的马夫、男仆和酒店领班数不胜数。想卖马给我的人足以构成一个军队，其中不仅有贩马商人，还包括最著名的绅士。劳勒·高勒爵士（Lawler Gawler）对我说他有两匹红棕色母马，优雅绝伦；邓多铎大人（Dundoodle）称他有四匹好马，绝对配得上我的朋友罗马皇帝的座驾；巴里拉吉特侯爵（Ballyragget）派他的侍从前来问候，称如果我能踏入他的马厩，或者事先赏脸和他吃一顿早饭，他会让我见识两匹全欧洲最雄壮的良马。我当即接受了邓多铎大人和巴里拉格特侯爵的邀请，但从贩马商人那里买了马。这是最好的方式。此外，那个时候在爱尔兰，如果一个绅士想不声不响或毫无争议地买走另一位绅士的马，他要付出的代价就是胸口中一枪。我玩够了和子弹有关的游戏，所以对用枪极为谨慎。我也可以骄傲地说，除非有真正万不得已的理由和必胜的条件，我绝不会和人决斗。

爱尔兰贵族们的天真让我好笑不已，他们的无知更是令我惊奇。如果河对岸的邻居告诉他们一点小事，他们就发挥出来更多，然后相信这些都是事实。短短一周内，我在都柏林得到的声誉可能需要一个在伦敦的人花上十年时间和无数金钱才能得到。他们说我赌牌每年赢五十万镑；我是俄国凯瑟琳女王①跟前的红人；我是普鲁士大帝弗里德里克的密使；是我赢了豪克科尔臣战役；我是杜巴莉夫人的表弟，法国国

---

① 凯瑟琳女王，指俄国女皇叶卡捷琳娜二世·阿列克谢耶芙娜（1729～1796），英国人流行把她的名字写为凯瑟琳。她于 1762 年至 1796 年在位。——译者注

王的宠臣，同时还有各种其他名头。说实话，我的确对我的好朋友邓多铎大人和巴里拉吉特侯爵提起一点我的故事，而他们则迅速把那点线索夸大无数倍。

在见识过国外上流社会辉煌壮丽的生活后，1771年我回到都柏林，那里的场景只能让我鄙夷万分。这个城市几乎和华沙一样粗鄙野蛮，但又没有后者宏伟壮观的皇宫。除了多瑙河沿岸的吉卜赛部落外，都柏林市民们的穿着比我见过任何种族的穿着都要破烂。我说过，整个城市都没有一间像样的旅店适合有头有脸的绅士居住。那些养不起马车的人在晚上步行穿越街道时需要冒着巨大风险，因为随时会遇到埋伏在街边的妓女和强盗——他们全都是一群衣衫褴褛且未开化的恶人，根本不穿鞋，也从不刮脸。绅士在晚上乘轿子或马车参加晚会或去剧院时，脚夫在一旁举着火把，火光下时不时会闪出一群正在叽里咕噜说话的野蛮爱尔兰人，而他们的脸能把一位胆量尚可的上流绅士吓到半死。比较幸运的是，我的神经非常强大，此外，之前我已经见识过我那些和蔼友善的乡亲们。

我知道这些描述会让有些爱尔兰同胞愤愤不平，他们不愿意我们赤贫的土地被批判，如果别人实话实说他们就很生气。但是，呸！我说的那个时候，都柏林就是个粗鄙之地，许多最劣等的德国人都比都柏林市民高雅。那时都柏林有近三百位贵族，一个下议院，还有市长大人和他的团体，以及一座喧嚣不已整日喝酒打闹的大学，那里的学生们每天晚上都制造出不小的动静，光顾妓院，鄙夷劳作的商人和工人，在克劳街剧院①里颐指气使。但我在欧洲最高贵的社交圈里

---

① 克劳街剧院，是都柏林当时著名的剧院，许多著名演员在此云集。——译者注

待过太久，这里吵闹不已的社交圈对我毫无吸引力，而市长大人和市议员们的政治辩论也不太合适我这样的绅士参与其中。不过众议院里有许多令人愉悦的人物，我在英国下议院里从没听过谁的演讲能比来自戈尔韦郡①的弗洛德（Flood）和达利（Daly）说得更好。还有迪克·谢尔顿（Dick Sheridan），尽管他教养有限，但他非常幽默且见解独到，是我见过的最和悦的谈话同伴。尽管后来在英国下议院里，我常常听着埃德蒙·波克②先生滔滔不绝的演讲入睡，但有些见多识广的党派竟然说他能力非凡，在他风头正劲之时他甚至还被誉为雄辩家。

很快，我就开始享受这个破地方能提供给一位绅士的所有乐趣：拉尼拉公园和各种舞会；克劳街的莫索普先生③；爱尔兰总督的聚会，但那里的人们一直喝酒，而不跳舞玩牌，让我这样习性高雅的人很不适应。贵族人士的俱乐部"达利咖啡屋"很快就向我敞开大门。我惊异地发现，这里的上流圈和我初到柏林时遇到的下流圈一样缺钱，绝大多数人都用票据赌钱，这让我掏出基尼金币时极不情愿。女士们也同样疯狂迷恋赌牌，但输牌时极不愿意付钱。所以，在老特兰平

① 戈尔韦，是爱尔兰西部的一个郡，首府为戈尔韦市，是一个港口城市，正面对着大西洋，处于科里布湖通戈尔韦湾入口处。——译者注

② 埃德蒙·波克，英文为 Edmund Burke（1729～1797），出生于都柏林，是一位政治家、作家、演说家、政治理论家和哲学家，他曾在英国下议院担任了数年辉格党的议员——译者注

③ 莫索普先生，指亨利·莫索普，英文为 Henry Mossop（1729～1773），是一位著名的爱尔兰演员。他曾在伦敦登台献艺，后来回到爱尔兰进入克劳街剧院。剧院没落后，他负债破产。后来他奔赴欧洲寻找赞助，死于疾病。——译者注

顿女伯爵（Trumpington）玩四人联牌①输给我十个金币后，她没有拿出现钱，而是写给我一张借据，让她在盖尔韦的代理人支付，当时我非常礼貌地把借据放在蜡烛上烧掉。当女伯爵再次邀请我玩牌时，我说只要夫人的汇款到账，我随时奉陪，但在那之前我不会再进她的家门。我在都柏林的所有社交圈内都保持了这一决心和与众不同的性格。我在达利咖啡屋放话，称我随时可以和任何人赌任何牌，无论赌注多少，或者击剑、骑马（在身材相当的情况下），或者射猎飞禽，或者射靶子。最后一项尤其是射移动靶子，那时的爱尔兰绅士们都技艺非凡。

当然我也派出一个身着豪华制服的信使送给朗特先生一封私人信件，问他林登女伯爵当前身心状况的所有细节；同时也给女伯爵送了一封感人肺腑的长信，我在信里要她记住过去的甜蜜时光，还说她的希尔旺达②（Sylvander）一直记得他的誓言还有他的卡莉斯塔。她给我的回信含义模糊，让我极为不满，而朗特先生的回信虽然非常清晰，但内容让人根本开心不起来。迪普托夫侯爵（Tiptoff）的小儿子乔治·珀伊宁勋爵（George Poynings）正在向那个寡妇大献殷勤。由于他们两家有亲戚关系，他也被亲戚召到爱尔兰参加查尔斯·林登爵士的葬礼。

那时候爱尔兰有某种不成文的法律，让一些渴求迅速有效地实现正义的人们得到极大便利，而且报纸上也有上百篇报纸证明了这点。一些外号叫火球上尉、野牛皮中尉和钢铁

---

① 四人联牌，是一种四个人用四十张牌玩的牌戏。——译者注

② 希尔旺达，是一个称呼男性情人的浪漫名字，在中世纪许多浪漫小说中出现过。著名的爱尔兰诗人罗伯特·伯恩斯在1787年曾写过一首诗叫《希尔旺达致克拉琳达》。——译者注

少尉的人会不时向地主们送警告信，如果他们不按照信上说的做，就会丢掉性命。以前有个雷霆上尉在南方各郡横行霸道，而他做的事就是抓年轻女士给绅士们做妻子，因为这些绅士没有足够的钱让女孩的父母满意，或者他们没有时间花心思对女孩展开漫长的追求。

我在都柏林找到了表兄尤利克，他变得非常胖，也非常穷。他整日被犹太人和债主追着讨账，住在各种古怪的角落，在夜幕降临时，他从那儿回到城堡或者小酒馆里的牌桌上。但他一直是个勇敢的人，我对他说起我和林登夫人感情深厚。

"林登女伯爵！"可怜的尤利克叫道，"好吧，这真是件奇事。我自己一直很喜欢一位年轻女士，她是巴里哈克郡凯尔交依家①的人，拥有一万英镑的财产，林登夫人正是她的监护人。但一个外套都没有的穷小子怎么可能讨到那样一位女继承人的欢心？我还不如直接向女伯爵求婚的好。"

"你最好别这么做，"我笑着说，"谁想向林登夫人求婚，首先得过我这一关。"然后我向他解释了我对林登夫人的意图。诚实的尤利克看见我衣着华贵就对我肃然起敬，然后听我讲述我的传奇冒险还有我的时髦生活，在我向他表明我要娶英格兰最富有的女继承人后，他一个劲地赞美我的胆量和决心。

我吩咐尤利克找个借口出城，把一封信放到林登堡附近的邮局里。这封信是我用伪装的笔迹写的，我在信中庄严警告乔治·珀伊宁勋爵离开爱尔兰，还说林登夫人绝对不是为他这种人准备的，此外英格兰有无数女继承人，没有必要到

---

① 巴里哈克，意思是地狱、毁灭的意思；凯尔交依，英文单词中Killjoy是一个名词，意思是煞风景的人或事。——译者注

火球上尉的地盘上抢人。这封信写在一张脏兮兮的纸上，书写非常潦草。邮局把信送到了他手上，作为一个心高气傲的年轻人，他对这封信大加嘲笑。

就像厄运安排的那样，之后很短时间内他出现在都柏林。在爱尔兰勋爵的餐桌上，别人把他介绍给我。有一天我和他以及其他几位绅士在达利俱乐部休息，在那里因为一匹马的血统我们起了争执，所有人都认为我说的对，然后我们开始吵架，结果就是一场决斗。自我到达都柏林之后，我还没有与人起过争端，人们期待着看我是否名副其实，在这些事上我从不夸口，但只要时机到来我一定付诸行动。可怜的乔治勋爵虽然身手敏捷，眼神犀利，但却在愚蠢的英国学校接受了教育。他在我跟前还没站上一会儿，我就找到了突破口。

我的剑从他的护卫服下面穿过，剑刃从他背后出来。在倒地之时，他友好地向我伸出手说："巴里先生，我错了!"这个可怜的家伙坦承错误时并没有让我好受，因为是我故意引起的争端，而且说实话，决斗就是我想要的唯一结局。

剑伤让他卧床整整四个月，同一个邮局给林登夫人送去了决斗的消息，还带给她火球上尉的字条，上面写着："这是第一个"。

"你，尤利克，"我说，"你会成为第二个。"

"看在上帝的分上，"我表兄说，"一个已经够了。"但我为他想好了计划，而且决心立刻让这个诚实的家伙得到好处，同时把我自己对那个寡妇设下的计划再向前推进。

第十五章　我追求林登夫人

　　由于在1745年跟着那个觊觎王位者①掀起战争，我叔叔被剥夺了财产和公民权，所以他不能和我一起回到祖先的土地上。如果这位好心的老先生回来，等待他的不是绞刑就是无期徒刑，而且毫无被赦免的可能。在我人生所有重要的危机时刻，他的建议总是让我受益无穷。目前处于紧要关头，我自然求助于他，恳请他指点我追求林登夫人的策略。我告诉了他林登夫人的心意，如我在上一章描述的那样，年轻的珀伊宁得到了她的欢心，还有她已经忘了她以前的追求者。我得到一封回信，信中尽是绝妙的建议，我从中获益匪浅。仁慈的骑士在信的开头说，他目前住在布鲁塞尔的天主教小

---

　　① 此处觊觎王位的人仍指查尔斯·爱德华·斯图亚特，他的爷爷詹姆斯二世退位，他的父亲一直企图复辟斯图亚特王朝。1745年起指卡洛登战役中，复辟者大败。——译者注

兄弟会修道院，想在那里金盆洗手，从此远离尘世，完全投身于宗教之中。同时他也写到了林登夫人：像她那样拥有巨额财富又不是很难相处的女人，身边有众多追求者是很自然的事；尽管林登爵士在世时她对我的追求丝毫没有拒绝之意，但我绝不能以为自己是她喜欢的第一个人，同样，可能我也不是最后一个。

他写道："亲爱的孩子，如果不是因为我被可恶的审判阻挡，以及我下定决心从这个充满罪恶和虚幻的世界隐退，我一定会亲自过去助你度过这一微妙的时刻。因为，想要得到好结果，你需要的不仅仅是无可战胜的勇气、狂妄和胆量，在这些方面，我见识过的任何年轻人都无法与你相比（至于我叔叔说的"狂妄"，我完全否认，因为我的举止一直都谦逊至极）。尽管你有实现计划的气魄和能力，但你还没有足智多谋到懂得如何在计划中行动，因为实现这个计划可能需要漫长的时间，还要克服重重困难。你是否还能想起赢得艾达女伯爵的高明计划？那些谋略差点使你成为欧洲最富有的人。那是我这个可怜老人的建议和经验所为，但如今我正与这世界了结恩怨，准备永远归隐了。

"好吧，至于林登女伯爵，我认为目前你得到她的希望微乎其微。如果可以，我一定会根据局势的变化每天都给你相应的指导，但我不能。不过，你的整体策略应该是这样：我记得在你们通信期间，那个傻女人给你写过一些取悦你的信，信中洋溢着柔情蜜意，尤其那些是她亲手写的信，她是个女学究，而且热爱写信。她曾持续在通信中哀叹自己所托非人。我还记得有些信中的许多段落她都在苦涩地谴责命运，称自己嫁了一个毫不般配的丈夫。

"我肯定，你手里有大量她写给你的书信，里面的内容足以让她妥协。认真看看这些信，选出一些内容威胁她。首先像一个完全占有她的爱人一样，用毋庸置疑的语气给她写信。然后，如果她沉默或者抗议，你就提起她以前给你的承诺，如果她不认账，你就发毒誓、搞破坏、还有报复、恐吓她——用大胆的举动震惊她，让她知道你顽强的决心，让她明白你一定能做出这种事。你的剑术享誉全欧洲，你的性格更是以大胆著称，这是你吸引到林登夫人的首要原因。让都柏林的人都谈论你。你的生活要极尽奢华，你的性格要极其勇猛且特立独行。真希望我就在你身边！你的想象力还不足以设计出我会给予你的人物性格。但为什么这么说？我不是已经厌倦了这个世界和它的空虚？"

这些建议有很大的实际用处，我没有引出我叔叔对自己禁欲和献身宗教的长篇论述，如今他正一心一意沉醉其中。和往常一样，他在信的结尾诚恳地祷告，盼望我转向真正的信仰。他忠于他的信仰，但作为一个有原则的正直绅士，我坚守我的信仰。我也毫不怀疑，在这方面，每个人的信仰都应该被接受。

就在这些指导下，我写信给林登夫人，告诉她我已经到爱尔兰，我问她，什么时候能允许这个最尊敬她的追求者去安抚她的伤痛？林登夫人没有回应。我又问她是否忘记了过去，还有那个和她一起亲密度过欢乐时光的人？卡莉斯塔是否忘了尤吉尼欧？在送这封信的同时，我让仆人送了一把短剑当作礼物给小布林登子爵，还带给他的家庭教师朗特先生一封私人便笺。顺便说一下，我有一些他亲笔写下的欠条，他欠我一笔钱——我忘了数目多少——但这个贫穷的家伙根本付不起。朗特先生回了一封信，说由于最近发生的可怕灾难，林登夫人伤心过度，只能和自己的亲戚见面。我这位朋友还说，年轻的乔治·珀伊宁大人正在她身边安慰她。

这造成了我和那个年轻贵族的决斗。他刚到都柏林，我就借机向他挑战。

当决斗的消息传到林登城堡时，我的告密者在信中写道，林登夫人尖叫了一声，手里的杂志滑落在地，还说："这个可怕的恶魔！我想谋杀也不会让他退缩。"而小布林登子爵拔出他的剑——那把剑是我送给他的，这个流氓！——声称他会杀死那个伤害他乔治叔叔的人。朗特先生告诉他那把剑由我所赠，这个小混蛋依然发誓他会杀了我！事实如此，尽管我对这个男孩非常友善，但他好像一直都很讨厌我。

林登夫人每天派信使问候乔治大人的健康。我认为如果放出乔治大人危在旦夕的消息，她很可能会被引到都柏林来，所以我想办法让人告诉她，乔治大人的情况岌岌可危；乔治大人的病情又加重了；还有雷德蒙·巴里为此逃跑了。我还让《水星报》发布了我逃走的消息，也是这个消息让我待在了布雷镇，我母亲住的地方。因为，只有拿决斗造成的困境当借口，我才能肯定在那里受到欢迎。

那些内心坚守子女责任的孝顺读者们会惊奇，为什么我还没有描述我和母亲相见的场面？我慈爱的母亲在年轻时为我做出了巨大牺牲，而我是个热心肠且感情真挚的人，对于她，我的心里只有最持久最纯粹的爱意。

但是，当一个人像我一样出入显赫的社交圈时，就必须先履行公共职责，然后再顾及个人私情。所以在刚到都柏林时，我派信使告诉我母亲我的到来，表达了我的敬爱和孝心，同时保证只要我在都柏林的事情办完，就立刻去看她。

不用我说，事情非常多。我要买马匹，安排侍候我起居的仆从，打点进入上流社会的各种事项。此外，在我表明了要买马匹的意图后，又由于我奢华的生活方式，访问我的贵族人士络绎不绝，各种吃饭的邀请纷沓而来，在一段时间内我根本无法脱身，所以我探望母亲的急切愿望也就无从实现。

据说在知道我要去看她后，我母亲立即准备了一场宴会，还邀请她在布雷所有的卑微相识出席，但后来我和巴里拉吉特侯爵约定在那天相见，所以我被迫没能参加她那卑微的庆典。

为了安抚我母亲的失望，我送给她一条漂亮的绸缎裙子和天鹅绒礼服，这是我在都柏林最好的绸缎商那里为她买的（但我告诉她这是我在巴黎专门为她买的）。但我派出的信使又把包裹带了回来，绸缎从中间被撕开，不用他描述我也觉察到是什么冒犯了我母亲。信使称她走出来后站在门口辱骂他，还要砸烂他的车，但是被一个身穿黑袍的绅士拦住了。我公正地判断，这个人就是她的教士朋友乔斯先生。

我的礼物遭到如此对待，这让我害怕而不是希望和我母亲会面，所以我把看望她的时间又延迟了几天。我给她写了一封恭顺的安慰信，但她没有回复，尽管我在信中告诉她在来都柏林的路上我回到了巴里维尔，还重访了小时候我常去的地方。

我不介意承认，我母亲是唯一一个我害怕面对的人。我还记得小时候她发怒的样子，原谅我的时候，她的感情会更强烈、更令人痛苦。所以，我让我的杂工尤利克代我去见她，但他骑马回来时说，即使给他二十基尼他也不会再去一次。我母亲把他赶出了房子，还严厉地命令他告诉我，她和我永远断绝母子关系。我母亲的誓言在某种程度上让我大为恐慌，因为我向来是个极为孝顺的儿子。我决心尽快去见她，我明白，想要得到原谅，就必须勇敢面对她无可避免地责备和怒火。

有一天晚上，我为都柏林最显赫的贵族们举办了一场宴会。在举着蜡烛让侯爵大人下楼时，我发现有个穿着灰色外套的女人坐在我的门口。由于以为她是个乞丐，我扔给了她一个钱。我那个喝多了的贵族朋友还笑话我，在关门时我祝他们都晚安。

后来我得知那个戴着头巾的女人正是我母亲，这让我相当惊愕且心神不安。她的骄傲使她发誓绝不踏进我的门一步，但天然的母爱渴望让她急于看到儿子的脸，所以她伪装了一番坐在我门前。的确，我在自己的阅历中发现，母亲是唯一一个不会欺骗男人的女人，无论遭遇何种灾难，她们的爱始终如一。唉！想想这个好心的人承受的无尽痛苦，她孤零零地坐在街上，而我的公寓里却觥筹交错，欢声阵阵，热闹非凡！

在我和乔治大人决斗后，由于以上陈述的原因，我必须离开一下，我想这是和母亲和解的好时机：现在我看上去遇到了麻烦，而她绝不会拒绝为我提供避难所。所以我让信使告知她，我与别人决斗让我陷入麻烦之中，形势需要我躲一躲，我在信使出发半个小时后上了路。我以人格担保，不会再有更好的接待了。我到那里后，一个侍候我母亲的光脚侍女立即带我进了一个空房间，门被打开，我可怜的母亲尖叫着扑进我的怀抱，她那无限的喜悦我无法描述——这种感情，只有那些拥抱着自己十二年未见的独子的人才能理解。

在我逗留期间，教士乔斯先生是唯一能进入我母亲房子的人，他也不会被阻止。他给自己掺了一杯朗姆——潘趣酒，随意的神态让他看上去像是经常在我母亲这里吃白食，大声咽下酒后，他开始批评我以前做的事罪孽深重，尤其是我最近犯下的那桩可怕罪行。

"罪孽深重!"我母亲说,当她的儿子被攻击时她一脸愤怒,"我们都是罪人,乔斯先生,是你给了我无尽的开导让我明白这一点的。但你还能让我可怜的孩子怎么办?"

"我不会让那个绅士喝酒,而且完全避免起冲突以及这次罪恶的决斗。"那个牧师回答说。

但我母亲打断了他,她说这类举动与我的地位和出身非常相称,不然就不配做布雷迪或巴里家族的人。实际上,得知我在决斗中打败了一位英国侯爵的儿子后,我母亲非常高兴。为了让她开心,我又给她讲了许多我经历过的决斗,还有一些我已经给读者们讲过的故事。

在我散播乔治大人垂危的消息时,其实他并没有生命危险,因此我躲藏的地方不需要特别隐蔽。但我母亲毫不知情,她在房子周围设下障碍,还命她的光脚乡村侍女贝姬时刻把守,唯恐官兵们来搜查我。

不过,我期待着一个人,那就是我表兄尤利克,他会给我带来林登夫人到都柏林的好消息。禁闭在布雷的两天中,我给母亲讲述了我人生中所有的冒险,也成功地让她收下她之前拒绝接受的裙子,还孝敬了她一大笔钱,这让我非常高兴。我承认,看到道德败坏的尤利克——我母亲就这么叫他——乘坐我的马车到门口时我异常欣喜,他带来了好消息,他告诉我母亲乔治大人已经脱离了危险,然后告诉我林登夫人已经到了都柏林。

"雷德蒙,我真希望那个年轻绅士能病危久一点,"我母亲说,她的眼睛闪着泪光,"这样你就能和你可怜的老母亲待久一点。"但我擦干她的眼泪,紧紧地拥抱了她,并保证会经常来看她。我还暗示说,也许我会用自己的宅邸和一个高贵的儿媳欢迎她。

"她是谁，亲爱的雷德蒙？"我的老母亲问道。

"她是全英国最高贵最富有的女人，母亲。"我回答说，"这次可不是小小的布雷迪了。"我又笑着补充道。带着这些希望，我心情极佳地离开了我母亲。

没人能像我一样心胸开阔。一旦达到目的，我的怒气就极易平抚。在我离开之前，我在都柏林还待了一周。在这段时间里，我和乔治大人达成了和解。我找借口去他的住处探望他，并迅速成了他床边亲近的安慰者。乔治大人有位贴身男仆，我对他礼让三分，还命我的人对他特别关注，因为我急于知道乔治大人在林登夫人心目中占据着何种地位，她身边是否还有其他追求者，还有她对他受伤的消息是什么反应。

是这位年轻贵族自己提起了那件我最想询问的事。

一天早上我去问候他时，他对我说："骑士，我发现你是我的亲戚林登女伯爵的旧相识。她给我写过一封信，信就在这儿，里面有一整页都在辱骂你。最奇怪的是，有一天林登堡的人讨论起你和你在都柏林的豪奢排场时，林登夫人发誓称她从来没听说过你。"

"'噢，是的，妈妈，'小布林登说，'是在斯帕那个又高又黑、总是斜眼看人的家伙，他已经把我的老师变得疯疯癫癫，还送了我一把剑。他的名字是巴里先生。'"

"但夫人命令这个男孩出去，并坚称根本不认识你。"

"你是林登夫人的亲戚和熟人吗，大人？"我用严肃且惊讶的口吻问他。

"是的，当然是，"这位年轻绅士回答说，"我离开她家后就被你重伤，这也是最不幸的时候。"

"为什么现在要比其他时候更不幸？"

"为什么？你看，骑士，我认为那个寡妇倾心于我，我也觉得我们可以亲上加亲。而且，实不相瞒，她现在是英格兰最富有的人。"

"我的乔治大人，"我说，"能否让我问你一个直白且有些奇怪的问题？——你能让我看看她写的信吗？"

"我绝不会让别人看我的信。"他愤怒地答道。

"不，请别生气。如果我让你看林登夫人给我写的信，你会让我看她给你写的吗？"

"上帝啊！你是什么意思，巴里先生？"这个年轻绅士问。

"我的意思是我深爱着林登夫人，我对她依然情有独钟，现在我还爱她到发狂，如果谁在我之前娶她，我拼死也要杀了他。"

"你？娶英格兰血统最高贵最富有的女继承人?!"他一脸傲慢的表情。

"全欧洲没有谁比我们家族的血统更高贵，"我回答说，"我也告诉你，我不知道该不该抱有希望。但我知道的是，在过去的一段时间里，尽管我穷，但这位富有的女继承人并没有因为我穷而鄙夷我，而且无论谁想娶她，都必须先从我的尸体上踏过去。"我又阴郁地说，"和你决斗的时候，我还不知道你对林登夫人的想法。我可怜的男孩，你是个勇敢的人，我喜欢你。但我的剑在欧洲排名第一，不然你躺的床会比现在窄很多。"

"男孩！"乔治勋爵叫道，"我比你小不了四岁。"

"但在阅历上你比我小四十岁。我经历过各种阶层的生活。凭借着自己的本事和胆量，我才有了今天。作为一个私佣兵，我参加过十四场激战，决斗过二十三次，但只有一次受伤：一位法国将军用剑刺中了我，但我杀死了他。我在十七岁时开始闯荡，那时一无所有，现在我二十七岁，拥有两万基尼的财产。你觉得拥有我这样勇气和精神的人会得不到想要的东西吗？既然有追回林登夫人的权利，我会不利用它吗？"

这番话与事实并不完全相符（因为我虚报了我经历过的激战和决斗的次数，也夸大了我的财富）。但我看得出来，这番话在这个年轻绅士的心里留下了我想要的那种印象，我说话时他的神情异常严肃。说完我就离开了他，留他自己品味其中的含义。

两天后我再次拜访了他，还带去几封林登夫人给我写的信。我说："这个，看吧——我让你看，但你要保密——这一卷是林登夫人的头发，这些是签着卡莉斯塔名字的信，收信人是尤吉尼欧。这里有一首诗，'当索尔①用光亮装饰草地，苍白的辛西娜②放射她的亮光，'这是林登夫人写给我的。"

"卡莉斯塔！尤吉尼欧！索尔用光亮装饰草地?!"这位年轻大人叫道，"我是在做梦吗？为什么？我亲爱的巴里，那个寡妇给我写过同样的诗。'在阳光的辉煌下喜悦，或沉思于迷梦的夜晚。'"

在他说出那句诗的时候，我忍不住笑出声来。实际上，这也是我的卡莉斯塔曾写给我的。在对比那些信时我们发现，他的信里出现的流畅段落在我的信里也有。看看这个爱写信的女学究到底有多少才情！

乔治大人烦乱地放下那些信。停顿了很久之后，他说：

---

① 索尔，原文为 Sol，是古罗马神话里的太阳神。——译者注
② 辛西娜，英文为 Cynthia，是神话中月亮女神狄安娜的别名。——译者注

"好吧，感谢上帝！谢天谢地终于摆脱了！哈，巴里先生，如果这些信没有及时让我看到，我会娶一个什么样的女人！我以为林登夫人还是有心的，先生，我必须承认尽管这颗心并不火热，但最起码还可以让人信任。但现在娶她！我宁可让仆人上街上随便给我找个妻子，也不会娶这样一位博学强知的夫人。"

"乔治大人，你的阅历还太浅。"我说，"想想林登夫人的丈夫多么糟糕，她对待感情漠然也无须惊讶。我敢保证，她只是喜欢绅士们向她献殷勤，这无伤大雅，她喜欢写诗或者情书，这也不算罪过。"

这个年轻的贵族说："我未来的妻子不会写诗也不会写情书。我由衷高兴能及时看到这个刁妇的真面目，我还以为自己爱上了这个薄情寡义的女人！"

这个受伤的年轻贵族要么是，如我之前所说，太年轻且涉世太浅——一个男人，只因为这位女士给另一个男人写了几封多愁善感的信，就放弃一年四万英镑的收入，这太荒唐了——要么就是，如我更愿意相信的那样，他很高兴找到理由完全撤出战场，因为他根本不想再面对我手中战无不胜的利剑。

由于关心珀伊宁勋爵的伤势，或者他大概因为我而责备了林登夫人，这个极其愚蠢且虚弱的女人来到了都柏林，一切都如我所料，我表兄尤利克通知了我她的到来。我离开了我的好母亲，她已经完全原谅我了（那场决斗还起到了这个作用）。我发现，郁郁寡欢的卡莉斯塔每天都去探望她受伤的情郎，仆人们告诉我，这让乔治大人非常反感。英国人通常极为荒唐地苛求感情的细节，在得知林登夫人的所作所为后，珀伊宁发誓和她再无任何瓜葛。

　　这些消息都是乔治大人的近身侍从告诉我的，我之前说过，我特意和他交了朋友。所以只要我去拜访，他的守门人从来都不会阻拦。

　　林登夫人极有可能和我一样贿赂了这个人。因为，尽管被阻拦，但她依然上了楼。实际上，我一路跟踪了她，从她的住处到乔治·珀伊宁的寓所，最后看着她下轿进门。我决定静静地在前厅等她，如有必要，我会当众责备她对我不忠。但事情的发展恰巧对我十分有利。我悄无声息地走进他卧房的外间，由于房间的门半开着，我有幸听到隔壁房间里卡莉斯塔的声音。她正大哭着哀求躺在床上的病人，还极为深情地说："乔治，是什么让你怀疑我的忠诚？你怎么能以这种残忍的方式抛弃我，让我心碎？你想把你可怜的卡莉斯塔赶入坟墓吗？好吧，好吧，我这就去找那个已经去世的亲爱天使。"

　　"他已经进去三个月了，"乔治勋爵冷笑着说，"你又活这么长时间真是个奇迹。"

　　"不要用这种残忍无比的方式对待你可怜的卡莉斯塔，安东尼奥！"林登夫人哭着喊道。

　　"呸！"乔治大人说，"我伤得很重，医生嘱咐我不能说太多话。你的安东尼奥累了，亲爱的，你就不能向别人寻求慰藉吗？"

　　"上帝啊，乔治大人！安东尼奥！"

　　"让尤吉尼欧安慰你吧。"乔治勋爵愤愤地说，然后他开始摇铃，在内间等候的近身侍从听到铃声后出来，把林登夫人引下了楼。

　　林登夫人极其慌乱地从房间走了出来。她身着深色丧服，脸戴面纱，而且没有认出在外间等候的那个人。她下楼的时候，我轻手轻脚地跟着她，当她的轿夫为她开门的时候，我纵身向前，牵起她的手让她坐进马车里。"最亲爱的夫人，"我说，"乔治大人说的对。让尤吉尼欧安慰你吧！"她被吓了一大跳，还没等她叫出声来，马车就把她带走了。当她在她的房子前下轿时，你可以肯定，我就站在轿门口，像之前一样我把她扶了出来。

"你这个恶魔！"她说，"我希望你离开这里。"

"女士，这会违背我的誓言，"我回答说，"想想尤吉尼欧向卡莉斯塔发过的誓。"

"如果你不离开，我就叫家眷把你赶走。"

"什么?! 就在我口袋里装着卡莉斯塔的信，而且希望把它们还给你的时候? 夫人，你能抚慰我，但你吓不倒雷德蒙·巴里。"

"你想让我怎么样，先生?"林登夫人颇为不安地说。

"让我上楼，然后我全都告诉你。"我回答道。然后她屈尊把手给了我，让我把她从轿门口带到她的客厅。

我们独处一室后，我真诚地向她敞开了心扉。

"最亲爱的女士，"我说，"不要用你的残忍逼迫你绝望的奴隶采取极端手段，我爱慕你。以前你允许我无拘无束地倾吐我对你的爱，但现在你不让我进门，不回我的信，还移情别恋。我的身心都无法承受这种对待。看看我被迫对乔治大人施加的惩罚，一想到可能要杀死这个年轻绅士我就浑身发抖，但只要他敢娶你，女士，他就一定会死。"

林登夫人说："我不认为你有任何权利能让你指使林登女伯爵，我根本不理解你的威胁，也毫不在意。我和一个爱尔兰冒险家之间能有什么过往，让你这样大胆无礼地干涉我的事情?"

"就是这些过往，女士，"我说，"卡莉斯塔给尤吉尼欧的信。也许它们的目的非常单纯，但别人会相信吗？也许你只是想玩弄一颗可怜的心，这个淳朴的爱尔兰绅士爱慕你信任你。但谁会相信你的清白？这些都是你亲手写的信，是无可辩驳的证据。谁会相信你写这些信只是为了卖弄风情，而不是出于真爱？"

"流氓！"林登夫人叫道，"你就不能从我这些无聊的信中得出其他真实含义吗？"

"我能从信中解读出任何含义，"我说，"那就是推动我走向你的爱情。我发过誓——你必须而且一定是我的人！你听说过哪件我想做的事以失败告终？你想从我这里得到哪一个——是一个男人给你的最炽热的爱，还是世间最强烈的仇恨？"

"先生，拥有我这种地位的女人根本不会畏惧你这种冒险家的仇恨。"林登夫人庄严地站了起来。

"看看你的珀伊宁，他是不是和你地位相当？女士，你就是这位绅士受伤的原因。如果不是因为你残忍的行为稍有收敛，你就是他被杀死的原因——是的，他会被杀死。因为，如果一个妻子不忠，她的丈夫就有权惩罚第三者！而我视你，霍诺莉娅·林登，为我的妻子！"

"丈夫？妻子？先生！"这个寡妇极为惊愕地叫道。

"是的，妻子！丈夫！我不是那些轻佻女子玩弄后就丢到一边的可怜虫。你会忘记在斯帕时我们之间发生的事，卡莉斯塔会忘记尤吉尼欧，但我不会让你忘了我。你只是想玩弄我，是吗？霍诺莉娅，一旦被打动，我的心永不平息。我爱你——以前我爱你到绝望，现在依然如此，而现在，就在我能得到你的时候，你以为我会放弃你吗？残忍无比的卡莉斯塔！如果你以为我会把你轻易忘却，那是你根本不知道你的魅力有何等力量——如果你那么想，你就不会明白，这颗纯洁高贵的心有多么忠诚，因为一旦爱上你，它对你的爱慕就永不停止。不！你的残忍让我发誓我会报复，你惊人的美丽让我发誓一定会得到你，而且配得到你。你这个可爱迷人却薄情残忍的女人，你会是我的人——我发誓！你拥有巨额财富，但我不是也拥有慷慨的性情，正好能用之有道吗？你的地位高贵，但高不过我的雄心壮志。你曾经嫁给了一个冷酷空虚的浪子，现在，霍诺莉娅，嫁给一个真正的男人！无论你的地位有多高，这个人都会提升它，配得起它！"

当我向这个惊愕的寡妇倾吐出大意如此的话时，我站在她面前，用眼神迷住了她。我看得出，我对她魅力的赞扬和真情的表露让她颇为欢欣，同时也镇定自若地观察到，我已经掌控了她。要相信，恐惧在爱情中也可以起到好的作用。只要一个男人有足够的机会和坚强的意志，他就一定得到这个愚钝善变的女人的心。

"可怕的人！"林登夫人叫道，我刚说完话她就向后退缩（事实上，当时我已经说完，正想着对她再说一段话。），"可怕的人！快离开这里！"

这些话让我明白，我已经给她留下了深刻印象。"如果她明天还让我进这所房子，"我说，"她就是我的人。"

下楼后我给了看守厅门的仆人十基尼，看到这么多钱他非常惊讶。

"这是给你辛劳的报酬，"我说，"因为你以后要经常给我开门了。"

第十六章 我大方回报我的家族

第二天再去的时候，我的隐忧变成了现实：大门紧闭，因为林登夫人不在家。我知道这是借口，我的寓所就在对面，而整个早上我都在盯着她的门。

"你们夫人没有出去，"我说，"当然，她不让我进去，我也不能强行闯入。不过你听着，你是个英国人吗?""我是英国人，"这家伙极其傲慢地答道，"阁下听我的口音就知道了。"

我知道他是英国人，所以才能贿赂他。如果是一个爱尔兰家庭的仆人，即使衣着破烂而且从来都拿不到酬劳，他也很可能把钱扔到你脸上。

"那你听着，"我说，"你们夫人的信都经你的手送出，是吧? 只要你把信拿给我看，一封信我给你一克朗金币。附近的街边有一家酒馆，你去喝酒的时候把信送来，叫我德莫特（Dermot）。"

"我在斯帕见过阁下，"这家伙咧嘴笑着说，"点数是七点，是吧？"想起这些往事他极为骄傲，然后我和他告了别。

在个人生活中，我从不为这种偷看别人信件的行为辩解，除非在十分迫切且必要的情况下：此时我们必须模仿那些强人，那些欧洲各地的政治家们，为得到大的利益，就必须违反小的礼节。我看过林登夫人的信之后又把它封好，她没有半点损失，我也得到了巨大的好处。认真阅读她写的各种信件让我对她的性格有了深刻了解，并从中获得了一种掌控她的力量，这让我迅速获益。我的英国朋友也给了我很大的帮助，我一直用最好的酒招待他，给他的赏钱也让他非常满意（为了见他，我总是穿着仆人制服，戴红色假发，这身打扮不会让任何人认出我就是那个时髦优雅的雷德蒙·巴里）。由于上述原因，我对林登夫人的行动了如指掌，让她吃惊不已。我事先就知道她会去哪些公共场合，由于还在守丧期，她能去的地方很少。但无论她在哪出现，去教堂或者逛公园，我都随时准备着递给她圣经，或者在她轿边骑马同行。

在所有女学究写过的书信中，林登夫人的信都堪称是最异想天开的自负和吹嘘。我从没见过哪个女人像她一样，在结交了无数个亲密朋友的同时又和无数个亲密朋友断交。如果交到的是女性朋友，她就会立刻谈到卑鄙的我，最后，我带着极为满意的心情发现，这个寡妇对我的惧怕程度越来越深。她称我是她的黑色虫子、阴暗幽灵、爱慕她的恶魔或是其他上千种表示她极度焦虑和恐慌的名字。她在信上说"逛公园时那个混蛋一路跟着我的马车"，或者"我的灾难跟踪我去了教堂"，还有"我那无可逃避的追求者在绸缎庄门口扶我下了马车"诸如此类。我的愿望就是增加她的恐惧感，而且让她明白想从我身边逃走绝无可能。

为此我还收买了一个给她算命的人，当时许多愚蠢至极的都柏林贵族都找这个人算过命。尽管她一身侍女的装束，但这个算命人还是认出了她的真实身份，她说她未来的丈夫就是她坚持不懈的追求者雷德蒙·巴里绅士。她带着极大的惊奇和恐惧跟她的女性朋友们讲这件事，她写道："难道这个恶魔真的能像他吹嘘的那样，甚至让命运屈从于他吗？尽管我打心底里厌恶他，但他会娶了我，让我臣服在他脚下吗？他那毒蛇一样的黑色眼睛让我着迷又恐惧，好像它无处不在，甚至我闭上眼睛的时候，他可怕的凝视也能穿过眼睑望着我。"

当一个女人开始用这种方式讨论一个男人的时候，这个男人要是还得不到她，那他一定是个傻瓜。对我来说，我十分殷勤地追随她左右，站在她对面，如她所说，抓住一切机会"用眼神迷惑她。"她曾经的爱慕者乔治·珀伊宁勋爵此时还因剑伤被困在房中，看上去他决定完全放弃对她的追求。因为，只要她去拜访，他就借故不让她进门，她写了许多封信，但他没有任何回复，只说医生吩咐他不能接待客人或者写信。如此一来，他一退居幕后，我就登场了，我还留心不让其他对手有任何可乘之机。只要听说这样的人，我就借机和他挑起决斗。除了第一个受害者乔治勋爵外，我又用这种方式放倒了另外两名追求者。我总是用其他借口和他们决斗，而不是以我对林登夫人的追求为理由，所以事后也不会有流言蜚语伤害她的感情。但她很清楚这些决斗有何意义。都柏林的年轻人开始三三两两地议论，有条猛龙盯住了那个富有的女继承人，想要得到那位女士，首先得制服那条猛龙。我保证，在三次决斗之后，没有多少勇士再敢向林登夫人献殷勤，而那些骑马走在她轿边的都柏林美男子们经常被笑话，因为只要看到我的栗色马匹或者身着绿色制服的侍从出现，他们就立刻狂奔着逃跑。

我希望用一些骇人听闻的实例证明我的力量，同时加深林登夫人的印象，为此我决定送给我正直的表兄尤利克一份大礼，让他得到他美丽的心上人，凯尔交依小姐，而且就在她的朋友和监护人林登夫人的眼皮底下把人带走。这位小姐的哥哥们也在都柏林过冬，就算他们强烈反对，我们也要用他们妹妹那一万雷的财产大肆招摇，就像她的财产用之不竭一样。这个女孩一点也不讨厌尤利克。事实只能证明有些男人是多么胆小，还有天才的头脑是多么出众，能迅速克服普通人认为无可战胜的困难，他居然从来没想过和她私奔，但我立即大胆地帮他做到了。凯尔交依小姐之前一直受大法庭监护，直到她得到成年身份（在此之前，如果我把对她设下的计谋付诸实践，那我一定会身陷囹圄）。尽管现在她有权嫁给自己喜欢的人，但她性情懦弱，再加上对她哥哥们还有亲戚们的畏惧，到现在她还依附着他们。她的哥哥们视自己的几个朋友为凯尔交依小姐的候选郎君，还轻蔑地拒绝了尤利克·布雷迪的求婚，因为他身无分文。这些粗俗的花花公子们认为，他根本配不上他们拥有巨额财富的妹妹。

由于感觉自己一个人在都柏林的大房子里太孤单，林登女伯爵邀请她的朋友和受监护人艾米莉亚小姐到都柏林和她一起过冬。此外，因为突然母性大发，她召来了她儿子小布林登子爵，还有我的老相识、小子爵的家庭教师一同来到都柏林和她做伴。一辆来自林登堡的家族马车带来了小男孩、女继承人和家庭教师。我决定抓住机会，实施我的计划。

这个机会没有让我等很久。我在上一章说过，爱尔兰王国在这段时期有许多匪徒团伙到处肆虐。他们以怀特男孩、橡树男孩、钢铁男孩为名号，由自称是上尉的首领带头，烧杀抢掠，无恶不作，并且将法律玩弄于股掌之中。我知道其中有一个团伙，或者几个团伙，由一个叫雷霆上尉的神秘人物指挥。他们做的事看上去就是不经过本人或者父母的同意，让两个人结婚。《都柏林公报》和那时的《水银报》（1772年）上有大量爱尔兰总督大人发表的声明，悬赏捉拿这个可怕的雷霆上尉和他的团伙，上面还详尽描述了这个助人结婚的野蛮家伙的各种功绩。我决定，无论是否有用，我都要用雷霆上尉的名字，让我表兄尤利克得到他的美人和一万镑财产。其实这个女孩并不是很漂亮，我想他爱的是她的钱，而不是她这个人。

由于还在守丧期，林登夫人还不能参加舞会和晚宴，但热情好客的都柏林贵族们经常举办这类宴会。她的朋友凯尔交依小姐没有这种限制，而且很高兴参加任何她能得到请柬的聚会。我送给尤利克两套华美的天鹅绒礼服，又利用我的影响力为他拿到很多上流聚会的请柬。但他没有我在宫廷礼仪方面上的优势和经验，在女士们面前他就像一匹小马一样羞涩，并且他会跳的舞步还没有一只猴子会的多。所以他很不受贵族们的待见，也没有吸引到那个女孩的注意。实际上，我看得出她更喜欢身边其他几位年轻绅士，在舞会大厅里，他们比可怜的尤利克自如得多。最初他是在巴里凯尔交依（Ballykiljoy）这位女继承人父亲的宅邸里，给她留下了好印象，并让她感受到他的爱意。在那里他经常和那位老绅士一起狩猎喝酒。

"不管怎么说，我一个人能轻松打败他们两个，"尤利克会叹着气说，"如果是喝酒或者骑马，那爱尔兰没人能比我更有机会得到艾米莉亚。"

"别担心，尤利克，"我回答说，"你一定会得到你的艾米莉亚，不然我就不叫雷德蒙·巴里。"

查尔蒙特大人①当时是爱尔兰最优雅最具才华的贵族之一，他是一个优秀的学者和智者，游历过很多国家，在外国时我有幸认识了他。他在马里诺（Marino）的宅邸举办了一场盛大的化装舞会，房子坐落在去邓勒里的路上，距都柏林只有几英里远。我决定利用这场宴会实现尤利克的终身幸福。凯尔交依小姐受到了邀请，小布林登子爵也会来，因为他一直渴望见识这样的盛大场面。最后他被允许参加，但必须由他的家庭教师、我的老相识朗特牧师陪同。在得知参加舞会的人都有谁后，我采取了相应的策略。

尤利克·布雷迪不在场，他的财富和才能根本达不到这种高级聚会的门槛，而且我在三天之前对人称他因债务被捕，认识他的人都没有怀疑这个谎言。

当天晚上我以一个自己非常熟悉的形象出现——普鲁士国王军队里的一名私佣兵。我戴了一个形状怪异的面具，上面有个大大的鼻子和厚实的胡须，说一口混合了英文和德文口音的话，其中后者的声调最为突出。我身边围了一群人大笑我滑稽的口音。在我讲述个人历史的时候，他们的好奇心越来越浓厚。凯尔交依小姐盛装打扮成一位古代公主。小布林登扮成了一位骑士时代的近身侍从。他的头发抹了粉，还穿了玫瑰色、豆绿色和银色相间的紧身外套，再加上腰间配

①　查尔蒙特，是爱尔兰贵族的一种头衔，首创于1665年。此处指詹姆斯·考菲尔德（James Caulfeild）（1728～1799），第一任查尔蒙特伯爵，是爱尔兰当时一位重要的政治家。——译者注

着我送他的那把剑，他昂首阔步的样子看上去非常英俊潇洒。至于朗特先生，他身披斗篷步态端庄地走到餐桌前，之后再没有挪开半步，他吃的冷鸡肉以及喝的潘趣酒和香槟足够一个连的卫兵饱餐一顿了。

总督大人庄重地来回走动——这场舞会真是热闹非凡。凯尔交依小姐有许多舞伴。我也是其中一个。我和她跳了一曲小步舞（如果这位爱尔兰女继承人那笨拙的鸭子步也能叫小步舞的话）。我借机用十分令人怜悯的话表明我对林登夫人的爱，还恳求她助我一臂之力。

凌晨三点时林登家族的人离开了舞会。小布林登早在查尔蒙特夫人的一间瓷器室里睡着了。尽管朗特先生走路摇摇摆摆，但他却口若悬河。如今的女士如果看到这样的绅士一定会受到惊吓，但在过去的欢乐时光里，这种场景很常见，一位绅士必须偶尔疯癫一下，才不会被认为是懦夫。我看着凯尔交依小姐和几位绅士上了马车，周围是一群衣衫褴褛的持火人、马夫、乞丐以及喝醉的男女，只要有盛会召开，这些人一定会守在大人物的门前，我看着马车在这群暴民的欢呼声中离去。然后我立即回到了晚宴餐厅，逗乐三四位还在拿德语开玩笑的风头人物，同时一个劲地大吃大喝。

"戴着这么大的鼻子，你是怎么把酒喝进去的呢？"一位绅士问道。

"去见鬼吧！"我用真实的口音说，然后再次倒上酒。看我倒酒，其他人都笑了，我继续在沉默中吃晚餐。

我送林登家族离去时还有一位绅士在场，当时我和他打了个赌，我输了，第二天我登门拜访给他送了钱。看到我详述这些细节，读者们一定会很惊讶。但事实上，回到聚会上的人不是我，而是我的德国男仆，他和我身形相似，戴上我

的面具后，他完全能够以假乱真。我们在林登夫人的马车附
近的一辆出租马车上换了衣服，之后我就驾车出发，并火速
超赶上了林登夫人的马车。

车辙里，车突然颠簸了一下就停住了。脚夫蹦到后面，
对马夫大喊了一声"停下！"并告诉他掉了一只车轮，只用三
只车轮往前走会非常危险。那时候，长亩街①的天才匠人们
还没有发明出车轮盖这种东西。至于车轮的契栓怎么会不见
了，这个我不能乱说，也许是查尔蒙特大人门前那群人中的
无赖给拔走了。

凯尔交依小姐把头伸出窗外，惊叫了起来。朗特牧师从
醉醺醺的昏睡中醒了过来，而小布林登蹦起来拔出他的短剑
说，"别害怕，艾米莉亚小姐，如果是拦路贼，我带着武器
呢。"这个小流氓的胆量像狮子一样雄壮，这是事实，尽管后
来和他起过很多冲突，我也得承认这一点。

跟着林登夫人马车的那辆出租马车在这个时候赶了过来，
车夫看到这一意外后从他的车厢上下来，礼貌地邀请尊贵的
女士上他的马车。这辆马车干净整洁，不会让任何高贵人物
丢脸。一两分钟后，这个建议被接受了，因为出租马车的车
夫保证会"立刻"带他们去都柏林。贴身男仆萨迪（Thady）
要求陪同他的小主人和那位年轻女士，车夫在车厢上的座旁
还坐着一个看上去像是喝醉了的朋友，这人咧着嘴告诉萨迪
让他站在后面。不过，为了防止街头懒汉搭便车，后面踏板
上布满了大铁钉，虽然萨迪忠心耿耿，但他还没有勇敢到这
种地步。最后他被说服留在坏了的马车旁，他和马夫一起用

---

① 长亩街，是伦敦中心区威斯敏斯特城内的一条街道，建成于17
世纪早期，一度以制造马车而闻名。——译者注

附近的树篱又给车轮做了一个契栓。

与此同时，尽管出租马车飞快地向前赶，但车里的人都觉得回都柏林的路格外漫长。凯尔交依小姐最后终于向窗外望去，让她大为惊讶的是，她发现周围是一片偏僻的荒野，根本没有建筑物或者城市的痕迹。她立刻大叫让车夫停下。但车夫听到她的声音只是加快了速度，并请这位女士"等一等"，因为"他在抄近路"。

凯尔交依小姐继续喊叫，但车夫快马加鞭，直到有两三个人从突然树篱后面跳出来，这位小姐向他们呼喊救命。小布林登打开车门英勇地跳了出来，尽管跳下时脸先着地，但他立刻站了起来，拔出短剑，并追着马车狂奔，同时大喊，"这边，绅士们！拦住那个流氓！"

"停下！"那些人叫道。听到这话，车夫猛地勒住了马。在此期间，朗特先生一直躺在马车里疯疯癫癫，对发生的所有事情都没有知觉。

过来营救凯尔交依小姐的勇士们商讨了一会，他们不时打量着小布林登大人，还发出阵阵大笑。

"不要惊慌，"为首的人走到车门前说，"我们会出一个人坐在那个奸诈的无赖旁边，此外，请女士您允许我和我的同伴坐进去护送您回家。我们装备精良，万一有危险我们可以保护您。"

说完，这人立即跳上马车，他的同伴紧随其后。

"注意你的位置，你这家伙！"小布林登愤怒地叫道，"让布林登子爵先进去！"然后他站到准备上车的那个壮汉前面。

"闪一边去，大人，"这个人说着一口浓浓的土腔，并把小布林登推到一旁。小布林登大叫着"盗贼！盗贼！"同时拔出短剑向那人扑去，本来他会砍伤那人（因为短剑和长剑一样能伤人），但小布林登的对手拿了一根长棍，一下就把他手里的武器打掉，短剑飞过他的头顶，他被吓得目瞪口呆，同时为自己的溃败羞愤不已。

然后那个人拉了拉帽子，向布林登大人深鞠了一躬，进了马车。他的同谋关上了车门，随后跳上车厢。凯尔交依小姐本来要尖叫，但我认为，她是在看到一位勇士拿出一把巨大的手枪后停止了叫喊，这位勇士说，"小姐，我们不想伤害你，但如果你叫出声，我们就会杀了你。"听到这话，她立即闭上了嘴。

所有事情似乎都在一瞬间发生，当三个入侵者占领了马车后，可怜的小布林登还在荒野里一脸惊愕，而且不知所措，其中一个人把头伸出窗户，喊道：

"大人，给你一个劝告。"

"什么劝告？"这个男孩开始啜泣了，他才十一岁大，不过到目前为止，他一直都非常勇敢。

"你离马里诺只有两英里远。一直往回走到一个大石头边，然后右转，然后一直走到大路上，在那里很容易就能找到回去的路。等你见到你妈妈的时候，向她转达雷霆上尉的问候，告诉她艾米莉亚·凯尔交依小姐要结婚了。"

"噢，上帝啊！"年轻女士惊叫了一声。

马车疾驰在路上，可怜的小布林登一个人被丢在荒野里，而黎明才刚破晓。他被吓坏了，这毫不奇怪。他本想追着马车，但他勇气不足而且腿不够长。所以他坐在一块石头上恼火地大哭起来。

就用这种方式，尤利克·布雷迪实现了我称之为萨宾式的婚姻①。在他和另外两位伴郎到达农舍后，婚礼就开始举行了。教堂牧师朗特先生一开始拒绝主持婚礼，但一把枪顶在这个不幸牧师的脑门上，对方发毒誓会把他悲惨的脑袋打开花，他才同意宣读誓言。艾米莉亚和他一样，也得到了相似的待遇。但我对这些一无所知，因为在卸下新娘和牧师之后，我就和马夫火速赶回城里，而且我很高兴地发现我的德国仆人弗瑞兹已经在等我了。他穿着我的衣服坐着我的马车离开了化装舞会，丝毫没有露馅，他一切都遵循了我的命令。

可怜的朗特模样窘迫地在第二天回了城，他没有透露自己在那天晚上参与的婚礼，只讲述了他喝醉后在回去的路上被埋伏绑架，后来又被扔在路边的悲惨故事。一辆来自维克洛（Wicklow）的货车向都柏林运货，看到他无助地在路边，就把他带回了城。但什么也不能改变他参与这次阴谋的事实。小布林登也找到了回家的路，但无论如何也想不出那是我。但林登夫人知道我与这件事脱不了干系，因为第二天我发现她急匆匆地赶回了林登堡，而绑架的消息震惊了全城，我用极为放肆的笑容向林登夫人告别，我看得出，她知道我参与了这个胆大包天又非同寻常的计谋。

我就这样回报了尤利克·布雷迪早年对我的友善，我也很高兴为我们家族这个颇具名望的分支恢复了往昔的辉煌。他把新娘带到维克洛，和她在那里过着完全与世隔绝的生活，

① 萨宾式婚姻，萨宾人是生活在亚平宁半岛拉丁平原附近的一个部族，和拉丁人一起同为古罗马文明的创立者。拉丁人和萨宾人之间曾冲突不断。相传有一次拉丁人劫掠了大批萨宾妇女为妻。萨宾人进攻罗马进行报复。已为人妻人母的萨宾妇女苦劝丈夫与父兄和好，最终促成两个部族融合。——译者注

直到这件事风平浪静。凯尔交依家的人搜查了所有地方也没有打探出他的住处。在一段时间内，他们甚至不知道到底是谁如此幸运，娶了那个女继承人。直到几个月之后真相才大白于世——凯尔交依小姐写来一封信，署名为艾米莉亚·布雷迪，她在信里说自己当前的处境无比幸福，还声明主持她婚礼的人是林登夫人的附属教堂牧师朗特先生；我可敬的朋友也坦白他参与了婚礼。由于他好心的女主人没有因此把他解雇，所有人都坚信可怜的林登夫人也暗中参与了这个密谋，而有关她疯狂迷恋我的故事也得到越来越多的证实。

你可以肯定，我很快就从这些流言中获益。所有人都以为我参与谋划了布雷迪的婚礼，尽管没人能证明这一点；所有人都以为我和守寡的女伯爵关系亲密，尽管没人能证明我说过这种话。但有一种方式，你越是否认一件事，就越能证明它。我经常恰如其分地开玩笑，以至于所有人都开始祝愿我好运，并把我视作那位全英国最富有的女继承人的未婚夫。报纸开始谈论这件事，林登夫人的女性朋友们写信劝诫她，并对这些消息厌恶不已。甚至当时毁谤造谣的英国期刊和杂志也谈起这件事情。他们暗指一位富有才情的美丽寡妇，拥有贵族头衔和两个王国最巨大的财产，即将嫁给一个出身高贵的时髦绅士，此人曾荣耀地在普——国——①的军队里服役。我不会说是哪个作者写的这些文章。或者有两张多么讽刺的图片——一张标题为"普鲁士爱尔兰人"代表我，另一张标题为"以弗所女伯爵"代表她——竟然真的出现在《城

---

① 指"普鲁士王国"，原文为"P—K—"，故意不说破的意思。——译者注

市与乡村》① 杂志上。这份杂志在伦敦发行，刊发内容都是
当时流行的杂谈。

林登夫人在这种持续的烦扰之下感到极其痛苦和恐慌，
她决定离开爱尔兰。好吧，她的确走了。她上岸时，第一个
在圣头港迎接她的人是谁？她谦卑的仆人，绅士雷德蒙·巴
里。最重要的是，都柏林的《水星报》公布了她启程的日期，
也公布我启程的日期——比她早一天。所有人都认为是她追
随我到英格兰，但她只是想逃避我。休想！——我的决心绝
不会被追求中的这点挫折阻断。即使她逃到地球的另一端，
我也会追到那里：是的，我会追她到俄耳普斯追寻欧律狄
克②的地方！

林登夫人在伦敦伯克利广场③有一栋房子，比她在都柏
林的房子更豪华十倍。由于知道她会在那里住下，我在她之
前赶到伦敦，并在紧邻的希尔街租下一栋豪华寓所。我在伦
敦的情报人员正是我在都柏林收买的那位看门人，这个忠心
耿耿的侍从给了我所有我想要的消息。我保证，与林登夫人
成婚后会立刻把他的酬劳增至三倍。我以一百基尼的贿赂和
事成之后再给两千基尼的保证得到了林登夫人女伴的支持，
我也用同等额度的贿赂得到了她最喜欢的婢女的欢心。伦敦
城早已听闻过我的大名，在我到达之后，许多贵族急切地邀

---

① 《城市与乡村》杂志，创刊于 1769 年，停刊于 1796 年，发行总
部在伦敦。这份杂志主要讲述伦敦上流社会的绯闻和风流韵事。——译
者注

② 俄耳普斯与欧律狄克两人为夫妻，相传欧律狄克在嬉戏时被毒
蛇咬死，俄耳普斯一直追她到地府。——译者注

③ 伯克利广场，位于伦敦西区威斯敏斯特城内，最初在 18 世纪铺
就。为纪念这个广场附近的伯克利家族而命名。——译者注

请我参加他们的晚宴。如今这个乏味的时代根本想象不出当时的伦敦城是一个多么欢乐多么辉煌的地方：男女老少们赌牌的热情无法阻挡，一夜之内以千镑计算的输赢数不胜数，那里有数不尽的绝世美女——她们才华横溢、欢乐放荡、时髦华丽到顶点！每个人都肆意放荡：格洛赛斯特公爵和坎伯兰公爵等皇室成员为首，其他贵族紧随其后。私奔就是潮流。啊！那真是令人愉悦的时代，谁能满怀热情、青春和金钱并且住在伦敦，那他就是幸运儿！我拥有这一切！我是白色俱乐部、华迪亚俱乐部和古斯特里俱乐部的常客，那里的人对巴里上尉的各种故事都耳熟能详。

讲述爱情故事的进展一定会让那些不甚关心的人感到索然无味。我把这些主题留给三流小说家们描述，留给读他们小说的寄宿学校的年轻小姐们想象。我无意细数我在追求中的每一件事，或者详述我遇到的所有麻烦以及我克服它们的大无畏态度。只需说一句：我的确克服了所有的困难。我和天才维尔克斯先生①观点一致，这些困难对于勇敢的人来说什么都不算，只要这个人足够聪明和坚持，他能把冷漠和反感转变成爱。在女伯爵的守丧期满之后，我想方设法进入她的宅邸，并且让她身边的女人不停地为我说好话，夸奖我的才能，赞美我的名声，同时吹嘘我在上流社会的成功还有受欢迎的程度。

在我热烈的追求过程中，女伯爵的贵族亲戚们也成了我最好的朋友，虽然他们根本不知道他们对我的帮助有多大，

① 指约翰·维尔克斯，英文为 John Wilkes（1725～1797），是英国新闻工作者和政治家，因为直言不讳而广受欢迎。他屡屡受到议会的排挤打击，被认为是政治迫害的牺牲品和争取自由的先锋，他也为英国的新闻出版自由做出巨大贡献。——译者注

我请求在这里向他们表达由衷的感谢，感谢他们当时对我的辱骂！至于他们之后对我的污蔑和仇恨，我都毫不在意。

这些人物中为首的当属迪普托夫侯爵夫人，我在都柏林惩罚了她儿子。女伯爵刚一到伦敦，这个暴躁的老妇人就登门拜访，并狠狠痛斥了她对我的鼓励。我坚信，她对这桩婚事的推动，绝对超过我六个月的追求或者打败六个竞争对手所能起到的作用。林登夫人苦苦辩解自己的清白，还发誓她从未鼓励过我，但都无济于事。"从未鼓励过他！"这个老妇人愤怒地叫道，"查尔斯爵士在世时，你不是在斯帕鼓励了这个恶棍吗？你不是把你的监护人嫁给这个浪子的破落表兄吗？他来英格兰后，你不是像个疯女人一样在第二天就跟过来吗？他不是几乎就在你门前住下了吗？你说这还不算鼓励？羞耻啊，女士，羞耻！你本可以嫁给我亲爱的儿子——高贵的乔治，但他选择不干涉你对那个卑贱爱尔兰暴发户的可耻恋情，因为你，他差点被谋杀。我要给夫人你的唯一建议就是，把和这个无耻冒险家已经建立的关系合法化，把这种关系合法化，就像你们现在的真实关系一样，既无体面可言，也违背了宗教信仰，但至少能让你的家族和你儿子不再为你现在的状况蒙羞。"

说完这番话后，暴怒的老侯爵夫人离开了，留下林登夫人涕泪涟涟。我从她的女伴那里听到了完整的谈话内容，也相信迪普托夫侯爵夫人的话会给我带来最好的结果。

就这样，由于迪普托夫夫人的强大影响，林登女伯爵的朋友和家人都不再和她来往。甚至当林登夫人去宫廷的时候，这个王国最威严的女士也以极其明显的冷漠接待她，这个不幸的寡妇回到家趴在床上恼羞大哭。因此我可以说，就连皇室也成了促进我追求的使者，并帮助我这个可怜的爱尔兰士兵实现获得财富的梦想。所以，命运会利用使者起作用，无论他们地位高低，然后通过人类无法掌控的方式成就男男女女的命运。

我一直认为，布里吉特（Bridget）夫人（她在这个关键时节是林登夫人最喜欢的婢女）的引导是天才构想的杰作。而且的确，由于对她的外交手腕抱有这种观点，在成为林登庄园主人的那一刻，我就给了她我承诺过的钱。我说过，只要我取得成功，就一定会实现诺言——我是个讲信用的人，为了实现对这个女人说过的话，我从犹太人那里借了高利贷——同时，我拉着布里吉特夫人的手说："女士，你对我的忠心无可比拟，我很愿意按照我的承诺奖励你。但你也证明了你极为非凡的聪慧和虚伪，所以我不会再让你留在林登夫人身边，而且要求你今天就离开。"她离开之后加入迪普托夫那一派，并一直对我百般侮辱。

但我必须告诉你们她做了什么明智的事。怎么说呢，那是这世上最简单的事，和所有绝妙手段一样。有一天林登夫人在哀叹她的命运还有我——她就喜欢这么说——对她的无耻追求时，布里吉特夫人说："为什么您不写信告诉这位年轻绅士他对您造成的伤害呢？恳请他大发慈悲（我听人说他的心肠真的非常善良——全城都在夸奖他的气概和慷慨），告诉他，他的追求给您造成了巨大的痛苦，让他放弃。写一封信吧，夫人，一定要。我知道您的文采异常优雅，就我而言，我经常在阅读您动人的信时被感动到泪如雨下，我也毫不怀疑，为了不伤害您的感情，巴里先生会做出任何牺牲。"

"你真的这么想吗，布拉吉特？"林登夫人问她。然后，她立即用自己最令人神魂颠倒和最吸引人的方式给我写了一封信。她写道：

先生，为什么你要追求我？为什么要用密布的阴谋之网包围我？看到在你恐怖残忍的手段下逃脱已无可能，我意志消沉。他们说你对别人慷慨大方——也这样对我吧。我太了解你的刚强和勇毅，请把它们用在那些敢应对你宝剑的人身上，而不是用在一个无法抗拒你的可怜女人身上。还记得你曾经对我表示过的友谊吗？现在，我恳请你，我乞求你，证明你的友谊吧！停止散布那些中伤我的流言，如果你能，如果你还有一点正义感，就请弥补你给我带来的苦难。

心碎的霍·林登

这封信的意思不就是要我亲自回复吗？我的绝佳盟友告诉了我在哪里能见到林登夫人，我根据指示，最后在神殿见到了她。我重演了在都柏林发生的那一幕，向她表明我的力量无穷无尽，尽管我谦卑恭顺，但我的心仍然不知疲倦。我又说："不过，我可以极其善良，也可以极其邪恶；我既可以是一个忠诚的好友，也可以是一个可怕的敌人。只要你开口，我愿意为你做任何事，除了让我不再爱你。这我做不到，只要我还有心跳，我就一定会追随你。这是我的命运，也是你的命运。别再向命运对抗了，嫁给我，你这个最美丽的女人！只有一生的时光才能终结我对你的爱。真的，只有在你的命令下死去，我才会顺从你。你想让我死吗？"

她笑着（因为她性情活泼幽默）说，她并不想让我自杀。从那一刻起，我就觉得她是我的人了。

一年以后，1773 年 5 月 15 日，我怀着无限荣耀和幸福与霍诺莉娅·林登女伯爵——过世的查尔斯·林登爵士阁下、巴斯骑士的遗孀——结了婚。婚礼仪式在汉诺威广场的圣乔治教堂①举行，婚礼主持人为林登夫人的附属教堂牧师萨缪尔·朗特先生。我们在伯克利广场的宅邸举办了一场盛大的晚宴和舞会。第二天早上一位公爵、四位侯爵、三位将军和伦敦众多上流绅士参加我的晨会。沃波尔②为这桩婚姻写了一大篇讽刺文章，赛尔温③在可可树俱乐部拿我们的婚礼大讲笑话。尽管这桩婚事是迪普托夫老夫人的提议，但她恼怒到恨不得咬断手指。至于小布林登，他已经长成了高高的少年，当女伯爵叫他拥抱他的爸爸时，他在我面前挥舞着拳头说："叫他父亲！我宁愿管夫人您的脚夫叫爸爸！"

但是，我不在意这个男孩和那个老女人的愤怒，对圣詹姆斯那群智者的玩笑也一笑了之。我给母亲还有我的好骑士叔叔写了热情洋溢的信描述了我们的婚礼。现在我到达了成功的巅峰：在三十岁的时候，我凭借自己的才德和气概，为自己赢得了任何英格兰人也达不到的最高地位，我决心以上流人士的姿态享受余生。

在收到我们伦敦的朋友的祝福之后——那时候人们不以结婚为耻，不像现在——我和霍诺莉娅（她完全一副自在自得的样子，而且还是个慷慨大方、轻快和悦的同伴）启程探

① 汉诺威广场，是英国伦敦的一个广场，位于城市中心梅费尔区，在牛津街与摄政街的交叉路口牛津圆环的西南侧。圣乔治教堂，是一座圣公会教堂，始建于18世纪初，位于汉诺威广场附近，建于18世纪初，常有上流人士在此结婚。——译者注

② 指霍勒斯·沃波尔，英文为 Horace Walpole（1717～1797），出身显赫，是第四任奥福德伯爵，英国作家。代表作为《奥特兰托城堡》（1764年），这本书是英国浪漫主义诗歌运动的重要奠基作品。——译者注

③ 指乔治·奥古斯塔·赛尔温，英文为 George Augustus Selwyn（1719～1791），是英国政治家，大不列颠国会议员。——译者注

访我们在西英格兰的庄园，我还从未到过那里。我们乘坐三辆马车离开了伦敦，每辆马车都配备了四匹好马。如果能看到马车的嵌板上雕刻着爱尔兰王冠和巴里家族的古老徽章，我叔叔一定会很高兴，因为它们旁边也刻着女伯爵的冠冕和林登家族的高贵徽章。

在离开伦敦前，我得到陛下恩准把我夫人的姓加进我的名字里。如我在这本自传里所写，从此以后，我就开始以巴里·林登这个名头出现在人前。

第十七章　我成为上流社会的宠儿

哈克顿堡是我们祖先在德文郡建造的最宏大最古老的城堡。去那里的一路上，车队行进得缓慢庄重，与我们在这个王国拥有的最高地位相称。穿着我的制服的骑马侍从打头阵，每到一个城镇，我们就在特殊安排的寓所下榻，因此我们在安多佛、尤敏斯特和艾克赛特住的地方都十分富丽。第四天晚上，我们在晚餐时间之前到达那座古老雄伟的宅邸。宅邸大门是一副极为丑陋的哥特式造型，如果沃泊尔先生能看见，他一定欣喜若狂。

婚后的头几天通常都有很多麻烦。我认识一些夫妇，他们一生都像斑鸠一样生活在一起，在蜜月的时候就差点啄出对方的眼。我也难逃惯例。在我们西行的路上，林登夫人因为我在车里拿出烟斗抽烟而和我吵架（抽烟的习惯是我在德国布洛军队里当兵时养成的，而且绝不可能戒掉）；在尤敏斯特和安多佛时她也心生愤懑，只因为我在晚上邀请贝尔寓所和狮子寓所的主人同我喝了几杯。林登夫人是个自大的女人，而我痛恨骄傲。我也向你保证，在那两种情况下，我都压制了她这一恶习。在我们行程的第三天，我让她用自己的手为我点燃烟斗，还让她两眼含泪地把烟斗递给我；到艾克赛特的天鹅旅店后我已经完全制服了她，以至于她还低声下气地问我是否想邀请女店主上来和我们共进晚餐。这个我本不应该反对，因为伯尼菲斯夫人（Bonnyface）的确是个美貌的女人。但我们在等主教大人——林登夫人的一个亲戚——来访，而且答应我妻子的请求也不合规矩。我和她一同在晚间列席，招待我们可敬的主教表亲。大教堂当时在建造一座著名的风琴，我以她的名义捐赠了二十五基尼，又以我的名义捐赠了一百基尼给大教堂，以资助这座风琴的制作。就在我进入那个郡的第一天，这种行为就让我受到热烈欢迎。法政牧师也赏脸和我在旅店吃晚饭，走之前他和我喝了六瓶酒，还打着嗝以极其庄重的誓言称我这样虔—虔—虔诚的绅士必定一生平安。

在进入哈克顿城堡之前，我们还得在林登家族的地盘上走十英里。那里的人们全都出门迎接我们，教堂的钟声响彻大地，教区牧师和农场主们穿着最好的衣服站在路边，上学的孩童和佃农们大声呼喊着林登夫人的名号。我对着这群可敬的人撒钱，还停车鞠躬致意和牧师还有农场主们交谈。如果我发现了德文郡的女孩们是全英国最漂亮的女孩，这是我的错吗？但这些评价让林登夫人出奇地愤怒。我赞美克拉姆顿的贝西·库阿林顿（Betsy Quarringdon）小姐脸颊粉嫩后，她勃然大怒。我坚信，我在旅途中说过的任何话或者做过的任何事都没能让她这么生气。"哈，哈，我美丽的女士，你嫉妒了，是吗？"我说，回想起来我无限遗憾，她前夫在世时，她的表现是那么宽容。有些人会嫉妒，是因为他们总能为嫉妒找到无数理由。

哈克顿村上上下下的欢迎场景更是异常热烈：从普利茅斯请来的乐队激情演奏，到处都挂着牌匾和旗帜，其中律师和郊区牧师门前的旗帜最多，他们两人都在林登家族任职。那里有好几百个健壮的农夫住在大片的草屋里，加上公园的围墙，为哈克顿的绿地划出了一个边界。从这里起（或者说以前从这里起）有一条林荫大道绵延三公里直到古堡的高塔。大道两旁长满了高大的榆树。1779 年，我砍倒了这些树，那时我真希望我砍倒的是橡树，因为如果这样，我就能得到三倍于榆树的钱。我不知道有什么能比林登家先祖们的粗心大意更该被谴责，他们在自己的土地上种的都是些不值钱的树，但当时他们完全可以种上橡树。因此我一直说，在乔治二世时期种下这些榆树的哈克顿的朗德海德·林登（Roundhead Lyndon）愚弄了我一万英镑。

在我们到达后的前几天，许多贵族前来拜访高贵的新婚夫妇，因此我的时间主要都花在接待来访客人上。随后，我像童话故事里蓝胡子①的妻子一样，开始探索城堡里的宝藏、家具和多到数不清的房间。这是一座巨大而又古老的城堡，建造日期能追溯到亨利五世②的时代。革命时期克伦威尔的

---

① 蓝胡子，是童话故事里的人物，生性残暴。他娶了很多妻子，又把她们一一杀害。后来他又娶了一个年轻妻子，她得到了他的钥匙并探索他的城堡，发现了他谋杀以前妻子的秘密，并最终逃了出去。——译者注

② 亨利五世，原文为 Henry V（1387～1422），英格兰兰开斯特王朝的国王，于 1413 年至 1422 年在位。虽然他的统治时间只有九年，但他取得的成就在中世纪的英格兰君王中首屈一指。——译者注

远征军①曾包围这里，城堡受到破坏。朗德海德·林登在他兄长死后，继承了家产，并以令人憎恶的过时品味对古堡进行了重建和修复。他兄长的品位高雅且拥有真正的骑士风范，但主要因为酗酒、赌博、放荡淫乱的生活，还有对国王的一些支持而毁了自己。古堡坐落在一片繁茂的森林之中，鹿的身影四处可见。必须承认，一开始我在这里感到无限的乐趣，夏夜里我会坐在堆满橡木家具的客厅里，窗子被打开，橱柜里的金银器皿闪耀着上百种令人目炫的色彩，桌边坐着十多位有趣的同伴；向外望去，可以看到大片的绿地和波浪起伏的树林，或者看太阳在湖面落下，听声声鹿鸣遥相呼应。

我刚到的时候，古堡的外形怪异地混合了各种建筑风格。为了修复圆头党人②的大炮造成的破坏，当时建造了各种封建式的高塔，还有贝思女王③流行的山形墙，墙壁被补上粗糙的斑块。但我不用再细说过去，因为，在一位时髦建筑师的指挥下，我斥巨资将古堡的外部修葺一新，并将古堡的正面设计成最现代最经典的法式和希腊式风格。以前古堡周围是护城河，有开合桥，还有外城墙，我把那些东西全部推倒建成露台，根据科尼什先生（Cornichon）的规划，我又将露台改为广阔的花圃，他是一个出色的巴黎建筑师，专门为修

---

① 克伦威尔爱尔兰征服战（1649～1653）指在三王国战争时期，奥利弗·克伦威尔带领国会军队远征爱尔兰的战争。——译者注

② 圆头党，这一名字用来称呼英国内战（1642～1651）期间支持国会并反对查尔斯一世"君权神授"观点的人，也被称为议会派。——译者注

③ 贝思女王，原文为 Queen Bess，指伊丽莎白一世（1533～1603），于 1558 年至 1603 年任英格兰和爱尔兰女王，是都铎王朝的第五位也是最后一位君主，同时还是名义上的法国女王。她终身未嫁，因此被称为"圣洁女王"。——译者注

整古堡才来英格兰。

从外部台阶往上走，你会进入一个空间巨大的古老大厅，大厅四壁装饰着黑色的浮雕橡木板，墙上还挂着我们祖先的肖像画：从长着大胡子的布鲁克・林登（Brook Lyndon），贝思女王时代的大法官，到穿着紧身衬胸、满头卷发的萨恰丽萨・林登（Saccharissa Lyndon）女士，这幅画是她作汉丽塔・玛利亚王后①的女傧相时由冯迪克②所作，再到查尔斯・林登爵士，画中的他戴着巴斯骑士的绶带。还有哈德逊（Hudson）为我妻子作的画像，当时她被引荐给老国王乔治二世，她身着白色绸缎裙子，戴着家族的钻石首饰。这些钻石非常纯正，一开始我让波默③把它们重新打造了一番，那时我们在凡尔赛宫参见了法国国王和王后，最后我以一万八千雷的价格把它们卖掉。那时我在古斯特里俱乐部遭到一连串可恨的霉运，吉米・观鸟者（我们都这么叫桑威奇大人④），

---

①　汉丽塔・玛利亚王后，英文为 Henrietta Maria（1609～1669），是一位法国公主，嫁给英国国王查尔斯一世后成为英格兰、苏格兰和爱尔兰的王后，她也是查尔斯二世和詹姆斯二世的母亲。——译者注

②　冯迪克，英文为 Anthony van Dyck（1599～1641）是一位弗兰德巴洛克艺术家，在意大利和弗兰德斯获得巨大成功后成为英格兰首席宫廷画师。——译者注

③　波默，原文为 Boehmer，是巴黎当时最负盛名的珠宝工匠之一。——译者注

④　吉米・观鸟者，原文为 Jemmy Twitcher，twitcher 意为喜爱赏鸟的人；桑威奇大人，原文为 Sandwich，指桑威奇伯爵，桑威奇伯爵是英格兰一个贵族头衔，该头衔为杰出的海军将领爱德华・蒙塔古而创，创于 1660 年。此处应指约翰・蒙塔古，第五代桑威奇伯爵（1744～1814），1792 年前为欣琴布鲁克子爵，是英国贵族和托利党政治家。——译者注

卡尔里塞（Carlisle），查理·福克斯①和我像真正的男人一样，毫无间断地赌了四十四个小时的牌。各种弓和矛，巨大的鹿头和狩猎器具，还有据我所知在歌革和玛各②时代才可能穿的生锈的古老盔甲，都是这个巨大殿堂的旧装饰物，这些东西分列在壁炉四周，占据的空间足够一辆六驾马车转弯。这些东西我几乎都保持了原本的样子，只有在最后把那些古老的铠甲挪到了楼上的杂物室里。为了替代这些东西，我买了各种怪兽形状的瓷器，法国的镀金沙发，还有优雅的大理石制品。这些大理石制品都是一位中间商在罗马为我购得，它们破碎的鼻子和肢体以及极其丑陋的模样都无可置疑地证明它们是古董。但不同的时代人们的品位也不同（也许是因为中间人耍了流氓），当我发现必须卖掉藏品筹钱的时候，这些在当时价值三万英镑的艺术瑰宝在后来只卖了三百基尼。

从这个主厅向两边扩展出两翼，每一边都有一长排起居室，但仅有高背靠椅和狭长怪异的威尼斯式玻璃作装饰，这是我刚掌管这座古堡时的样子。后来我把那里变得豪华富丽，房间挂满了里昂锦缎和我从黎塞留公爵那里赢来的哥白林挂毯③，那里有三十六间主卧房，其中只有三间我留着原封未动——有一间被称作鬼屋，在詹姆斯二世时期有人在里面被

---

① 查理·福克斯，英文全名为 Charles James Fox（1749～1806），是英国著名的辉格党人，他在国会任职长达 38 年，他最为人知的地方在于和小威廉姆·皮特是不共戴天的敌人。——译者注

② 歌革和玛各，英文为 Gog 和 Magog，两人为《圣经》中的人物，在先知的预言中是人类反抗基督的领袖。——译者注

③ 哥白林挂毯，哥白林从姓氏 Gobelin 音译而来。15 世纪中期，染工世家哥白林家族在巴黎建立了最早的手工作坊。由于产品制造技艺高超设计精美而备受贵族欢迎，后来哥白林成为织锦中的奢侈品风靡王室。——译者注

谋杀；有一间威廉姆①在托贝登陆②后睡过；还有一间曾是伊丽莎白女王的寝房。其余房间全部由科尼什用最高雅的风格重新装饰了一番，这给一些端庄正经的乡村老贵妇们提供了不少谈资。我还用鲍彻③和凡卢④的画作装饰重要的房间，画中的丘比特和维纳斯栩栩如生，以至于年迈干瘪的弗兰平顿（Blanche Whalebone）女伯爵拉紧床帷，还要她女儿布兰彻·威尔伯女士（Frumpington）和她的侍女同睡，而不允许让她睡在四壁挂满镜子的卧房里，那可是按照凡尔赛宫王后的时髦密室布置的！

装修的事务我大多都不过问。科尼什是一位法国侯爵派给我的建筑师，我外出期间，他就是这些建筑的监督人。我把古堡全权委托给他。但在把城堡的古老教堂改装为剧院的时候，他从房顶掉下来摔断了腿，所有人都认为这是上天给他的惩罚。这家伙在改造建设上雄心勃勃，所以他什么都敢做。没有我的允许，他就砍掉了一棵聚集大群白嘴鸦的古树，这棵树在这个地区被视为神圣，而且关于它还有一个预言，"白嘴鸦古树横倒，哈克顿城堡坍塌。"这些乌鸦飞走后占据了附近迪普托夫家的树林（让他们都杀光吧！），科尼什还建了一座维纳斯的神庙，庙前设有两方漂亮的喷泉。维纳斯和

---

① 此处的威廉姆指威廉三世，英文为 William III（1650～1702）是苏格兰的威廉二世、奥兰治的威廉亲王，英国国王詹姆斯二世的女婿。1689 年，他和玛丽二世共同被加冕为英国国王。——译者注

② 托贝，1688 年，在英国资产阶级革命中威廉三世被邀请到英国发动宫廷政变，就在托贝登陆。——译者注

③ 鲍彻，全名为 François Boucher（1703～1770），法国画家、版画家和设计师，是一位洛可可风格画家，技艺精湛。——译者注

④ 凡卢，全名为 Charles André van Loo（1705～1765），是一位著名的法国主题画家，绘画范围非常广泛。——译者注

丘比特是这个混球最崇拜的神圣：他想把教堂哥特式的玻璃屏拆掉，还要丘比特的雕像放在我们教堂的座席前。但郊区神父老霍夫博士拿着一根巨大的橡木棍走了出来，并用拉丁语招呼这个不幸的建筑师，虽然他一个字也不懂，但他明白，只要他碰这座神圣的教堂一下，神父就会打断他的腿。

科尼什向我抱怨这个"霍夫院长"，他一直这么称呼他。（"那个修道院院长，我的神啊！"他还非常困惑地补充说，"一个修道院院长居然有十二个孩子。"）但在这方面我支持教堂的做法，并告诉科尼什他只能在城堡内施展才华。

城堡里收藏了数量甚巨的古老器皿，我又增加许多奢华到极致的现代类型。无论酒窖怎么布置，我总觉得需要持续翻新。厨房我也完全重建了一遍。我的朋友杰克·威尔克斯（Jack Wilkes）从市长府邸给我送来一个厨师做英式菜肴——他负责甲鱼和鹿肉等野味的烹饪，我还有一个来自巴黎的厨师（顺便说一下，他曾伤心地抱怨，他想调遣那个英国人，但那只野蛮的猪竟然要用拳头招呼他）和两个副手，还有一个意大利甜点师作我的喂饭专员。这些都是一个时髦绅士本该有仆人和排场，但我的亲戚和邻居，那个令人憎恶且吝啬的老迪普托夫竟然感到惊恐不已。他还在整个乡里散播谣言，称我让天主教徒烹饪食物，靠法国青蛙佬生活，而且他还深信那些厨师将小孩做成炖肉。

尽管如此，乡绅们仍然很乐意参加我的晚宴，就连老霍夫博士也被迫承认，我的野味和海龟肉极其正宗。我知道怎么用其他方式向那些乡绅们示好。郡里只有一小群猎狐犬和几对卑贱肮脏的猎兔犬，老迪普托夫就带着它们在他的树林里撒欢。我耗资三万雷金币建了一座狗舍和一座马厩，而我饲养马匹和狗群的方式绝对配得起我的祖先爱尔兰国王们。

我有两大群猎犬，在狩猎季节每周出去狩猎四次，三位绅士身着我的狩猎制服跟随在我左右，我还把哈克顿的大门敞开，欢迎任何渴望狩猎的人前来。

可以料想到，城堡改造以及我的生活方式一定耗费不菲。我也承认，我摆的阵势像有些人一样让许多人羡慕不已，但我没有他们的经济头脑。比如说，老迪普托夫的父亲奢侈浪荡，挥霍掉大量财产，他攒起来偿还抵押的钱又被中间人借贷给我。另外，必须说明，我在林登家族只有终身财产权，我和贷款人来往时毫无戒心，同时还要支付巨额费用保证林登夫人的生活。

这一年年底，林登夫人为我生了一个儿子。为了纪念我的王族先人，我给他取名为布莱恩·林登（Bryan Lyndon）。但是，除了一个高贵的名字外，我还能给他什么？他母亲的财产不是都要被那个可恶的小暴君布林登继承吗？顺便说一下，我还没有提到他，尽管他也住在哈克顿，由一位新教师管教。这个男孩桀骜不驯。他曾引用《哈姆雷特》的段落给他母亲听，让她极为恼火。有一次我用鞭子抽他的时候，他竟然拔出短刀想要伤我。我说："实不相瞒，我记得年轻时和你非常像"，然后，我伸出手大笑着和他握手言和。那次我们握手言和，之后也是如此。但我们之间没有亲情，随着年纪的增长，他对我的恨意也急剧加深。

我决意给我亲爱的儿子布莱恩一点财产，为此我砍倒了林登夫人在约克郡和爱尔兰庄园的树木，卖了一万两千镑。在此期间，布林登的监护人迪普托夫像往常一样四处抱怨，还坚称我连碰那些树枝的权利也没有。但树还是倒下了。我让我母亲买回巴利巴里和巴里尤格的古老土地，它们都是我们家族曾经拥有的无尽财产中的一部分，我母亲极度喜悦地以非常精明的价格买回了它们。因为，想到我有了个儿子而且还拥有巨大财富，她就欢欣不已。

说实话，我非常害怕，因为我现在所处的社会阶层与我母亲惯常来往的社交圈非常不同，我很怕她来探访我，并用她那喋喋不休的土话和乔治二世时代的胭脂口红、老式蓬裙和裙饰吓住我的英国朋友们。年轻时这些东西让她出尽风头，但现在她还盲目地相信，那些衣饰依然处于潮流顶端。所以我写信给她，拖延她的探访，请求她等到城堡的左翼或者马厩或者之类的东西修建完毕后再来。但这种预防措施毫无必要。"一点暗示就够了，雷德蒙。"我的老母亲回信说，"我不会让自己这个老掉牙的爱尔兰妇女打搅你和你高贵的英国朋友们。想到我亲爱的儿子得到这种地位，我就心满意足了，我一直都认为这是你应得的，我呕心沥血教育你就是为了这一天。但你必须在哪天把小布莱恩带来，他的祖母要亲吻他。我恭敬地祝福她妈妈。告诉她，她的丈夫给了她一个宝藏，这个宝藏，即使她嫁给一位公爵也得不到。尽管巴里家族和布雷迪家族没有头衔，但他们的血脉里流淌着最高贵的血。除非看到你成为巴利巴里伯爵，我的外孙成为巴里尤格子爵，否则我永不安眠。"

我母亲和我的想法如出一辙，这多么奇怪！她说的那两个头衔也正是我选中（这太自然了）的名称。我不介意承认，我以巴利巴里和巴里尤格的名义签署了几十份文书，而且决定用我往常的狂热冲动实现这一目的。我母亲前往巴利巴里，她和那个教士住下，等待巴利巴里堡的落成，你可以肯定，我对人声称那是个极其重要的地方。我在哈克顿和伯克利街的书房里都挂了巴利巴里的计划图，还有绅士巴里·林登先祖的居所，巴利巴里堡的正视图，还有扩展规划。在规划中城堡的规模和温莎城堡①一样大，但建筑装饰要多得多。我还以每英亩三英镑的价格购买了八百英亩随时可以派上用场的沼泽地，所以我的庄园在地图上看起来非常显著。②

我在这一年四处奔波，还以七万雷的代价从约翰·特里库辛克爵士（John Trecothick）手中买下位于康沃尔的鲍尔维纶庄园和矿藏，这桩不甚明智的交易在日后为我造成了许多纠纷和诉讼。财产纠纷、代理人的无赖行径以及律师们的诡辩无穷无尽。地位低下的人嫉妒我们这些大人物，以为我们的生活尽是享乐。在飞黄腾达的时候，我经常怀念我贫穷不堪的时候，而且羡慕我桌旁那些欢乐的同伴，没有衣服穿，是我好心地提供给他们；没有一个基尼，我就从自己口袋拿钱给他们。拥有高贵的地位和大量的财产，就必须承受令人疲惫的忧虑和责任，但他们就没有这种困扰。

在爱尔兰王国的时候，我只在公共场合现身，同时承担我庄园的指挥权；我慷慨回报了那些曾在我困境之时帮助过我的人们，还在那里的贵族中间得到了相符的地位。但说实话，在经历过英国和欧洲大陆最上流的生活和最高级的享乐后，我根本就不想留在这里。当哈克顿堡还在以我上述的优

---

① 温莎城堡，位于英国英格兰东南部区域伯克郡温莎—梅登黑德皇家自治市镇温莎，是英国王室的家族城堡。温莎城堡始建于威廉一世时期，是英国君主主要的行政官邸。——译者注

② 巴里·林登先生以名誉起誓这片庄园没有被抵押，他于1786年借了城市商人的儿子，年轻的皮杰恩（Pigeon）上尉一万七千雷金币，此时皮杰恩刚刚继承财产。至于鲍尔维纶（Polwellan）的庄园和矿藏"导致了无休止的官司"，必须承认，巴里先生购买了它们，但在支付了第一笔五千雷的购买款之后，他再没有付过钱。他抱怨的诉讼就是在大法官法庭开审的"特里库辛克诉林登案"，约翰·斯科特也因为此案声名崛起。——原作者注

雅方式被修整时，我们在布克斯顿、巴斯和哈罗盖特消夏，在伯克利广场的宅邸过冬。

财富怎么能让一个人展现出这么多美德，这真是令人惊奇！或者说，财富像是一层色泽饱满的外罩，令人光彩四射，如果一个人生活在冰冷灰色的贫穷世界里，他身上绝不会有这种神态。我向你保证，在非常短的时间内，我就成了上流社会的宠儿，从培尔美尔街的咖啡馆到后来最著名的俱乐部，我都造成了巨大轰动。我的时髦仪表，侍从排场，还有高雅的宴会被每个人谈论，每天都有晨报报道相关消息。林登夫人那边比较穷的亲戚，还有反感老迪普托夫那无可容忍的傲慢的人开始出现在我们的晚宴和聚会上。至于我自己，我做梦都没想到伦敦和爱尔兰竟会有这么多我的亲戚，无数绅士声称是我的亲表兄表弟。当然，他们都是我自己乡里的当地人（我对他们丝毫可没有骄傲之情），我接待三四个大摇大摆衣衫褴褛，住在破庙里的公子哥，他们衣服上的蕾丝肮脏不堪，操着一口蒂珀雷里口音，最后在伦敦锒铛入狱；还有几个从温泉地来的赌徒冒险家，很快就让我知道了他们的处境；还有一些更不堪的人。我得提一下，其中有位凯尔巴里（Kilbarry）大人是我的表亲，由于我们的关系，他借了我三十个金币付了他在燕子街的房租。由于我自己的原因，我和他保持了一种亲戚关系，我想把这种关系名誉化，但纹章院无论如何都不给予承认。凯尔巴里经常在我的餐桌边吃饭，他喜欢赌牌，心情好时就付钱——但这种情况极其少。他和我的裁缝私交甚深，而且欠了后者很多钱，他也一直骄傲地吹嘘他西英格兰的高贵表亲巴里·林登。

在伦敦过了一段时候之后，林登夫人和我基本分开居住了。她喜欢安静——或者说实话，我喜欢安静——她非常赞成女人应该谦逊端庄举止安静，也很享受家庭乐趣。因此我鼓励她和她的女仆们，她的牧师，或者她的少数朋友一起在家用餐。我允许三四个识时务的人陪伴她在包厢里看歌剧，或在合适的场合出现，但谢绝她的家人或者朋友过于频繁的探访。整个冬季，我们仅在举办盛大招待日时接待他们两到三次。此外，她是个母亲。她喜欢给我们的小布莱恩穿着打扮，教他说话写字，还有抱他玩耍。为了他的缘故，她理应放弃外界的浮华享乐。所以，她把所有高贵家族应负的那一部分责任交由我履行。说实话，林登夫人这时的身形外表毫无美丽可言，根本不适合出现在时髦的社交圈里。她变得非常胖，眼睛近视，面色苍白，对衣着毫不在意，行为举止笨拙呆板。她和我说话时总带着一种愚蠢的绝望，有时她蠢笨地试着强颜欢笑，但这更讨人嫌。因此我们的交流非常少，而我想带她出去参加宴会或者留在她身边的愿望和必要都极其微小。在家里她也会以各种方式逼我发脾气。我要求（我承认，经常相当粗暴）她去陪客人聊天，展现她的才智和学识，因为她是女主人；或者让她演奏音乐，因为她是个技艺高超的表演家，但每每这个时候，她都会哭着离开房间。当然，就因为这个，我的同伴们认为我对她专制蛮横，但她是个脾气暴躁头脑愚钝的傻女人，作为她的监护人，我只是有点严厉谨慎而已。

很幸运的是，她非常喜爱她的小儿子，我也通过这个孩子牢牢地控制了她。因为，在任何她的高傲自大发作的时候——这个女人骄傲到令人无法容忍。一开始在我们争吵的时候，她胆敢再三嘲笑我之前的贫穷和卑微出身——如果，比如说，在我们的争吵中她自以为占了上风，坚称她的权威高过我，或者拒绝签署某些我认为有必要对我们包罗万象的财产进行分配的文件，我就会把布莱恩带到奇兹克两天。我拿人格保证，他的母亲大人不会再有半点反抗，而是同意我提出的任何要求。我留心她身边的仆人都由我支付薪酬，而不是她，尤其孩子的首席保姆只听从我的命令，而不听我夫人的。她是个非常漂亮、脸色粉嫩的女人，也是一匹放肆无礼的劣马，她狠心地欺骗了我。相比于精神萎靡的林登夫人，她更像是这个家的女主人。她对仆人们颐指气使，如果我对任何来访的女士表示出哪怕一点点的关注，这个荡妇就毫不掩饰地表露出嫉妒，并且找各种理由让她们打包走人。实际上，一个慷慨大方的男人总会被某个女人愚弄，这个女人就利用她对我拥有巨大影响力对我任意摆布。①

.① 从这些奇异的自白中可以看出，林登先生千方百计地折磨他的妻子，他不允许她参加社交活动，强迫她签署移交自己财产的文件，还把这些钱花在赌博和喝酒上，而且公开对她不忠。如果林登夫人反抗，他就威胁把她的孩子从她身边带走。的确，他也不是唯一如此行事的丈夫，到了这个时候"他最大的敌人是他自己"，他真是个快乐又好心的家伙。这世上有许多这种表面慈善的人。的确，正是因为正义还没有将他们审判，所有我们才编辑了这本自传。如果他只是小说中一个单纯的主角——那种在斯考特和詹姆斯的小说中出现的年轻英雄——那我们就没必要再向读者介绍这种总是被描写成万人迷的人物了。我们再次申明，巴里·林登先生不是一般类型的英雄。但请读者们看看周围，然后问自己，在人生中得到成功的无耻之徒是不是和正直人士一样多？获得成功的蠢货多过天才？这个阶层的生活由人性的学生描绘不是很公平吗？还有那些童话中王子们的行为，那些不可能存在的完美英雄，作家们不是很喜欢描写他们吗？这种经久不衰的写作方式太过天真幼稚，故事里的完美王子在历经冒险之后获得了所有世俗的成功，就像之前他被赋予智慧的头脑和雄壮的体魄一样。小说家们认为，让迷人的主角成为领主之后就再没故事可写。那完美的标准岂不是太低了？人生最大的好处不在于称王，甚至也不在于得到幸福。贫穷、疾病、弯腰驼背和强健的身体一样，可能都是奖赏和良好的状态，但所有人却都喜欢后者。不过，这是散文的话题，不该是笔记的内容，所以，还是让林登先生继续用坦率巧妙的语言叙述他的善恶吧。——原作者注

她那暴烈的脾气（丝塔莫夫人是这匹劣马的名字）再加上我妻子的喜怒无常和意志消沉，把家里闹得乌烟瘴气，因此我被逼到外面消磨我的大部分时间。由于赌牌在每个俱乐部、每家酒馆和每场聚会都盛行，所以自然而然地，我被迫重拾以前的习惯，并作为新手开始玩那些我曾经赌遍欧洲无敌手的游戏。一个人的脾性是否随着成功而改变，或者，是否在失去同谋并且不再进行专业训练后，技巧也随之而去，我不知道。我开始像其他人一样，拿玩牌当消遣。但可以肯定的是，在1774年到1775年的冬季里，我在白色俱乐部和可可树俱乐部输了很多钱，而且被迫通过大量借用我妻子的年金、预支她的收入和诸如此类的财产以偿还债务，我筹集的资金以及我的生活耗费自然是数目不菲。因为我花掉了大量财产，林登夫人（她心胸狭窄、懦弱且小气）有时会拒绝签署其中的某些文件，但我总能说服她，前面讲述过办法。

我在赌马上的投入也应该略讲一二，因为这是我那时生活的一部分，不过说实话，我并不是很愿意回想起我在新玛克特的所作所为。我在那里的几乎每桩交易都被小人使诈。尽管我和英格兰的任何人一样骑术高明，但在支持骑手这方面，我不是英国贵族们的对手。我的"栗色布洛"由"月食"所生，在比赛中被视为最大热门，索菲·哈德卡索（Sophy Hardcastle）骑着它在新玛克特输了比赛。十五年后我才得知，在它上场前的那个早上，一位高贵的伯爵，这里我不提他的名字，进了它的马厩。结果就是，另一匹冷门的马赢了比赛，而你谦卑的仆人我输了一万五千英镑。那时候，普通人没有机会进入赛马场，聚集在此的都是时髦人士，壮观场面令人炫目，放眼望去能看到这片土地上最伟大的人——皇家公爵们带着他们的妻子和大堆侍从，老格拉夫顿①带着一大群打扮怪异的女人，还有安卡斯特伯爵，桑威奇伯爵，罗恩伯爵——处在其中的人一定以为赌局很公平，并为拥有这种交际圈而感到骄傲不已。但我向你保证，全欧洲没有哪群人比他们更懂得用文雅的方式掠夺财富、对陌生人使诈、和赛马骑士串通一气、对赛马下药或者篡改赌金簿。我甚至不敢和那些技艺高超的赌徒们对着干，因为他们来自欧洲最高贵的家族。是因为我自己对时髦、对财富的渴望吗？我不知道。虽然现在我已经攀登到野心的巅峰，但我的技巧和好运却都弃我而去。我触碰的所有东西都在我手里分崩离析，我所有的交易都以失败告终，我信任的所有中间人都欺骗我。的确，我注定是那种能够创业却不能守业的人，因为一开始带我走向成功的品质和气魄也成了后来我毁灭的原因，一定是这样，我不知还有其他什么原因能使厄运最后在我身上降临。②

我向来喜欢文人墨客，如果必须说实话，那就是，我不反对供养那些才华横溢的绅士们，成为赞助他们的主顾。这些人通常都很缺钱，出身卑微，他们对贵族们和蕾丝外套有种天生的敬畏和热爱。所有经常出入他们社交圈的人都能得出这种结论。后来被加封为骑士的雷诺德先生③无疑是那个

---

① 格拉夫顿，是一种公爵的名号，此处指奥古斯塔斯·亨利·菲茨罗伊，他是第三代格拉夫顿公爵，在33岁时即任英国首相，是美国独立战争中的重要人物。——译者注
② 这部回忆录看起来是在1814年左右所写，命运让作者在他生命的终结做出了这种冷静的沉思。——原作者注
③ 雷诺德先生，指约书亚·雷诺德，英文为Joshua Reynolds（1723~1792），是英国18世纪后期最负盛名，在历史肖像画和艺术评论方面极具影响力，也是英国皇家美术学院的创办人。——译者注

时代最优秀的画家，他在贵族主顾面前溜须拍马的功夫也无人能及。正是这位绅士为我、林登夫人和我们的小布莱恩画了一幅画像，并在展览中广受赞誉。（我是这幅画的主角，我穿着迪普勒顿农民的衣服做出离开我妻子的样子，孩子看到我的头盔后惊吓后退，像是在问"他是谁呀"——就像赫克特①的儿子一样，与蒲柏先生在《伊利亚特》②里描述的场景相差无几）。也是通过雷诺德先生，我认识了许多文人画家，还有他们的大首领约翰逊先生。我一直认为他们的大首领像一头大熊。他在我的府邸喝了两三次茶，行为举止极其粗野，把我的观点当成小学生对待，还劝诫我让留意我的马匹和裁缝们，不要在文学上自寻烦扰。他的苏格兰熊领导博斯维尔先生③更是上流社会的笑柄。他穿着所谓的科西嘉式教袍，出现在一场科纳莉夫人于苏活区卡莱尔宅邸里举办的舞会上，我从未见过谁装扮成那种造型四处招摇。在同样的宅邸里，和他们相关的故事却不是什么趣闻，我能讲出许多那里的离奇现象。全城最高贵的人物和最低贱的妓女都聚集在那里，

---

① 赫克特，原文为 Hector，神话人物，是特洛伊（Troy）第一勇士，特洛伊战争中特洛伊守卫军领导者。最终和希腊联军第一勇士阿喀琉斯决斗，在决斗前他与妻子和年幼的儿子告别，这一情节成为许多作家和画家的创作素材。——译者注

② 指英国著名诗人亚历山大·蒲柏（Alexander Pope）（1688~1744），是 18 世纪英国最伟大的诗人，也是杰出的启蒙主义者；《伊利亚特》，英文为"Iliad"，是荷马所著的罗马史诗。亚历山大·蒲柏翻译的《伊利亚特》英文版在当时大受欢迎。——译者注

③ 指詹姆斯·博斯维尔（1740~1795），生于苏格兰爱丁堡，是一位律师、日记作家和传记作家。他最为人知的作品就是他为同代作家塞缪尔·约翰逊写的自传，这本传记作品广受赞誉。——译者注

从安卡斯特公爵到我的同乡贫穷的诗人奥利弗·高德史密斯①，从肯辛顿公爵夫人②到"天堂鸟"③或者凯蒂·费雪④。我在这里遇到过各种奇异的人物，他们的结局也很奇异：由于杀了交际花瑞伊（Reay）小姐，可怜的哈克曼（Hackman）后来被绞死；而我来自"小剧院"的朋友萨缪尔·福特⑤不惜伪造文书救一位德高望重的希莫尼（Simony）牧师，但后者还是在暗中被绞死。

那个时候，伦敦是个寻欢作乐的地方，这就是实情。如今我在耄耋之年写下这些东西，相较于上个世纪末，现在的人们变得极有道德感而且一本正经，但那个时候，世界对我而言还很年轻。那时候一位绅士和平民有着天壤之别，我们的丝绸衣服上满是刺绣。现在每个人都穿戴着像车夫一样的围巾和斗篷外套，一个贵族和他的马夫在外形上别无二致。那时候，一个时髦绅士会花两个小时梳妆打扮，他可以在挑选衣饰上展示自己品位和天分。在会客厅里，或者剧院里，或晚宴上，每个人都像是绚丽夺目的烈焰在燃烧！在令人垂

---

① 奥利弗·高德史密斯，英文为 Olive Goldsmith（1730～1774），是十八世纪著名的英国剧作家，生于爱尔兰。——译者注

② 肯辛顿公爵夫人，指伊丽莎白·查德利，英文为 Elizabeth Chudleigh（1720～1788），有时也被称为是布里斯托女伯爵。她曾秘密同一位海军将领贵族结婚，后来否认这桩婚事嫁给肯辛顿公爵，但她的秘密婚姻一直给她造成很多麻烦，以致后来她逃离英格兰。——译者注

③ 天堂鸟，是当时著名交际花罗宾逊夫人的绰号。——译者注

④ 凯蒂·费雪，英文为 Kitty Fisher，是英国极为著名的高级妓女，约书亚·雷诺德等名人对她美貌和才情的渲染让她名声大噪。——译者注

⑤ 塞缪尔·福特，英文为 Samual Foote（1720～1777），是一位英国剧作家、演员和剧院管理者。——译者注

涎欲滴的法罗牌桌上,赌注的数目让多少人目瞪口呆!我的镀金马车和穿着绿色制服的骑马侍从光彩照人,不像现在你们看到的简陋马车,后面只跟着一个矮小的马夫。当时一个男人的酒量是现在懦夫们的四倍。但详述这个话题毫无意义。绅士们一去不复返,现在流行的是士兵和水手。一想到三十年前,我就悲伤不已。

这一章专门用来讲述我快乐和辉煌时的记忆,极少有关于冒险的记录。在欢乐安逸的时候,情况大都如此。用大量篇幅讲述时髦人士的日常活动会显得有些无聊——那些美丽的女士对我抛媚眼,我的衣着,我赌过的比赛以及输赢如何。现在这个时候,年轻人被派往西班牙和法国与法国人打仗,在荒野里露营,吃着军需处发的牛肉和饼干,他们不会理解他们的先辈们过的是什么样的生活。所以我会讲述更多的那时的乐趣,当时王子还是个幼童,查尔斯·福克斯不仅仅是个政治家,而波拿马·拿破仑在他的母国只不过是个鄙贱的下等人。

随着我的庄园整改的进行,我的宅邸,从一个古老的诺尔曼式古堡变成了一座优雅的希腊式神庙,或者说宫殿;我的花园和树林再没有半点粗野气息,而是被修成极其文雅的法式风格;我儿子在他妈妈的膝上长大,我在这个地区的影响力也日益增长。千万不要以为这段时间里我一直都待在德文郡,我没有忘记时常探访伦敦,还有检查我在英格兰和爱尔兰的多处庄园。

我在特里库辛克的庄园和珀尔威兰沼泽地住下,但我后来发现,这桩交易不仅没有任何利润,还给我带来了各种欺诈性的诉讼。我大张旗鼓地去了爱尔兰的庄园,并在那里盛情款待了贵族们,其豪奢程度让爱尔兰总督大人难以模仿。

我让都柏林见识了真正的时髦（诚然，那时候它是一座贫瘠且未开化的城市，自从联盟出现骚动后，灾难就接踵而至，我不知道该如何解释为什么那些热心的爱尔兰同胞们要疯狂的赞扬以前建立的旧秩序）。我说是我为都柏林开创了新潮流，不要赞美我，因为它那时候是个落后的地方，无论爱尔兰人怎么辩解。

我在之前的章节里讲述过都柏林。它是我们这块领土上的华沙。那里有一群豪奢堕落且半开化的贵族，统治着一群半野生的人民。我是经过深思熟虑才说半野生的。大街上的平民们不修边幅，衣衫褴褛。夜幕降临之后，即使是最公开的场合也不安全。大学、公共建筑以及大贵族们的宅邸非常壮观（后者的绝大部分都没有装修），但人们的生活状况比我见过任何的粗野种群都更悲惨：他们只有一半宗教信仰的权利，他们的牧师被迫在国外接受教育，他们的贵族和他们像是不属于同一个国家。那里有一群新教贵族，城里有一群粗野无礼的新教徒市政官员，一群破产的市长随员，市议员，以及政府官员——就是这些人占据要职并掌控着公众声音，爱尔兰的上层阶级和下层人民之间没有任何沟通和联系。由于我在国外经历甚广，所以天主教和新教之间的这种差异加倍地令我惊异。尽管我的信仰坚定如石，但我忍不住会想到我祖父就持有不同的信仰，而且惊奇为什么两种信仰会造成如此大的政治差异。由于抱有并表达出这种观点，尤其是邀请堂区天主教牧师到林登堡吃饭，我被邻居们视为危险人物。他是个绅士，而且在萨拉门卡（Salamanca）接受教育，在我心里，他比教区牧师教养要好得多，也更令人愉悦。教区牧师在聚会时只有十几个清教徒会众，诚然，他是个贵族的儿子，但他几乎不会写字，而他最经常待的地方就是狗窝和鸡圈。

不同于其他庄园，我没有扩建和美化林登堡，而是偶尔在那里小住几天。在我停驻期间，我以近乎皇室风范的热情接待众人，还让林登堡的大门一直敞开。我离开期间，林登堡由我舅母布雷迪寡妇和她六个未婚的女儿（尽管她们一直都讨厌我）居住，我母亲则居住在我们巴里尤格的新宅邸里。

至于小布林登，此时他已经长得相当高大，而且惹是生非。我坚持把他留在爱尔兰，由一个合适的家庭教师管教，同时让布雷迪夫人和她的六个女儿照看他。只要他愿意，他可以和那里所有的老女士相爱，以此效仿他继父的先例。如果对林登堡感到厌倦，他可以自由出入我的宅邸和我母亲同住。但他们两个互相敌视，而且，因为我儿子布莱恩的缘故，我认为我母亲仇恨他的程度远胜于我。

德文县没有临近的康沃尔县那么幸运，没有后者拥有的地区代表名额。我知道那里有一个收入中等的乡绅，他的庄园每年收入几千镑年金，但通过为国会选举三四名议员，以及利用这些席位给他带来的影响力，他的收入翻了三倍。在我妻子未成年，还有她的伯爵父亲无行为能力期间，林登家族在国会的利益被极大地忽略。或者更准确地说，林登家族在国会的席位都被奸诈的伪君子老迪普托夫私自掠走了，就像大多数亲戚和监护人抢劫了他们的受监护人和亲戚一样。迪普托夫侯爵为国会选举四名议员，其中有两名代表提普勒顿区。众所周知，这一区就在我们哈克顿庄园脚下，与迪普托夫园林的一边相交界。起初这个区的议员就由林登家族推选，直到迪普托夫利用过世的林登伯爵智力不足这一点，才开始由他提名候选人。迪普托夫的大儿子成年之后，他理所应当地让他占有了迪普勒顿的席位。拉格比跟着克莱武①在印度发了财。死后，迪普托夫侯爵认为应该让他的儿子乔治·珀伊宁大人进入公众视野，我已经在前面的章节介绍过这位年轻绅士，而且侯爵决心用他至高无上的能力让他儿子加入并扩充反对党的行列——老辉格党是这个侯爵的阵营。

拉格比去世前病重了很长时间，你可以肯定，他日渐垮掉的健康有被县里的贵族们忽视，大多数时候，他们都是政府坚定的支持者，而且痛恨迪普托夫那些危险的政策。"我们一直在找一个可以对抗他的人，"乡绅们对我说，"只能用哈克顿堡的人才能与迪普托夫较量。林登先生，你就是我们要的人，我们发誓下一次县里选举的时候推选你。"

我极其痛恨迪普托夫那帮人，所以以任何能对抗他们的选举我都不会错过。他们不仅自己不探访哈克顿，还拒绝接见那些探访我们的人，他们不让县里的夫人们和我妻子来往；邻居们津津乐道我肆意挥霍和奢侈享乐的故事中有一半都是他们编造的；他们称我妻子是在我的恐吓之下不知所措才嫁给了我；他们还暗示说布林登在我的屋檐下不安全，我对他非常残忍，而且还想置他于死地，给我儿子布莱恩腾位置；我在哈克顿几乎请不到朋友，但他们能知道我桌上的酒瓶数量；他们搜查我与律师和代理人的交易，如果有哪个债主的钱我没有付，那这个债主的所有债务单都会出现在迪普托夫堡大厅里；如果我多看哪个农场主的女儿一眼，他们就说我已经玷污了人家。我有许多缺点，这我承认，但在家庭角色

---

① 克莱武，指罗伯特·克莱武，英文为 Robert Clive（1725～1774），他被认为是英帝国最伟大的缔造者之一，是一个传奇人物，以极少的兵力占据了印度，并在印度攫取巨大的财富。——译者注

上，我没有任何不同寻常之处。林登夫人和我的吵架次数不比其他时髦人物的吵架次数多，而且在最初的时候，我们总会很快就和好。我犯过很多错误，这是肯定的，但没有像可憎的迪普托夫等背后造谣者说得那么邪恶。因为在结婚的前三年，除了喝醉酒的时候，我从没打过我妻子一下。我把一把雕刻刀掷向布林登是因为我喝醉了，在场的人都可以证明。至于他们说我对这个可怜的少年设下了有计划的阴谋，我可以庄严声明，除了单纯的仇恨他（人无法控制自己的爱憎）之外，我对他没有半点邪恶之想。

因此，我有足够的理由仇恨迪普托夫派的人，而我这个人也绝不会将之掩饰。尽管是个辉格党人，也许正因为是个辉格党人，迪普托夫侯爵是这世上最骄傲自大的人之一，在他自己拥有爵位之后，他对待普通人的方式完全效仿他的偶像查特姆大伯爵①。这也是因为有太多低贱的奴仆为舐他的鞋扣而感到荣幸。当迪普勒顿的镇长和议员们来访的时候，他垂下帘幕与他们谈话，却从来不让镇长先生坐下，在点心呈上来之前他就退下，或者让这些朝拜他的镇议员们在管家的房间吃点心。在被我的爱国主义引导之前，这些正直的英国人从没有反抗过这种对待。不，狗喜欢被使唤来去。在我这一生中，我很少遇到哪些英国人不是他们那种想法。

直到我让他们开了眼界之后，他们才知道自己被贬低到何种程度。我邀请镇长到哈克顿堡，并让镇长夫人（顺便说一下，她是一个非常丰满漂亮的杂货店老板娘）坐在我妻子

---

① 指小威廉·皮特（1759～1806）和他父亲威廉·皮特一样担任了英国首相一职，是一个政治家、演说家。他智力超群，是英国最年轻的首相，仅次于罗伯特·沃泊尔，但在 47 岁时即去世，终生未娶。——译者注

旁边，还用我自己的豪华马车带他们两个去参观比赛。林登夫人极其反对这种屈尊降贵的行为，但我知道怎么降服她，如同谚语所说，她有脾气，但我的脾气更胜一筹。脾气，嘻！野猫也有脾气，但驯猫人总能掌控它，这世上我征服不了的女人我还没见过几个。

好吧，我在最大限度上笼络了镇长和市政委员们。我送给他们鹿肉等野味，或者邀请他们和我一同进餐；找机会参加他们的聚会，与他们的妻子和女儿们跳舞，简单来说就是，做出所有这些场合里必要的礼貌举动。尽管老迪普托夫一定知道我做的事情，但他依然沉浸在过去的想法里，而且从没有想过他的王朝会在他自己的迪普勒顿镇里倾塌，他安心地部署计划发号施令，就像个威严的暴君一样，把迪普勒顿人当作任由他支配的奴隶。

无论谁给我们带来里格比病情加重的消息，我就会盛宴招待他一番，以至于我那些狩猎的朋友笑称，"里格比病情加重了，哈克顿堡又要开一席市政委员招待宴"。

1776 年，美国独立战争爆发的时候，我进入了国会。由于拥有过人智慧，查特姆伯爵威廉·皮特在当时被他的党派称为"超人"，他在上议院发表庄严的演讲反对征战美国。而我的乡亲伯克先生——他是个伟大的哲学家，但发表的演讲冗长枯燥——是众议院反叛者的代表，不过，感谢大不列颠的爱国主义，那里支持他的人很少。只要这位伟大的伯爵盼咐，老迪普托夫能指鹿为马。他让他儿子辞去护卫军中的职务以效仿皮特大人，后者辞去了少尉职务，坚持不对抗他所谓的美国同胞们。但英格兰高涨的爱国主义情怀亟待施展，自从战争爆发后，英国人就从心底里憎恨美国人。在我们听说莱克星顿爆发战争以及邦克山丘（那时候我们就这么叫这场战争）的光荣胜利①的时候，全国上下都燃烧着头脑发热的愤怒之情。在那之后，舆论完全背向那些哲学家们，而且人民表现得极其忠诚。直到地租价格被提升，贵族们才开始有一点怨言，但我在西部的党派强迫迪普托夫很多，所以我决定踏上战场并和往常一样取得胜利。

国会竞选必须采取一些必要措施，但老迪普托夫什么准备都没有做。他向市政当局和自由选民们表明意图要推荐他儿子乔治，并让他成为议员，但他从不请他的追随者们喝一杯酒，激励他们的忠诚。而我，就不用说，迪普勒顿所有的酒馆都被我包了。

这里我无须再讲那些被人讲过上千遍的选举如何进行。我从迪普托夫和他儿子手里夺走了迪普勒顿区的议员席位。我也怀着一种野蛮的乐趣强迫我妻子（我已经说过，她曾被她的亲戚们攻击到体无完肤）在选举日穿了彩色衣服，并为我分发五色丝带。在互相辩论时，我告诉民众，我在爱情和决斗中打败了乔治大人，我在国会选举中也会打败他。事实也证明，我的确做到了，尽管老迪普托夫侯爵愤怒到说不出话来，但是我，绅士巴里·林登代替已逝的绅士约翰·里格比成为迪普勒顿的国会议员。我威胁他说下次选举时我会把他的两个席位都夺走，然后就去国会任职了。

也是在这个时候，我正式决定为自己拿到一个爱尔兰贵族的名号，留给子孙后代。

---

① 莱克星顿，是美国马萨诸塞州一小镇，因美国独立战争在此打响而著名，而这场战役也常被称为"莱克星顿的枪声"；邦克山丘，一座低矮的山丘，位于马萨诸塞州波士顿的查尔斯顿。1775 年 7 月 17 日，美国独立战争时期第一次主要战役就发生在附近。——译者注

第十八章 我的好运开始衰退

到现在，如果有人认为我的故事不道德（因为我听说，有些人断言我这种人根本不配拥有这么多成功和财富），那么我恳请这些发难的人赏脸读一读我冒险经历的结尾。他们会看到，我赢得的并不是多么大的奖赏，而那些财富、奢华、每年三万磅的年金以及国会席位都让我付出太大的代价，尤其得到这些享乐的代价是丧失个人自由和娶一个令人厌烦的妻子的时候。

这些令人厌烦的妻子们是恶魔，这就是事实。只有真正感受到一个妻子带来的负担有多么令人疲倦和沮丧之后，男人才能明白这一点，这种疲倦和沮丧随着时间增长，但承受它们的勇气却不断衰减。结果是，第一年看起来微不足道的麻烦，在十年后变得让人无可忍受。我听说过典籍里有一个著名人物，一开始他每天都扛着一头小牛犊上山，久而久之，小牛犊长成了雄壮的公牛，但他依然能毫不费力地把它扛在肩上。但是，相信我的话吧，未婚的年轻绅士们，扛起一个妻子比扛起史密斯菲尔德（Smithfield）最强壮的母牛还要艰难十倍，如果我的话能让你们任何一个人不结婚，那么《绅士巴里·林登回忆录》就没白写。林登夫人不是个会撒泼的悍妇，如果是这样，我还能纠正她。她性格怯懦，郁郁寡欢，还总是伤感落泪，这让我觉得加倍可憎。无论我做什么，她都不会高兴起来。这样一段时间之后我就不再理她，因为按照我往常的习惯，这样一个令人不快的家只能让我在外面找同伴寻欢作乐。于是，在所有缺点之外，她又增添一种尖酸可恶的嫉妒：有时候，我再正常不过地看其他任何女人一眼都不行，不然她一定会泪流不止，绞拧双手，或者威胁要自杀，而且我不知道为什么。

只要有点头脑的人就能想到，她死对我一点好处也没有，因为小布林登那个无赖（这个少年现在长得高大笨拙，肤色黝黑，而且即将成为我最大的灾难和烦恼）会继承林登家族所有的财产，那么我就会变成一个穷光蛋，甚至比我刚娶这个寡妇的时候还穷。因为，为了显示我们的地位，我把我的个人财富和林登夫人的收入都花掉了，又由于太过诚实和光明磊落，所以我从没有私藏过林登夫人一分钱。让那些贬低我的人好好看看这些话，他们说如果我没有给自己私建金库，林登家族的财产就不会被削弱到那种地步，甚至就在我目前窘迫无比的情况下，还有人认为我在某些地方偷藏了大量金币，只要我愿意，我随时可以像个大富豪一样出现在众人面前。但是，林登夫人的每一分钱我都花得光明磊落，除了偿还我数不清的个人债务之外，所有的钱都在明账上。在我掌管我妻子的庄园期间，除了林登家族的财产抵押和债务纠纷之外，我自己也欠下了至少十二万英镑的债务，所以我可以公正地说，林登家族应该感激我付出了这么多。

尽管我心里很快就对林登夫人产生了我上述的反感和厌恶，尽管我通常都不掩饰（因为我总是真诚坦率、光明正大）这些感情，尽管我对她非常冷漠，但她就是没有羞耻之心，而且总是满怀着爱意纠缠我，只要我说一句好听的话，她就激动不已。实际上，这句话我只对你们说，那时候我是英格兰最英俊最迷人的年轻绅士之一，我妻子疯狂地爱上了我，但谁又不是呢？当时情况就是如此，在伦敦，对我这个谦逊的爱尔兰冒险家芳心暗许的高贵女士不止我妻子一个。我经常会想，这些女人真是个谜！我见过圣詹姆斯宫最文雅的女士因为爱上一个极其粗鄙下流的男人而死去活来，或者最聪明的女人狂热地崇拜男人中最粗野无知的那一个，还有很多这样的例子。这些愚蠢的女人无休止地自相矛盾，尽管我不像上面提到的男人一样粗野下流（谁敢说我出身或教养的坏话，我就砍断他的脖子），但我的表现让林登夫人有充足的理由讨厌我，只要她想找。但是，像其他愚蠢的女人一样，她沉迷于爱情而丧失了理智。而且，直到我们在一起的最后一天，只要我跟她说一个友善的字，她就会原谅我的错，并且一如既往地爱我。

"啊，"她在柔情似水的时候会说，"啊，雷德蒙，如果你能一直这样该多好！"在她爱意汹涌的时候，她是这世上最容易被说服的人，如果有可能，她愿意签署移交她所有的财产。我必须承认，我只费了很少的功夫就让她高兴起来。和她一起在林荫大道或者拉尼拉公园散步，去圣詹姆斯教堂做礼拜，或者给她买任何一件小珠宝，就足以哄劝住她。但女人就是善变！第二天她大概就叫我巴里先生，并哀叹她的悲惨命运，后悔自己竟然嫁给这样一个恶魔。她就这么称呼国王陛下三

个王国里最才华横溢的男人之一，我以人格担保，其他女士
们可是把我奉若神明。

然后她会威胁要离开我，但我能用她的小儿子要挟她，
她极其喜爱这个孩子。我不明白为什么，因为她一直无视她
的大儿子布林登，而且从不关心他的健康，他的福利或者他
的教育。

所以我们的小儿子成了我和林登夫人之间强有力的纽带，
无论我提出如何庞大的规划，只要符合我们儿子的利益，她
就一定赞成，只要看上去对他有好处，无论代价多大她都愿
意付出。我可以告诉你，高贵的宫廷里也盛行贿赂之风——
他们离国王陛下如此之近，如果我说出是哪些伟大的人物接
受了我们的钱财，你们一定会大吃一惊。我让英国和爱尔兰
的礼部官员为巴里尤格的巴里家族写了一部详尽的家谱，我
恭请陛下重新恢复我先祖们的头衔，并授巴利巴里为子爵管
辖区。"这颗头配得起一顶冠冕。"在林登夫人心情好的时候，
她会梳理着我的头发说出这种话。确实如此，许多微不足道
的小人物成了贵族，但他们既没有我的勇气和血统，也没有
我的荣誉。

我认为，对这个贵族头衔的追求是我在那个时期所有极
其不幸的交易中最为不幸的一桩。为了实现这一目的，我做
出的牺牲闻所未闻。我四处挥霍金钱，送出大堆珠宝。我以
十倍于真实价值的价钱购置土地，以高得离谱的价格购买古
董画像和艺术品。我不断为我的朋友们举办宴会，因为他们
在皇室人员身边走动，可能会推动我的计划。在赌牌的时候，
我无数次输给陛下的皇室公爵们。不过，还是忘了这些往事
吧，尽管我蒙受了个人损失，但我对国王永远忠心耿耿。

这桩交易中我只公开一个人的名字，这个人就是老流氓

和骗子，第十三代克拉伯斯（Crabs）伯爵奥古斯塔夫·阿道弗斯（Gustavus Adolphus）。这个人是国王陛下密室会议的成员之一，并且与威严的君主关系亲密。两人在老国王时代就建立了亲密的友谊，当时亲王殿下和他在皇家植物园里巨大的楼梯平台上玩板羽球游戏，亲王发怒的时候把年轻的伯爵踹下楼梯，让他摔断了腿。亲王对自己的粗暴痛悔不已，为了弥补他造成的伤害，他更加亲密地对待这个被他伤害的人。亲王成为国王之后，据说，没人能像他那样让宠臣布特伯爵①嫉妒到发狂。克拉伯斯伯爵很穷且奢侈放荡，为了清除这个障碍，布特伯爵把他派到俄国或其他国家当大使。但这个大红人被免职后，克拉伯斯伯爵立即从大陆回到英国，并且几乎立刻就被指任在国王身边任职。

我不幸地和这个品行低劣的贵族建立了亲密友谊。那时和林登夫人结婚后，我刚在伦敦城立足，没有经验也毫无疑心。而且，由于克拉伯斯的确是个极其有趣的同伴，所以我真诚地和他交了朋友。此外，他距离这个王国的国王如此之近，我也非常渴望进入他的社交圈。

听这家伙所言，你会觉得他参与了几乎所有官员的任命。比如说，他告诉我查尔斯·福克斯会被免职，一天之后可怜的查尔斯本人才知道这个事实。他告诉我什么时候豪斯将军会从美国回来，还有谁会继任他的位置。不再多举例子，总之就是，我把得到巴里尤格男爵爵位和子爵管辖区的大部分希望寄托在了这个人身上。

---

① 布特伯爵，指约翰·斯图亚特，英文为 John Stuart（1713～1792），于 1762 至 1763 任在乔治三世统治下任英国首相，据称也是英国政坛最后一位重要的宠臣。——译者注

为实现这一雄心，我付出了无数巨大代价，其中最主要的一次，就是从林登堡和哈克顿属地组建并装备一个步兵军队，以供我们仁慈的君主镇压美国叛军。这些装备精良衣着豪华的军队于 1778 年在朴次茅斯港出发，组建这支军队的爱国绅士我也受到了宫廷的接见，在被诺斯勋爵①引荐时，和蔼的国王陛下还特别提到我，他说："这就对了，林登先生，再组建一支军队，和他们一起去征战吧！"但是读者们也能想到，这绝不是我的打算。一个一年收入三万英镑的绅士如果像一个贫民一样拿生命冒险，那他一定是傻瓜。在这方面，我一向很赞赏我的朋友杰克·博尔特（Jack Bolter）的行为。他一直是个极且勇敢且坚定的勇士，无论是大规模战役，还是小规模战斗，他都会冲上前去拼命搏杀。但就在明登战役开始之前，他得到消息，他的军队大承包商叔叔过世了，后者留给他每年五千镑的年金。杰克当即要求离开军队，但大战前夕他被拒绝。这位绅士得知情况后，除了和一位质疑他勇气的军官对抗外，他再没有开过一下枪。他对那个军官的态度极为冷酷坚定，也向全世界证明了，他离开军队不是因为胆小懦弱，而是因为他的深谋远虑和对享受金钱的渴望。

当哈克顿军队组建完毕以后，我的继子已经十六岁，他非常迫切地想加入其中，我非常高兴地赞成，然后摆脱这个年轻绅士，但他的监护人——在所有事情上都对我百般阻挠的老迪普托夫——拒绝同意，所以这个少年对军队的热情就这样被打断。如果他真的去参战，并且被叛军结束生命，说

---

① 腓特烈·诺斯，英文为 Frederick North，第二代吉尔福德伯爵（1732～1792），通常被称为诺斯勋爵，是英王乔治三世的宠臣。1770 年至 1782 年出任大不列颠王国首相，是美国独立战争的重要人物。——译者注

实话，我相信我不会感到多么悲痛。我会很乐意看到我的另一个儿子成为林登家族财产的继承人，因为他的父亲为此付出了太多太多。

我承认，这位年轻贵族的教育极其自由松散，也许事实是，我故意忽视了这个粗鲁的小孩。他生性粗野无礼且桀骜不驯，我对他从没有一点好感，即使在我和他母亲面前，他也喜怒无常阴阳怪气，我觉得投入在他身上都是浪费，所以就任由他自生自灭。整整有两年他都待在爱尔兰，距离我们很远。他在英格兰的时候，我们主要把他留在哈克顿，而且从不带这个粗俗不雅的少年进入我们在伦敦惯常来往的上流社会。与他相反，我自己可怜的儿子是世界上最有礼貌最讨人喜爱的孩子，所有人都满怀乐趣地对他爱护有加，在五岁之前，这个小家伙就成了时髦的代表，仪表堂堂且教养不凡。

事实是，他也不可能长成其他样子，因为他的双亲都无限宠爱他，在各方面都细致入微地关注他。他四岁的时候，我和服侍他的英国保姆大吵了一架，我妻子也一直很忌妒她。我又为我儿子请到一位法国保姆，她服侍过巴黎最高贵的家庭，当然，这个女人也让林登夫人忌妒不已。在这个年轻女人的照料下，我的小坏蛋学会了用极为迷人的方式讲法语。听这个亲爱的小淘气用法语咒骂"你去死"真让人心里满是欢喜！他在各个方面都拥有不凡天赋：在非常小的时候他就会模仿所有人，五岁时他就能坐在桌前，像个大人一样喝香槟。他的保姆会教他一点法语歌，还有维德（Vade）和考拉德（Collard）最近流行的巴黎歌曲——这些歌曲很动听，还让那些懂法语的听众爆发出阵阵欢笑。而且我向你保证，这让那些被允许陪伴林登夫人的老贵妇们颇为震惊，不过陪伴我妻子的人不多，因为我不鼓励那些你们所谓的可敬人物拜访林登夫人。她们总是坏人清净——她们忌妒心强，头脑狭隘，还在夫妻之间搬弄是非。无论何时，只要任何这种穿着蓬裙和高跟鞋并且一脸严肃的人物出现在哈克顿或者伯克利广场，我就怀着极大的乐趣吓跑她们，我会让我的小布莱恩唱歌跳舞还有玩"四个魔鬼"的游戏，还亲自协助他吓跑这些老古董们。

我永远也不会忘记哈克顿教区的方形鞋脸神父的庄重抗议，有一两次他曾尝试教布莱恩拉丁语，但毫无成效。有时我也允许我儿子和他那群数不清的孩子玩。他们从我儿子那里学会了一些法语歌，他们的母亲只懂得腌菜和做蛋奶羹，根本不懂法语，所以这个可怜女人总是很鼓励他们唱歌。但有一天他们的父亲听到后，立刻把女儿萨拉（Sarah）关在房间里一周，只给她面包和水，还当着所有兄弟姐妹的面，揍了儿子雅各布（Jacob）一顿。至于布莱恩，他希望他能被鞭打一顿以示惩戒。但我的小坏蛋对着老教区牧师的小腿又踢又打，直到牧师被迫让教堂司事过来控制住他，小家伙还赌咒说"见鬼！见死鬼！见各种鬼！"叫他不要打他的朋友雅各布。自此以后，他不允许布莱恩进入教区牧师住宅半步，为此我发誓，他那将继任这个职务的大儿子永远别想接管哈克顿教区，本来我想把这个生计留给他。这个老牧师用一种我痛恨的那种貌似虔诚且伪善的口吻说，天意必定会降临，他不会为了一个教区就让他的孩子们行为不轨或者思想腐坏。他还给我写了一封自大且郑重的信，还引用了许多拉丁语，与我和我们家族告别。"这么做让我遗憾不已，"这个老绅士在最后说，"因为我在哈克顿受到这个家族的无尽恩惠，与他们脱离关系让我痛彻心扉。我恐怕，与你们分离会让我加倍贫穷，而从此以后，我的悲惨境况是痛苦是不幸你们都不会注意。但是，如果你知道了我们的处境，我可以公道地说，你的慷慨会让你立刻帮助我们。"

这其中也许有些是事实，因为这个老绅士一直用各种请求让我为难，而且我很肯定，由于他乐于设施，所以他口袋里经常一分钱也没有。但我相信，再也吃不到哈克顿堡的丰盛晚餐也是他后悔与我们断绝关系的重要原因。我也知道，他妻子非常遗憾与布莱恩的法国保姆露易桑（Louison）小姐断绝关系，后者知道法国所有的最新时尚，尽管她从不去牧师的住宅，但你能看到牧师家的女孩们总会在礼拜日后穿上新裙子或新外套。

在礼拜日训诫的时候，我经常坐在位子上大声打呼噜表达对这个老叛徒的不满。在布莱恩长到可以离开女人的社交圈和监护之后，我立刻给他请了一位家庭教师。这位家庭教师也是我的附属教堂牧师。我把布莱恩的英国保姆嫁给了我的首席园艺师，还奉上一份厚礼。布莱恩的法国保姆我嫁给了我忠实的德国仆人弗瑞兹，我也没有忘记陪送嫁妆。他们在苏荷区开了一家法国餐厅，我相信，在我写这本回忆录的时候，他们的财富一定比他们慷慨无度的主人多。

我为布莱恩请的家庭教师是个年轻绅士，他叫埃德蒙德·莱文德（Edmund Lavender），毕业于牛津大学，负责在布莱尔心情好的时候教他拉丁语，还有教他历史、语法和其他一位绅士应当掌握的知识。莱文德是我们哈克顿社交圈里必不可少的一部分。他是制造欢乐的源泉，也是我们所有笑话的笑柄，而且总能用令人称赞的自我牺牲和耐性容忍一切。他就是那种宁愿被大人物踢打也不愿被无视的人。我经常当众把他的假发扔进火里，而他还能像其他人一样对这个笑话大笑不已。我们经常在狩猎时捉弄他，把他抓到一匹暴烈的马上，然后跟在猎犬后狂奔，他会脸色煞白，满头大汗，向我们呼叫"看在上帝的分上！停下！"并试图抓着马鬃和马屁股稳住身体。为什么他一直侥幸没死，我不知道，但我想可能只有绞刑才能让他断气。值得一提的是，在我们的狩猎比赛中，他从未发生过意外，但你可以肯定，他会按时坐在末座上喝潘趣酒，然后在晚宴结束前被我们灌醉，最后被人抬回去。布莱恩和我曾多次在这种场合把他的脸描黑。我们把他关进一间鬼屋，还扮鬼把他吓到灵魂出窍；或者在他床上放许多大老鼠；或者在他的靴子里灌满水，然后大叫"失火了！"；我们还砍断他的讲道椅的椅子腿，在他的训诫书里塞满鼻烟。可怜的莱文德默默忍受了这一切，但他也得到了充足的回报。在我们的聚会上，或者我们去伦敦时，他被允许和上流人士坐在一起，并为自己进入了时髦人士的社交圈而沾沾自喜。我很高兴听他用轻蔑的口吻说起我们的教区牧师。

"先生，他儿子是个工读生，而且还是在一个小学院，"他会说，"我亲爱的先生，您怎么能想到把哈克顿教区的未来交给这样一个没有教养的家伙？"

现在我该讲讲我的另一个儿子，至少是林登夫人的另一个儿子，我是说布林登子爵。我让他在爱尔兰待了几年，让我母亲监管他。我把我母亲安顿在林登堡，我向你保证，我母亲是个精明的管理者，她摆出的排场和骄傲的气势都异常恢宏。由于她的非凡才能，林登堡的庄园成了我们所有庄园中管理最好的那一个。任何管家也不可能像她那样，用极小的成本获得高额租税。尽管我的好母亲保持了两个家族的尊严，就像她说的那样，但她所用的花费小到惊人。她安排了一堆仆人服侍布林登子爵，她从来只乘坐一辆古老的六驾镀金马车出门。城堡的一切都干净紧凑，家具得到了精心维护，花园被细心照料。去爱尔兰的时候，我们发现，林登堡比我们到访过的任何宅邸都更井井有条。那里有二十个年轻侍女随时待命，十个修剪工分布在城堡理照料花草，一切都有条不紊，最优秀的管家能做到的也不过如此。我母亲几乎没有向我们要钱就做到了这一切。她在园林里养了大群牛羊，在巴利纳斯洛市场上赚了不少钱。她还给多个城镇供应黄油和烤肉，而林登堡出产的水果和蔬菜在都柏林的市场上卖价最高。她从不浪费食材，就像那时大多数爱尔兰家庭一样。

酒窖里的酒纹丝未动，因为我的老母亲只喝水，很少或者根本不见客人。她身边的所有同伴就是我的旧爱诺拉·布雷迪，如今的奎因夫人的两个女儿。诺拉和她丈夫花光了他们几乎所有的财产。这对夫妇曾到伦敦看过我一次，她看上去又老又胖，身边带着两个脏兮兮的孩子。她看到我的时候哭得非常伤心，还叫我"大人"和"林登先生"，对此我没有半点不好意思，她还恳求我帮帮她丈夫。

通过我的朋友克拉伯斯大人，我帮奎因在爱尔兰谋得一个职位，还在那里为他和他的家人打点了一切。奎因成了一个衣着脏乱、神情沮丧、呜咽不止的酒鬼，而看着可怜的诺拉，我只能惊奇为何当初我会以为她美若天仙。但是，只要我对一个女人动过情，那我终生都是她忠实的朋友，我还能举出无数这种例子证明我慷慨和专一的性情。

不过，我母亲认为，小布林登是唯一一个她无法管教的人。起初她给我有关他的报告让我这个父亲痛心不已。他拒绝任何规制和命令。他会因为打猎或者进行其他活动而几周不见人影。在家的时候，他沉默寡言，性情古怪。晚上我母亲玩皮卡牌的时候，他不参加牌局，而是埋头在各种陈旧发霉的书里，把头脑读愚钝。他宁愿和风笛手或者婢女在仆人的厅堂里谈笑风生，也不愿在会客厅里和贵族们待在一起。他经常在谈话中间嘲弄我母亲，或者开她的玩笑，这会让她（她反应相当迟钝）极度气恼。实际是，他过着一种极为叛逆和古怪的生活。而且最令人气愤的是，这个小饭桶经常与一个天主教堂区牧师来往——一个衣衫褴褛的恶棍，毕业于法国或西班牙的天主教神学院——而不是和林登堡的教区牧师相交，这位牧师是个毕业于三一学院的绅士，养有几只猎犬，每天都会喝两瓶。

对这小子的信仰的关切让我毫不犹豫就采取了行动。如果说有什么指导原则贯穿我这一生，那就是尊敬新教，同时由衷地蔑视和憎恶所有其他形式的信仰。17XX 年①，我派我的法国贴身仆人去都柏林把那个小恶棍带回来。传来的报告称，他和他的天主教朋友在弥撒厅度过了他在爱尔兰的最后一夜，就在最后一天，他和我母亲大吵了一架。相反的是，他亲吻了他的侄女比蒂（Biddy）和朵茜（Dosy），因为她们非常不想让他走。当被要求去与教区牧师告别时，他断然拒绝了，还说那个牧师是个伪君子，他绝不会踏进他家大门半步。那个牧师给我写了一封信，让我警惕这个沉沦的小恶魔——他就这么称呼他——犯下的罪行，我看得出他们两人互相仇视。虽然他不受那里贵族们的待见，但看上去他广受平民们的欢迎。当他的马车出发时，一大堆人围在大门前哭泣。几十个粗野无知的混蛋跟在马车旁跑了好几英里，有些甚至在他离开的前一天偷偷先走，然后出现在都柏林的渡口与他最后一次道别。船工们花了很大力气才阻止他们偷渡上轮船伴随他们的年轻大人到英格兰去。

---

① 作者故意不指明年份。——译者注

说句公道话，来到我们这儿的时候，小布林登已经长成一个颇具男子气概的少年，他相貌高贵，举止和仪表无处不显示着他的高贵血脉和出身。他像是林登家族某些骑士先祖的化身，那些人的画像都挂在哈克顿堡的长廊里，这小子就在那里消磨掉他的大部分时间，还沉浸在他从图书馆拿出来的破旧书本里，但我痛恨一个血气方刚的男人啃这些没用的东西。和我共处一室时，他总是保持一种极为僵硬的沉默和傲慢轻蔑的态度，这让人感到极其恼怒。因为，尽管他的整体举止已经傲慢张狂到无以复加的地步，但我从他的行为里抓不到任何把柄或者找出任何错误。他到来的时候，他母亲非常激动地迎接他，但他却没有表现出任何激动的心情。

在亲吻她的手时，他正式的深鞠一躬，当我伸出我的手时，他把两只手背后，定定地盯着我看，最后低了一下头说，"我想这位就是巴里·林登先生。"然后他转过身，开始和他母亲讨论起天气状况，并且一直称她"夫人您"。这种无礼行为让她非常生气。当他们独处时，她严厉指责他为何不和他的父亲握手。

"我父亲?"他说，"夫人，您一定是弄错了。我父亲是查尔斯·林登爵士阁下。也许有些人已经忘了他，但至少我没有。"这是在向我宣战，我立刻明白了。尽管我声明过，我非常乐意在他到来时好好接待他，和他友好相处。但人若犯我，我必犯人。谁能责怪我之后对这个小恶棍的惩罚，或者把他后来的厄运归咎到我头上?也许我发了脾气，而且后来对他的确很严厉。但是他开始了这场战争，不是我，所以随后的恶果都是他造成的。

大家都知道，恶习最好被扼杀在摇篮里，而且一家之主的权威不能被任何人置疑，所以我抢占先机。在他来的第二天，他就拒绝履行我要求的某些责任。我让人把他带到我的书房，然后结结实实地揍了他一顿。我承认，这个过程起初让我兴奋不已，因为我从来没有抽打过一个贵族。但很快我就习以为常了，我频频抽打他，我保证，一段时间之后，我们完全撕破了脸皮。

如果我列举出小布林登所有的不驯和兽行，那读者们一定会厌倦。我认为，他在抵抗上的坚持比我矫正他的决心要多得多。因为，无论一个男人有多么坚决地想履行做父亲的职责，他也不可能惩罚孩子们犯的每一个错误，或者每天都抽打他们。尽管我在他面前是个残忍继父的形象，但我发誓，我揍他的次数远不及他应该被揍的次数。另外，一年里有整整八个月我都不在他身边，因为我要在伦敦现身，参加国会会议，还要到君主的宫廷里参拜。

在这段时间，我没有阻拦他跟着老教区牧师学习拉丁语和希腊语。老牧师给他施过洗礼，而且对这个任性的小子有很大影响力。每次和我争吵或者被我揍过之后，这个小叛徒大都会跑到牧师家寻求庇护和建议。我也必须承认，这个牧师在判决我们的冲突方面是个非常公正的仲裁人。有一次，他拉着那小子的手来到哈克顿堡，还把他带到我面前，尽管他发过誓说在我有生之年不会进哈克顿堡的门，他说布林登大人已经认识到他的错误，愿意接受任何我认为合适的惩罚。当时有两三个朋友正和我一起喝酒，听了这话之后，我用手杖抽了他一顿。说句公道话，在严厉的惩罚之下，这小子没有半点畏缩也不发出半点声音。这说明我对待他并不是很严厉，况且是老牧师说让我用合适的方法教训他。

布莱恩的家庭教师莱文德有两三次想惩罚布林登大人，但我向你保证，那个小混蛋对他来说过于强壮，他还用一把椅子把这个牛津毕业生放倒在地。这让布莱恩无限欢乐，他大叫着说："太棒了，布林！砸他，砸他！"布林当然照做了，他一直砸到这位家庭教师心满意足。后来莱文德再也不敢自己惩罚他，而是把他干的坏事报告给我，他天然的保护人。

这么说很奇怪，在布莱恩面前，布林登总是百依百顺。他很喜欢这个小家伙——的确，所有见过这个小家伙的人都喜欢他——后来越来越喜欢他，他说因为他是"半个林登家族的人"。他喜欢小布莱恩也很有好处，因为有许多次，由于这个可爱天使求情说"爸爸，今天不要打布林！"我才收了手，免去了他十分应得的责罚。

和他母亲在一起时，起初他极少屈尊和她说话。他说她再也不是林登家族的一分子。既然她从来都没有尽过一个母亲的责任，为什么他应该爱她？但这会让读者们觉得，只要我提起他的性格，就在说这小子顽固且粗鲁无礼。然后把这都怪在我身上，认为是我不让他接受一个绅士该有的教育，也不送他去学院或者学校读书。但事实是，是他自己选择两个地方都不去。我常常表示愿意送他去读书（我希望尽可能少看见他那放肆无礼的样子），但他完全谢绝我的提议。在相当长一段时间里我都不明白，到底是什么魔力让他留在一个对他来说毫无舒适可言的家里。

不过，最终我还是知道了。以前林登夫人和我经常吵架，有时是她的错，有时我错。由于我们两人都没有天使般的脾气，所以局面会闹得不可开交。我经常喝醉，试问在喝醉的时候，哪位绅士能控制住自己？在这种情况下，也许我对待林登夫人确实有些粗暴，朝她扔了一两只玻璃杯，用少数几个不太雅的称呼叫她。我可能威胁过要她的命（这明显和我的利益相悖），简而言之就是，我把她吓到魂不附体。

有一次我们吵架后，林登夫人尖叫着跑过长廊，而我酩酊大醉，踉踉跄跄地在后面追她，布林登听到叫声后也走出房间。在我追上她之时，这个大胆的流氓竟然绊倒了我不太稳的脚。他把他几欲晕厥的母亲抱进怀里，还把她带回自己房间。在林登夫人的恳求之下，他发誓，只要她和我还是夫妻，他就绝不会离开这座宅邸。我对他的誓言以及我当时喝醉后的行为都一无所知，当时的情况是，我"光荣地"被仆人抬走放到了床上，而第二天早上，我对发生的事情丝毫没有记忆。林登夫人在几年后才告诉了我当时的情况。我在这里提起它，是因为有些人捏造出许多荒唐理由指控我对我继子的暴行，而这能让我公平地对其中一项宣称无罪。如果那些诋毁我的人有胆量的话，就站出来道歉，因为那个粗鲁的混蛋竟敢在晚餐后绊倒他的监护人和继父。

这种情形让他们母子两人的关系缓和了一些，但他们的性格差异过大。我想是因为她太爱我，所以她从没有真诚地与他和解。在他长大成人的时候，他对我的仇恨也强烈到让人不寒而栗（我向你保证我都加倍奉还了）。我想那是他十六岁的时候，我从国会回来的那个夏天，我准备像往常一样杖打他，但这只放肆无礼的小狗告诉我，他绝不会再忍受我的责罚，而且还咬着牙说，如果我敢碰他一下，他会立刻把我射死。我定定地看着他，事实是，他已经长成一个高大的年轻男子，所以我就放弃了这部分他必修的功课。

就在这个时候，我建立了一支要远征美国的军队。我在这里的敌人们开始四处散布我虐待我继子的谣言，内容极其令人不齿，还含沙射影地说我其实是想除掉他。就这样，我对君主的效忠被解读成违背人性的可怕陷阱，说我想谋害布林登的性命。他们还说我组建镇军队的唯一目的就是让布林登当指挥，借机铲除他。他们声称我命令连队的某个人在第一场战役里解决掉布林登，他们甚至还找出了这个人的名字，还有事成之后我会奖励这个人的金币数目。

但说实话，我当时的想法是（尽管我预言的实现日期被拖延，但我毫不怀疑不久后它就会成真），布林登大人根本不需要我帮他进入另一个世界，他性格顽劣，行为大胆，我肯定他一定会自掘坟墓。说实话，他早就走上了不归路，在所有狂妄大胆、叛逆、让父母痛心疾首的恶棍中，他无疑是最无可救药那一个。无论是打骂还是安抚，对他都没有半点作用。

比如说，我们在晚餐后喝酒的时候，莱文德会把我的小儿子带进房间，然后布林登就会对我说一些尖刻不孝的讽刺话。

"亲爱的弟弟，"他一边亲吻抚弄着小布莱恩，一边说，"真遗憾我还没能为你而死！那样林登族人就能有一个更相称的代表人，还能享受到巴里尤格巴里家族的显赫血脉带来的全部益处，难道不是吗，巴里·林登先生？"他总选择在牧师或者邻近的贵族等客人面前对我说出这种侮谩的话。

有一天（那天是布莱恩的生日）我们在哈克顿堡举办了一场盛大的舞会和晚宴，那是小布莱恩该在我们中间亮相的时候，和往常一样，他穿着一套极为精致的宫廷小套装（啊，我的天！现在想到那张洋溢着欢乐的小脸，我的老眼就满含热泪）。他进来的时候，一大堆人开始窃窃私语，他同母异父的哥哥只穿了长袜（你能相信吗？），牵着小布莱恩的手走进了舞厅，而小布莱恩则穿了他的大鞋子啪嗒着向前走！"理查德·华格雷夫（Richard Wargrave）爵士，您觉得他穿我的鞋合适吗？"这个小恶棍问道，听到这话所有人都开始看着身边的人窃笑。他母亲非常庄重地走到布林登面前，把小布莱恩拉到怀里，然后说，"大人，看我爱这个孩子的样子您就该知道，如果他哥哥能证明自己配得上任何母亲的爱，那我也会同样爱他！"说完林登夫人大哭起来，并离开了大厅。这让布林登第一次感到羞愧难当。

最后，在某个场合，他对我的态度让我忍无可忍（那是在狩猎场上，还有一大群公众人物为伴），我失去了所有耐心，于是骑马直追这个顽劣少年，并用尽全力把他从马背上扭了下去。我跃身下马，然后用鞭子猛抽这个小贱人的头和肩膀。如果不是旁人阻止及时，我一定会把他打死。当时我怒火冲头，完全敢犯下谋杀或者任何其他罪行。这小子被抬回家安置在床上，由于对我的责打感到愤怒而且恼羞不已，他躺在床上发了一两天的高烧。三天后，我让仆人去他的卧室请他和家人一起用餐，但只在他的桌子上发现一张字条，他的床空空如也。这个小恶棍逃跑了，而且还胆大包天地给我的妻子，也就是他母亲写了如下有关我的信：

夫人，您与这个傲慢无礼的爱尔兰暴发户同床共枕，但我对他的虐待已经忍无可忍。我厌恶的不仅是他的卑微出身和他残暴的本性，只要我还有幸姓林登，我就会永远恨他，他不配拥有这个姓氏。他对待夫人您的方式极为无耻、残暴，他公开不忠，挥霍、酗酒，他还无耻地抢劫我和您的财产。那个恶棍对我的不齿倒在其次，他对您的这些侮辱让我担忧、震惊。如我保证过的，我会站在夫人您这边，但近来，您看上去站在了您丈夫那一边。我也无法亲自惩罚这个没教养的恶棍，说出来真是令人羞耻——因为这个人是我母亲的丈夫。由于我再也无法忍受他对您的无情虐待，再加上他那帮可怕的狐朋狗友像瘟疫一样让我避之不及，所以我决定离开我的母国——只要那个令人憎恶的人还活着，或我还活着，我就不会回来。我父亲给我留了一小笔收入，我敢肯定，巴里先生一定会想方设法把它夺走。但是，如果夫人您还有一点母亲的良知，也许您会把这些财产交给我。在我接管这些财产的日期到来之时，您可以委托银行家柴尔德斯（Childs）先生，让他们把财产转交给我。如果他们没有收到这种委托，我也不会有丝毫惊讶之情，因为我知道，您现在落在一个坏蛋手里，这个人敢毫无顾忌地在光天化日之下抢劫。我会想办法自谋生计，更有尊严、更体面地活下去，而不是等这个身无分文的爱尔兰冒险家在剥夺我的权力后再把我赶出家门。

这封疯狂的信上署着"布林登"这个名字。尽管我以名誉声明了我的真情实意，但所有邻居都声称，是我逼他离家出走，以图从中受益。在读过上面那封无耻的信之后，如果它的作者就在我身边，我一定会让他知道我对他究竟是何看法。但无论我怎么做，人们都坚称是我想杀害布林登。但我说过，谋杀绝对不是我的不良品质之一。而且就算我真的想对布林登下手，基本的审慎明智也会让我放弃这种想法，因为我知道他会自寻死路。

很久以后我们才得到这个大胆的小逃跑者的音讯。那时十五个月已经过去，塔勒顿（Tarleton）将军从美国寄来一张由布林登亲笔签名的账单，我高兴地拿着这张账单反驳那些污蔑我蓄意谋杀的谣言。我的连队刚在美国斩获最伟大的荣耀，而布林登大人作为一名志愿军也在那里奋勇杀敌。我有些友善的朋友依然坚持认为我包藏祸心。迪普托夫大人根本不相信我会付任何账单，更不用说付布林登的。他姐姐贝蒂・格兰姆斯比（Betty Grimsby）老夫人坚称那份账单纯属伪造，还说那位可怜亲爱的大人已经死去。直到收到布林登大人的亲笔信后，她才罢休。布林登在信里说他在纽约的总部，还详尽地描述了军官们受人爱戴的首领，两位豪斯将军举办的盛大庆典。

在此期间，就算我真的杀了布林登，我得到的可耻漫骂和诋毁也不会比现在多。这些污言秽语从城市跟着我到乡村。有个人会叫着说："你肯定会听到那个少年的死讯。"另一个说："然后他妻子也跟着死去。"第三个人跟着搭腔："他会迎娶简妮・琼斯（Jenny Jones）。"还有很多诸如此类的谈论。莱文德向我报告所有和我有关的流言蜚语：整个地区都开始反对我。赶集日上，农场主们经常一脸愠怒地向我摸帽致意，然后躲到我看不见的地方。和我一同狩猎的绅士们突然不再跟随我，还脱下我的制服。在郡里举办的舞会上，按照我的习惯，我会在公爵和侯爵之后第三个与苏珊・凯珀摩尔（Susan Capermore）女士共舞，但当我领着她走进舞池时，所有人都转身离去，只留下我们两个单独在那里。苏珊・凯珀摩尔这个人极其热爱跳舞，只要有人邀请，她敢在葬礼上一展风采。但我斗志昂扬，绝不会向这种暗示性的侮辱投降，所以我们和一些处在社交圈最底层、最平庸的人跳舞——药剂师、酒商、法官以及其他这类人士都被允许参加我们的聚会。

林登夫人的主教亲戚也没有在巡回法庭上邀我们作陪审。总而言之，所有可能的侮辱都被施加在我这个无辜正直的绅士身上。

在伦敦，我带着妻儿拜访朋友，但他们的接待毫无热情可言。我在圣詹姆斯宫向国王致敬时，陛下尖锐地问我最近是否有布林登子爵的消息。由于失去了往日的镇定，我回答说，"陛下，我们布林登大人正在美国与反抗您王权的叛徒们拼杀。陛下是否希望我再派一个连队帮助他？"听到这话，国王立刻转过身去，我赶紧鞠躬退出了接见厅。当林登夫人在客厅亲吻王后的手时，我发现王后问她了一模一样的问题，还指责了她，这让她在回到家后焦躁万分。这就是我效忠国王的回报，他们就这样看待我为国家做出的牺牲！我立即举家搬到巴黎，在那里，我遇到的人都热情洋溢。但我在这个首都享受到迷人乐趣的时间极其短暂，因为干涉美国叛乱已久的法国政府现在公开承认美国独立。随后公布宣战声明，我们这些快乐的英国人被勒令离开巴黎。我想我在那还留下了一两位伤心欲绝的美丽女士。巴黎是唯一一个绅士们能随心所欲地生活且不被他的妻子妨碍的地方。在我们逗留期间，除了在公共场合、凡尔赛宫或者王后的牌桌前，林登夫人和我极少碰面。而我们的小布莱恩又学到无数种才能，所有知道他的人都视他为宝贝。

我必须在这里提一提我和我叔叔德·巴利巴里骑士的最后一次会面，此前我把他留在了布鲁塞尔，那时的情况是，他意志坚定地要金盆洗手，还要隐退在一个修道院里。在那之后，他又重出江湖，这让他极度恼火也万分后悔。他在晚年里绝望地爱上了一个法国女演员，和大多数女演员一样，她把我叔叔弄破产后又抛弃了他，还嘲弄他。我叔叔的悔悟非常具有教导意味。在爱尔兰天主教神父们的指引下，我叔叔再次投身于宗教之中。当我问他我能为他做些什么的时候，他对我唯一的祈求是让我为他要进入的修道院捐助一大笔资金。

　　这个，当然了，我不能答应。我的宗教原则不允许我以任何形式支持迷信，所以我和那个老绅士冷冷地作了别。我拒绝之后，他说这会让他的晚年过得更安稳。

　　实际情况是，那时候我很穷。至于原因嘛，我说出来你们不能告诉别人。法国歌剧院的洛萨蒙是个非常冷漠的舞者，但身形舞姿迷人，我为她卖掉了大量钻石、车马随从还有家具。再加上我在牌桌上一直不走运，所以我被迫向放高利贷的人借钱以补偿损失。我典当了林登夫人的钻石首饰（其中有一些是被不知羞耻的小洛萨蒙骗走的），尝试了其他上千种可能得到钱的方法。但只要牵涉到荣誉，我一定不会手软，洛萨蒙召唤我的时候，我可曾有过半点退缩？谁能说我巴里·林登赌输了以后没有付钱？

　　至于我希望得到爱尔兰贵族头衔的大计，在回去之后，我才开始发觉那个流氓克拉伯斯大人完全把我引入了歧途。他高高兴兴地拿了我的钱，但却没有任何能帮我得到冠冕的影响力。我从大陆回来之后，国王对我的态度相比之前没有半点好转。我从皇家公爵的副官那里得知，我在巴黎的一举一动和所有玩乐都受到间谍们的注视，有关我的报告还成了皇室人员茶余饭后的话题。国王受到这些歪曲污蔑的影响，竟然说我是三个王国里品行最恶劣的人。我品行恶劣！我让我的家族和国家丢脸！在我听到这些谬论后，愤怒之情让我立刻赶到诺斯勋爵的府邸向这位首相抗议，我坚持要求面见陛下，亲自向他澄清别人对我的诋毁，说明我为大臣们投票对政府效忠，同时询问他对我承诺过的奖赏——即是，我先祖们的头衔——何时重新封给我。

　　肥胖的诺斯勋爵带着一种昏昏欲睡的冷静，这也是反对党能从他那里得到的最令人恼火的反应。他半闭着眼睛听我说话。当我言辞激烈地说完一大通话后——说话时我展开一个爱尔兰人具有的全部气势，在他唐宁街的房间里跨着大步走来走去，还用双手在空中比画着——他睁开了一只眼，笑了，同时礼貌地问我说完没有。在我给出肯定的回复后，他说："好吧，巴里先生，我会逐条回答你。国王极其反对设新贵族头衔，这你是知道的。你所谓的索要回贵族头衔一事，陛下已经考虑过，但他的仁慈回复是，你是他的领土上最轻率鲁莽的人，应当得到脚镣而不是冠冕。至于你说撤回对我们的支持，我们完全欢迎你带着你的投票权去任何你喜欢的地方。现在，我还有大量要务缠身，也许你该赏点脸退下了。"说罢，他懒洋洋地把手伸向铃铛，向我鞠躬示意让我出去，并淡淡地说我到底还有什么事能让他帮忙。

我在无可描述的暴怒中回了家。那天克拉伯斯大人在我家用餐，我把这位大人的假发拽掉，并用假发捂住他的脸让他差点窒息，还对他据称被国王陛下袭击过的部位进行了攻击。整个故事在第二天就传遍了全城，俱乐部和出版社都挂了暗指我当时行为的画像。全城都笑话画上的伯爵和爱尔兰人，我就不用说，都能认出上面谁是谁。至于我，我是那时候伦敦城最出名的人物之一，我的衣服、仪表、马车和侍从像任何时髦领袖一样为人熟知。而我的名气，如果说在最上流的社交圈不是很大，但至少在其他地方异常响亮。人们在戈登街（Gorden Rows）看到我后群情激奋，当时他们差点杀了我的朋友"吉米·观鸟者"，也差点烧掉曼斯菲尔德大人的宅邸。的确，我被公认为是个坚定的新教徒，在与诺斯勋爵发生不和后，我转向了反对党，为了让他生气，我无所不用其极。

不幸的是，这些手段并没有多大威力，因为我不善演讲，所以议员们都不听我说话。很快，在 1780 年，戈登骚乱事件发生后，也就是大众选举开始之时，我被国会解除了职位。我所有的灾难都发生在最不幸的时候，这次也不例外。我被迫以无法承受的利率借钱，以应对情况复杂的选举，而反对我的迪普托夫那帮人比以往任何时候的反应都更敏捷，进攻也更猛烈。

想到我的敌人在那场流氓选举中的无耻行径，现在我还会热血沸腾。我被污蔑为爱尔兰的蓝须公，他们印发诋毁我的文章，还画了粗俗的讽刺漫画，上面画着我在用鞭子抽打林登夫人、林登子爵，还在暴风雨中把他赶出家门。我不知道有什么是他们画不出来的。有些画上画着一座爱尔兰式的乞丐小屋，表示我从那里出生。另一些画里把我画成是谄媚者和擦鞋匠。污蔑像洪水一样向我袭来，任何勇气比我小的人都会被淹死。

不过，尽管我勇敢应对了我的指控者，尽管我为了选举大把大把地撒钱，尽管我敞开哈克顿堡的大门，香槟和勃艮第供应不断，还包下城里所有的酒馆把名酒当水一样供应，但情势还是背向了我。那些无耻贵族们全部背叛了我，还加入迪普托夫的阵营。当时甚至还有传言称我用武力胁迫我妻子。尽管我让她戴着表示支持我的五色丝带，怀里抱着布莱恩一个人进城，还让她拜访镇长和其他首要人物的妻子，但没有什么能说服他们，人们坚持认为她生活在对我的恐惧之中。那些野蛮的暴民竟然还傲慢无礼地问为什么她还敢回去，还有她怎么忍受每天的毒打。

我选举失败后，所有的账单——我婚后这些年欠下的全部账单——一齐向我飞来。债主们无耻地一致把账单寄给我，直到纸条在桌子上堆成小山。我不会说出它们的总额：这个数字让人毛骨悚然。我的管家和律师们把事情变得更糟。我竭尽全力长时间地苦劳以应对这些无法避免的账单和债务、财产抵押和保险以及所有随之而来的可怕灾祸。伦敦律师们的公函一封接一封，而我一再妥协，为满足这些贪婪的人，林登夫人的收入无可避免地被大大削减。说句公道话，在这个多事之秋，她表现出了还算大度的仁慈。因为，只要我需要钱，我就用好话哄她，只要我一说好话，我就一定能让这个头脑愚钝且轻率的女人心情好起来。她的头脑愚钝到不可思议：只要我保证和她平静地度过一周，她就愿意签署移交每年一千镑的财产。当我的麻烦开始在哈克顿出现时，我决定利用剩下的唯一机会：退回爱尔兰并削减开支，把我的大部分财产转交给债主，直到满足他们的要求为止。我妻子听说要走以后非常高兴，还说只要我们能安宁度日，她肯定一切都会好起来。的确，为了得到她希望享受的隐居和家庭宁静的机会，她乐意承受我们必须承受的相对贫穷的生活。

我们非常突然地奔赴布里斯托港，毫无疑问，我们离开之后，哈克顿那些令人作呕、忘恩负义的混蛋们一定会肆意中伤我们。我的种马和猎犬立刻被卖掉了，那些哈皮士们见到我一定会高兴地往我身上扑，但它们再也不能这么做了。利用聪明才智和管理技巧，我把我的矿藏和私人庄园以原本的价值卖掉。所以这次事发的结果让那些流氓们失望了。至于伦敦宅邸的金器和财物，他们无法触碰，因为那是林登家族继承人的财产。

我回到了爱尔兰，然后在林登堡住了一段时间。全世界都以为我已经完全破产，那个著名时髦的巴里·林登再也不会出现在他曾被视为宠儿的交际圈里。但并不是这样。在我所有的灾难之中，命运仍为我保留了一个巨大慰藉。美国传

来快报宣称康华里将军①在卡罗莱纳（Carolina）大胜盖茨将
军②，同时也宣布了布林登大人的死讯，他作为志愿军也参
加了那场战役。

　　我自己想拥有一个爱尔兰贵族头衔的想法被我抛到九霄
云外，爱尔兰贵族头衔微不足道，我儿子现在是一个英国伯
爵爵位的继承人。我立刻开始称他为林登堡子爵大人，这是
林登家族的第三个头衔。我母亲欣喜若狂地叫她外孙"我的
大人"，看到我亲爱的儿子得到这么荣耀的地位，我觉得我遭
受过的所有苦难都得到了回报。

---

　　① 查尔斯·康华里，英文为 Charles Cornwallis（1738～1805），
第一代康沃利斯侯爵。英国军人及政治家。曾参加七年战争，美国独立
战争期间出任北美英军副总司令，一开始取得多场战役的胜利，但最终
在约克镇围城战役遭到大败，而后率军投降。这次大胜指卡姆登战役，
在这场战役中美军损失惨重。——译者注
　　② 霍雷肖·盖茨 Horatio Gates（1725～1806），是美国独立战争
中的将领，曾任将军，卡姆登战役失败后结束军事生涯。——译者注

第十九章　结　局

　　如果这世界没有充斥着忘恩负义的流氓，那么谁在你发达的时候分享你的成功？更有甚者，这些人就在吞咽鹿肉和勃艮第的时候，辱骂这场盛宴的慷慨举办人。我很肯定我应该得到一个卓著的好名声，至少在爱尔兰是这样。我在爱尔兰的慷慨大方没有边界，我的豪华宅邸和盛大宴会让当时任何贵族都无法比拟。只要我还拥有财富，全郡的人都可以无偿分享。我的猎手和马匹足够组建一支骑兵团，酒窖里的藏酒能让全郡的人喝上好几年。林登堡成了一群贫穷绅士的总部，我狩猎时，身旁至少有十几位拥有这个国家最高贵血统的年轻小伙作随侍和马匹随员。我儿子小林登堡就是个王子。虽然只有小小年纪，但他的教养和礼仪表明他完全配得上他出身的两个高贵家族。我不知道自己对他抱了多么高的期望，还沉湎于多少种美好幻想盼望他未来获得成功，并在这世上出人头地。但冷酷的命运决意不让我留下任何后代，还让我贫穷孤单、无依无靠地结束我的人生——我现在正看着它走向终结。也许我有许多缺点，但没人敢说我不是个温柔的好父亲。我深爱着那个男孩，也许爱到盲目偏袒的地步：我从不拒绝他任何要求。我发誓，如果我死能转移他过早死亡的厄运，那我一定万分乐意去死。自从我失去他之后，我想他那明亮的脸没有一天不从天堂里微笑着往下看我，他就在那里，我的心也没有一天不渴望着看见他。这个宝贝孩子在他九岁时被命运从我身边带走，当时他还是个无比可爱的孩子，前途一片光明。而有关他的记忆是如此强有力地控制着我，以至于我一分一秒都不能忘记他。在多少个孤独的夜晚里，他小小的灵魂在我无休无眠的枕边萦绕；又有多少次，在无比狂野的寻欢作乐中，酒瓶叮当作响，歌声笑声飞扬，我都会想到他。现在我的胸口放着一缕他柔软的棕色头发，它会陪伴我进入那肮脏的穷人坟堆，无疑，巴里·林登这把筋疲力尽的老骨头很快就会在那里埋葬。

我们布莱恩是个精神异常亢奋的男孩（的确，有这样一位父亲，他怎么可能是其他模样），即使在我的控制下也很不安分。这个亲爱的小捣蛋经常大胆反抗我，更不用说他母亲那些女人们了，她们想引导他，但他都不屑一顾。甚至我自己的母亲（我的好母亲现在称自己为"林登堡的巴里夫人"，以向我的新家庭致敬）也完全不能制止他。因此你可以想象他有多执拗。如果不是这样，也许他今天还活着，也许他——但为什么抱怨呢？他不是在一个更好的地方吗？一个乞丐的遗产又能给他带去什么好处？那样是最好的——上帝对我们不薄！——啊！而我，他的父亲，则被留下为他哀伤。

十月份的时候我去都柏林和一名律师会面，同时和一位来到爱尔兰的富商商讨我的一些买卖以及砍伐哈克顿树林的事情。由于我痛恨那个地方而且急需用钱，所以我决定砍倒那里的每一棵树。但做这件事有些麻烦。据说我没有权利动那些树，而庄园附近那些粗暴的农民们对我异常痛恨，这些无赖竟然拒绝砍树。我的代理人（那个流氓拉金斯（Larkins））声称如果再尝试剥夺（他们就是这么说我的行为）那些财产，他就会有生命危险。不用我说，此时所有的豪华家具都被卖掉。至于那些金银器皿，我都如数带到了英格兰，现在它们在我的银行家那里得到了最完好的保存——这个银行家为它们出了六千英镑，而这笔钱我很快就派上了用场。

于是我去了都柏林，见到了那个英国商人。我成功说服斯普林特（Splint）先生——普利茅斯一个大造船商和木材商——让他买下哈克顿的树木。他同意立即买下那些木材，但出价只有它们原本价值的三分之一。他交给我五千英镑，由于我当时为债务所迫，所以欣然接受了这些钱。我保证，他毫不费力就放倒了那些树。他派来一大群来自普利茅斯的造船工和锯工，还带了各种工具，两个月后，哈克顿园林就像艾伦沼泽①一样光秃一片。

但这次该死的旅行和这些该死的钱只给我带来了厄运。在达利俱乐部赌了两夜牌之后，我输了大部分的钱，因此我的债务还一如从前。那个狡猾的老木材商乘船前往圣头港，在船还没有扬帆之前，他给我的钱总共就只剩下两百英镑。带着这点钱我闷闷不乐地回了家。都柏林的商人们对我步步紧逼，在听说我花掉了那些钱后，我的两名酒商非常突然地给我送来法院的传票，要求我归还欠他们的几千英镑。

---

① 艾伦沼泽，是一大片著名的沼泽地，位于爱尔兰中部，处在利菲河和香农河之间。——译者注

但无论如何，根据我的承诺，我在都柏林为我亲爱的小布莱恩买了——因为只要做出了承诺，我就会不计代价地实现它——一匹小马。他的十岁生日即将来临，这是他的生日礼物。这匹小马非常漂亮，花了我不少钱，但在亲爱的儿子面前我从不在乎钱。不过这匹马非常暴烈，一开始我的一个马童骑着它，但它把马童掀翻在地，还让他摔断了腿。尽管在回家的路上我制住了这匹马，但是只有我的重量和技巧才能让这个畜生安静下来。

到家之后，我让一名马夫把这匹马牵到一个农场，让他全面地训练它。布莱恩万分急切地想见到他的小马，我告诉他这匹马会在他生日那天给他，那时候他就能自己带着我的猎犬去狩猎。我想，把这个亲爱的小家伙带到狩猎场那天我一定无比欣慰，因为我盼望着有一天他能取代他父亲的位置。啊，我的上帝！这个勇敢的孩子从来没能骑着马狩猎，也没能在这个国家的贵族中得到他的出身和才智赋予他的地位！

尽管我不相信噩梦和预兆，但我必须承认，当一个人被无尽的污蔑缠身时，他经常会看到许多奇异可怕的不祥之兆。我觉得现在我就有很多。尤其是林登夫人，她曾两次梦到她儿子的死亡。不过，由于她现在越来越神经兮兮而且小题大做，所以我对她的恐惧都嗤之以鼻，当然，我对我自己的恐惧也是。在一个毫无防备的时候，晚餐后我正在喝酒，总是问我那匹小马的布莱恩又来问我小马什么时候来，我告诉他小马已经到了，就在杜兰（Doolan）的农场里，马夫米克（Mick）正在训练它。"向我保证，布莱恩！"他母亲尖叫道，"除非有你父亲陪同，不然你不会骑那匹马。"但我只说了一句，"噗，夫人，你是个蠢货！"我对她愚蠢的怯懦感到非常生气，现在她总是用各种令人厌恶的方式表达她的胆小懦弱。

然后我转向布莱恩说："如果你敢不得到我的允许就骑马，我保证把大人您好好抽一顿。"

我猜这孩子根本就不在意他要为那点乐趣付出的代价，或者他大概以为那个溺爱他的父亲会免去所有惩罚。因为第二天早上，我起床之后——我起床很晚，因为前天晚上一直在喝酒——发现那孩子在天明的时候跑了出去，他偷偷从他家庭教师（他是我侄儿雷德蒙·奎因（Redmond Quin），我让他住在我们这里）的房间里溜走，我立即断定他去了杜兰的农场。

我带上一条长长的马鞭在暴怒中骑马追他，并发誓会信守我的诺言。但是，上帝原谅我！我根本没有料到，就在我们家三英里外，我看到一个悲伤的队伍朝我行进而来。农民们像我们爱尔兰人那样呻吟哀号，一个人用手拉着那匹黑马，几个乡亲用一个门板抬着我无比亲爱的可怜小男孩。他躺在那里，穿着他的小靴子和马刺，还穿着那件镶满金线的猩红色小外套。他那张亲爱的小脸非常苍白，他微笑着向我伸出一只手，并痛苦地说，"你不会抽我吧，爸爸，你会吗?"我只能以夺眶而出的眼泪作回答。我见过太多太多濒死的人，他们的眼睛里有种神情我绝不会认错。在库纳道夫（Kuhnersdorf），曾经有个我非常喜欢的小鼓手在我们连队前被击倒，我跑过去给他喂水的时候，他的眼神和我亲爱的布莱恩当时的眼神一模一样——他们眼睛里那种可怕的神情我绝不会看错。我们把他抬回了家，然后搜遍全国请医生前来为他看伤。

但是，在与无可战胜的冷酷死神较量时，一个医生又能起到什么作用？这些人只会用他们对那个可怜孩子的诊断报告加深我们的绝望。布莱恩勇敢地骑上了那匹马，在那匹马狂跳和踢蹬期间，他一直勇敢地坐在马背上。在克服了它开头的反抗后，他骑着它越过路边凸起的障碍。但上面的石头非常松滑，马蹄陷了进去，然后它和勇敢的小骑手一起翻滚到了另一边。人们说，他们看到那个高贵的小男孩在跌倒后跳了起来，还跑着追赶那匹马，可以看出，当时他们躺在地上，那匹马脱离了他的控制，还踢到他的背部。可怜的布莱恩跑了两三米后突然倒地，像是被枪击中了一样。他的脸变得煞白，他们以为他死了。但他们在他嘴里灌了一些威士忌，所以这个可怜的孩子又苏醒过来，不过他不能动弹。他的脊柱受了伤，当被抬到家里的床上时，他的下半身已经完全没有知觉。他有知觉的部分也没有维持多久。上帝救我！他只在我们身边待了两天。想到他当时没有感受到痛楚也是种悲伤的安慰。

在此期间，这位亲爱小天使的性情突然大变，他恳求他母亲和我原谅他任何有愧于我们的叛逆行为。他经常说他想见到他哥哥布林登。"布林比你好，爸爸，"他说，"他以前并没有发那种誓，你不在家的时候，他给我讲了很多好东西，也教了我很多好东西。"然后，用自己冷湿的小手一手拉住他母亲的手，一手拉住我的手，他恳请我们不要再吵架，而是要相互敬爱，这样我们才能在天堂相见。布林告诉过他，经常吵架的人绝不会上天堂。这个遭受痛苦的可怜天使说了这些话后他母亲大为感动，我也是。我真希望她让我遵守了布莱恩在死前给我们的告诫。

两天后，他停止了心跳。他躺在那里，带走了我们家族的希望，我成年之后的骄傲，还有连接我和我妻子的纽带。"噢！雷德蒙，"她跪在那个宝贝孩子的身旁说，"一定，我们一定要听从他说出的真理，还有你一定要改邪归正，听从这孩子在死前对你的恳求，好好对待深爱你的可怜妻子。"然后我说我会的。但这些承诺任何男人都无法信守，尤其是和她这样的女人在一起。但这次不幸事件发生之后，我们俩团结在一起，而且好几个月都友善相待。

我不会告诉你我们为他举办了一场怎样隆重的葬礼。送葬人的羽毛和报丧使的长篇宣读还有什么意义？在我们埋葬儿子的墓穴门前，我跑出去射杀了那匹害死他的黑马。当时我狂暴到可能连我自己也一同射死。但是我没有，如果我真的犯下了这桩罪行，也许会好一些。自从我胸口那朵甜美的鲜花被夺走之后，我的生命里还剩下什么？只有一连串的痛苦、欺骗、灾难以及基督教世界任何人都从未遭受过的身心折磨。

林登夫人一向都爱胡思乱想而且神经兮兮，在我们亲爱的孩子遭遇不测后，她比以往任何时候都更加焦虑不安，还极其狂热地整日祈祷，以至于让人以为她有时已经神经错乱。她想象自己看到了幻觉。她说上帝派来一位天使告诉她，布莱恩的死是对她忽视她大儿子的惩罚。然后她会声称布林登还活着，她在梦境中看见他了。然后她会再次陷入痛悔之中，并为他的死亡感到极度哀伤，好像刚刚死去的人是他，而不是我们亲爱的布莱恩。拿布林登和我们布莱恩相比，就是拿土疙瘩比钻石。她的反复无常让人看着心焦，而且很难控制。乡里有人开始说女伯爵要疯了。我那些流氓的敌人借机证实并夸大这一谣言，还添油加醋地说我是她发疯的原因：是我把她逼到精神错乱，是我杀了布林登，是我杀了我自己的儿子。我不知道他们在我头上安了多少其他罪名。即使身在爱尔兰，他们可恶的污蔑依然传到我身边。我的朋友们离我而去。和在英格兰一样，他们不再和我一起狩猎。我去参观赛

马或去市场的时候，周围的人会找理由突然散去。我得到
"邪恶巴里"和"恶魔林登"的称号，想叫哪个大家随意。
乡里的人还为我编造出许多绝妙的传奇：牧师们称我在七
年战争期间杀了不知多少个德国修女，还说被谋杀的布林
登的鬼魂就在我们房子里游荡。有一次，在一个邻近小镇
的集市上，我想给我的人选一件马甲，旁边一个家伙说：
"他这是要买束缚林登夫人的囚衣！"从此之后，关于我虐
待妻子的流言四起，有些人甚至能绘声绘色地讲出我折磨
她的样子以及方式。

　　布莱恩的死，不仅让我作为一个父亲痛心不已，同时也
严重损害了我的个人利益。因为林登家族现在没有了直接继
承人，而林登夫人身体虚弱，基本不可能再生育。接下来的
继任人——可恨的迪普托夫家——开始尽力用各种方式骚扰
我，他们带领着一群敌人四处造谣，败坏我的名声。他们用
上百种方式干涉我对财产的管理。就算我只是砍倒一棵树，
打一口井，卖掉一幅画，或者把一两件金器送去重新打造，
他们也强烈抗议。他们用无休止的诉讼骚扰我，还从法院搞
到强制命令，妨碍我的代理人正常工作。他们对我的过度干
涉会让人认为，我的一切都不是我的，而是他们的，他们可
以为所欲为。最糟糕的是，如我有理由相信的那样，他们在
我自己的屋檐下和我的家仆有不可告人的交易。因为，我和
林登夫人说过的每一句话都莫名其妙地走漏了出去，只要我
与我的牧师和朋友们喝酒，那些受人尊敬的流氓们就能得到
消息，并查清楚我喝了几瓶酒还有我发了多少誓。这些都不
少，我承认。我是个守旧派，说话行事一直很随意。如果我
做了想做的事，说了想说的话，那我也没有我认识的那些貌
似虔诚的流氓们那么恶劣，他们戴着圣洁的面具掩盖自己的

缺点和罪恶，而且从不被人怀疑。既然我已经表明心迹说我不是个伪君子，现在我也不妨坦承，我正着力实施一个计划抵挡敌人的进攻，尽管严格地说，这种办法也许并不正当。所有一切都取决于我是否能再有个继承人。因为，如果身体虚弱的林登夫人死去，第二天我就会成为乞丐，我在这些庄园上牺牲的金钱和一切都会化为乌有，所有债务都会落到我身上。这样一来，我的敌人就战胜了我。这对于我这种不服输的人来说，如一些诗人所言，是"最残酷的一刀"。

我承认，我是想排挤这些流氓们。但是没有财产继承人，我就无法做到这一点，所以我决定找一个出来。如果他就近在咫尺，而且是我自己的血脉，就算是个私生子也可以。就是在那个时候，我发现了敌人们卑鄙的阴谋诡计。因为，我向林登夫人说起了这个计划，如今我把她变成了一个——至少表面上是这样——极为听话的妻子，尽管她寄出或收到的每一封信我都会查看，尽管她见的都是我认为适合在她虚弱的健康状况下与她做伴的人，但可恨的迪普托夫还是得到了我计划的风声，并且立刻申明反对。他不仅仅写信，还利用可耻的毁谤小报把我写成"小孩伪造者"以引起公众憎恶，他们就那么称呼我。我当然否认这项指责——我别无选择，只好要求与任何一个迪普托夫家的人在决斗场相见，并证明他是个流氓和骗子，因为他一直是。尽管，也许在这件事上他不是。但他们只让一个律师回复了我，并拒绝了一个任何有点勇气的人都会接受的邀请。我想有一个继承人的希望就这样完全破灭了。的确，林登夫人（如我所说，尽管我毫不在意她的反对）用尽所有她的软弱性格所能表现出的力量反对这个提议，还说为了我已经犯下一个滔天大罪，她宁愿死也不愿再犯另一个。无论她怎么反对，我都能轻易地让她清醒过来，但我的计划走漏了风声，再尝试也是徒劳。我们可能因为正常的婚姻生活而生下十几个孩子，但人们还是会说那是假的。

至于从年金上筹钱，我得说，我已经把林登夫人的终身权益用完了。如今大量信贷商号在伦敦城里涌现，但在当时只有少数几家，从事这行的担保人对我妻子健康状况的了解，我确信，比他们对基督教世界任何女性的了解都多。后来，我想用她未来的生命期限得到一笔钱，但那些无赖竟然放肆地说，由于我对她的虐待，他们无法预支给我一年的年金——好像折磨死她我才能得到好处！如果我儿子还活着，一切都会不同，他和他母亲两个人会继承到大部分财产，我的事情也能得到更好的解决。但现在情况真的很糟。我的全部计谋都以失败告终。我借钱购买的地产没给我带来任何收益，而我还要为我借的钱支付高昂的利息。尽管我的收入很多，但我负担了上百份年金，还要支付上千位律师的费用。我感觉有张网把我裹得越来越紧，没有任何办法能让我摆脱它带来的痛苦。

在所有的困难之外，我又遇到新的难题，在我可怜的孩子去世两年之后，我妻子竟然想离开我。我忍受了十二年她变幻莫测的脾气和任性的愚蠢，而她却坚定地尝试她所谓的"从我的暴虐下逃离"。

在我遭遇不幸的时候，我母亲是唯一一个依然忠诚于我的人（的确，她一直都在维护我，所以成了其他恶棍行径的牺牲品，也因为我慷慨和轻信别人的性情而遭殃），她最先发现了这个正在进行的阴谋。和往常一样，狡猾恶毒的迪普托夫家族是这个阴谋的主要策划人。的确，尽管巴里夫人脾气暴躁且行事古怪，但在我的宅邸里，她的价值无可估量。如果不是因为她善于保持秩序、精于管理，如果没有她以卓越的经济头脑管理我那人数众多的家族，林登堡早就成了一座废墟。至于林登夫人，可怜的人！这位女士太过高雅，所以从不过问任何家务事——她的时间都用在与医生谈话或者祈祷书上，除非我强迫，她从不在我们面前出现，只要她一出现，就一定会和我母亲吵架。

我母亲则恰恰相反，她在各方面都有管理天分。她能让婢女们精神抖擞，让脚夫们各司其职，监视着酒窖里的葡萄酒和马厩里的饲料及干草。她看管着腌菜和制肉，土豆和菜堆，杀猪宰牛和鸡鸭等家禽，布草房和烘焙室，以及一个巨大家族的成千上万种细枝末节。如果所有的爱尔兰主妇都能像她一样，我保证，许多蛛网密布的庭院都会闪烁着烛火，许多荆棘丛生的园地上都会奔跑着肥硕的牛羊。如果说有什么能把我从其他人的流氓行径和我自己过于随和慷慨且草率的本性（我承认它，是因为我敢于承认自己的错误）所造成的恶果中解救出来，那就是我母亲那令人钦佩的审慎明智。直到整个宅邸都安静下来，所有蜡烛都熄灭之后，她才会睡觉。你也能想出来，这很难做到。因为我习惯每晚和十几个欢快的同伴（他们绝大多数人都是狡猾的恶棍，也是虚伪的朋友）一同喝酒，而且极少头脑清醒着上床。在无数个夜晚里，我都没有觉察到她的关怀，是她帮我脱下靴子，看着仆人把我安置到床上，最后她自己带走蜡烛。她也是早上第一个起床的人，而且总会给我拿来我的淡啤酒饮料。我可以告诉你，我那个时代没有懦夫。一位绅士不会以能喝下六瓶酒为耻，至于咖啡这种东西，还是留给林登夫人和她的医生以及其他老女人吧。我母亲很骄傲我的酒量比全乡任何人的都大，她说，我差一点就能赶上我的先父。

　　林登夫人憎恶她也是很自然的事。她不是第一个仇恨婆婆的女人，也不是第一个仇恨配偶母亲的人。我让我母亲密切监视她反复无常的行为。你可以肯定，这也是她讨厌她的原因之一。无论如何，这我都不在意。我母亲的帮助和监视对我而言非常宝贵。即使我雇佣二十个间谍监视我妻子，他们回馈给我的也没有我卓越的母亲做到的一半好，她的关爱毫无私心，她的警惕性也无人可及。睡觉时，她把宅邸的钥匙串放在枕头下面，并且密切关注着所有地方。她像个影子一样追随着女伯爵的一举一动，而且总能知道我妻子从早到晚做过的所有事。如果林登夫人去花园散步，不远处就一定有一双警惕的眼睛盯着她。如果她要出去，我母亲一定会伴她左右，两个穿着我的制服的人跟随在马车两侧，确保她不会受到任何伤害。尽管她反对，还在她的房间保持一种阴郁的沉默，但我坚持每个礼拜日我们都一起驾着六架马车出现在教堂。还有，等到困扰我的无赖法警们被打发走，她就必须和我一起参加赛马舞会。有些造谣者称我想监禁我妻子，但这些充分说明他们在说谎。实际上，我了解她的轻浮多变，也看出她对我的疯狂爱恋开始被一种同样疯狂的厌恶所取代，所以我必须提高警惕，确保她不会溜走。如果她离开我，第二天我就会破产。这（我母亲都知道）迫使我们对她严加看管。但至于说监禁她，我冷笑着反驳这一指责。每个男人都在某种程度上监禁了他的妻子。如果女人们可以随心所欲地出入家门，那这世界会变成什么样子？在监视我妻子林登夫人上，我只是行使了每个丈夫都拥有的法定权利，让自己的妻子忠诚顺从，除此之外我什么都没做。

　　但女人就是诡计多端！尽管我对林登夫人严密监视，但如果我没有那个和她一样敏锐的帮手，她可能已经从我身边溜走。正如谚语所说："抓贼的最好方法就是安排另一个贼跟在他后面"，所以控制一个女人最好的办法，就是让另一个充满心计的女人看守她。也许有人会想，无论她走到哪儿都有人跟随，她所有的信都会被查看，她的所有熟人都被我严加监视，而且又住在爱尔兰一个偏僻的地方，离她的家人很远，林登夫人不可能有机会和她的同谋通信，或者把她受到的不公对待——她就喜欢这么说——公布于世。但是，有一段时间，她就在我眼皮底下和人通信，还精心设计了一个从我身边逃脱的阴谋。下面我会详细讲述。

林登夫人对衣饰向来有种无节制的热爱，又因为她的任何此类癖好我都从不阻挠（为了让她高兴，我从来不吝惜金钱，我的债务簿里有好几千镑都是衣帽商的账单），所以都柏林那边经常寄来一些盒子，装着各种裙子、帽子、衣裙的荷边装饰和裙边装饰，具体情况由她的爱好决定。盒子里会有制帽商写的信，回复我妻子提出的无数种细节要求。她的要求在内容上差不多。这些信都从我手里经过，在一段时间内，我从未起过疑心。但就在这些纸上，就用隐显墨水这种简单方法，林登夫人所有的信被寄了出去。只有上帝知道（如我所说，过了一段时间之后我才发现这个诡计）她在信里给我安了多少罪名。

但我聪明的母亲发现，我的妻子大人在给她的衣帽商写信前总是要一杯柠檬水。得知这一事实后，我陷入了思考，然后我试着拿出其中一封信放在火前烤，整个无耻的计谋都显现在我眼前。我从这些狡猾可怕的信件中拿出一封作范例。她的字体很大，行距很宽，内容是给一个外套商提出的一系列要求，详尽说明了她要的衣服装饰物品、它们制作的特别方式、她选择的面料等问题。她会用这种方式列出一个长长的单子，每写一项就重起一行，所以能有更多的空间详述我的残暴行为以及她遭遇的天大不公。在这些行距间她持续写了她被囚禁的日记，如果当时有小说家能把它们抄一份，再冠以"迷人的囚犯"或者"野蛮丈夫"，或者任何同等夺人眼球且荒唐的标题发表出去，他一定会大发横财。日记的内容如下：

周一——昨天我被强迫去做礼拜。我那令人憎恶、丑陋畸形、粗俗下流的母夜叉婆婆坐在马车的首座上，她穿着黄绸缎裙子，戴着红色丝带。林登先生骑马走在一旁，买这匹马的钱他一直没有付给哈德斯通上尉。这个邪恶的伪君子引我到座席上，他手托帽子一脸微笑，做完礼拜后，在我上车时他亲吻了我的手，还爱抚了我的意大利灵犬——在场的那几个人都看到了。晚上他强迫我为他的同伴倒茶。和往常一样，这些人有四分之三都醉了，包括他在内。在牧师喝到第七瓶的时候，他们把他的脸画成黑色，等他到了像往常那样没有知觉的时候，他们把他的脸朝着尾巴绑在一匹灰马上。母夜叉整晚都在读《人类应尽的本分》，直到睡觉时间，她过来看着我走进房间，把我反锁进去，然后就去照看她那可恶的儿子。她崇拜他的邪恶，我觉得就像斯蒂考拉克斯之于卡里班①一样！

你们真该看看我给我母亲读这段日记时她那狂怒的表情！

---

① 莎士比亚的戏剧《暴风雨》里面的人物，斯蒂考拉克斯，英文为 Sycorax，是一个强大的女巫，在岛上统领着原著居民，恶毒凶残；卡利班，原文为 Caliban，类似于人类，是这个女巫的儿子，长相丑陋且十分凶残。——译者注

事实上，我一向喜欢开玩笑（上面对捉弄牧师的描述是真事，我承认），但在给她念林登夫人赞美她的那些话时，我非常小心地选词择句。夜叉是她在这些珍贵信件里的代称，有时她也会被冠以"爱尔兰女巫"的名号。至于我，我得到了"我的监狱长"、"我的暴君"、"控制着我整个人的黑色阴魂"诸如此类的称呼，她的用词都在赞美我的力量，但都没有表现出我的亲切友善。下面是从她的"监狱日记"里摘抄的一些段落，从中可以看出，尽管我妻子表面上对我的行为漠不关心，但她目光锐利，还充满了嫉妒心：

周三——今天是我亲爱的布莱恩被召唤到天堂的两周年忌日，他带走了我人生最后的希望和乐趣。他有没有在那里见到他那被无视的哥哥？他在我身边长大，但我却没有留意，与我结合的那个恶魔用暴虐逼迫他背井离乡，也许也造成了他的死亡？或者说这个孩子还活着，就像我狂热的心有时感觉到的那样？查尔斯·布林登！快来帮助你可怜的母亲，她认识到了自己的罪孽，她不该对你那么冷酷，如今她正在为自己的错误付出沉重的代价！但是不！他不可能活着！我的头脑一片混乱！我唯一的希望在你身上，我的表亲——曾经我以为会用一个更亲密的称呼向你致敬，我亲爱的乔治·珀伊宁！噢，做我的骑士和保护者，拿出你最英勇的武士气概，把我从奴役中解救出来，把我从这个残暴卑劣的恶棍的囚禁中解救出来——把我从他，从斯蒂考拉克斯，那个粗鄙的爱尔兰女巫，他母亲手中解救出来！

下面是一些诗句，林登夫人习惯写长长的诗，在诗中她自比为《七勇士》^① 中的萨布拉，还乞求她的乔治把她从夜叉——指我母亲——手中拯救出来。我删掉了这些诗，接着后面的部分：

> 两年前的今天，我可怜的孩子不幸过早离世，那个统治我的暴君甚至教他鄙视我、讨厌我。他不听从我的命令和祈求，所以走上了那条不归路。自那之后，我忍受了多少痛苦、多少羞辱！我是我自己宅邸的囚犯。我本该害怕被下毒，但我知道，只有我活着那个恶棍才能牟利，我的死亡也预示着他的毁灭。但是，那个令人憎恶、粗野可怕的爱尔兰女人，让我不敢有半点动作，无论我去哪儿，她都跟着我。晚上我像个奴隶一样被锁在房间里，只有接到我丈夫的命令我才能离开。我被迫参加他的狂欢宴会，接待他的狐朋狗友，还要听他们令人作呕的谈话最后变成不堪入耳的酒后疯言！他甚至连忠贞的表象都不再伪装——他发过誓说只有我能让他动心！但如今他把他肮脏的情妇们带到我眼前，还要我承认他和别人生的孩子做我自己财产的继承人！
>
> 不，我绝不容忍！你，我的乔治，我幼时的朋友，只有你才能成为林登家族财产的继承人。为什么命运让我嫁给那个可恶的男人受他支配，而不是让我和你结合，让可怜的卡莉斯塔得到幸福？

---

① 《七勇士》指《基督教七勇士》，讲七位勇士的事故，七个勇士分别来自七个国家，被民间传说为各自国家的保护神。许多人以这个故事为主题写过其他故事或者书，其中最出名的是英国的理查德·约翰逊创作的长篇骑士故事《基督教七勇士的故事》，这本书在 1596 年和 1597 年分两部发表。萨布拉，是《七勇士》中的一个人物。——译者注

　　就这样，她用极其细小狭窄的字体写了一封又一封的信。我让所有公正的读者说，这种信的作者是不是这世上**最愚蠢最自负的人**？她还想不想被照顾？我还能抄写出几米长她对旧爱乔治·珀伊宁大人的狂热赞美，她在信中用极为深情的名字称呼他，还乞求他为她找一个避难所，以逃离她的压迫者。事实是，这位不幸的女士能以一种巧妙的办法写出许多超出她本意的东西。她一直在阅读小说和其他垃圾读物，她会把自己带进想象的角色，还沉浸在英雄救美的浪漫故事当中，在这方面她比我认识的任何女人都要轻浮，好像她随时能和任何人相爱。她写的信看上去总是热情洋溢。她为她的哈巴狗写过一首挽歌，那是她写过最温柔最怜惜的信。她给她最喜爱的婢女贝蒂写过一封满是柔情的规劝信，和管家吵架之后也给管家写过。她给数位相识写过这种信，并把每个人都称为最亲爱的朋友，但只要有了新欢，她能立刻把他们抛之脑后。至于她对孩子们的爱，上面的段落已经表明她究竟有多少真正的母爱之情。她对布莱恩死亡的记录只说明她自尊自大，同时发泄对我的怨恨。她召唤坟墓里的布林登，只是希望他能给她带来好处。如果我真的严厉对待这个女人，把她的追求者拒之门外，避免他们造成我们的不和谐，把她锁起来以免她酿成悲剧，谁能说我做错了？如果说有哪个女人该用囚衣束缚起来，那就是林登夫人。在我那个时代，我知道有许多人双手被铐，头发被剃，被关在监狱，但他们犯下的罪行还没有这个愚蠢自负头脑迷糊的女人犯下的一半多。

　　我母亲为信中对我和她的指控感到异常愤怒，我费了好大力气才能让她不在林登夫人面前表现出蛛丝马迹。当然，我不让林登夫人知道我们破解了她的计谋，是因为我急于知道他们进行到了哪一步，还有最终目的是什么。随着他们交流的加深，信的内容也越来越有趣（就像小说里说的那样）。她画了一些我虐待她的画，看上去让人心惊肉跳。她指控我对她行为极其残暴，还声称自己境遇悲惨，经常忍饥挨饿。但与此同时，她看上去在我们林登堡的家里过得心满意足，吃得非常肥胖。小说阅读和虚荣侵蚀了她的大脑。我不能对她说一个粗暴的字，不然她就声称我在折磨她。我母亲不能劝告她一下，不然她就一连串疾病发作，还声称我母亲是她发病的原因。

最后她开始威胁要自杀。尽管我根本没有把刀叉都藏起来，没有用限制她使用吊袜带，还让医生的店铺全天候为她服务——我太了解她的性格，基督教世界里没有任何女人比她更爱惜自己的宝贵生命，但这些威胁很明显在这时起到了作用。因为衣帽商们的包裹越来越频繁地送过来，寄给她的账单上说营救即将到来。风度翩翩的乔治·珀伊宁大人即将过来解救他的表亲，他还赞美我，说他要把他亲爱的表亲从最让人类蒙羞的最残暴的恶棍的魔爪中解救出来。一旦她得到自由，就以我的残暴和各种虐待为理由，采取措施让她离婚。

我让雷德蒙·奎因把所有这些珍贵的信件都抄了一遍，之前我提到过他，他是我的亲戚、教子和秘书，目前也是林登堡财产的代理人。他是我的旧爱诺拉的儿子，我在慷慨泛滥的时候把他带走，保证供他在三一学院读书，还承诺让他一生衣食无忧。但这小子在大学读了一年之后，导师们不允许他上课或者听演讲，还要求他先支付大学学费。为了要那点微不足道的钱就采用这种傲慢无礼的方式，这让我非常恼火，因此我收回对那个大学的赞助，并让他来到林登堡。他在这里帮到我很多忙。在我亲爱的小儿子生前，只要他能打起精神，就会辅导那个可怜孩子的功课，但我向你保证，亲爱的布莱恩极少读书。后来他为我母亲记账，为我抄写我的信件，因为我的律师和我各项财产的代理人总是无休止的给我写信。晚上他会和我还有我母亲一起玩皮卡牌或者双陆棋。此外，由于还算是个聪明的孩子（因为有那样一个父亲，他的头脑免不了有些狭隘愚钝），林登夫人弹竖琴时，他可以吹笛为伴，或者陪她一起念法文或者意大利文。林登夫人在这两种语言上都颇有造诣，在她的影响下，他也学会了用这两种语言交流。听他们用这些语言对话会让我警惕的老母亲非常生气，因为这两种语言她一个字都不懂。只要他们一用这些语言说话，我母亲就会大发雷霆，还总说他们在设计什么阴谋。林登夫人一直用这种方法气那位老女士，每当他们三个独处时，她就用两种语言中的一种和奎因说话。

我对他的忠诚毫不怀疑，因为是我养大了这个孩子，还给过他无尽恩惠，此外，我还有各种证据证明他值得信赖。是他给我带来了三封乔治大人回复我妻子抱怨的信，流动图书馆送了书供林登夫人阅读，这些信就夹在书的封皮里。他和我妻子也经常吵架。在心情稍好点的时候，她会模仿他的步态。在她骄傲自大的时候，她会拒绝和一个裁缝的儿子坐在同一张桌子前。当我建议让他拿书或者吹笛给她解闷的时候，她会说："就算全世界人都死光，我也不要那个可恶的奎因做伴"。有时候，我们会友好相处一个月，然后吵架半个月。然后她就在自己的房间里待上一个月，还用自己独特的方式，把期间家里发生的事情都记录在她所谓的囚禁日记里。这可真是份绝妙的证明！有时她写道，"今天我的恶魔几乎对我很友善"，或者，"那个恶棍竟然屈尊对我微笑了"。之后她就开始表达狂暴的仇恨。但她对我母亲一直很痛恨。她会写，

"母夜叉今天病了，我向神许愿让她快点死!"或者，"那个丑陋可怕的爱尔兰卖菜妇女今天用下流的话骂我"以及诸如此类的话。所有这些话都被读给或者翻译后读给了我母亲，因为信中使用了大量法语和意大利语，信中的指控让那位老女士一直对她愤恨不已，所以我让我的看门狗——我就这么称呼那位老女士——时刻保持警惕。在翻译这些语言方面，小奎因帮了我很大忙。因为，我对法语略知一二，当然还有高地德语，我在军队的时候对这种语言非常了解。但我对意大利语一窍不通，所以我很高兴能有这样一个既忠诚又廉价的翻译为我服务。

我给了他和他全家无尽的恩惠，但这个忠诚廉价的翻译，我的教子和侄儿，竟然企图背叛我。而且至少在几个月前，他就已经与敌人结成同盟对抗我。我认为他们没有早点开始行动是因为，他们缺钱——这是造成所有背叛的最大原动力。我们全家上下各个地方都极其缺钱。但他们想办法通过我的流氓教子供应钱，因为他进出都没人怀疑。整个阴谋都在我们的眼皮底下筹划，驿车已经订好，逃跑的一切都准备就绪，而我对他们的计划却一无所知。

一个纯粹的意外让我获悉了他们的计划。我一个煤矿工人有个漂亮女儿。这个漂亮姑娘的单身汉，在爱尔兰人们就这么称呼女孩们相好的，是一个小伙。他为林登堡送信件袋（天知道里面有多少是催我还债的信!）。这个信童告诉他的甜心他从镇上为奎因少爷拿回了一袋钱，还有驿站男孩蒂姆告诉他，他会在某个时间驾一辆驿车到河边去。茹妮（Rooney）小姐对我从来没有秘密，她把整个故事和盘托出，还问我在搞什么阴谋，要用我从镇上拿回的钱贿赂谁，还有我用订的驿车载哪家可怜的姑娘。

于是整个秘密都浮现在我眼前，那个我视为心腹的人竟然在背叛我。当时我想在他们两个逃脱时抓他们个现行，想要坐上马车他们就必须过河，在过河的时候我先把他们淹到半死，然后当着林登夫人的面，我再开枪打死这个小叛徒。但是继而一想，逃跑的消息一定会在全国引起轰动，这会让混淆正义的人给我带来无尽麻烦，最后我也不会有好下场。所以我只得压制住正当的愤怒，然后摧毁了这个即将得逞的丑恶阴谋。

回到家以后，我用几个可怕的表情，在半个钟头内就让林登夫人跪地求饶。她供认了一切，而且发誓再也不会做这种事情，她还声称有无数次她都想向我坦白所有的事，但她害怕我过于愤怒，会对那个可怜孩子她的同伙不利，还说他是所有计划的策划人。这个——尽管我知道她的声明尽是假话——我只能佯装相信。所以我让她给她的表亲乔治大人写一封信，她承认了是他给她提供了钱，他和奎因一起安排了这个计划，我让她在信中简述她不想离开林登堡，因为她丈夫身体抱恙，她希望待在家里照顾他。我又加上一段冷冷的话，称如果他能大驾光临林登堡，那么我将感到万分荣幸，而且我非常渴望和他重续曾让我感到无限美好的友谊。"只要你在附近出现，我就会立刻找你出来，"我补充说，"我期待着感受与你相见的乐趣。"我想他一定完全明白了我的意思，那就是，我会在见到他的第一时间把我的剑刺进他的身体。

然后我和我背信弃义的流氓佴儿大吵了一架，这个小恶棍表现出来的大言不惭和反抗让我有些措手不及。当我指责他忘恩负义时，他说："我欠你什么东西？我穷尽力量为你劳作，但从没有一分钱的报酬。是你自己逼迫我反对你，你给我的任务让我打心底里厌恶——你让我监视你不幸的妻子。

她的身体极其虚弱。她的不幸以及你对她的残忍虐待只能让
人心生怜悯。任何血肉之躯都无法忍受你对待她的方式。现
在我帮她从你身边逃脱，只要有机会，我以后还会，即使当
着你的面我也这么说！"当我要因为他的放肆无礼把他的脑袋
爆开花的时候，他说："噢！杀死你可怜儿子的救命恩人？他
邪恶的父亲把他引向毁灭，但我一直在努力防止他堕落，还
好仁慈的力量让他脱离了这个罪恶的地方。本来在几个月前
我就该离你而去，但我希望能有机会解救这位不幸的夫人。
在我看到你殴打她的那天我就发誓会帮她。杀了我吧，你这
个欺负弱女子的混蛋！只要你敢，你就会杀了我，但是你没
那个胆量。你那些像我这样的仆人都比你强。你敢碰我一下，
他们就会揭竿而起，并把你送到你早就该上的绞刑架上！"

我把一个花瓶砸到这个年轻绅士的头上，打断了他的长
篇大论，他当即躺倒在地。之后我开始思索他说的话。他的
确救过可怜的小布莱恩的命，那男孩在死前对他百般依恋。
"好好对待雷德蒙，爸爸。"几乎是他最后的遗言。在他临终
前我向他保证，一定会按他要求的做。我也知道，我对他呼
来喝去让我的仆人们非常不满，而他在他们中间很受欢迎。
因为，不知道为什么，尽管我经常和这些无赖们喝酒，对他
们的了解比任何拥有我这种地位的人都多，但我知道他们对
我毫无喜爱之情，而且他们一直在私底下对我满腹抱怨。

但我无须再费神思考该如何惩罚奎因，因为这个年轻绅
士用最简单的方法从我手中拿走了处决权：在醒来之后，他
立刻清洗包扎了伤口，然后从马厩里牵出他的马，由于他能
在房子和园林里自由出入，他一路畅通无阻地离开了林登堡。
他把马留在渡口，乘坐着那辆为林登夫人准备的驿车逃之夭
夭。在相当长一段时间内我都没再见过他，也没有听过任何

有关他的消息。现在他离开了这个家，我也就不再把他放在心上。

但女人就是这么狡猾虚伪，我认为从长远看来，任何男人，即使是马基雅维利①本人，也难敌她们的诡计。尽管我从上述的事件（其中我妻子不忠的计谋被我的先见之明挫败）和她自己写的书信中了解到她虚伪的性格以及她对我的仇恨，但她还是成功地欺骗了我。尽管我做了所有的预防措施，我母亲也一直保持高度警觉。可以说，我母亲早就感受到了危险的气息，如果我听从了她的建议，就不会掉进他们设下的陷阱。这个陷阱设计得极其简单，但也极其成功。

林登夫人和我的关系非常奇特。她整日处在一种对我爱恨交织的精神错乱之中。如果我对她和颜悦色（有时我会这样），她就会千方百计地讨我欢心。而且她会用极其荒唐和激烈的方式表达她的爱恋，但在其他时候，她又表现出同等的恨意。根据我的人生经验，无论一个男人有多么软弱宽容，他也不会爱这种妻子。我认为女人们的性格都有些扭曲，同时也认为丈夫们应该潇洒地使用他的权威。我让林登夫人活在对我的恐惧之中，只要我微笑，她就感到无比幸福，只要我对她挥一下手，她就立刻像条狗一样在我面前撒欢。我还记得给她讲起我在学校待过的那几天，只要我说到我们校长被捉弄，这个胆小懦弱头脑狭隘的女人就笑得前仰后合。就像在军队一样，只要哪个盛气凌人的中士偶尔幽默一下，所有新兵都会咧着大嘴。好吧，任何明智果断的丈夫都会把他

---

① 尼可罗·马基雅维利，意大利名为 Niccolò Machiavelli（1469~1527），他才华卓越，是意大利政治思想家和历史学家，也是近代政治思想主要的奠基人之一，代表作为《君主论》。——译者注

的妻子驯得服服帖帖，我让我出身高贵的妻子亲吻我的手，为我脱靴，像个仆人一样任凭我差遣，只要我心情好，她就把这一天当成节日。这种循规蹈矩也许让我过于相信她，而忘记了顺从背后的虚伪（所有怯懦的人在他们心底都是骗子），为了欺骗你，它才呈现出一种极为可信的表象。

她的阴谋败露后，我有了无数戏弄她的理由。有些人以为我一定会警惕她当时的真实意图，但她的掩饰得太完美，所以成功的蒙骗了我，还诱使我致命地相信了她。因为，有一天我开她的玩笑，还问她会不会再到河那边去，是不是有了情夫，以及诸如此类的问题。她突然大哭起来，还抓住我的手深情地说：

啊，巴里，你太清楚我从来都只爱你一个人！无论我有多难过，只要你说一句好听的话，我就立刻高兴起来。无论我有多生气，只要你表现出一点点的关切，我就会回到你身边！我把全英国最巨额的财产赠给了你，这还不足以证明我对你的爱吗？你拿这些财产奢侈无度，但我可曾埋怨或者责备过你一句？从看见你的第一刻起，我就对你无法抗拒。我知道你所有的缺点，也因为你的暴虐而胆战心惊，但我还是忍不住爱你。我嫁给了你，尽管我知道这么做等于封死了我的命运，尽管也违背了理智和家族责任。你还想让我做什么？我愿意做出任何牺牲，只要你爱我，如果不这样，只要你能温柔待我也可以。

那天我的心情特别好，我们还达成了某种和解。尽管我母亲在听说这番话，还有看到我对她温柔以待后严正警告了我，她说："相信我，这个虚伪的贱妇一定在搞什么阴谋诡计。"这个老女士是对的，但就像天底下最容易被骗的人上了钩一样，我吞下了林登夫人的诱饵。

这段时间我一直在与人协商筹一笔钱，因为正有急用。但自从我们因为继承人的事发生冲突以后，我妻子坚决拒绝签署任何对我有利的文书。没有她的名字，很遗憾地说，我自己的名字在市场上一文不名，我无法从伦敦或者都柏林任何一个兑换商那里得到一分钱。我也不能让那些流氓们来林登堡见我。由于被迫借钱给我的律师夏普（Sharp）在带钱见我的时候发生了不幸的意外，还有犹太人所罗门（Salmon）离开我的家门以后，强盗抢走了我给他的债券，[①] 人们再也不相信林登堡的安全性。我们的地租在这时也到了收款人手里，刚好我能从这些流氓那里拿到这笔钱付酒商们的账单。我们在英格兰的财产，如我所说，我的使用权同样被限制。而且，只要我写信向我的律师和代理人要钱，这些贪婪的流氓就回信以我欠债和对他们的虚假索求为由让我还钱。

就在这个时候，我欣喜地收到我安排在伦敦格雷（Grey）旅店的亲信寄来的信，他称可能帮我搞到一笔钱，还附了一封某商号的信。这家商号在伦敦城里颇具声望，也办理采矿权益方面的业务。他们称愿意用我的财产负担权长期租赁我们的一些地产，只要有林登夫人的签名，一切就能顺利完成。但他们必须确保她自愿交出这些权利。他们称听说她每天都过得胆战心惊，还酝酿过离婚，如此一来，她可能会否认任何她在被监禁期间签署的文件，甚至让他们卷入胜负难分且代价昂贵的诉讼。所以他们要求在拿钱之前，必

---

① 在叙述中，林登先生没有讲述他做的这些好事。但在上述事件中，很有可能是他肆意玩弄了法律。——原作者注

须确保林登夫人完全认可这桩交易。

他们的条款极为苛刻，我当即就认定他们的提议肯定是出于真心实意。而且，趁我妻子心情正好，我可以毫不费力就让她亲自写一封信，声明那些称我们夫妻不和的谣言完全是污蔑，我们相处的十分融洽，还有她随时愿意签署任何她丈夫想让她签署的文件。

这项提议来的非常及时，也给了我巨大的希望。之前我没有向读者们赘述我背负的债务和官司，到了这个时候，债务的数额之大、诉讼情况之复杂让我自己都没有真正弄清楚过，再加上时间紧迫，我已经被逼到半疯。总之就是，我身无分文，名誉尽毁。在林登堡，我靠我们自己喂养的牲畜和我们自己庄园种植的粮食蔬菜度日。我必须盯紧林登夫人，同时躲避法庭派来的警察。在过去的两年里，自从我去都柏林拿钱后，就再也没有冒险出现在那里。我只偶尔在我们郡的镇上出现几次，因为我认识这里的司法官。如果谁敢动我一下，我一定会杀了他。所以，能有机会得到一大笔钱对我来说是天大的喜讯，我以超乎想象的热切接受了它。

那些可恶的伦敦商人及时回复了林登夫人的信，称他们已经调查过她的财产，如果林登夫人能到他们在伦敦伯青（Birchin）巷的账房里亲口证实信的内容，协议就可以立即达成。但他们拒绝冒险来林登堡商谈，因为他们听说了其他受人尊敬的行业人士在那里的遭遇，比如说都柏林的夏普先生和所罗门先生。这对我来说是个沉重打击，但在有些情况下人们的确是身不由己。事实是，我太需要用钱，只要能给我一大笔钱，我愿意和恶魔撒旦签订协议。

我决定带林登夫人去伦敦。我母亲的祈求和警告我都毫不在意。她说："相信我吧，这是个阴谋。一旦你进入那个邪恶的城市，你就不再安全。林登堡藏有很多美酒，城墙坚实，你可以在这里过上许多年，荣华富贵享用不尽。但一旦你被他们引入伦敦，他们就会打败我无辜的可怜儿子。而我得到的第一个消息将会是，你已经身陷囹圄。"

"为什么要走，雷德蒙？"我妻子说，"我在这里很开心，只要你能对我好，就像现在这样。我们不能以应有的身份出现在伦敦，而你得到的那点钱会很快被花光，就像之前一样。让我们做牧羊人和牧羊女，照看我们的牲口，心满意足的过日子。"然后她拉起我的手亲了一下。但我母亲只说："哼！我认为她就是主使者——这个狡猾的阴谋家！"

我告诉我妻子她是个傻瓜。我也劝我母亲让她不要紧张。我急于启程，所以没有听她们两个的话。怎么筹到上路的钱，这是个难题。但我的好母亲从袜子里拿出六十基尼解决了这个问题，她总是在关键时刻帮助我。这是林登堡的巴里·林登在娶了一个年收入四万英镑的妻子后如今能掌握的所有现钱。这就是我的奢侈（这个我必须承认）对这一巨大财富造成的恶果，但主要原因还是我对他人的错信以及其他人的流氓行径。

你可以肯定，我们的启程很不正式。我们没有让乡里知道我们离开的消息，也没有和邻居们告别。著名的巴里·林登先生和他高贵的妻子就坐着一辆两头骡子拉的驿车到了沃特福德，我们化名为琼斯（Jones）先生和琼斯太太，在那里我们乘船到布里斯托，一路上都非常顺利。当一个人要下地狱的时候，他的旅程总是那么轻松欢快！想到钱我就心情大好，在去伦敦的驿车里，我妻子一路上都靠着我的肩膀，还说这是我们婚后她经历过的最幸福的旅程。

当晚我们在雷丁住下，我给伦敦的代理人写了一封信，告诉他我会在第二天和他碰面，恳请他给我找一个住处，同时催促那个商号备好钱。我妻子和我都同意去法国待一段时间，在那里等待风平浪静。那天晚上吃晚饭的时候，我们讨论出几十种玩乐和节省开支的计划，你一定会以为那是一对无比恩爱的老夫老妻在吃饭。噢，女人！女人！每当我想起林登夫人的微笑和甜言蜜语——那晚她看上去是那么高兴！她的举动看上去是那么无辜！她叫我的时候是那么深情！——我就会为她深不见底的虚伪惊叹不已。这个骗子伪装得太完美，有谁会惊讶我这个毫无戒心的人会成为她的牺牲品！

下午三点我们到达伦敦，我们提前半个小时去了格雷旅店。我轻易就找到了泰普威尔（Tapewell）先生的住所——那是个阴郁的贼穴，而我在不幸的时刻走了进去！我们走上肮脏的辅梯时，周围只有微弱的光亮，外面是伦敦午后暗淡的天空，我妻子看上去非常焦虑胆怯。

"雷德蒙，"我们走到门前的时候，她说，"别进去，我肯定里面有危险。现在还有时间，我们回去吧——去爱尔兰——什么地方都可以！"然后她摆出一个夸张的姿势挡在门前，还拉住我的手。

我把她推到了一边。"林登夫人，"我说，"你是个老傻瓜！"

"老傻瓜！"林登夫人叫道。然后她跳起来摇了铃，很快走出来一个头戴没有抹粉的假发、模样邋遢的绅士。她向这个人叫道："林登夫人到了。"然后在廊道里走来走去，嘴里还咕哝着"老傻瓜"这个词。是"老"这个字触动了她，除了这个，我叫她什么都可以。

泰普威尔先生就在他发霉的房间里，他身边堆满了羊皮纸和马口铁罐。他走上前鞠了一躬，请林登夫人坐下，又朝我指了一张椅子，我坐下了，也对他的放肆无礼颇感惊异。然后他走进一个侧门里，说他一会儿就回来。

他的确在几分钟内回来了，还带来了——你能想到吗？一位律师，六名身穿红色马甲还佩带警棍手枪的警察，乔治·珀伊宁大人，还有他的姨母简·佩克奥弗（Jane Peckover）。

当林登夫人看到她的旧爱之后，她异常热情地扑向他的怀抱，还喊他是她的救世主，她的保护者，她英勇的骑士。然后，她转向我，对着我一顿侮辱谩骂，让我惊愕不已。

"我是个老傻瓜，"她说，"但我用计谋赢了这世上最狡猾奸诈的恶魔。是，我是傻瓜，所以才会嫁给你，还为了你放弃其他更高贵的心——是，我是傻瓜，所以才会忘记自己的家族名望和血统，嫁给一个出身卑贱的冒险家——我是傻瓜，所以才毫无怨言地忍受任何女人都没有忍受过的暴虐，才会让你挥霍我的财产，才会见到和你一样卑贱的女人——"

"看着上帝的分上，冷静点！"那个律师叫道。但看到我的可怕眼神之后，他跳到了警察们后面。的确，如果他当时敢向我走近，我一定会把他撕个粉碎。与此同时，我妻子在愤怒中语无伦次地尖叫着骂我和我母亲，尤其是对后者，她的肆意咒骂堪比我母亲的粗俗用语，而且总以傻瓜这个词开头和结尾。

"你没有说完整，我的夫人，"我怨恨地说，"我说的是老傻瓜。"

"先生，我毫不怀疑，你说过所有流氓能说出的话，也做过所有流氓能做出的事，"小珀伊宁插嘴说，"现在这位夫人在她亲人和法律的保护下很安全，她再也不用害怕你无耻的迫害。"

"但你可不安全!"我吼道,"而且我拿我的尊严起誓,以前我让你出过血,现在我要取你的命!"

"夺下他的剑,警官们! 控告他图谋行凶!"那个小律师从警察们身后叫道。

"我不会用这种恶棍的血玷污我的剑,"珀伊宁喊道,他也躲到了警察后面。"只要这个流氓还在伦敦一天,他就会被当作普通的诈骗犯被抓起来。"这个威胁的确让我有些畏缩,因为我知道,伦敦城里有几十张抓捕我的令状,一旦进入监狱,我的一生就全完了。

"谁敢抓我!"我大声叫道,然后拔出我的剑,背靠着门。"让这个流氓站出来。你——你这个大言不惭的懦夫,只要你还是个男人,就第一个站出来!"

"我们不会抓你!"律师又说话了,在他说话期间,林登夫人、她姨母和几个警察离开了房间。"我亲爱的先生,我们不想要抓你。我们会给你一笔可观的钱让你离开这个国家,只要你不再打扰林登夫人!"

"那么这个国家就少了一个恶棍!"珀伊宁说。说完这句话他也走了,离开我他毫无悔意,那个无赖律师也随他而去。房间里只剩下我,还有几名从警察局过来的暴徒,他们都全副武装。我再也不是二十岁时的我,不然我一定会用手里的剑和这些恶棍拼杀,而且至少送他们其中一个见阎王。但我的精神备受压抑,长时间辛苦劳作,而且完全被那个女人给愚弄并打败了。当她在门前停下恳求我回去的时候,她是不是动了怜爱之心? 她对我是不是还有一丝残留的爱意? 她的行为已经表明了一切,现在回想起来我才明白。这是我唯一的机会,所以我把剑放到了那个律师的桌子上。

"绅士们，"我说，"我不会动用武力。你们可以告诉泰普威尔先生，只要他有空，我随时等候和他商谈!"这和年轻时的巴里·林登真是截然不同！但是，正如我在一本旧书上读过的那样，迦太基①将军汉尼拔②的军队在入侵罗马时攻无不克战无不胜，他们抢掠了所有东西，并在一些城市驻扎下来，然后他们放荡挥霍，享尽人生乐趣，于是在后来的战役中轻易被打败。当时我就是这样。十五岁时我勇敢地射中了我的敌人，之后的六年里，我又浴血奋战过几十次战役，但我再没有年轻时那种坚韧的意志和强健的体魄。如今在我写下这些回忆的弗利特监狱里，有个小人一直嘲笑我捉弄我，还邀我决斗，但我连碰他的勇气都没有。不过，既然回忆起了羞辱史里那些忧郁悲伤的往事，我还是按顺序写下去吧。

我在格雷旅店附件的咖啡馆里找了个住处，并告知泰普威尔先生我的下落，然后就急切盼望着他的来访。他给我带来了林登夫人的朋友们提出的条件——我可以得到一份每年三百雷的年金，但条件是我必须待在三个王国之外的地方，如果我回国，年金会立刻被终止。他说了一些我非常清楚的情况，留在伦敦我一定会被送进监狱，这里和英格兰西部都有数不清的令状在追捕我，而且我的声誉尽失，不可能再筹

---

① 迦太基，Qrthdst 来源于腓尼基语，意为"新的城市"。迦太基位于非洲北海岸（今突尼斯），与罗马隔海相望。由于在三次布匿战争（Punic Wars）中均被罗马打败而灭亡。——译者注

② 汉尼拔·巴卡，英文名为 Hannibal Barca（公元前247年～公元前183年），是北非古国迦太基的名将，也是欧洲历史上最伟大的四大军事统帅之一。他年少时跟随父亲进军西班牙，并在父亲面前发誓终身与罗马为敌。他自小接受严格和艰苦的军事锻炼，在军事及外交方面均有卓越表现，因此也是著名的军事家和战略家，并被誉为战略之父。——译者注

到一分钱。然后他给我一夜的时间思考，还称如果我拒绝，那么林登家族的人就会采取相关措施；如果我接受，我能在到达任何外国港口的那一刻拿到一个季度的钱。一个贫穷孤单且心碎的男人还能做什么？我接受了年金，并在第二周就成了亡命之徒。到后来我才发现，是流氓奎因造成了我的毁灭。是他设计了把我带到伦敦的阴谋，他用他和林登夫人之前约好的印章封了律师的信。事实是，他一直都在尝试这个计划，而且最先提出的也是这个计划。但由于对浪漫故事的无边热爱，林登夫人更赞成那个潜逃的计划。这些都是我母亲在我孤独的流亡中写信告诉我的，她还说要到我身边和我共患难，但我拒绝了她的提议。我离开林登堡不久后她就离开了那里。林登堡的大厅一片沉寂，但在我掌管期间，那里总是灯火通明而且热情洋溢。她以为她再也见不到我，还痛斥我忽略了她，但她想错了，也错解了我。她现在非常老，而且这一刻她就在我身边，在这个监狱里工作。她在对面的弗利特市场里有一间卧室。之前她明智地买了一份每年五十英镑的年金，我们就用这点钱勉强维持着悲惨的生活，但这种生活和著名时髦的巴里·林登实在不相称。

巴里·林登先生的个人叙述到这里就结束了，因为，就在这本回忆录被编辑完毕之后，死神带走了这位天才作者。他在弗利特监狱住了十九年，根据监狱记录，他死于酗酒发狂症。他母亲在极高的年龄去世。在那个时候，因犯们能准确记起这个母亲和她儿子每天都吵架，直到后者因为酗酒而丧失了几乎所有智力，他就像个婴儿一样被他凶悍的老母亲照顾，如果拿走他每天必喝的白兰地，他就大哭不止。

他在欧洲大陆的生活我们无从得知。不过据说他重操旧业又做起了赌徒，但没有获得他以前的成功。

过了一段时间后，他偷偷回到英格兰，还试图敲诈乔治·珀伊宁大人，他威胁把乔治大人和林登夫人来往的信件公布于众，以阻止他与德莱佛（Driver）小姐的亲事。德莱佛小姐是个恪守道德准则的富有女继承人，她在西印度拥有无数的奴隶。但这次尝试以失败告终。乔治大人派警察追捕他，他勉强逃过了这一劫。乔治大人要求终止他的年金，但林登夫人根本不同意这一正义之举，而且在乔治大人迎娶那位西印度女士那一刻与他断绝了关系。

实际情况是，这位老女伯爵以为自己魅力不减，而且一直爱着她丈夫。她居住在巴斯，她的财产由她忠诚的亲戚迪普托夫家族的人悉心看管。在没有直接继承人的情况下，迪普托夫家族将继承这些财产。巴里再次用花言巧语向林登夫人进攻，再加上他对林登夫人残留的影响力，他竟然差点让女伯爵再次和他生活在一起。但一个人的出现打断了他们的计划，所有人都认为他已经在多年前死去。

这个人就是布林登子爵，他的突然现身震惊了所有人，尤其是他的亲戚迪普托夫家族的人。这位年轻贵族在巴斯出现，手里拿着巴里写给乔治大人的信。前者在信中威胁要揭露他和林登夫人的关系——不需我们多言，这种关系让两边人的脸上都毫无光彩，而且只能证明林登夫人习惯写一些极为愚蠢的信，如同此前许多女士，不，还有绅士们所做的那样。为了维护她母亲的颜面，布林登大人袭击了他继父（巴里化名为琼斯先生在巴斯生活），还在大庭广众之下狠揍了他一顿。

布林登离开英国后的故事非常曲折传奇，但没有必要在这里详述。他在美国的战场上受了伤，但被误报为死亡，他被敌军关押，之后逃了出来。林登夫人承诺给他的钱一直没有寄过去。想到自己被抛弃，这个狂野不羁又多情的年轻人差点心碎，他决心在这世上隐姓埋名，也不让那个无视他的母亲知道他还活着。后来在加拿大的树林里，那件事发生的三年之后，他在《绅士杂志》① 上读到一篇题为《林登堡子爵意外身亡》的文章，得知了他同母异父弟弟的死讯，于是他决定回到英格兰。回到英格兰后，尽管说明了真实情况，但他还是付出了巨大的代价，才让普托夫大人帮助他验明正身。他在巴斯正要拜访他母亲的时候，认出了巴里·林登那张熟悉的面孔，尽管后者进行了巧妙的伪装。布林登痛打了巴里一顿，一雪前耻。

林登夫人在听到这件事之后勃然大怒，她拒绝见她儿子，而且要立刻奔到她崇拜的巴里身边去。但这位绅士已经被押走，后来他被拘禁到多个地方，直到他落在法庭街的本迪戈（Bendigo）先生手里。本迪戈先生是米德萨克斯治安官的助理，他把巴里送进了弗利特监狱。那个治安官和他的助理，那个因犯，还有那座监狱如今都已不复存在。

林登夫人在世期间，巴里一直享受着他的年金，也许他在监狱里过得比以往任何时候都快乐。林登夫人死后，她的继任者布林登大人立刻终止了年金，并把这笔钱捐给了慈善机构，他说这种用途要比让那个流氓享用高尚得多。1811年，布林登子爵在西班牙战争中壮烈牺牲，他的财产由迪普托夫家族继承，而他的头衔也成为迪普托夫家族的贵族头衔之一。但迪普托夫侯爵（乔治大人在他兄长过世之后继承了

---

① 《绅士杂志》，创建于伦敦，1731 年 1 月开始发行，1922 年停止发行，刊物发行了近 200 年，期间从没有间断。这是第一本用杂志这个词命名的刊物。萨缪尔·约翰逊就是在《绅士杂志》第一次以全职作家的身份工作。——译者注

这个头衔）既没有恢复巴里先生的年金，也没有再捐钱给慈善机构。由于乔治大人的悉心管理，林登家族的庄园得到了巨大的改善。哈克顿的树木已经有近四十年的树龄，而林登堡的庄园被划分成极小的农场租给农民耕种。只要有陌生人到访，农夫们就会讲起那个凶狠残暴的巴里·林登，还有他因为无恶不作而走向毁灭的故事。